O Laço Duplo

CHRIS BOHJALIAN

O Laço Duplo

Tradução
Fernanda Abreu

Título original: THE DOUBLE BIND

© 2007 by Chris Bohjalian

Fotografias de Robert Campbell gentilmente autori-
zadas e cedidas por seu espólio.

EDITORA NOVA FRONTEIRA S.A.
Rua Bambina, 25 — Botafogo — 22251-050
Rio de Janeiro — RJ — Brasil
Tel.: (21) 2131-1111 — Fax: (21) 2286-6755
http://www.novafronteira.com.br
e-mail: sac@novafronteira.com.br

CIP-Brasil. Catalogação-na-fonte
Sindicato Nacional dos Editores de Livros, RJ

B666L   Bohjalian, Christopher

          O laço duplo / Chris Bohjalian ;
      tradução de Fernanda Abreu. - Rio de
      Janeiro : Nova Fronteira, 2008.

          Tradução de: The Double Bind

          ISBN 978-85-209-2074-9

      1. Estudantes universitárias - Ficção.
      2. Doentes mentais - Ficção. 3. Pessoas
      desabrigadas - Ficção. 4. Romance
      americano. I. Abreu, Fernanda. II. Título.

                                    CDD: 813
                              CDU: 821.111(73)-3

Para Rose Mary Muench
e em memória de Frederick Muench (1929-2004)

Nota do autor

ESTE ROMANCE TEVE ORIGEM em dezembro de 2003, quando Rita Markley, diretora executiva do Comitê de Abrigo Temporário de Burlington, Vermont, compartilhou comigo o conteúdo de uma caixa de antigas fotografias. As imagens em preto-e-branco haviam sido tiradas por um ex-sem-teto que morrera na quitinete providenciada para ele pela organização de Markley. Seu nome era Bob "Soupy" Cambpell.

As fotos eram notáveis, tanto devido ao evidente talento daquele homem quanto à sua temática. Em muitas delas, reconheci artistas — músicos, comediantes, atores — e celebridades. A maioria das imagens tinha pelo menos quarenta anos. Ficamos todos intrigados, imaginando como Campbell conseguira fotografar personalidades das décadas de 1950 e 1960 e depois ido parar em um abrigo para pessoas sem-teto no norte do estado de Vermont. Até onde sabíamos, não restava ninguém vivo da sua família a quem pudéssemos perguntar.

A realidade, claro, é que Campbell provavelmente acabou virando sem-teto por um dos inúmeros motivos que fazem a maioria das pessoas sem domicílio fixo acabar na rua: doença mental. Uso excessivo de entorpecentes. Azar.

Temos tendência a estigmatizar os sem-teto e culpá-los pela situação em que se encontram. Não levamos em conta o fato de que a maioria deles teve vidas tão sérias quanto as nossas antes de tudo ir abaixo. As fotografias reproduzidas neste livro são um testemunho dessa realidade. Foram tiradas por Campbell antes de ele acabar virando sem-teto em Vermont.

Por isso, sou grato ao Comitê de Abrigo Temporário de Burlington por me permitir usar as fotos nesta história. Evidentemente, Bobbie Crocker, o fotógrafo sem-teto deste romance, é fictício. Mas as fotografias que vocês verão no livro são reais.

"Ah, eu sei quem é Pauline Kael", disse ele. "Eu não nasci sem-teto não, viu."

NICK HORNBY, *Uma longa queda*

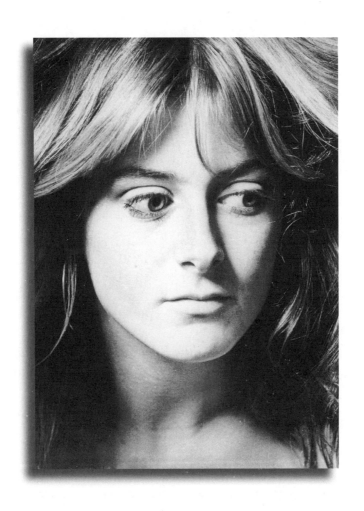

Prólogo

NO OUTONO DO SEU SEGUNDO ANO de faculdade, Laurel Estabrook quase foi estuprada. Muito provavelmente, quase foi assassinada no mesmo período. Não foi uma agressão cometida durante um programa a dois por algum membro atraente de uma fraternidade da Universidade de Vermont, que pensou ter esse direito depois de os dois passarem tempo demais se paquerando ao lado do aço rotundo de um barril de chope; foi um daqueles ataques violentos, sinistros, perpetrados por homens de máscara — sim, homens, no plural, e eles de fato estavam usando gorros de esqui feitos de lã que escondiam todo o rosto, com exceção dos olhos e do cruel escárnio em suas bocas —, e que pensamos só acontecer com outras mulheres em lugares distantes. Vítimas cujos rostos aparecem de manhã no noticiário da TV, e cujas mães arrasadas, para sempre destruídas, são entrevistadas por lindíssimas âncoras.

Ela estava andando de bicicleta por uma estrada de terra batida no meio de uma floresta, a uns trinta quilômetros a nordeste da universidade, em uma cidade cujo nome era ao mesmo tempo um mau agouro e um paradoxo: Underhill, "morro de baixo". Para dizer a verdade, a moça não considerava o nome "Underhill" ameaçador antes de ser atacada. Porém, nos anos seguintes ao ataque, não voltou lá por qualquer motivo que fosse. Era por volta de seis e meia da tarde de um domingo, e aquele era o terceiro domingo consecutivo em que ela punha a já bastante rodada *mountain bike* na mala da perua de sua colega de quarto Talia e ia até Underhill pedalar quilômetros e mais quilômetros nas irregulares estradinhas de madeireiros que serpenteavam pela floresta próxima. Na ocasião, aquela lhe parecia uma linda paisagem: uma floresta de conto de fadas, mais para C.S. Lewis do que para Irmãos Grimm, onde os bordos ainda não tinham avermelhado com o outono. Era uma floresta nova, um labirinto de bordos, carvalhos e freixos de terceira geração, com resquícios de muros de pedra ainda visíveis na vegetação rasteira não muito longe das trilhas. Não se parecia em nada com os subúrbios de Long Island onde Laurel havia passado a infância, um mundo de casas de luxo com gramados bem-cuidados a poucos quarteirões de uma comprida seqüência de restaurantes *fast-food* iluminados com luz neon, revendas de carros importados e clínicas de emagrecimento em pequenos centros comerciais de rua.

Depois do ataque, evidentemente, suas lembranças daquele pedaço de floresta de Vermont foram transformadas, e o nome da cidade mais próxima adquiriu um significado diferente, mais sombrio. Mais tarde, ao se lembrar daquelas trilhas e encostas — algumas aparentemente íngremes demais para se subir de bicicleta, mas ela subia assim mesmo —, o que lhe vinha à mente eram os profundos sulcos na terra que haviam feito seu corpo sacudir na bicicleta e a sensação crescente de que o imenso toldo de folhas das árvores escondia por demais a vista e tornava a mata demasiado densa para ser bonita. Algumas vezes, mesmo muitos anos depois, quando se esforçava para conciliar o sono em meio às agitações da insônia, via aquela floresta depois de as folhas já terem caído e visualizava apenas os dedos compridos das bétulas esqueléticas.

Às seis e meia daquela tarde, o sol havia acabado de se pôr, e o ar estava ficando úmido e gelado. Mas Laurel não estava preocupada com o escuro, pois havia estacionado a perua da amiga em um acostamento de cascalho ao lado de uma estrada pavimentada que ficava a menos de cinco quilômetros dali. Ao lado do acostamento havia uma casa com uma única janela em cima de uma garagem anexa, um rosto de ciclope feito de ripas e vidro. Chegaria lá em dez ou quinze minutos, e, enquanto seguia na bicicleta, teve consciência do forte assobio da brisa nas árvores. Vestia um short preto de ciclista e um suéter estampado na frente com o desenho de uma garrafa amarela de tequila que parecia fosforescente. Não se sentia particularmente vulnerável. Sentia-se, isso, sim, ágil, atlética, forte. Tinha dezenove anos.

Então uma van marrom passou por ela. Não era uma perua como a de sua amiga, mas uma van de verdade. O tipo de van que, quando inofensiva, está sempre cheia de canos e material elétrico, e, quando não inofensiva, está abarrotada com as ferramentas depravadas de estupradores em série e assassinos violentos. Suas únicas janelas eram pequenas vigias posicionadas bem alto acima dos pneus traseiros, e ela percebeu, quando o carro passou, que o vidro do lado do carona havia sido tampado com uma cortina de tecido preto. Quando a van parou com um cantar de pneus repentino quarenta metros à frente, ela já sabia que deveria estar com medo. Como poderia não estar? Tinha sido criada em Long Island — outrora um imenso pântano ao pé de uma imponente cadeia de montanhas; agora um gigantesco banco de areia em forma de salmão —, o tubo de ensaio quase sobrenatural de tão sinistro que havia engendrado Joel Rifkin (assassino em série de dezessete mulheres), Colin Ferguson (o matador da Ferrovia de Long Island), Cheryl Pierson (que combinou de mandar o amigo de colégio matar o pai), Richard Angelo (o Anjo da Morte do Hospital do Bom Samaritano), Robert Golub (que mutilou um vizinho de treze anos), George Wilson (que matou Jay Gatsby a tiros enquanto este boiava tranqüilamente em sua piscina), John Esposito (que trancafiou uma menina de dez anos em seu porão) e Ronald DeFeo (que matou a família inteira em Amityville).

Na verdade, mesmo que não houvesse sido criada em West Egg, teria ficado com medo quando a van parou na estrada deserta bem à sua frente. Qualquer moça teria sentido os cabelos da nuca se eriçarem.

Infelizmente, a van parou de forma tão abrupta que Laurel não conseguiu dar meia-volta, porque a estrada era estreita e ela usava um sistema de pedal sem firma-pé quando andava de bicicleta: isso significava que a sola de cada sapatilha ficava presa ao pedal por uma trava de metal. Teria sido preciso soltar os calçados, parar e pousar a ponta de um dos pés no chão para virar o corpo enquanto dava um giro de 180° na bicicleta. E, antes de conseguir fazer qualquer dessas coisas, dois homens saltaram do carro, um do lado do motorista e outro do carona, e ambos usavam aquelas máscaras intimidadoras que escondiam o rosto: um indício de fato muito ruim no final de setembro, mesmo na quase tundra do norte de Vermont.

Então, numa onda desesperada de adrenalina, Laurel tentou passar por eles pedalando. Não teve nenhuma chance. Um dos homens a agarrou pelos ombros quando ela tentou passar correndo, enquanto o outro a erguia do chão pela cintura (com bicicleta e tudo). Estavam praticamente a bloqueando como se ela fosse um zagueiro de futebol americano em disparada, e eles fossem dois beques que a houvessem interceptado atrás da linha de defesa. Ela gritou — gritos agudos, de menina, desesperados, que transmitiam tanto sua vulnerabilidade quanto sua juventude —, ao mesmo tempo que parte de sua mente se concentrava analiticamente no que talvez fosse o aspecto mais considerável de sua situação: ela ainda estava presa pelos pés à bicicleta, e precisava se manter assim custasse o que custasse, segurando-se firme no guidom. Só isso poderia salvá-la de ter seu retrato estampado na lateral das caixas de leite longa vida e manchetes de jornais de Vermont. Por quê? Porque percebeu que seria impossível subjugar os homens que a estavam atacando — toda ela era fina e delicada, até os cabelos —, mas, caso eles não conseguissem tirá-la da bicicleta, seria muito mais difícil levá-la para dentro da mata ou jogá-la na traseira da van.

Em determinado momento, o mais musculoso dos dois, um brutamontes com cheiro de academia de ginástica — não era um cheiro ruim, nem de suor, mas sim um cheiro metálico, como de pesos de musculação —, tentou lhe dar um soco no rosto, mas ela deve ter se abaixado, porque ele bateu com o punho na beirada de seu capacete e soltou um palavrão. Por baixo da máscara, seus olhos tinham o cinza gelado do céu de novembro, e em volta de cada pulso ela viu a tatuagem de um rolo de arame farpado, como um bracelete. Ele gritou para seu comparsa — também tatuado com um crânio de orelhas sem nenhuma lógica (orelhas pontudas, de lobo) e longos filetes de fumaça a emergir, ondulantes, por entre os dentes afiados da boca — pôr a maldita bicicleta no chão para ele poder arrancá-la das travas. Por um instante, Laurel pensou em soltar ela própria o pé para poder lhe dar um chute com o bico duro de sua sapatilha de ciclismo. Mas não o fez. Graças a Deus. Manteve o pé apontado para frente, com a trava de metal da sola presa firmemente ao pedal. Ele tentou puxar seu tornozelo, mas não entendia nada sobre travas, então não soube exatamente em que direção torcer-lhe o pé. Frustrado, ameaçou quebrar seu tornozelo, enquanto o comparsa tentava despregar seu polegar e dedos do guidom. Mas ela continuou segurando firme, sem parar de gritar, com a convicção de que sua vida dependia disso — o que, de fato, era verdade.

Enquanto isso, eles a chamavam de piranha. Em poucos instantes — não foram minutos, mas talvez tenham sido —, chamaram-na de piranha, babaca, vaca, puta. Piranha de merda. Piranha idiota. Piranha oferecida. Piranha fedida. Piranha vadia. Piranha morta. *Sua* piranha morta. Nada de verbo. Até as palavras eram violentas, embora no início três delas tenham lhe soado menos odientas e raivosas e mais zombeteiras: essas palavras foram ditas (não gritadas) com um sorriso de sarcasmo pelo mais magro dos homens, uma piada particular entre os dois, e foi somente quando ele as repetiu que ela entendeu que não eram três palavras que estava escutando, mas duas. Era uma marca inventada, um substantivo, um sabor criado às suas custas. Ele havia reduzido sua vagina a um aperitivo com a equivocada suposição de que ela poderia de alguma forma estar lubrificada com algum vestígio da umidade que precede uma relação sexual. *Liqueur Snatch*, "Licor de xoxota". Foi essa a piada. Entenderam? Ele não disse *lick her snatch*, "chupe a xoxota dela", embora a pronúncia seja parecida. Nada disso: foi como um aperitivo francês. Mas a piada não provocou nenhuma reação em seu comparsa, nenhum tipo de reação, porque tudo o que importava naquele momento era o ódio inexplicável que ele sentia por ela. Como os terapeutas chamam esse instante de excitação? Até onde Laurel sabia, esse instante chegaria para ele na hora em que ela morresse. Na hora em que a matasse.

Por fim, jogaram-na no chão junto com a bicicleta. Por uma fração de segundo, ela pensou que houvessem desistido. Não era o caso. Começaram a arrastá-la pelos pneus, como se ela e a bicicleta fossem uma só criatura; um cervo morto que estivessem puxando pelas pernas para fora da floresta. Estavam-na arrastando na direção da van, ralando seu cotovelo e joelho direitos no chão de terra batida, com a intenção de jogá-la lá dentro — com bicicleta e tudo.

Mas não conseguiram fazer isso, e esse provavelmente foi mais um motivo pelo qual ela sobreviveu. Tinham tanto equipamento de ginástica entulhado dentro do carro que não conseguiram colocá-la lá dentro ainda presa à bicicleta. Quando a suspenderam, ela viu pesos em forma de disco, bancos e barras de metal, e o que pareciam as traves verticais de um aparelho de musculação. Então tornaram a jogá-la no chão de terra batida enquanto abriam espaço para ela na van, quebrando sua clavícula e deixando um hematoma em seu seio esquerdo que iria demorar meses para sarar completamente. Ela sentiu pontadas de dor tão intensas que ficou enjoada no mesmo instante, e só a adrenalina a impediu de vomitar. Mesmo assim, continuou segurando o guidom da bicicleta e manteve os pés presos nos pedais. Um dos homens vociferou para ela não se mexer, coisa que, por diversos motivos, não era mesmo uma alternativa: ela não estava pensando em soltar a bicicleta e, com a clavícula quebrada, teria levado pelo menos meia hora para conseguir soltar os pés, levantar-se e ir embora.

Quanto tempo terá passado ali, deitada daquele jeito? Dez segundos? Quinze? Provavelmente não chegou nem a um minuto. Seus agressores viram os outros ciclistas antes de ela os ver. Pedalando em sua direção pela estrada vinham três vigorosos atletas que, conforme se saberia mais tarde, eram advogados de Underhill a caminho de casa depois de passar o dia inteiro fazendo uma trilha de 120 quilômetros de ida e volta até Mad River Valley. Suas bicicletas eram de corrida, e, quando ouviram os gritos de Laurel, eles ficaram em pé nos pedais e começaram a impulsioná-los a toda velocidade na direção da van. Um tipo de coragem para encarar o perigo de frente muito raro nos dias de hoje. Porém, que escolha tinham? Deixá-la ali para ser raptada ou morta? Como é que alguém seria capaz de fazer isso? Assim, os ciclistas seguiram em frente, e os dois homens entraram correndo na cabine dianteira da van e bateram as portas. Ela pensou que eles estivessem indo embora. E estavam mesmo, só que não imediatamente. Primeiro, engataram a marcha a ré da van, tentando atropelá-la e matá-la. Deixá-la para morrer. Mas, felizmente, ela não estava imediatamente atrás do carro. Haviam-na largado suficientemente mais para o lado a ponto de, mesmo presa pelas travas, ela conseguir rastejar pelos trinta ou cinqüenta centímetros necessários para salvar a própria vida. Passaram por cima dela, deformando as duas rodas da bicicleta e ferindo seu pé esquerdo. Mas a sua sapatilha de ciclismo e o aro dianteiro da bicicleta provavelmente impediram que o pé fosse esmagado. Então os homens fugiram a toda velocidade, fazendo as rodas do carro lançarem uma chuva de pedrinhas sobre seu rosto e seus olhos, enquanto a fumaça do cano de descarga a deixava momentaneamente engasgada.

Quando conseguiu voltar a respirar, ela finalmente vomitou. Estava soluçando, sangrando, imunda. Era, sob todos os aspectos, uma vitimazinha patética: uma garota presa ao chão por suas travas como uma tartaruga virada de costas sobre o casco. Mais tarde, perceberia que um dos agressores havia quebrado seu indicador esquerdo em algum momento, enquanto a forçava a soltar a bicicleta.

Com cuidado, os advogados giraram seus tornozelos para poder soltá-la dos pedais, e em seguida ajudaram-na delicadamente a ficar em pé. A van já sumira há muito tempo, mas Laurel tinha decorado a placa, e, horas mais tarde, os homens foram pegos. Um deles trabalhava com fisiculturistas em um clube de musculação *hardcore* em Colchester. Não morava muito longe de onde ela havia estacionado, e a havia seguido na semana anterior. Ao perceber que a perua Jetta com a moça de cabelos louros aparecendo por baixo do capacete havia voltado, vira ali sua oportunidade. Laurel era a primeira mulher que ele tentava estuprar em Vermont, mas já tinha feito a mesma coisa em Washington e Idaho antes de se mudar para o Leste, e em Montana havia cortado os pulsos de uma professora que fazia seu *jogging* matinal, deixando-a sangrar até morrer em uma plantação de trigo. Deixara-a amarrada a uma cerca de arame farpado, e as tatuagens que tinha nos pulsos — como muitas tatuagens — eram uma homenagem. Uma obra de arte que ele carregava como recordação.

Seu comparsa aparentemente não fazia a menor idéia de que o amigo fosse um assassino: era um homem sem domicílio fixo que chegara a Vermont pouco tempo antes e imaginara que ali os dois fossem apenas se divertir um pouco às custas de uma jovem ciclista.

Depois do ataque, Laurel foi se recuperar em casa, em Long Island, e só voltou para a faculdade em Vermont em janeiro para o semestre da primavera. No verão seguinte, fez cursos para recuperar o atraso — de toda forma, naquele mês de julho, teve de ficar em Burlington para o julgamento de seus agressores — e, no outono seguinte, já havia conseguido alcançar o resto dos colegas de turma que iriam se formar junto com ela dali a dois verões. No entanto, os julgamentos haviam sido difíceis para ela. Foram breves, mas houve dois julgamentos separados. Era a primeira vez que ela reencontrava qualquer um dos dois agressores desde o ataque, e a primeira vez em que examinava seus rostos sem máscara. O homem sem domicílio fixo, cuja sentença seria significativamente reduzida por causa de seu depoimento contra o fisiculturista, tinha a pele pálida da cor de peixe cozido e um cavanhaque castanho que afinava um rosto já meio comprido. Não tinha cabelo nenhum no alto da cabeça, e o que lhe restava era uma mistura de grisalho com o mesmo castanho da barbicha. Embora fosse verão, usava uma camisa de gola alta para esconder a tatuagem. Parte de sua defesa foi dizer que tinha tomado um ácido antes do ataque e não estava raciocinando direito.

O fisiculturista era um homem corpulento que, enquanto aguardava o julgamento em uma prisão no noroeste de Vermont, continuou a se exercitar no pátio externo onde ficavam guardados os pesos — segundo relatos, praticava musculação mesmo nos dias gelados em que era preciso retirar a neve de cima dos aparelhos —, mas novamente foram aqueles olhos cinza que deixaram Laurel impressionada. Naquele verão, ele estava com a cabeça raspada, mas ela imaginou que no outono anterior seus cabelos estivessem apenas aparados em um corte curto e arrepiado. Depois de receber a sentença em Vermont, ele foi extraditado para Montana, onde foi julgado e condenado pelo assassinato da professora. Estava cumprindo uma pena de prisão perpétua em um presídio a quarenta e cinco minutos de Butte. O outro, depois de condenado, ficou detido no presídio localizado nos arredores de Saint Albans, relegado à ala mais reles e humilhante da prisão aos olhos dos condenados: aquela onde ficavam os presos condenados por crimes sexuais.

Sem dúvida, o ataque mudou a vida de Laurel sob inúmeros aspectos, mas a manifestação mais óbvia foi que ela parou de andar de bicicleta. As travas haviam lhe salvado a vida, mas a sensação de estar presa — de pedalar — sempre a remetia àquela estrada de terra batida em Underhill, e ela nunca mais queria voltar àquele lugar. No entanto, quando era mais nova, costumava nadar sempre; então, depois de alguns anos afastada da água, voltou às piscinas, tirando reconforto tanto dos quilômetros que conseguia percorrer quanto do modo como o cheiro de cloro em seus cabelos a fazia se lembrar, no mesmo instante, do porto seguro de sua infância em West Egg.

As outras mudanças foram mais sutis: uma fraqueza por homens mais velhos, que sua terapeuta sugeriu provir talvez da necessidade de se sentir protegida — amparada — por figuras paternas que a impediriam de ser machucada. Uma aversão por academias de ginástica e salas de musculação. Um diário. Uma imersão ainda maior na fotografia, seu hobby. Um distanciamento do universo social da universidade, sobretudo das fraternidades estudantis onde havia passado a maioria dos finais de semana de seu primeiro ano. E então, no quarto ano, a decisão de se mudar do alojamento para um apartamento perto do campus. Laurel não queria morar sozinha — embora não fosse mais uma pessoa especialmente sociável, às vezes ainda passava por momentos de ansiedade tão grande que nem mesmo os antidepressivos conseguiam combater, sobretudo quando estava sozinha no escuro —, e Talia Rice, sua colega de quarto desde que ambas haviam chegado a Vermont aos dezoito anos de idade, ofereceu-se para ir morar com ela. Encontraram uma sala, dois quartos e cozinha que podiam dividir em uma antiga casa de estilo vitoriano que proporcionava a Laurel tranqüilidade e isolamento, mas mesmo assim ficava suficientemente perto do campus para sua colega de quarto bem mais extrovertida. Era também uma casa muito clara, coisa que Talia insistia que qualquer lugar que escolhessem deveria ser — pelo bem de sua amiga.

Mesmo assim, algumas pessoas achavam que Laurel havia se tornado distante. Ela sabia que pensavam isso. Mas não ligou, e foi limitando ainda mais suas amizades mais casuais.

É claro que a mudança mais importante foi a seguinte: se Laurel não houvesse sido selvagemente atacada, não teria voltado a nadar. Isso parece prosaico, não convincente. Mas a vida está cheia de breves instantes que parecem prosaicos até se olhar para trás e ver a série de acontecimentos que os desencadearam. Pura e simplesmente, se Laurel não houvesse começado a freqüentar a piscina do campus quase todo dia de manhã, nunca teria conhecido a ex-aluna da Universidade de Vermont que administrava o abrigo de pessoas sem-teto em Burlington e continuava a manter a forma mesmo anos depois de sair da faculdade na piscina da UVM. E então nunca teria ido trabalhar no abrigo, primeiro como voluntária, enquanto ainda era estudante, e mais tarde, depois de formada, como funcionária de fato. E, caso não houvesse parado no abrigo, jamais teria conhecido um paciente do hospital psiquiátrico estadual, um cavalheiro (e era de fato um cavalheiro) cinqüenta e seis anos mais velho do que ela chamado Bobbie Crocker.

QUANDO LAUREL ERA MENINA, seu pai também tinha lhe dado um conselho: tudo que é elegante é chato. O importante é o esforço. E sim, ela jamais deveria se esquecer de que, embora estivesse sendo criada em uma casa grande, em um bairro rico e com a mãe disposta a levá-la de carro a jogos de futebol e treinos de natação, a maioria das pessoas no mundo vivia em grave e desoladora pobreza, portanto, algum dia, esperava-se que ela fosse retribuir. Não fora intenção de seu pai sugerir, em tom pessimista, que alguma retribuição kármica estava reservada para ela pelo fato de sempre ter podido comer o quanto quisesse e nunca ter voltado do shopping para casa sem alguma roupa, CD ou menino com quem pudesse querer ficar.

Seu pai sabia tudo sobre as compras, mas nada sobre meninos. Pelo menos nada de importante. Morreu logo depois de ela se formar na faculdade sem ter a menor idéia nem do apetite sexual, nem das experimentações que se propagavam nos círculos de alunos de ensino médio que a filha havia freqüentado, e muito menos da roda-viva sexual que marcara seu ano de caloura na Universidade de Vermont.

O pai de Laurel era sócio do Rotary Clube, o que significava que era um alvo fácil para piadas ofensivas. Mas ele acreditava piamente que, quando as duas filhas fossem adultas, teriam a obrigação moral de estender a mão para outros que não tivessem os mesmos privilégios. A associação havia até mesmo financiado e construído um orfanato em Honduras, instituição que ele visitava anualmente para inspecionar e certificar-se de que as crianças estavam satisfeitas e bem tratadas. Portanto, Laurel se preocupava em defender o Rotary quando alguém próximo a ela fazia piadas sobre a instituição, deixando bem claro para as pessoas superficiais e sarcásticas que, na sua opinião, não se fazia piada sobre gente com empregos em tempo integral que batalhava para dar teto a crianças cujos pais haviam morrido de Aids, ou que haviam perdido as casas em furacões. Sua irmã, uma corretora de ações cinco anos mais velha do que ela, acabou se tornando sócia atuante desse mesmo Rotary Clube.

Laurel tinha vinte e três anos quando o pai morreu subitamente de infarto. Tinha certeza de que ele sabia o quanto ela o havia amado, mas isso não necessariamente tornou o buraco que a morte dele deixou em sua vida mais fácil de tapar. Na noite em que ela fora atacada, ele e sua mãe haviam chegado em menos de três horas ao hospital de Burlington. Como? Um amigo rotariano era piloto e tinha um pequeno avião, e conseguiu levá-los até Vermont assim que ela telefonou.

Laurel e seus amigos de infância sabiam muito bem que o *country club* no canal de Long Island onde haviam aprendido a nadar, velejar e jogar tênis tinha sido um dia o lar de Jay Gatsby. Mas, na verdade, não ligavam muito para isso. Tampouco seus pais ligavam muito para isso. Seus avós provavelmente ligavam. Porém, com nove, dez ou onze anos de idade, Laurel e seus amigos não davam muita trela para nada que fosse importante para seus avós. A sede do clube e seu amplo e comprido salão de jantar haviam sido outrora a mansão de pedra de Jay Gatsby, e fotografias em preto-e-branco empoeiradas de suas festas do início dos anos 1920 decoravam o saguão. Em todas as fotos, todo mundo estava vestido exageradamente. Ou parecia bêbado. Ou as duas coisas. Laurel tinha a sensação de que os seus amigos — os meninos, pelo menos — talvez tivessem ficado mais intrigados com a história do clube caso a piscina onde passavam dias de verão inteiros houvesse sido a mesma piscina de mármore em que George Wilson matara Gatsby a tiros. Mas não era; essa piscina original não existia mais e fora substituída por um monstrengo em L com raias de vinte e cinco metros no trecho mais comprido e uma parte para mergulho, com quatro metros de profundidade, no mais curto. A piscina tinha um trampolim de um metro e outro de três metros de altura, e no gramado que margeava as laterais oeste e norte havia longas fileiras de macieiras imponentes. No auge do verão, as jovens mães iam se sentar com seus filhos pequenos na sombra entre as árvores. Laurel passou cinco anos na piscina, no time de natação, e outros três como mergulhadora.

Além disso, todo mundo sabia que, das três casas do outro lado da enseada onde eles viravam suas canoas de cabeça para baixo, a que ficava mais ao norte tinha sido a residência de Tom e Daisy Buchanan. Daisy era a beldade da Louisiana por quem Gatsby havia se apaixonado, e Tom era seu marido. A casa em estilo georgiano colonial dos Buchanan era a mais antiga das três, já que as outras duas haviam sido construídas depois de Pamela Buchanan Marshfield — filha de Tom e Daisy — subdividir a propriedade, no início dos anos 1970. Onde antes havia dois mil metros quadrados de roseirais, agora havia uma quadra de tênis que ocupava o terreno de norte a sul e pertencia a uma família chamada Shepard; onde antes havia um estábulo que abrigava os pôneis de pólo de Tom Buchanan, agora havia uma imensa casa em réplica de estilo Tudor pertencente a uma família chamada Winston. Em 1978, ano anterior ao nascimento de Laurel, Pamela vendera o resto da propriedade — a casa em que crescera e vivera já adulta e casada, até quase completar sessenta anos.

Conseqüentemente, Laurel nunca havia conhecido Pamela quando menina. Só iriam se encontrar quando ela própria já estivesse adulta.

Mas seu pai tinha conhecido Pamela. Não muito bem, mas isso não se devia ao fato de ela ter sido uma reclusa excêntrica. Pamela e o marido simplesmente freqüentavam um grupo muito mais velho (e, sim, mais rico) do que os pais de Laurel e, por motivos bastante óbvios, não eram sócios do relativamente descontraído *country club* do outro lado da enseada. Eram sócios, isso sim, de um muito mais exclusivo iate clube também em Long Island, ao leste.

Mesmo assim, quando Laurel pensava em sua infância, na maioria das vezes os nomes de Gatsby e Buchanan sequer passavam pela sua cabeça. Quando pensava neles, se é que isso acontecia, imaginava-os como fantasmas irreais, totalmente irrelevantes para sua vida em Vermont.

Mas então viu as fotografias cheias de orelhas que Bobbie Crocker — indigente, dócil (quase sempre) e doente mental — deixara para trás ao morrer, com oitenta e dois anos de idade. O velho teve um infarto na escada que levava à sua quitinete-alojamento no prédio onde outrora havia funcionado o Hotel Nova Inglaterra da cidade, agora transformado em vinte e quatro apartamentos altamente subsidiados que ex-sem-teto podiam alugar por cerca de trinta por cento de sua pensão por invalidez ou aposentadoria, e por até cinco dólares mensais caso não tivessem nenhuma renda. Até onde se sabia, Bobbie não tinha família, portanto, foi a assistente social que acompanhava o seu caso que descobriu as caixas de velhas fotografias dentro de seu único armário. Estavam muito mal-conservadas, as imagens empilhadas como pratos descartáveis ou enfiadas na vertical dentro de pastas como velhas contas de telefone, mas os rostos podiam ser claramente identificados. Chuck Berry. Robert Frost. Eartha Kitt. Escritores *beatnik*. Músicos de jazz. Escultores. Enxadristas em Washington Square. Rapazes jogando bola em uma rua de Manhattan, com um gigantesco outdoor da fabricante de comida *kosher* Hebrew National ao fundo. A ponte do Brooklyn. Algumas imagens evidentemente mais recentes de Underhill, Vermont, incluindo algumas de uma estrada de terra batida — uma delas com uma garota de bicicleta — que Laurel conhecia muito bem.

E, dentro de um envelope separado, do tipo que se usa para cartões comemorativos, havia instantâneos: menores, embora igualmente em mau estado. Laurel reconheceu na mesma hora a casa de Pamela Buchanan Marshfield. Em seguida, o *country club* de sua infância, incluindo a torre em estilo normando, na época em que este pertencia a um contrabandista de bebidas chamado Gatsby. A piscina original, com a torre logo atrás. Festas como aquelas imortalizadas nas paredes do salão de jantar do *country club*. Pamela Buchanan Marshfield criança, posando junto com um menino alguns anos mais novo ao lado de um cupê bordô. O próprio Gatsby ao lado de sua baratinha amarelo-ovo — o carro que Tom Buchanan havia criticado mais de uma vez, chamando-o de vagão de circo.

Havia mais ou menos uma dúzia dessas fotos menores e centenas de negativos e cópias maiores que ela imaginou terem sido tiradas pelo próprio Bobbie Crocker.

Laurel não soube na hora quem era o menininho ao lado de Pamela. Mas teve um palpite. Por que Pamela não poderia ter tido um irmão? Por que este não poderia ter acabado sem-teto em Vermont? Coisas mais estranhas do que isso aconteciam todos os dias. Mas ela com certeza não desconfiou de toda a verdade na primeira vez em que tentou interpretar aquela caixa de fotos velhas, nem imaginou que logo fosse acabar sozinha, afastada do namorado e dos amigos, novamente perseguida, abalada e traumatizada.

PACIENTE 29873

...paciente ainda demonstra obsessão pelas fotos antigas. Fala nelas o tempo inteiro, quer saber onde as guardamos. Planeja um dia fazer uma exposição — uma "mostra espetacular"...

Orientação: continuar risperidona 3 mg, via oral, duas vezes ao dia

Continuar valproato 1.000 mg, via oral, duas vezes ao dia

Por motivos de segurança, sem direito a sair da unidade por enquanto.

Das anotações de Kenneth Pierce,
psiquiatra responsável,
Hospital Estadual de Vermont, Waterbury, Vermont

Capítulo um

PAMELA BUCHANAN MARSHFIELD viu antes de seu advogado o anúncio que o abrigo de sem-teto em Vermont havia publicado no jornal. Percebeu no mesmo instante que o anúncio falava do irmão e do trabalho do irmão.

Sabia que a memória — sobretudo quando se tinha a sua idade — era, no melhor dos casos, uma coisa excêntrica. Conseqüentemente, quando pensava em Robert, não se lembrava de um homem adulto. Pensava instantaneamente, isso sim, no bebê que pegava do colo da babá e mostrava para os convidados de seus pais como se fosse seu. E, de certa forma, era mesmo. Ela ajudava a trocar suas fraldas, ajudava a lhe dar de comer. Levava-o para o jardim e erguia seu rosto até junto das rosas para ele sentir seu perfume. Deixava-o cheirar os pôneis de pólo e deixava os pôneis de pólo cheirá-lo. O casamento de seus pais se tornou consideravelmente menos turbulento nos primeiros anos depois do nascimento dele, e era o único período da infância de Pamela em que ela não se lembrava de vê-los brigar. Talvez até estivessem bebendo menos. Talvez sua mãe nunca tenha sido tão feliz como quando seu irmão era adorável, pequenino e emanava um perfume de talco; as inúmeras decepções que já haviam marcado a vida de Daisy — e a própria Daisy era ainda muito jovem nessa época — devem ter lhe parecido consideravelmente mais fáceis de suportar enquanto ela embalava seu neném.

Infelizmente, isso não durou. As fissuras que caracterizavam a paisagem matrimonial de Tom e Daisy Buchanan eram profundas demais para poderem ser preenchidas por um bebê. Qualquer bebê. Mesmo assim, Pamela esperava, rezava e ansiava que aquela criança realizasse nada menos do que um milagre. Aquele bebê. Aquele menininho.

Pamela tinha lido em algum lugar que as crianças pequenas só viam em preto-e-branco logo depois de nascerem. Ainda não conseguiam distinguir as cores. Achava isso interessante por diversos motivos, mas sobretudo em virtude de uma das primeiras lembranças que tinha do irmão. Foi em um dia no verão depois de seu nascimento. Seu pai não estava em casa, mas sua mãe voltara de um almoço com amigas mais ou menos na hora em que ela e o irmão tinham sido acordados de seus cochilos pela babá. Em geral, os dois não dormiam no mesmo quarto, mas nessa tarde úmida de agosto, sim: haviam dormido juntos na sala de visitas que dava para a varanda, porque a babá podia abrir as altas janelas envidraçadas e uma brisa soprava da enseada.

Daisy pegou o álbum com as fotografias e retratos maiores, a maioria de sua adolescência em Louisville, e levou os dois filhos para se sentarem junto com ela no sofá. Ali acomodou Robert sentado em seu colo, como se ele fosse um dos ursos de pelúcia de sua irmã mais velha, enquanto Pamela se aninhava ao seu lado. Daisy recendia a limão e hortelã. Ela então começou a contar aos filhos — sobretudo Pamela, é claro, já que seu irmão tinha poucos meses de idade — as histórias das pessoas que apareciam em cada fotografia. E, embora Pamela não conseguisse se lembrar exatamente do que sua mãe dissera naquela tarde sobre os avós, primos, tias e tios ou pretendentes, lembrava-se do seguinte: seu irmão ficava querendo olhar as fotografias muito depois de ela e a mãe já estarem prontas para virar a página, e muitas vezes estendia os dedinhos rechonchudos para tocar os rostos em preto-e-branco dos Fay de Louisville, seus antepassados.

Quando pequeno, ele voltou muitas vezes a folhear aquele álbum e, com apenas quatro ou cinco anos, ele e Pamela examinavam a coleção inteira de álbuns de fotos da mãe. Tratavam-nos como se fossem contos de fadas, e Pamela usava as imagens para inventar histórias de ninar para o irmão. Em determinado momento, ele começou a inventar histórias para ela. Em geral não eram histórias violentas. E eram consideravelmente menos assustadoras do que as tradicionais histórias de gigantes, bruxas e fadas que as crianças escutavam naquela época. Mas eram histórias estranhas e, em grande medida, fantasiosas. Ele tinha apenas nove ou dez anos de idade, mas Pamela já podia ver que o irmão estava começando a viver em um mundo sem fronteiras inteiramente desprovido de correlações rígidas entre causa e efeito.

Aquilo era uma indicação do que ele iria se tornar. De como ele iria viver a maior parte da vida.

Conseqüentemente, assim que Pamela viu o anúncio no jornal, ligou para seu advogado e pediu-lhe que entrasse em contato com o abrigo de sem-teto em Vermont.

Capítulo dois

KATHERINE MAGUIRE TINHA olhos verdes resplandecentes que, ao contrário de seus cabelos saturados de cloro, não haviam perdido nada de sua cor com a idade. As pessoas na verdade achavam aqueles olhos um pouco perturbadores. Laurel certamente pensava assim. Imaginava que Katherine tivesse uns cinqüenta anos, pouco menos do dobro de sua idade, mas tinha um corpo tonificado e esbelto e podia passar por uma mulher consideravelmente mais jovem. As duas haviam passado anos nadando juntas na piscina da UVM, desde que Laurel voltara a nadar depois do ataque, e nos dias de semana encontravam-se no vestiário às 5h45. Duas décadas antes, quando Katherine tinha poucos anos a menos do que Laurel tinha agora, havia fundado o abrigo de sem-teto — e criara a instituição praticamente sozinha. Laurel sempre havia considerado isso um feito espetacular. Não tinha certeza se seria capaz de montar sozinha sequer uma barraquinha de limonada na calçada em frente ao seu prédio. Junto com os filhos gêmeos que agora cursavam o ensino médio, Katherine considerava o abrigo a obra mais importante de sua vida.

Katherine adentrou a sala de Laurel com a segurança de sempre, pouco antes do almoço daquela segunda-feira de setembro, trazendo nos braços uma surrada caixa-arquivo de papelão. Depositou-a com um leve baque no chão da sala de Laurel, e então afundou na cadeira dobrável em frente à escrivaninha de sua funcionária, construída com um pedaço de metal de fabricação industrial que fora descartado pela fábrica — escrivaninha idêntica à que Katherine usava em sua própria sala, pouco maior do que aquela.

— Tinha um envelope também — disse Katherine —, mas esqueci em cima da minha mesa lateral. E você não vai acreditar na pilha de jornais e correspondência não-solicitada que ele conseguiu juntar em apenas um ano. O cara era um acumulador inacreditável.

Katherine tinha um hábito que algumas pessoas (principalmente os homens) achavam irritante, mas que na verdade não incomodava Laurel: começava todas as conversas como se elas já estivessem acontecendo há algum tempo.

— Quem?

— Bobbie Crocker. Você sabia que ele morreu ontem, não sabia? No Hotel Nova Inglaterra?

— Não, não sabia — disse Laurel, baixando a voz. Quando um de seus clientes morria, todos eles ficavam um pouco cabisbaixos. Algumas vezes sequer fazia diferença se conheciam a pessoa bem ou não: era a idéia de serem os únicos a testemunhar o fim daquela vida. Todos tinham a forte sensação de como a existência daquele indivíduo havia se tornado pequena, espartana, acanhada.

— Me conte o que aconteceu.

— Você não soube?

— Passei o dia inteiro com clientes ou em reuniões.

— Ah, Laurel, me desculpe. Meu Deus, eu não queria dar a notícia a você desse jeito — disse ela. Talvez até fosse verdade, mas Laurel sabia que também era possível que fosse justamente esse o jeito que Katherine quisera usar para compartilhar com ela aquela notícia. Por causa de seu passado, as pessoas tratavam Laurel com uma delicadeza excessiva quando algo trágico ou triste acontecia, ou então agiam como tratores, atabalhoadamente. Fora sua irmã, Carol, quem lhe dera a notícia da morte do pai, e elas devem ter passado pelo menos um minuto no telefone antes de Laurel perceber que Carol estava lhe contando, da forma mais elaborada possível, o que havia acontecido. Sua irmã mais velha fora tão evasiva no início que, durante pelo menos trinta segundos, Laurel pensou que estivesse telefonando para lhe dar a informação basicamente insignificante de que seu pai estava em uma viagem de negócios em algum lugar e que talvez passassem algum tempo sem notícias dele. Sinceramente, não conseguia entender por que a irmã se dera ao trabalho de ligar para ela. No caso da morte de Bobbie Crocker, Laurel desconfiava que Katherine talvez tivesse escolhido a tática oposta, a gafe involuntária, na qual sua estratégia era agir como se Laurel já soubesse que um de seus clientes havia morrido.

— Continue, pode falar. Me conte — insistiu Laurel, e Katherine contou, começando pela forma como um outro inquilino havia encontrado Bobbie ao sair para a igreja e terminando com a facilidade, a trágica facilidade, com que ela e Emily Young, a assistente social responsável por Bobbie, haviam limpado seu apartamento na tarde de domingo.

— Levou umas duas horas — disse Katherine. — Dá para imaginar? Meu Deus, quando meus pais morrerem, eu vou levar uns dois anos para arrumar tudo que eles acumularam na vida. Mas um cara como o Bobbie? As roupas couberam dentro de uns dois sacos plásticos: um para o lixo, outro para o Exército da Salvação. E pode acreditar: o saco do lixo era bem maior. Era quase tudo só jornais e revistas.

— Alguma carta? Algum sinal de parentes?

— Nada concreto. Bom, tinha umas fotos dentro do tal envelope, mas só passei um segundo olhando para elas. Não acho que tenham alguma coisa a ver com o Bobbie. Você sabia que ele era ex-combatente, não sabia? Segunda Guerra Mundial. Então ele tem direito a uma sepultura no cemitério perto do forte de Winooski. Vai ter uma pequena cerimônia amanhã. Você consegue ir?

— Claro — disse Laurel. — Não deixaria de ir.

— Ele era um cara tão agradável.

— Era, sim.

— Mesmo sendo um pouco maluco.

— Mas um maluco adorável.

— Era mesmo — concordou Katherine.

— E, para um velho, ele sem dúvida tinha uma baita energia — disse Laurel, formando na mente uma imagem de Bobbie Crocker e lembrando-se de algumas das últimas conversas que tivera com ele. Invariavelmente, eram ao mesmo tempo interessantes e insensatas. Não muito diferentes do tipo de conversa que ela mantinha com muitas das pessoas que passavam pelo abrigo, no sentido de que podia supor, com segurança, que metade do que ele estava lhe dizendo era pura invenção ou delírio. A diferença, que na cabeça de Laurel era significativa, era que a vitimização raramente fazia parte das anedotas de Bobbie. Isso era atípico para um esquizofrênico, mas ela também sabia que provavelmente só o vira em sua melhor forma: quando o conhecera, ele estava sendo medicado corretamente. Ainda assim, raramente reclamava com Laurel ou se mostrava violento, e quase nunca sugeria que o mundo lhe devia o que quer que fosse. Sem dúvida, Bobbie acreditava que havia conspiradores à solta: geralmente tinham algo a ver com seu pai. Porém, regra geral, estava seguro de ter conseguido escapar deles.

— A última vez em que vi o Bobbie foi duas semanas atrás, na caminhada beneficente — acrescentou ela.

— Lembra sobre o que conversaram?

— Lembro. Ele me disse que tinha participado de uma passeata pelos direitos civis em Frankfort, no Kentucky, em 1963 ou 1964. Estávamos quase começando a andar... bom, todos menos o Bobbie... e ele estava parado perto da linha de largada, curtindo a multidão, a luz do sol e a brisa que vinha do lago. Quando pedi a ele para me contar mais, ele mudou de assunto. Em vez disso, me falou como começava o dia todas as terças e quintas com uma tigela de flocos de trigo boiando em exatamente meio copo de suco de laranja em vez de leite, porque estava preocupado com o colesterol. Disse que compensava o doce do suco com umas gotinhas de molho de soja. Parecia bem intragável.

— Alguma vez escutou ele gritar "oi"?

— Claro. — Todos no abrigo sabiam que a voz de Bobbie, que ecoava com vigor mesmo quando ele tinha mais de oitenta anos, só estava a seu gosto em uma partida esportiva ou em um bar.

— Querida, cheguei! — bradou Katherine de repente, imitando o grito de guerra que Bobbie, um vovô fã de seriados de TV ligado à base de metanfetaminas, sempre dava ao chegar ao abrigo, para ver se algum dos funcionários que conhecia estava de plantão no dia. Aparentemente, havia usado essa frase mesmo quando de fato estava morando na rua, na primeira vez em que aparecera no abrigo, mais cansado e com mais fome do que jamais sentira na vida. Mesmo nessa condição, não era nenhum gato de rua assustado.

Levemente paranóico e sujeito a delírios ocasionais? Sim. Assustado? Não.

— Ele costumava me dar um trabalho...

— Com bom humor, espero — disse Katherine.

— Em geral, sim. Quando estava sem fazer nada no abrigo e eu também estava aqui, ficava me provocando por eu ser tão novinha. Lembro que, quando nos conhecemos, ele pensou que eu ainda estivesse na faculdade. Não acreditou que eu já tivesse me formado há alguns anos.

— Ele compartilhou com você algumas das máximas de Bobbie Crocker?

— Deixe-me ver... Disse que eu era jovem demais para saber qualquer coisa sobre a vida nas ruas. Disse que a única água realmente potável em Vermont ficava a sessenta e cinco quilômetros daqui, em uma fonte que desaguava no rio Catamount. Disse que Lyndon Baines Johnson... isso mesmo, o presidente... ainda estava vivo, e que sabia onde ele estava. Afirmou que já tinha passado um fim de semana inteiro na esbórnia com Bob Dylan e Joan Baez. E disse que tinha sido criado em uma casa com vista para uma enseada e um castelo.

— Adoro as fantasias desse homem. Tantas pessoas que conhecemos pensam que são o Rambo ou o papa. Ou então que têm milhões de dólares escondidos em contas na Suíça. Ou que a CIA... ou o Rambo, o papa e a CIA... estão atrás delas. Mas o Bobbie, não. Ele sonhava com castelos. Era impossível não amar esse homem.

— Bom, ele viu o diabo — disse Laurel.

— Como assim?

— Só comentou isso comigo uma vez. Mas comentou com a Emily também. Ele viu o diabo uma vez.

— E disse que cara o diabo tinha?

— A cara de uma pessoa, acho.

— Alguém em especial? — perguntou Katherine.

— Alguém que ele conhecia, tenho certeza. Mas isso seria uma pergunta para Emily.

— Ele estava tomando drogas pesadas quando viu esse homem?

— Vai ver o diabo é mulher.

— Ou quando viu essa mulher? — disse Katherine, corrigindo-se.

— Muito pesadas, eu diria. Ninguém vê o diabo tomando sangue de boi.

Katherine deu um sorriso triste, inclinando a cabeça para trás em direção à tela que cobria a única janelinha da sala de Laurel, esperando sentir um sopro de vento. Pareceu a Laurel que ela estava evocando uma lembrança do homem em si. Ao chegar no abrigo, Bobbie — e ele sempre foi Bobbie para os assistentes sociais e para os residentes do Hotel Nova Inglaterra — era um esqueleto humano, mas logo se recuperou: um dos efeitos colaterais de seu antipsicótico era o aumento de peso. Nunca chegou a ficar rechonchudo, mas, dali a três ou quatro meses, já havia recuperado a pança dos pobres que vivem à base de fast-food e dos pães e massas cheios de carboidratos que eram empilhados nos pratos do abrigo diurno de emergência e do Exército da Salvação. Comida pesada o suficiente para fazer os famintos se sentirem saciados e para mantê-los aquecidos. Muita pasta de amendoim. Com a idade, ele havia perdido estatura, mas ainda tinha presença e porte. Seu rosto estava escondido até os olhos por uma densa barba branca que ainda tinha alguns pedaços pretos, mas o que todos percebiam eram os olhos, porque eram profundos, escuros e sorridentes, e seus cílios eram quase tão compridos quanto os de uma garota.

— Ele era uma figura e tanto — disse Katherine com uma voz mansa depois de alguns instantes. — Sabia que ele era fotógrafo?

— Sei que ele disse que era — respondeu Laurel —, mas não acho que estava falando sério. Imagino que fosse um hobby ou alguma coisa assim. Talvez um emprego de meio expediente que ele teve antes de perder totalmente a razão. Tirando retratos de turmas de colégio. Ou de bebês na Sears.

— Talvez seja mais do que isso. O Bobbie não tinha câmeras nem material fotográfico no quarto, mas tinha estas aqui. Olhe dentro da caixa — disse Katherine, apontando languidamente para a caixa de papelão a seus pés.

— Isto seria...

— Fotografias. Retratos. Negativos. Tem uma tonelada deles aí dentro. Todos muito retrô.

Laurel espiou pela lateral da escrivaninha. Katherine empurrou a caixa em sua direção com o pé, de modo que ela pudesse estender a mão e afastar as abas superiores. A primeira imagem que Laurel viu foi um retrato em preto-e-branco de vinte e oito por trinta e cinco centímetros que mostrava pelo menos duzentas adolescentes, todas usando camisas brancas de botão e saias pretas idênticas, brincando de bambolê em um campo de futebol americano. Parecia algum tipo de concurso inusitado: bambolê sincronizado, talvez. A foto seguinte, a tirar pelo recatado traje de banho de duas peças usado pela modelo, era da mesma época: uma surfista posava em cima da prancha na praia, fingindo descer uma onda. Laurel pegou a foto e leu, escrito no verso a lápis, em caligrafia legível: "A verdadeira Gidget, não Sandra Dee." Folheou mais algumas imagens, todas em preto-e-branco, todas do final da década de 1950 e início da de 1960, até chegar a uma que pensou que pudesse ser o retrato de um Paul Newman muito jovem. Ergueu-a para mostrar à chefe e arqueou as sobrancelhas.

— Pois é — disse Katherine —, também acho que é ele. Infelizmente não tem nada escrito atrás. Nenhuma anotação, nenhuma pista.

Laurel tornou a pôr Paul Newman dentro da caixa e percorreu rapidamente as fotografias. Mais para o fundo, descobriu longas tiras de negativos, nenhuma delas protegida por plástico. Assim como as fotos, haviam sido jogadas de qualquer maneira dentro da caixa.

— E você acha que foi o Bobbie Crocker quem tirou essas fotos? — perguntou ela a Katherine, tornando a se recostar na cadeira.

— Acho.

— Por quê?

— Elas estavam no apartamento dele — disse Katherine. — E, quando o tiramos da rua no ano passado, ele estava carregando uma velha sacola de lona cheia de fotos que insistia serem suas. Imagino que a maioria dessas aqui devesse estar lá dentro. Ele se recusou a aceitar uma cama antes de se certificar de que os escaninhos estavam trancados... de que o seu escaninho ficaria trancado. Estava literalmente disposto a ir para a cama com as fotos, mas as únicas camas livres eram na parte de cima dos beliches, então não dava.

Os sem-teto muitas vezes traziam para o abrigo um ou dois objetos, imbuídos de uma importância totêmica (e, para eles, titânica) — aquele objeto único que lhes lembrava quem eram, ou como fora a sua vida antes de começar a fugir do controle. Um certificado de soletração ganho na infância. Um anel de noivado que não quiseram empenhar. Um ursinho de pelúcia — e até mesmo os ex-combatentes das guerras do Vietnã ou do Golfo algumas vezes traziam consigo um bicho de pelúcia. Na bagunça que era guardada nos escaninhos, Laurel também já tinha visto muitos instantâneos de família. Mas nunca antes vira qualquer coisa que fizesse pensar em arte de verdade, ou em alguma realização profissional. E ela própria já havia feito cursos de fotografia suficientes e tirado fotos suficientes para saber, com segurança, que aquelas eram interessantes, tanto de um ponto de vista jornalístico quanto artístico. Achava até que talvez já tivesse visto em algum lugar a imagem das adolescentes com os bambolês — se não aquela fotografia exata, então talvez alguma outra da mesma série.

— Alguém não poderia ter tirado as fotos e dado para ele? — perguntou Laurel. — Um irmão ou irmã, talvez? Algum amigo? Quem sabe alguém morreu e deixou as fotos para ele.

— Vá falar com o Sam — disse Katherine, referindo-se ao gerente que estava de plantão no dia em que Bobbie Crocker tinha chegado ao abrigo. — Ele sabe mais sobre o Bobbie do que eu. E converse com a Emily. Tenho quase certeza de que ele disse a eles dois que era fotógrafo. É claro que não quis mostrar as fotos. Nunca mostrou. Aparentemente, ninguém podia ver as fotos, senão...

— Senão quê?

— Ah, quem vai saber? Bem-vinda ao mundo de Bobbie. Emily conseguiu dar uma olhada nas fotos logo depois de ele chegar, só para ter certeza de que ele não era nenhum monstruoso pedófilo. Mas você sabe como a Emily é ocupada. A vida daquela mulher é um caos. Depois de ver que as fotos eram inocentes, ela não pensou mais no assunto até irmos as duas ontem arrumar o quarto dele.

Laurel pensou nisso por alguns instantes, e então seu olhar recaiu sobre outra fotografia: dois rapazes jogando xadrez na Washington Square, Manhattan, cercados por meia dúzia de passantes que assistiam entretidos à partida. Supôs que aquela dali não pudesse ser posterior ao início dos anos 1960. Algo nela lhe parecia decididamente pré-Johnson. Pré-Lee Harvey Oswald.

Por baixo dela havia outra imagem que lhe provocou uma sensação inteiramente diferente: uma estrada de terra batida em Vermont que ela reconheceu. Ao longe, uma garota montada em uma *mountain bike*.

Short de lycra preto. Um suéter muito colorido, com um desenho na frente que ela não conseguiu reconhecer, mas que poderia muito bem ser de uma garrafa. O lugar ficava a uns oitocentos metros de onde ela havia sido atacada, e no mesmo instante ela se viu novamente naquela estradinha com os dois homens violentos, suas máscaras, suas tatuagens, seus planos de estuprá-la; e seu coração começou a palpitar. Deve ter passado muito tempo com o olhar vidrado, porque Katherine — cuja voz parecia vir de baixo d'água — agora estava perguntando se ela estava bem.

— Aham, estou, sim — Laurel se ouviu murmurar. — Estou bem. Posso ficar com elas? — pediu. Sabia que estava suando, mas não quis chamar atenção para esse fato enxugando a testa.

— Quer um copo d'água?

— Não. Sério, eu estou bem. Mesmo. É que... é que está muito calor lá fora. — Ela sorriu para a chefe.

— Bom, quando você quiser dar uma olhada nelas... sem pressa, Laurel... eu adoraria saber o que você achou.

— Posso dizer o que achei agora mesmo: são boas. Ele... ou quem quer que tenha tirado estas fotos... tinha talento de verdade.

Katherine baixou o queixo de leve e sorriu de uma forma que Laurel conhecia bem: ao mesmo tempo sedutora e calculada. Katherine construíra o abrigo e o mantivera funcionando durante todos aqueles anos graças a uma combinação de força de vontade ferrenha com a capacidade de conquistar o mundo com aquele sorriso. Laurel sabia que ela estava prestes a lhe pedir para iniciar um projeto.

— Você ainda tem permissão para usar o laboratório de fotografia da UVM, não tem?

— Bom, eu pago para isso... do mesmo jeito que pagamos para usar a piscina da UVM. Mas, como ex-aluna, é uma tarifa bem simbólica.

— Muito bem, então. Você estaria disposta a... não sei se estou usando a palavra certa... ser curadora de uma mostra?

— Dessas fotos?

— Aham.

— Estaria. Acho que sim. — Sabia que tinha dito sim em parte por causa da imagem daquela garota esguia e solitária em Underhill.

Precisava saber o que mais havia nessas imagens. Mas também entendia que estava aceitando por culpa: não tinha levado Bobbie a sério quando ele mencionara o fato de ser fotógrafo. Se aquelas fotos fossem mesmo dele, então ela havia perdido uma oportunidade de reconhecer o que ele fizera antes de sua morte, e talvez também uma oportunidade de aprender alguma coisa em sua condição de aprendiz de fotógrafa. Mesmo assim, tinha reservas em relação ao assunto e compartilhou-as com Katherine. — É claro que não temos certeza se o Bobbie tirou mesmo estas fotos — completou.

— Vamos confirmar isso. Ou melhor, você vai confirmar isso. E eu vou consultar nossos advogados e nosso conselho de diretores sobre gastar algum dinheiro para ter certeza de que o Bobbie não tem nenhum parente por aí que vá querer as fotos. Quem sabe colocamos um pequeno anúncio em uma revista de fotografia? Ou em qualquer jornal que seja lido pelos advogados do estado. Talvez até no *The New York Times*. Você vai ver que muitas dessas fotos parecem ter sido tiradas em Nova York. E talvez possamos colocar o que encontramos na internet. Existem sites de empresas de busca de herdeiros.

— Mas você sabe que elas estão em péssimas condições. Não podemos fazer uma exposição desse jeito. E você faz alguma idéia do trabalho que daria para restaurar? Não sei nem se os negativos ainda podem ser usados.

— Mas não está interessada?

— Estou. Mas não se engane: vai dar um trabalhão.

— Bom, eu acho que seria uma ótima propaganda para o abrigo. Daria um rosto aos sem-teto. Mostraria às pessoas que eles são seres humanos, que fizeram coisas de verdade com suas vidas antes de tudo explodir pelos ares. E...

— E?

— E essas fotos... essa coleção... na verdade, ela pode valer um bom dinheiro se for restaurada e preservada integralmente. É por isso que eu acho tão importante ter certeza de que não existe nenhum parente perdido por aí com algum direito sobre elas.

Laurel tomou cuidado para conter o entusiasmo que estava começando a sentir, porque aquilo tinha o potencial de se transformar em uma tarefa desafiadora.

— Você disse que tinha um envelope na sua sala — lembrou à chefe.

— Sim, mas não é tão interessante quanto o que tem nesta caixa... pelo menos em termos de uma exposição. É um pequeno pacote de instantâneos.

— Mesmo assim, eu gostaria de ver.

— Claro — disse Katherine, e levantou-se da cadeira. — Sabe, fico com pena de não ter conhecido o Bobbie melhor. Sabia que ele era velho, mas ele tinha tanta energia para um sujeito da sua idade que imaginei que ainda fosse viver por um bom tempo.

Ela então saiu da sala, a caminho do projeto seguinte — e sempre havia um projeto seguinte, porque a cada ano o número de sem-teto aumentava, e os recursos para ajudá-los diminuíam.

Laurel, por sua vez, passou a tarde inteira tentando voltar ao trabalho: tinha uma pilha de formulários de admissão para rever e estava no meio de mais uma batalha monumental com a Associação de Ex-Combatentes, relacionada à pensão de um veterano da Guerra do Golfo que estava no abrigo havia três semanas ainda à espera de um cheque, mas, na verdade, não conseguiu fazer muita coisa. Não parava de pensar na caixa das fotografias.

ORIGINALMENTE, O ABRIGO ERA um corpo de bombeiros — pelo menos a parte do prédio que ainda era original. Dois acréscimos consideráveis haviam sido construídos nos últimos vinte e cinco anos. A entrada ficava em grande parte escondida atrás de uma carreira de bordos imponentes em uma rua tranqüila, a quatro quarteirões do lago Champlain, em um bairro da cidade que todos chamavam de Old North End. Era uma das pequenas partes de Burlington que tinham um aspecto cansado e transmitia uma sensação de certo perigo — embora, na verdade, houvesse muitos lugares espalhados por Vermont que pareciam perigosos para Laurel enquanto a maioria das pessoas os considerava inofensivos. As casas todas precisavam desesperadamente de uma nova demão de pintura, os degraus da frente quase sempre estavam desabando e, quase sem exceção, as construções de oitenta ou noventa anos de idade haviam sido transformadas de casas unifamiliares em apartamentos. Mas Laurel sabia, lá no fundo, que aquele era um bairro seguro. Caso não fosse, ela não estaria trabalhando ali depois de sua experiência em Underhill.

O nome oficial da organização era Refúgio e Abrigo Emergencial de Burlington — ou Beds, "camas", na sigla em inglês. O acrônimo havia sido criado pensando na publicidade (que o grupo fazia em abundância) e nos financiamentos (que, apesar de toda a publicidade, eram uma luta constante). Quando Laurel começou a trabalhar lá como voluntária, ainda na faculdade, gostava de ler livros de figuras e romances curtos de Barbara Park e Beverly Cleary para as crianças pequenas (e, infelizmente, sempre havia crianças pequenas) que moravam na parte do abrigo reservada às famílias. Com vinte, vinte e um anos de idade, não se acreditava capaz de fazer muita coisa exceto ler em voz alta. Na maioria dos dias, havia três ou quatro mães morando no abrigo, e um número três vezes maior de crianças. Laurel nunca viu nenhum pai. Os adultos solteiros ficavam em uma ala separada do prédio, com uma entrada independente e grandes portas separando os dois mundos. Havia uma ala grande para os solteiros e uma menor para as solteiras. O abrigo tinha vinte e oito camas em quatorze beliches para os solteiros e doze camas em seis beliches para as mulheres. Não se tratava de sexismo: os sem-teto solteiros do sexo masculino eram consideravelmente mais numerosos do que as sem-teto solteiras.

As crianças da ala das famílias onde ela trabalhava como voluntária sempre pareciam estar com o nariz escorrendo e, portanto, Laurel sempre parecia estar com o nariz escorrendo. Seu namorado no terceiro ano da faculdade, professor do curso de medicina e vinte e um anos mais velho do que ela, disse-lhe que existiam cerca de duzentos e cinqüenta germes de resfriado diferentes, e que você só pegava cada um deles uma única vez na vida. Se isso for verdade, respondera, então ela nunca iria pegar nenhum resfriado pelo resto da vida. Durante algum tempo, tentou evitar a coriza com equinácea e gel antibacteriano para as mãos, mas álcool etílico e perfume não eram páreo para as enxurradas que escorriam dos narizes de meninas de cinco anos de idade subitamente sem ter onde morar — sobretudo quando essas meninas subiam no seu colo e enfiavam a cabeça em seu cangote e em seu peito como gatinhos pequenos e cegos à procura de uma teta. Mesmo nessa época, ela sabia como parecia glamourosa para essas crianças: era pouco mais jovem do que suas mães, às vezes só três ou quatro anos. Porém, ao contrário dessas outras mulheres, era estudante universitária, e nem estava tão exaurida emocionalmente a ponto de bater nas crianças com as costas da mão, nem deprimida a ponto de não conseguir se levantar de uma das camas bolorentas do abrigo para ir buscar-lhes um lenço de papel.

De vez em quando, trazia uma de suas câmeras e tirava fotos das crianças. Todas tinham conhecimentos suficientes sobre computação e fotografia para ficarem decepcionadas quando ela não chegava com sua câmera digital, porque imaginavam que, quando ela começasse a fotografar, fossem poder ver na mesma hora como haviam saído as fotos. Por causa disso, Laurel às vezes trazia a digital apenas para diverti-las. Elas posavam como modelos para sessões improvisadas, e depois ela conectava a Sony Cyber-shot ao computador do *closet* que servia de sala ao gerente do abrigo e imprimia as fotos.

Na semana seguinte, talvez a família já tivesse ido embora, mas as imagens continuavam pregadas às janelas e paredes.

No entanto, Laurel sempre preferia suas câmeras analógicas, porque — ao contrário da maior parte das aspirantes a fotógrafas que conhecera no colégio ou na faculdade — de fato gostava de trabalhar no laboratório. Ampliar, harmonizar as cores. Além disso, preferia o preto-e-branco, por pensar que este dava ao mesmo tempo mais clareza e introspecção aos temas. Na sua opinião, em preto-e-branco era possível entender melhor uma pessoa, quer fosse uma menininha subitamente desabrigada em Burlington, Vermont, nos primeiros anos do século XXI, ou um casal de convidados embriagado em uma das festas de Jay Gatsby em Long Island, oitenta anos antes.

Sentia que tinha um quê de voyeurístico, um pouco como Diane Arbus, sobretudo quando fotografava as crianças com suas mães. Elas todas tinham uma aparência atordoada, drogada (coisa que, às vezes, de fato estavam) e significativamente sociopata (coisa que, nesse caso também, às vezes de fato eram). Mas Laurel tinha também um grosso caderno cheio de contatos retratando seu primo Martin, portador da síndrome de Down, e imaginava se sempre se sentiria um pouco Diane Arbus quando tirasse a foto de alguém pelo fato de grande parte da sua experiência desde o início do ensino médio ter sido com fotos do primo. Martin era um ano mais velho do que ela e adorava musicais de teatro. Sua mãe, tia de Laurel, tinha costurado para o filho ao longo dos anos fantasias suficientes para encher um *closet* inteiro, e Martin posava para Laurel durante horas vestindo essas fantasias. O resultado foram páginas e páginas de contatos de um adolescente com síndrome de Down imitando, à sua maneira, todo tipo de gente, de Yul Brynner em *O rei e eu* até Harvey Fierstein em *Hairspray*. Na verdade, depois de ser atacada, Laurel tinha passado grande parte de seu período de recuperação na companhia de Martin. Seus amigos de colégio estavam todos em suas respectivas faculdades, então ela ficou feliz por ter o primo em sua vida. Sua mãe ainda se referia a esse período como "aquele outono terrível", mas, na opinião de Laurel, na verdade não fora tão terrível assim depois de ela voltar para Long Island. Ela dormia. Escrevia em seu diário. Ia se curando. Durante aqueles meses de dias cada vez mais curtos, ela e Martin devem ter assistido juntos a uma meia dúzia de espetáculos da Broadway, sempre na matinê, o que significava que entravam no teatro ainda durante o dia e, quando saíam, já era noite, e a Times Square era um espetáculo de luzes revigorante e fantasmagórico. Então, no dia seguinte, com Laurel tomando cuidado para não forçar a clavícula que ia se consolidando devagar, tornavam a representar vezes sem conta suas cenas preferidas. Laurel se sentia feliz naquele seu casulo muito especial. E, depois que conseguiu tornar a usar os dois braços, passou a tirar ainda mais fotografias de um rapaz usando capas, chapéus-coco e perucas saídas de *O pimpinela escarlate*.

Às vezes, quando Laurel ainda estava na faculdade, costumava aparecer no abrigo uma mulher solteira apenas um ou dois anos mais velha do que ela. Essas mulheres eram velhas demais para o abrigo emergencial de adolescentes administrado por outro grupo em parte distinta da cidade, um pequeno mundo onde realmente poderiam ter se sentido mais seguras, mas ainda eram jovens demais para se sentirem à vontade na ala do abrigo reservada aos adultos. Conseqüentemente, se houvesse lugar e elas estivessem limpas — de drogas, não necessariamente de sujeira e piolhos —, recebiam autorização para ficar na ala reservada às famílias.

Laurel as fotografava também, embora na maioria das vezes elas tentassem sexualizar esse fato. O sexo era a única moeda que conheciam, e elas a usavam com determinação, mesmo que de forma inadequada. Começavam a tirar a blusa, abrir os botões e zíperes da calça jeans, ou se acariciar e fazer biquinho para a lente como se estivessem posando para uma revista masculina. Tentavam mostrar a Laurel suas tatuagens. Isso para elas era quase um reflexo, porque instintivamente ansiavam pela simples aprovação de Laurel e conheciam intimamente o frio e a fome.

Somente quando já fazia quase um ano que ela estava no abrigo, e quando já se sentia mais à vontade no mundo dos sem-teto, ela começou a fotografar também os homens. No início, evitava essa ala por causa de sua experiência em Underhill. E é claro que tinha visto homens sem-teto nas ruas de Nova York quando menina: sujos e encardidos, malcheirosos, loucos. Gritando ou resmungando obscenidades para desconhecidos ou — o que podia ser ainda mais perturbador — para ninguém. Mas logo ficou claro que ela estava se preocupando sem motivo. Os sem-teto que passavam pelo BEDS geralmente estavam entre as pessoas mais dóceis do planeta. Algumas vezes, a má sorte e (sim) as escolhas erradas os haviam colocado naquela situação, não alguma doença mental. E, mesmo sendo bipolares ou esquizofrênicos — como Bobbie Crocker —, quando recebiam a medicação correta sua loucura se tornava mais administrável. E menos assustadora. Sempre que Laurel olhava os contatos das fotos que fizera desses homens, ficava espantada com o tamanho de seus sorrisos, ou então com o fato de seus olhos serem, na verdade, tão melancólicos e inofensivos.

No outono de seu último ano de faculdade, uma mulher de vinte e dois anos chamada Serena apareceu no abrigo das famílias. Serena disse a Laurel que as coisas em sua vida haviam começado a dar errado quando ela estava com quinze anos. A gota d'água? Seu pai, que vinha criando a filha sozinho e batendo nela desde que sua mãe sumira quando ela era uma menina de cinco anos, acertou um vidro de 500 ml de maionese na lateral de seu rosto, deixando seu olho

roxo e causando um hematoma escuro do tamanho de uma bola
de *softball* em sua bochecha. Pela primeira vez em sua vida ela não
tentou esconder as marcas com maquiagem. Em parte porque era
impossível — teria sido preciso uma máscara de goleiro de hóquei
no gelo, e não um pouquinho de pó compacto e *blush* —, e em parte
porque simplesmente não agüentava mais apanhar do pai e queria
ver o que aconteceria se outras pessoas ficassem sabendo. Imaginou
que as coisas não pudessem ficar piores do que já estavam.

Estava certa. Mas as coisas tampouco ficaram melhores, pelo
menos não antes de um bom tempo. Afinal de contas, é pior ter um
teto sobre a cabeça e um pai que lhe dá uma surra por semana ou
ficar pulando de casa em casa — uma noite aqui, outra ali, geralmente
morando com desconhecidos — antes de acabar na rua?

Naquele dia, Serena mal havia pisado na sala de aula quando
sua professora a chamou, e uma hora depois seu pai foi preso, e ela,
confiada aos cuidados do serviço social do estado. Infelizmente, não
havia nenhum lugar disponível a curto prazo, então ela passou a maior
parte das semanas seguintes hospedada com famílias de diferentes
amigos. Nunca havia sido particularmente boa aluna, e logo largou os
estudos de vez. Simplesmente parou de freqüentar a escola. Em poucos
meses, não havia exatamente saído do radar do serviço social, mas
era uma das cinco ou seis dúzias de foragidos do sistema, e ninguém
sequer tinha certeza de que ainda estivesse em Vermont.

Uma semana depois de Serena chegar ao abrigo, e quando ela
e Laurel já se sentiam mais à vontade na companhia uma da outra,
Laurel pediu para fotografá-la também. A sem-teto aceitou. Enquanto Serena falava — sem nunca parar de subir a camiseta preta pela
pequena barriga, ou tentar abaixar mais um pouco a calça jeans
nos quadris, ou afastar dos olhos os longos cabelos louro-escuros —,
Laurel a fotografou. Usaria as imagens para os créditos de uma disci-
plina de fotografia, como fazia com muitas outras fotos que tirava
dos sem-teto. Além disso, planejava dar uma série de ampliações de
presente para Serena. A moça não era exatamente bonita: havia passado tempo demais na rua para isso. Seu rosto era encovado, duro,
com os ossos salientes e pontudos, e ela era tão magra que parecia
extenuada. Mas tinha olhos de um azul de porcelana fina, seu nariz

era pequenino e arrebitado, e seu sorriso era encantador. Havia algo de sedutor, travesso e inegavelmente interessante naquele conjunto.

Na época, Laurel tinha bom senso suficiente para não eleger nenhuma das mulheres ou crianças que passavam pelo abrigo de famílias como seu projeto pessoal de recuperação, tanto por ela própria ainda ser estudante quanto por ser uma voluntária que, na verdade, não tinha a menor idéia do que estava fazendo. Tinha experiência, mas não tinha nenhum treinamento formal de assistente social. Ainda assim, era quase tentador demais brincar de Deus com uma menina como Serena — e era isso que ela era, seria uma ilusão feminista chamar aquele fiapo faminto de mulher. Disse a si mesma que compraria para ela algumas roupas que não a fizessem parecer uma vadia. Poderia ajudá-la a arrumar um emprego. Depois um apartamento. Não era isso que os profissionais do Beds faziam?

É claro que nunca era assim tão fácil. Mesmo que Laurel tivesse uma varinha de condão para pôr Serena atrás do balcão do McDonald's mais próximo, na Cherry Street, a menina não teria ganhado um salário suficiente para alugar um apartamento em Burlington. Pelo menos não sem subsídios. Ou sem a ajuda dos proprietários de imóveis da cidade que trabalhavam em parceria com o Beds. Ou, talvez, de algum pai rotariano rico, generoso e mais do que disposto a financiar seu aluguel, assim como a garantir que ela tivesse dinheiro para as compras de mercado.

Três dias depois de Laurel tirar as fotos de Serena, voltou para o abrigo com meia dúzia de ampliações que pensava poderem agradar à menina. Era uma tarde gloriosa daqueles dias de calor que precedem o inverno, e ela havia pensado em entregar as fotos a Serena e depois dar um passeio com ela até o lago, a oeste. Ali encontrariam um banco junto à garagem de barcos, com vista para as montanhas Adirondacks do outro lado, e conversariam sobre as possibilidades da vida. Laurel falaria para Serena da própria família, já que esta lhe dera tantas informações sobre a sua, e tentaria descrever para ela um mundo onde pessoas normais tinham relacionamentos normais. Ficaria sabendo se Serena estava procurando um emprego e iria incentivá-la bastante. Talvez até contasse a Serena sobre como por pouco não havia morrido, sobre os homens mascarados que a haviam atacado, tema que não abordava com quase ninguém.

Essa conversa nunca aconteceu porque, quando Laurel voltou ao abrigo com as fotos, a aparição chamada Serena não estava mais lá. Havia passado uma semana e três dias no BEDS, e depois sumido.

Fim da história, pensou Laurel. Não esperava nunca mais tornar a ver Serena.

Estava errada. Foi a ex-interna do BEDS Serena Sargent quem levou Bobbie Crocker até o abrigo — literalmente puxando-o pela mão. Uns quatro anos mais tarde, quando Laurel já trabalhava no abrigo como funcionária remunerada de verdade havia quase três anos, Serena apareceu do nada, em um final de tarde de agosto, acompanhada de um velho faminto que insistia um dia ter tido muito sucesso na vida. Ele era um sem-teto, e Serena não. Laurel não estava no BEDS nessa hora, mas depois Serena e um vigia noturno do abrigo chamado Sam Russo lhe contaram a história.

Serena vivia em Waterbury, cidade quarenta quilômetros ao sul de Burlington, conhecida por ser a terra natal da marca de sorvete Ben & Jerry's e do Hospital Estadual de Vermont para doentes psiquiátricos graves. Morava com uma tia que, dois anos antes, havia se mudado do Arizona de volta para Vermont — justamente o tipo de sorte de que a maioria dos jovens sem-teto precisava para conseguir sair da rua —, e trabalhava em um restaurante modesto em Burlington.

Aparentemente, o sujeito havia passado algum tempo no hospital estadual, embora a garçonete Serena não soubesse dizer se ele havia demorado meses ou anos para migrar até Burlington e o restaurante onde ela trabalhava, ambos mais ao norte. Quem ficara responsável por ele depois de ter alta do hospital também permanecia um mistério. O próprio Bobbie já não parecia saber. Não era violento, mas tinha delírios. Insistia que Dwight Eisenhower lhe devia dinheiro, e tinha praticamente certeza de que, se o seu pai soubesse onde ele estava, preencheria um cheque gordo e tudo se resolveria. Serena supunha que esse pai, quem quer que fosse, deveria ter agora pelo menos uns cem anos e muito provavelmente já havia morrido há muito tempo. Bobbie tinha passado semanas morando nas ruas de Burlington — em cubículos de caixas eletrônicos, cabines de funcionários de estacionamentos, no quartinho onde ficava o *boiler* de um hotel junto à margem do lago — e não parecia capaz de cuidar de si mesmo. Entrou no restaurante onde Serena trabalhava e pediu uma xícara de café e dois ovos com um dinheiro que se gabava de ter conseguido catando garrafas e latas recicláveis no lixão. Disse-lhe que antigamente, muito tempo atrás, pertencia a uma família rica de Long Island, e vira mais coisas deste mundo do que ela poderia acreditar: segundo ele, conhecera pessoas sobre quem ela provavelmente lera em livros, revistas e enciclopédias.

Serena imaginava que a maior parte dessa falação só tinha vínculos muito tênues com a realidade. Mas lembrou-se de sua semana e meia no Beds e de como as pessoas de lá haviam sido gentis com ela. Não sabia se Laurel ainda trabalhava no abrigo, mas pensou que, mesmo que a outra mulher não estivesse mais lá, seria um lugar razoável para seu novo amigo conseguir ajuda. Então Serena levou-o até o abrigo, onde Sam Russo arrumou-lhe uma cama na ala masculina. Com a ajuda de um médico do hospital estadual, montaram um coquetel de remédios que estabilizou seu comportamento e tornou a sincronizar sua realidade pessoal com o resto do mundo. Bobbie não via o planeta exatamente da mesma forma que a maioria das pessoas, mas não constituía mais um perigo para si mesmo. Assim, depois de o abrigo se certificar de que ele era capaz de viver de forma independente — estava até usando um cartão de débito automático para comprar comida —, o Beds arrumou-lhe um quarto no Hotel Nova Inglaterra. Vinte e três metros quadrados, uma cama de solteiro, um armário. Um fogão elétrico para cozinhar e um frigobar. Ele dividiria um banheiro com os outros moradores do prédio. Não era nada glamouroso. Mas era um quarto com um teto, bom sistema de aquecimento no inverno e excelente ventilação no verão. Era melhor do que a rua e, com os subsídios federais, custava-lhe quase nada.

O namorado de Laurel naquele outono tinha quase quarenta e quatro anos. Isso significava que, embora fosse dezoito anos mais velho do que ela, era consideravelmente mais próximo da sua idade do que seu namorado anterior, um sujeito que insistia ter apenas cinqüenta e um anos, mas que Laurel tinha quase certeza de estar mentindo. Usava creme facial anti-rugas (embora dissesse que era loção hidratante) e parecia estar tomando Viagra — depois Levitra e Cialis — como quem come M&M's. Isso tornava o quarto um cenário freqüente para brigas tolas, porque, enquanto ele havia tomado Viagra (sem necessidade, na opinião dela, já que a sua libido, mesmo sem aditivos, seria impressionante até mesmo em um universitário tarado de dezenove anos), ela ainda estava tomando antidepressivos. Era uma dose pequena, e ela a vinha diminuindo à medida que o tempo passava e que começava a superar o ataque. Porém, enquanto ela ainda estava diminuindo quimicamente a própria libido, seu namorado estava potencializando a sua com todos os remédios que via anunciados nos programas de futebol.

Mas não foi por isso que eles terminaram. Terminaram porque ele queria que Laurel se mudasse para a mansão com jardim que havia mandado construir em um pedaço do que antes havia sido uma fazenda de gado leiteiro, dezesseis quilômetros ao sul de Burlington — ele era executivo sênior de um grupo empresarial pioneiro em algum tipo de *software* hospitalar —, e ela não queria morar no subúrbio. Não queria morar com ele. Então se separaram.

Seu namorado atual, David Fuller, também era um executivo, mas profundamente avesso a compromissos — traço de caráter que, na época, inspirava o afeto de Laurel e lhe parecia conveniente, e que até então dera a seu relacionamento mais longevidade do que a maioria de seus outros relacionamentos afetivos. Laurel ainda tinha momentos em que precisava estar na companhia de alguém, sobretudo à noite, daí a importância de sua amizade com Talia. Mas, como seu terapeuta havia observado, ela própria ainda estava aparentemente despreparada para um compromisso adulto.

E, embora David se contentasse em deixar seu relacionamento avançar em ponto morto, não era um homem frio. Parte do motivo pelo qual ele relutava em deixar a relação amadurecer e virar algo mais sério era por ser divorciado e pai de duas meninas, a mais velha uma aspirante a diva do teatro de onze anos de idade que Laurel achava encantadora. Gostaria de ver a menina com mais freqüência. As filhas

eram a prioridade de David, sobretudo desde que a ex-mulher havia
se casado de novo, em novembro, e Laurel respeitava isso.

David era responsável pela página editorial do jornal da cidade.
Tinha um lindo e moderno apartamento em um condomínio com
vista para o lago Champlain, mas, por causa do tempo que queria
dedicar às filhas, e como seu primeiro casamento havia terminado em
desastre, não havia a menor possibilidade de ele pressionar Laurel
para morarem juntos em um futuro próximo. Conseqüentemente,
ela não passava mais de duas ou três noites por semana na casa dele.
Nas outras noites, ou ele ficava com as filhas — Marissa, que estava
na quinta série, e Cindy, que estava na classe de alfabetização —, ou
então trabalhava até mais tarde para, nos dias em que estivesse com as
meninas, poder lhes dar toda a sua atenção. Portanto, Laurel só via
as meninas umas duas vezes por mês, geralmente para um piquenique
ou para ir ao cinema, ou então (uma única vez) para esquiar. Conseguira convencer David duas vezes a deixá-la sozinha com Marissa
no sábado, e nas duas vezes as duas haviam passado um dia incrível,
fazendo compras nos brechós que Laurel freqüentava e experimentando os produtos de uma infinidade de balcões de cosméticos na
única loja de departamentos elegante do centro da cidade.

Ele sempre tomava cuidado para deixar Laurel em casa primeiro
quando estavam com as meninas. Ela nunca deixava nenhum vestígio
de sua presença ocasional no apartamento do namorado — escova de
dentes, roupão, algum absorvente íntimo.

David era conhecido profissionalmente por seus editoriais duros,
sarcásticos, quando achava que alguma injustiça colossal ou estupidez
monumental era digna de nota. Era alto, de maxilar firme, passava dos
1,80m e, apesar da idade, ainda tinha cabelos grossos, de um louro
claro; agora os usava cortados curtos, mas, quando era mais jovem
— antes de se tornar responsável pela página do editorial e precisar
projetar uma determinada imagem —, tinha até mesmo um certo
ar de surfista. Laurel já vira as fotos. Ele não nadava, mas corria, e,
portanto, assim como a namorada, sua forma física era excelente.

Às vezes, quando comiam juntos em algum restaurante, um jovem
garçom fazia algum comentário dando a entender que estava tomando
David por pai de Laurel, mas isso acontecia menos com eles dois do

que com os outros namorados que ela tivera nos anos que sucederam o ataque. Afinal de contas, ele não tinha nem vinte anos a mais do que ela; a maioria dos outros tinha pelo menos essa diferença. Além disso, ela também estava ficando mais velha.

Na noite em que Katherine lhe mostrou as fotos de Bobbie Crocker, tinha um encontro com David, e era a primeira vez em que os dois se viam em quatro dias. Foram jantar em um restaurante mexicano não muito longe da redação do jornal. Sempre que tentavam ter uma conversa séria sobre o que haviam feito nos dias passados sem se ver, no entanto, Laurel se via conduzindo a conversa novamente para o ex-sem-teto e suas fotografias. Sempre que pensava nas imagens dentro da caixa, sentia-se um pouco tonta e ansiosa. Na hora do café, tornou a mencionar Crocker, e David disse — com seu tom seco habitual, cada sílaba muito bem destacada:

— Acho bom você se interessar pelo trabalho desse sujeito como artista, como fotógrafo. Isso eu aprovo. Mas espero que entenda que a Katherine está empurrando para você um projeto que vai sugar todo o seu tempo. Pelo que está me contando, esse projeto tem potencial para consumir todas as horas vagas que você tiver... e as que não tiver também.

— Ela não está me *empurrando* o projeto.

Ele sorriu e se recostou na cadeira, cruzando os braços na frente do peito.

— Eu conheço a Katherine há muito, muito tempo. Anos mais do que você. Já vi como ela se comporta durante reuniões de conselho, eventos beneficentes, campanhas telefônicas. Já fiquei ao lado dela enquanto ela lia os nomes dos sem-teto na missa anual do Beds na igreja unitarista. Provavelmente já fiz uma dúzia de entrevistas com ela. *Empurrar* talvez não seja a palavra certa para descrever os métodos que ela usa. Ela é sedutora demais para ser alguém que... empurra. Mas é uma sedutora, e é muito boa em conseguir o que quer. Aquilo de que a sua gente precisa. E, neste exato momento, a sua gente precisa de muita coisa. Ora, você sabe isso melhor do que eu. Você vê todos os dias os efeitos dos cortes federais de orçamento.

Na verdade, ela conhecera David em dezembro do ano anterior, quando os dois haviam caminhado lado a lado na passeata à luz de velas pela Church Street depois da vigília do BEDS. Fora uma daquelas noites em que faz tanto frio que o ar arde na pele, mas a fileira tremeluzente de velas se estendia por quase dois quarteirões e, ao chegarem à prefeitura, os dois haviam se escondido em um pequeno restaurante escuro para tomar um chocolate quente.

— Bom, se ela não ligar que eu me concentre no trabalho do Bobbie, por que não? — perguntou Laurel. — Por que você está ligando?

— Eu não estou ligando. Dizer isso pode sugerir uma antipatia maior em relação ao tema do que eu de fato sinto. Mas não acredito, nem por um segundo, que a Katherine espere que você seja a curadora dessa mostra... que pesquise as imagens, restaure as fotos, escreva as legendas... tudo no seu horário de trabalho no BEDS. Você vai começar a passar as noites e os finais de semana no laboratório e, quando não estiver no laboratório, vai estar sentada no computador tentando descobrir quem são essas pessoas.

Laurel não acreditava realmente que isso fosse um surto repentino de egoísmo masculino de meia-idade da parte de David. Sabia que ele não estava preocupado que o trabalho fosse impedi-la de se encontrar com ele nas noites em que não estivesse com as filhas. Ainda assim, havia em seu comentário uma leve condescendência, e isso a deixou na defensiva. Não era a primeira vez que ele tentava lhe impor a sabedoria que pensava vir com a idade. Então ela respondeu dizendo:

— Se você estiver preocupado achando que eu não vou estar disponível quando você quiser brincar, não fique. Não tem nenhum tipo de prazo para isso. Eu trabalharia nas fotos quando quisesse, e só quando quisesse. Seria mais uma coisa para eu fazer quando você estiver com as suas filhas.

— Sério, Laurel, o problema não sou eu. O problema é você. Depois que o seu entusiasmo inicial por esse projeto gigantesco passar, acho que você vai ficar profundamente frustrada por passar o seu tempo imprimindo e processando o trabalho de outra pessoa.

— Se ficar, eu paro.

Ele brincou com sua xícara de café, pensativo, e ela achou por um instante que ele fosse dizer alguma outra coisa sobre o assunto. Mas David era um homem que se orgulhava muito da total equanimidade de sua personalidade com a família, com os amigos e com a jovem namorada. Guardava sua volatilidade e sua ira justificada para os políticos e estrategistas que o ofendiam, e só lhes dava vazão no papel — nunca pessoalmente. Nos nove meses desde que Laurel o conhecera, e nos sete desde que haviam se tornado amantes, não o ouvira erguer a voz sequer uma vez; também nunca tiveram uma briga séria. Isso poderia ser — ele poderia ser — enlouquecedor.

Por fim, ele estendeu a mão por cima da mesa e massageou os dedos dela.

— Tudo bem, então — disse. — Não quero pressionar você para fazer nem uma coisa nem outra. Tenho uma calda de chocolate quente incrivelmente decadente que sobrou do meu jantar outro dia com as meninas, e um pouco de sorvete de creme no freezer. Vamos comer a sobremesa na cama. Se sairmos agora, podemos estar pelados a tempo de ver o sol acabar de se pôr no lago.

Instantes depois de ele soltar a sua mão, o jovem garçom se aproximou da mesa.

— Então — disse, distraído, esperando jogar um pouco de conversa fora enquanto enfiava a mão no bolso do avental para encontrar a capinha que continha a conta —, estão na cidade pesquisando universidades?

Capítulo três

O APARTAMENTO QUE LAUREL e Talia dividiam era o mesmo que haviam começado a alugar juntas no início de seu último ano na faculdade. Ocupava dois terços do segundo andar de uma linda casa de estilo vitoriano na parte íngreme de Burlington, um bairro estiloso de elegantes casas vitorianas, georgianas, e até mesmo algumas casas típicas do movimento estético Arts and Crafts dos anos 1920, e ficava a apenas alguns quarteirões de distância da fileira de casinhas da universidade que abrigavam as fraternidades, em uma direção, e da cidade de Burlington na outra. A grande maioria das casas era ocupada por uma família só — os advogados, médicos e professores universitários da cidade —, mas algumas, como aquela onde Laurel e Talia moravam, haviam sido divididas em apartamentos. A caminhada até o abrigo BEDS, em Old North End, durava quinze minutos, e doze até a igreja batista onde Talia trabalhava como pastora de jovens. Também ficava próximo ao laboratório do campus onde, uma vez por semana, Laurel ainda ia ampliar as próprias fotografias. Quando as duas haviam se mudado para lá, eram as inquilinas mais jovens da casa. Não mais. Esta agora era habitada sobretudo por estudantes de vinte e pouquíssimos anos, e Laurel e Talia realmente eram as únicas que trabalhavam em tempo integral.

Do outro lado do corredor, no apartamento menor que ocupava o último terço do andar, morava um estudante de primeiro ano da faculdade de medicina, um rapaz esbelto de Amherst que parecia ter a mesma energia de um filhote de cachorro. Tinha traços delicados, quase femininos, cabelos finos castanho-avermelhados que já estavam rareando e um senso de humor espontâneo. Era um ciclista ávido — todos os amigos que o visitavam pareciam ser ciclistas entusiasmados — e, desde que se mudara para a casa, em julho, havia convidado Laurel duas vezes para um passeio. Na verdade, tinha duas bicicletas:

uma híbrida e outra de corrida. Chamava-se Whitaker Nelson, mas dizia que todo mundo o chamava de Whit. Era óbvio que gostaria de conhecer Laurel melhor, mas sentira instintivamente que seria difícil simplesmente (e obviamente) sugerir que os dois saíssem juntos.

Os outros inquilinos consistiam em três mulheres e um homem espalhados acima e abaixo deles em quatro apartamentos individuais. O mais interessante de todos, pelo menos na opinião de Talia, era o cachorro de uma aspirante a veterinária chamada Gwen. O bicho, Merlin, era um vira-lata muito manso vindo da Sociedade Protetora dos Animais, e, a julgar por seu tamanho, devia ser uma cruza de *springer spaniel* com cavalo de tração. Era gigantesco, um pouco parecido com um pônei da raça Shetland. Algumas vezes, quando Gwen passava o fim de semana fora, Talia tinha o prazer de tentar levar o animal para passear. Geralmente, quem a levava para passear era ele.

A religiosidade na família de Talia parecia saltar gerações. Seu avô — pai de seu pai — era ministro episcopaliano em Manhattan e havia celebrado o casamento de seus pais. O pai de Talia, porém, sempre se referia ao santuário como a Primeira Igreja do *Brunch* Sagrado, e irritava-o a forma como o número de fiéis diminuía no verão, à medida que a congregação ia migrando para o leste e para os Hamptons todos os finais de semana. Quando Talia estava no jardim-de-infância, ele já havia se afastado da igreja, portanto, ela só punha os pés lá quando estava com os avós. Sua mãe? Ela sempre fora alérgica a qualquer coisa sequer parecida com religião. Talia temia que, quando a mãe morresse, fosse querer que tocassem no seu velório, em vez de hinos, vinhetas de programas de TV.

Talia começara sua volta para a igreja depois que Laurel fora para casa se recuperar do ataque, no início de seu segundo ano de faculdade. De repente, viu-se morando sozinha na pequena suíte do alojamento e sentiu medo. Sabem aquela vozinha? Ela a escutou. Não foi uma voz como a de Pentecostes, que fala em várias línguas. Foi, isso sim, um murmúrio baixinho, suave e reconfortante e, antes de Talia perceber — e para grande surpresa tanto sua quanto dos pais —, tinha ido buscar conforto nas manhãs de domingo na companhia de uma congregação. Experimentou algumas outras, e acabou indo parar na igreja batista, porque esta parecia estar fazendo muita coisa pelos excluídos que habitavam o centro da cidade — os pobres, os sem-teto, os viciados em drogas. E, ali, começou a rezar por Laurel. E pelos homens que a haviam atacado. Parecia-lhe mais fácil rezar pela mudança de atitude de duas pessoas más do que pelos milhares de outras pessoas que eram suas possíveis vítimas. Na cabeça de Talia, era tudo uma questão de estatística, de probabilidade e de sua sensação de que Deus devia ser um cara muito ocupado.

No início, seus amigos zombaram dela, dizendo que ela estava virando batista porque a igreja ficava perto das melhores lojas de Burlington. Ela admitia que isso era um incentivo. Mas gostava de suas manhãs de domingo no santuário. O ministro era vegetariano, e ela gostava do modo como os animais apareciam com freqüência em seus sermões.

Mesmo assim, quando se formou, estava tão indecisa sobre o que fazer da vida quanto Laurel: pensou em cursar teologia, mas achava igualmente provável que fosse parar em Wharton, na Universidade da Pensilvânia. Sabia, no entanto, que adorava Burlington, portanto, quando o ministro perguntou se estaria interessada em ficar na cidade e começar um programa para jovens na congregação, ela aproveitou a oportunidade. Quinze meses depois, estava inscrita no programa de pós-graduação em teologia e formação pastoral da Saint Michael's College, uma universidade próxima, e ia e voltava de carro das aulas todos os dias, ao mesmo tempo que continuava a trabalhar com os adolescentes na igreja. Com exceção de Laurel, seus amigos se mostraram incrédulos. Mas também foram prestigiá-la quando ela recebeu seu diploma de mestre — assim como a maioria dos adolescentes de seu grupo de jovens da igreja, e até mesmo alguns dos pais.

Fazia agora mais de quatro anos que ela estava na igreja, o programa ia de vento em popa, e durante a maior parte do tempo ela se divertia mais do que nunca na vida — e Talia era uma mulher que tinha se divertido muito em suas duas décadas e meia no planeta. Sempre se sentira atraída por homens com olhos capazes de devorá-la; na verdade, seus próprios olhos eram um pouco assim.

Fora criada em Manhattan, e sua decisão de estudar na Universidade de Vermont havia sido um ato de rebelião: significava que não iria mais calçar sapatos de salto agulha de oito ou dez centímetros que custavam o mesmo preço de uma *mountain bike*, nem manter nenhuma amizade que tivesse a ousadia (ou a falta de senso de ridículo) de se deixar chamar de *Muffy*, "cabeludinha". Então ela e os pais continuavam a ter o que Talia ainda considerava, no melhor dos casos, um relacionamento tenso. Eles achavam que Vermont era uma cadeia de montanhas isolada, ocupada em grande parte por liberais fanáticos por religião que dirigiam Subarus enferrujados e só vestiam roupas de flanela e moletom. Era um equívoco que Talia tentava corrigir, lembrando-lhes que muitos de seus vizinhos na verdade dirigiam Volvos. Mesmo assim, seus pais nunca iam até o Norte, e ela só descia para o Sul nos feriados importantes: Páscoa, Natal e a liquidação da Neiman Marcus (alguns hábitos são mais difíceis de abandonar do que outros).

Ela e Laurel muitas vezes tomavam café-da-manhã juntas quando esta última voltava da piscina da universidade, e assim fizeram na manhã do enterro de Bobbie Crocker. Ela estava lendo um jornal, sentada no chão, quando Laurel entrou, com os cabelos ainda úmidos da natação. Já havia armado um pequeno banquete na mesa de centro de tampo de espelho que Laurel encontrara alguns anos antes em uma venda de garagem. Havia maçãs e pêras cortadas, *bagels* ao lado de um pote de *cream cheese* sabor mirtilo, suco de laranja e um chá bem quente.

— Acho que você deveria passar um tempo fora d'água — observou Talia, mal erguendo os olhos do jornal.

— Por quê, estou enrugada? — perguntou Laurel do banheiro, enquanto pendurava o maiô molhado no chuveiro.

— Nem um pouco. Mas a água está ficando muito perigosa — respondeu ela. — Leu o jornal hoje? Bom, logo quando a gente acha que é seguro andar pelos pântanos do Alabama, eles dizem que tem um jacaré de quatro metros e de meia tonelada solto por lá. Parece que fugiu do zoológico durante o furacão da semana passada. O nome dele é *Chucky*. Enquanto isso um tubarão branco gigante de quase seis metros escolheu a área de Woods Hole em Cape Cod para ser sua nova casa... em águas rasas que podem chegar a um metro, um metro e meio.

— Não acho que tenha nenhum predador carnívoro na piscina da faculdade. Não acho que eu precise me preocupar em virar comida.

— Talvez não por jacarés ou tubarões. Mas cuidado com aqueles gremistas da graduação tarados de sunga da Speedo.

— Eu uso maiô da Speedo!

Talia dobrou o jornal e se espreguiçou.

— Os maiôs da Speedo são adequadamente modestos. As sungas da Speedo são inadequadamente... instrutivas. Opa, informação demais. E, de algum modo, o conjunto sempre parece um pouco torto. Entende o que eu quero dizer? Fica tudo embolado. Como você acha que vai ser o enterro hoje?

Laurel havia lhe contado sobre Bobbie Crocker e as fotografias deixadas por ele, e ambas estavam preocupadas pensando em quem iria comparecer ao cemitério, porque, até onde sabiam, o homem não tinha nenhum parente.

— Acho que vai correr tudo bem. Vai ser pequeno, mas digno. No pior dos casos, vai ter um grupo grande o suficiente de pessoas do BEDS para lotar a van.

— Que bom. Íntimo, mas não solitário.

— Não, solitário não — disse Laurel, sentando-se na frente de Talia. Esta começou a lhe estender um *bagel*, mas Laurel foi mais rápida e agarrou um sozinha. Talia sabia que, às vezes, tratava a amiga com quem morava como uma inválida. Tentava fazer coisas demais no seu lugar. — Mas mesmo assim estou muito interessada em ver quem vai estar lá — prosseguiu Laurel. — Quem sabe aprendo alguma coisa. Talvez alguém lá possa me ajudar a entender um pouco as fotos que a gente encontrou.

Sua amiga pegou o caderno de bairro do jornal e olhou as manchetes. Depois de alguns instantes, Talia abordou o assunto que vinha ocupando sua cabeça durante a manhã inteira:

— Você vai fazer alguma coisa no sábado da semana que vem?

— Está meio longe — disse Laurel. — Provavelmente o mesmo de sempre, acho. Tirar umas fotos. Talvez ir nadar. Encontrar o David.

— Quer ir jogar *paintball* comigo e o grupo de jovens?

— O quê?

— *Paintball*. Entrar em contato com sua criança interior, sabe?

— Minha criança interior não é um Boina Verde. Por quê, pelo amor de Deus...

— Olhe a boca.

— Por que cargas d'água você iria querer levar o seu grupo da igreja para jogar *paintball*? Que lição teológica pode haver em correr pelo mato atirando uns nos outros?

— Nenhuma. Mas a gente está no início do ano letivo, e eu quero que o grupo comece a se entrosar e trabalhar em equipe. Quero que eles se conheçam. E... e não é pouca coisa... é sempre bom mostrar aos meninos que existem adultos que dão importância suficiente a esses jovens para perder um sábado jogando *paintball* com eles.

— A gente não poderia simplesmente fazer uma caminhada? Mato, sabe? Esquilos. Sem armas.

— Ah, por favor, não são armas de verdade. E vai criar um pouco de camaradagem e animar os meninos. A verdade é que eu agora preciso de uma atividade que desperte a energia deles.

— Posso pensar no assunto?

— Não. Preciso de mais uma pessoa para cuidar deles, e sei que o grupo adora você.

— Esse é o seu jeito de me fazer ir mais à igreja?

— Se isso fizer você aparecer por lá na manhã seguinte, maravilha. Mas não, não é essa a minha intenção. Eu só acho que você não sai o suficiente.

— Eu saio bastante. Quem está sem namorado no momento é você.

Talia ignorou o comentário, mas só porque era verdade.

— Você pode até sair — disse ela apenas —, mas não com um fuzil automático de *paintball* e umas duzentas balas de tinta do tamanho de bolinhas de gude. *Isso,* sim, é sair.

Talia sabia que Laurel achava difícil lhe dizer não. A realidade era que a maioria das pessoas achava difícil lhe dizer não. Orgulhava-se do próprio poder de persuasão. Laurel já a havia acompanhado quando o grupo de jovens construíra imensas catapultas para lançar balões de água uns nos outros no campo de rúgbi da UVM, fora assistir com o grupo a uma montagem assustadoramente sinistra de *Jesus Cristo Superstar* encenada pelo teatro comunitário (Judas era enforcado no teto, bem em cima da fileira M da platéia), e fora uma das acompanhantes na construção de um barco para uma regata no lago Champlain, com o fim de arrecadar dinheiro para alimentar os indigentes da cidade. A dificuldade era que todas as embarcações tinham de ser feitas em casa e os materiais não podiam custar mais de 150 dólares. O seu barco não chegou nem perto desse valor. Foi construído principalmente com compensado e velhos latões de óleo (embora tenham sido pintados de um belo azul-esverdeado), e moveu-se graciosamente pela água durante um minuto e meio, no mínimo, antes de começar a adernar, e em seguida afundar. Mesmo assim, os patrocinadores dos jovens cumpriram o prometido.

— Preciso avisar você — continuou Talia — que o *paintball* tem um lado negativo... bastante negativo.

— O fato de ser um tiquinho violento? Um nadinha anti-social?

— Ah, não me venha com esse papo politicamente correto.

— O que é, então?

— A gente vai ter que usar aqueles óculos grandes e desengonçados. Grandes mesmo. E desengonçados mesmo. Um tremendo atentado à moda.

— Vamos mesmo, é?

Talia assentiu. Percebeu que Laurel havia usado o verbo na primeira pessoa do plural. Não havia aceitado o convite, mas estava claro para as duas que iria acompanhar o grupo.

Capítulo quatro

Ao todo, havia dez pessoas no enterro de Bobbie no cemitério de ex-combatentes em Winooski, incluindo um ministro que Laurel nunca havia encontrado antes; Serena Sargent, para quem ela telefonara avisando sobre a morte de Bobbie; uma mulher que servia o almoço no Exército da Salvação; e um representante da associação de ex-combatentes que queria dar de presente a alguém — qualquer pessoa — uma bandeira lindamente dobrada dos EUA. Mas havia também três moradores do Hotel Nova Inglaterra que haviam conhecido Bobbie durante seu último ano de vida, e que Laurel imaginou estarem todos na casa dos quarenta ou dos cinqüenta. E, do Beds, além dela, compareceram Katherine Maguire e Sam Russo, o gerente noturno que estava de plantão na primeira vez em que Serena levara Bobbie para lá. Estava chuviscando, mas era uma chuva quente de outono, e eles não se sentiam desconfortáveis em pé debaixo dos guarda-chuvas pretos providenciados pela funerária, escutando o ministro que lia salmos para aquele homem que nunca havia conhecido. Então Katherine despejou um pouco de terra úmida sobre o modesto caixão dentro da cova, e pronto.

Laurel estava feliz por ter comparecido, por muitos motivos, o mais importante dos quais era seu desejo de se despedir daquele velho muitas vezes confuso, mas ocasionalmente carismático. Quando estava tomando café-da-manhã com Talia, percebera que Bobbie havia se tornado uma espécie de mascote para muitos dos assistentes sociais do Beds: não exatamente um exemplo — embora, evidentemente, isso fosse algo que Katherine pensava que ele pudesse se tornar depois de morto —, mas um espírito louvável por sua tenacidade e excentricidade. Nos dias bons, era capaz de extrair sorrisos das pessoas perturbadas que chegavam ao abrigo sem mais nenhuma opção.

Ficou emocionada (mas não surpresa) ao ver as amizades que Bobbie havia travado com aqueles ex-sem-teto durante o pouco tempo que passara morando no Hotel Nova Inglaterra, e gostou de ver Serena — e de ver que Serena estava sobrevivendo, embora não exatamente sem percalços. A ex-sem-teto comentou que estava querendo sair da casa da tia e fazer outra coisa da vida que não ser garçonete. Apesar disso, estava com um aspecto consideravelmente mais saudável do que na última vez em que Laurel a vira, então esta lhe disse que queria descobrir tudo que conseguisse sobre Bobbie. Serena concordou em se encontrar com ela na semana seguinte.

No caminho de volta à van do BEDS que haviam usado para levar todo mundo do centro de Burlington até Winooski — todos menos Serena e o honrado veterano da Guerra da Coréia, que havia surgido do nada com aquela bandeira —, Laurel foi caminhando pela grama molhada ao lado de Sam. Sam tinha apenas poucos anos a mais do que ela, talvez uns vinte e oito ou vinte e nove. Era um ex-fã da banda Phish e tinha uma cabeleira ruiva revolta, sempre presa em um rabo-de-cavalo, e um pneuzinho rotundo e bem pouco elegante na barriga para um homem tão jovem. Mas ele se considerava grande, não gordo, e era capaz de fazer os sem-teto que chegavam ao abrigo se sentirem rapidamente seguros — coisa que, para a maioria dos assistentes sociais, não era uma tarefa fácil.

— Só estou curiosa — começou ela. — Qual é a sua opinião: acha que o Bobbie tirou mesmo todas aquelas fotos?

— Sem dúvida. Foram tudo que ele trouxe para o abrigo. O cara não tinha nem roupa de baixo, com exceção da cueca que estava usando... mas tinha aquelas fotos.

— Mas como é que você sabe que o fotógrafo era ele?

— Porque ele sabia muita coisa. Era capaz de falar de Muddy Waters...

— Muddy Waters?

— Um cantor de *blues* dos anos 1940 e 1950... quando o rock-'n'-roll começou de verdade. Acho que dentro daquela caixa tem uma foto dele com a banda. O Bobbie me contou histórias de como tirou essa foto em uma das sessões de gravação da antiga Chess Records. E, em outra ocasião, me contou uma história incrível sobre como foi suspenso por um guindaste acima de um campo de futebol americano para tirar uma foto, alguma coisa como duzentas líderes de torcida rodando bambolês. Foi para a revista *Time*, algo desse tipo. Não, não foi, não: foi para a *Life*. Ele fez uma porção de coisas para a *Life*.

— Você já viu as fotos?

— Ele não quis me mostrar. Não era seguro — disse Sam, olhando para a direita e para a esquerda como um ator representando, fingindo se certificar de que ninguém estava escutando.

— Katherine também mencionou isso. Com o que ele estava preocupado?

— Laurel, o cara era esquizofrênico! Até onde eu sei, estava preocupado com extra-terrestres!

— Ele nunca disse...

— Uma vez, ele disse alguma coisa que me levou a acreditar que a paranóia dele tinha a ver com o pai. Não tinha medo do pai... não era isso. Mas parecia que o Bobbie tinha medo de que algumas pessoas que conheceram o pai dele estivessem atrás das fotos.

Quando chegaram à van, Laurel puxou o braço de Sam para trás para poder lhe fazer mais uma pergunta antes de serem cercados pelos amigos de Bobbie dentro do carro.

— Me diga uma coisa: como é que alguém que tira fotos para a revista *Life* acaba virando sem-teto? Eu sei que ele tinha uma doença mental. Mas como é que o cara conseguiu perder tão completamente assim o rumo? Ele não tinha família? Amigos? Era tão simpático, como era possível não ter?

Sam Russo gesticulou para os homens que iam entrando na van com seus tênis surrados e suas camisas de algodão *oxford* compradas em lojas baratas, as calças sempre com cheiro de rua: Howard Mason, Paco Hidalgo, Pete Stambolinos.

— Como é que qualquer um deles perde o rumo? O Bobbie pode até ter sido um ótimo fotógrafo algum dia... você vai saber dizer melhor do que eu se ele de fato tinha algum talento... mas, como você disse, ele era um doente mental. E claro que tinha também alguns problemas sérios de déficit de atenção. Trinta, quarenta anos atrás, não tinha muita coisa que se pudesse fazer. Havia a Torazina. Os experimentos com Haloperidol tinham acabado de começar. Mas era só isso. E vamos encarar os fatos, Laurel: você só viu o Bobbie depois de ele retomar a medicação. Não viu... nem, me perdoe, sentiu o cheiro... depois de ele ter passado uma noite em um estacionamento subterrâneo. Nem quando ele estava sendo chutado para fora de um restaurante depois de passar horas lá dentro, pedindo e comendo como se o mundo fosse acabar, mas sem um centavo no bolso. Nem quando ele estava tentando me contar que já tinha sido amigo da Coretta Scott King. Eu até que podia imaginar o Bobbie com alguns daqueles músicos. Mas Coretta Scott King? É um pouco demais. E só Deus sabe que substâncias químicas ele consumiu na vida... você sabe, para se divertir... ou que tipo de problemas ele tinha com abuso de substâncias. Ou que tipo de demônios trouxe da infância para a vida adulta. Eu com certeza não sei. A Emily talvez saiba. Emily Young. Mas pode acreditar em mim: as coisas que eu não sei sobre essas pessoas... qualquer uma delas... dariam para escrever um livro inteiro.

Enquanto Laurel estava no enterro, a assistente de Katherine havia deixado em sua sala o pequeno envelope com as outras fotos de Bobbie. Havia uma dúzia de instantâneos, alguns escurecidos e amarelados de tão velhos. Laurel mal havia começado a examiná-los quando parou, sentindo um espasmo no peito, e ficou sentada, totalmente imóvel. Ali, em uma cópia preto-e-branco tão antiga que os cantos estavam carcomidos, estava a casa do outro lado da enseada que se podia ver do *country club* onde ela passara uma parte tão grande de sua infância. A mansão de Pamela Buchanan Marshfield. Laurel reconheceu no mesmo instante a varanda e o pórtico adjacente, com suas oito grossas colunas. As sacadas com vista para a enseada. O deque. Atrás dessa havia uma segunda imagem diferente da casa.

Nunca passara pela sua cabeça que Bobbie Crocker pudesse de alguma forma ser parente dos Buchanan de East Egg. Por que passaria? Desde que saíra de casa para começar a faculdade e parara de passar os longos dias de verão no clube, não pensara muito nem em Jay Gatsby nem na família que vivia do outro lado da enseada. Na verdade, não pensava muito em nenhum deles nem quando passava o tempo inteiro ali usando seus maiôs da Speedo.

Apoiou as fotografias de pé no monitor do computador e pegou a seguinte. Ali estava ele, o *country club* em si, todo ele, incluindo a grossa e maciça torre de pedra. Atrás dessa imagem havia uma outra da piscina original — a piscina de Gatsby. E, depois, duas imagens das festas, uma das quais estava datada a lápis: Dia da Bastilha, 1922. A foto mostrava um homem que ela supôs ser o próprio Gatsby, em pé, com uma expressão de espanto quase embotada ao lado de sua baratinha amarelo-canário. E, por fim, havia uma foto das crianças: uma menina, que Laurel imaginou ter uns nove anos, e um menino de uns cinco, posando ao lado do pórtico dos Buchanan com um conversível bordô parado atrás deles. Estava óbvio que aquela imagem também era dos anos 1920.

Lembrou-se do que Bobbie havia lhe contado certa vez, de um dos muitos comentários que Laurel imaginara serem fantasias sem nenhum fundamento. Ele dissera que havia sido criado em uma casa de onde se via um castelo do outro lado de uma enseada. A casa de Gatsby não era um castelo, mas era feita de pedra e tinha aquela torre um pouco parecida com a de um castelo.

Pegou o telefone na mesma hora e ligou para a mãe, torcendo para naquela tarde ela não ter *bridge* nem tênis, nem ter pegado o trem até a cidade para fazer compras com amigas ou visitar algum museu. Desde a morte do marido — pai de Laurel —, sua mãe vinha demonstrando uma tendência cada vez maior para se manter ocupada, tendência pela qual se deixava dominar por completo: estava sempre fora em algum lugar. Conforme previsto, Laurel foi atendida pela voz da mãe na secretária eletrônica e desligou. Em seguida, ligou para a tia Joyce — mãe de seu primo Martin —, porque esta também havia morado na mesma região desde o seu casamento, e era sócia do clube. Tia Joyce não havia passado tanto tempo lá quanto a mãe ou o pai de Laurel, e certamente não tanto quanto a própria Laurel, mas conhecia a história do lugar e as reviravoltas sociais que se espalhavam por aquela área tão bem quanto qualquer outra pessoa.

Martin atendeu, com aquela sua voz enrolada e sempre bem-disposta que somente a família de Laurel conseguia traduzir para alguma coisa próxima do inteligível. Como Martin nascera com síndrome de Down e parcialmente surdo, falava como se estivesse com a boca cheia de bolo. Mas, na maioria das vezes, Laurel o compreendia, mesmo ao telefone, e ele talvez fosse a única pessoa que ela conhecia que provavelmente passaria a vida inteira sem nunca falar mal de ninguém. Tinha o coração imenso, a alma generosa. Chamava-a de Laurel Filha, em vez de simplesmente Laurel, já que ela fora batizada em homenagem à avó dos dois (que morrera quando Laurel ainda estava no ensino médio). Para Martin, aquela mulher muito mais velha sempre havia sido Vovó Laurel.

Depois de Laurel lhe garantir que logo iria visitá-lo e sugerir que fossem assistir a um musical no Dia de Ação de Graças, ele foi chamar a mãe. As duas provavelmente se falavam com mais freqüência do que a maioria das sobrinhas e tias adultas, tanto porque tia Joyce morava perto da mãe de Laurel quanto por causa da amizade de Laurel com o primo. De certa forma, tia Joyce era uma segunda mãe para ela, portanto, quando Martin lhe disse quem era ao telefone, a tia não pensou que Laurel tivesse nenhuma notícia especialmente interessante para lhe dar.

Ah, mas Laurel tinha, sim, e foi logo falando. Contou à tia com uma leve empolgação na voz sobre Bobbie Crocker, as fotos profissionais e caseiras que ele havia deixado, avançando até o que pensava ser a sua grande descoberta:

— E Pamela Buchanan Marshfield tinha um irmão mais novo, não tinha?

— Na verdade tinha — respondeu a tia com muita calma. — Ele morreu quando era adolescente. Eu devia ser criança na época. É claro que nunca o conheci. Foi só mais uma maldição a se abater sobre aquela pobre família. Mais dinheiro... e mais má sorte, aparentemente... do que qualquer pessoa jamais poderia ter. Por que você pensou nele?

Ao fundo, Laurel escutou os acordes que anunciavam o início de O rei e eu. Martin acabara de colocar o CD no aparelho de som e, em sua mente, ela viu o primo usando o elegante paletó siamês e a calça de seda que a mãe havia costurado para ele.

— Morreu quando era adolescente? — perguntou Laurel à tia, um pouco espantada. Pegou a fotografia das duas crianças. O menino vestia um short xadrez com suspensórios. A menina usava um vestido de verão de festa, com decote canoa e mangas curtas e bufantes.

— Tenho quase certeza de que sim. Por que a surpresa?

— O tal sem-teto de que falei pra você. O sem-teto bem velhinho. Bobbie Crocker. Eu estava pensando... acho que ainda estou pensando... que ele na verdade era um Buchanan.

— Talvez o nome do menino fosse Bobbie. Mas também pode ter sido William. Billy, talvez. Sim, Billy não me soa estranho. Mas Robert também não. É claro que nada disso tem importância, porque o menino morreu em algum acidente quando tinha dezesseis ou dezessete anos.

— O homem sobre quem estou falando passou uns quinze dias aqui no abrigo antes de a gente encontrar um apartamento para ele — continuou Laurel. — Mas ele freqüentava bastante as salas de trabalho e o abrigo diurno. Morreu outro dia, sem nenhum parente, até onde a gente sabe, mas a assistente social que examinou os pertences dele encontrou o tal envelope com os instantâneos antigos. E tem umas duas fotos da mansão Marshfield... aquela onde Tom e Daisy Buchanan moravam... e uma de uma menina e um menino com a velha casa ao fundo. Estão em pé ao lado de um carro dos anos 1920.

— Tem certeza de que é a mesma casa?

— Tenho, claro! E tem uma outra da casa de Jay Gatsby... o *country club*... e dele próprio com aquele carro esporte que ele tinha.

— Bom, mesmo assim não entendo por que você iria tirar a conclusão de que esse tal sem-teto era um Buchanan. O filho morreu. Todo mundo sabe que o filho de Tom e Daisy morreu. E você disse que o nome do sujeito era Campbell, é isso?

— Crocker — corrigiu Laurel.

— Acho que isso encerra o assunto. Por que ele iria dizer que se chamava Crocker se o seu sobrenome fosse Buchanan?

Laurel se recostou na cadeira e respirou fundo para se acalmar. Podia imaginar o nariz e os lábios da tia se remexendo e se unindo, como faziam sempre que ela estava conversando sobre alguma coisa que considerava desagradável. A mãe de Laurel tinha a mesma mania. As duas pareciam estar chupando limão, e aquele era um cacoete familiar nada atraente.

— Talvez isso encerre o assunto. Mas talvez não — disse. — Por que você acha que ele tinha todas essas fotos? — Laurel sabia que estava soando briguenta. Mas não parava de pensar no que Bobbie dissera sobre a própria infância. Por um instante, teve medo de também estar franzindo o rosto.

— Ah, Laurel, por favor, não fique desapontada comigo.

— Não estou.

— Está, sim, posso ouvir na sua voz. Está zangada porque eu não acredito como você que esse sem-teto...

— Ele não era mais sem-teto. A gente arrumou um teto para ele. É isso que a gente faz.

— Tudo bem, então: ex-sem-teto. Você está zangada porque eu tenho as minhas dúvidas. Talvez as crianças da tal foto sejam mesmo Pamela e Billy... ou Bobbie. O que seja. Mas como é que você sabe que essa pessoa não achou as fotos em algum lixão por aí? Ou em algum antiquário? Talvez tenha encontrado um álbum de fotos no lixo e guardado algumas imagens. Como você mesma me contou, os sem-teto... desculpe, ex-sem-teto... às vezes guardam as coisas mais estranhas.

Laurel passou alguns instantes olhando para o menininho, tentando encontrar alguma semelhança com Bobbie Crocker. Talvez um brilho nos olhos. O formato do rosto. Mas não conseguiu. Não que não pudesse ter havido nenhuma semelhança. Mas era difícil encontrar alguma, porque grande parte do rosto de Bobbie estivera escondida por aquela impenetrável e densa barba.

— E, é claro, isso tudo pressupõe que o menino da fotografia seja irmão de Pamela, e que a menina seja Pamela — continuou a tia. — Por que você está tirando essa conclusão? Por que não poderiam ser duas outras crianças visitando a casa? Hóspedes, talvez?

— Acho que poderiam ser, sim.

— Isso! Talvez fossem amigos da família. Ou primos — acrescentou a velha mulher, cuja voz havia recuperado a cadência tipicamente agradável. Ao fundo, Laurel podia ouvir que Martin já havia avançado no CD até o primeiro grande número musical do rei, e estava cantando "A puzzlement" com seu empenho costumeiro. O que faltava a Martin em matéria de pronúncia ele compensava com entusiasmo.

— Mas tenho realmente um palpite de que talvez esteja prestes a descobrir alguma coisa aqui — disse ela.

— Então talvez você devesse conversar com Pamela Marshfield. Por que não? Mostre a ela as fotografias. Veja o que ela diz.

Laurel estendeu a mão para pegar a foto enquanto segurava o fone com o queixo, e então olhou para a menininha. Esta parecia altiva, dramática; ao pensar nela como uma mulher idosa, Laurel visualizou alguém mais do que um pouco intimidador.

— Você sabe onde ela está morando agora?

— Não faço idéia. Mas os Dayton talvez saibam. Ou os Winston.

— Os Dayton são a família que comprou a casa dela?

— Isso. E os Winston compraram aquela elegante casa Tudor em uma parte do terreno que era dela. A sra. Winston já é muito velha também. Acho que o marido já morreu. Ela deve morar lá sozinha.

A porta da sala de Laurel estava aberta, e ela viu um rapaz levemente estrábico, de orelhas caídas e o pescoço magro como o de um peru, parado no corredor do lado de fora. Seus cabelos estavam tingidos da cor de Ki-Suco sabor laranja, e ele tinha cortes compridos nos dois braços esqueléticos, um dos quais exibia pontos que desapareciam debaixo da manga de sua camiseta cinza manchada de suor. Sua aparência era horrível, e Laurel pôde ver, em seu olhar de cervo surpreendido pelos faróis de um carro, que ele não podia acreditar que estava ali, no abrigo para sem-teto da cidade.

— Chegou um cliente — disse ela à tia. — Acho que tenho que desligar.

— Tudo bem. Me avise se descobrir alguma coisa interessante sobre o seu homem misterioso — disse tia Joyce, e as duas se despediram e desligaram. Então Laurel se levantou para cumprimentar o novo cliente. Teve a sensação de que ele estava com fome havia muito tempo, portanto sugeriu irem até a cozinha para pegar uns sanduíches de pasta de amendoim e geléia. Os formulários de inscrição podiam esperá-lo comer.

Capítulo cinco

SUA MÃE O BATIZOU DE WHITAKER, que era também o nome do pai dela. Seu irmão mais velho o rebatizou de Witless, "desmiolado", quando eram duas crianças briguentas em Des Moines. Seu orientador do primeiro ano da universidade batizou-o de Witty, "espertinho", porque ele tinha mania de esconder o nervosismo e a insegurança por trás de um grosso véu de ironia. O orientador considerava isso esperto e, durante algum tempo, o rapaz achou que o apelido fosse colar. Não colou. Graças a Deus. Teria sido uma pressão grande demais. Assim, a maioria das pessoas simplesmente pensava nele como Whit. Pelo menos era assim que ele se apresentava, e foi assim que os outros inquilinos do prédio de apartamentos, incluindo Talia e Laurel, passaram a chamá-lo no verão e outono daquele ano.

Ele pediu para dois amigos o ajudarem a trazer suas coisas na mudança, incluindo um grandalhão com quem já havia jogado rúgbi, mas Talia e Laurel estavam em casa naquela manhã de sábado e também se ofereceram para ajudar. Ele ficou imediatamente seduzido pelas duas. Talia tinha uma linda pele morena cor de amêndoa e uma cabeleira bem preta que usava em uma longa trança até quase a cintura. Conseguia fazer uma calça de moletom cinza e uma camiseta amarela da UVM parecerem os trajes casuais de um catálogo de *lingerie*. Era muito alta, e movimentava-se com a graça e o porte de uma bailarina. Ele imaginou que todos os meninos adolescentes de sua igreja nutrissem uma paixonite por ela — isso caso ela não os deixasse intimidados e mudos — e que todas as meninas quisessem imitá-la. Ela era evidentemente uma pastora rock-'n'-roll.

Laurel estava usando um boné de beisebol pintado com o *slogan* do abrigo para sem-teto onde trabalhava, "SEGURANÇA INTERNA COMEÇA EM CASA", e seu rabo-de-cavalo louro emergia por cima do fecho de plástico na parte de trás como uma cascata. Na verdade, o rabo balançava junto ao seu pescoço enquanto ela subia e descia correndo as escadas, carregando caixas de CDs seus e sacos plásticos de lixo cheios com as suas camisas e meias limpas. Calçava um par de tênis de couro cor-de-rosa e vestia calças de brim tipo capri. Ficou muito impressionado com suas panturrilhas. Gastrocnêmio. Sóleo. *Peroneus longus*. Os músculos que faziam seus pés se dobrarem quando ela andava. A garota tinha panturrilhas espetaculares. Panturrilhas de ciclista. Panturrilhas de nadadora. Tudo bem, admitiu ele para si mesmo, não se tratava apenas de uma avaliação profissional: panturrilhas de amante.

Ele poderia ter se apaixonado por qualquer uma das duas. Eram ambas quatro anos mais velhas do que ele, e isso por si só já era um poderoso afrodisíaco. Por quê? Significava, pura e simplesmente, que não estavam mais na faculdade. Qualquer mulher que tivesse um emprego de verdade parecia-lhe indescritivelmente exótica na época.

Mas foi Laurel quem, inconscientemente, lançou o primeiro feitiço. Talvez por ter sido tão sem querer. Tão acidental. No início daquela tarde, depois de terem quase acabado de levar todas as coisas de Whit para o apartamento, estavam os dois em pé na pequena varanda — e *pequena* era de fato a palavra certa; parecia mais um patamar com um parapeito. Tinham ido lá para recuperar o fôlego e tomar um copo d'água. Estavam com calor, suados e ofegantes por causa do esforço, e Laurel lhe perguntou sobre Iowa, sua família, e a casa onde ele fora criado. Perguntou-lhe por que ele queria ser médico. Seu interesse pelas respostas dele parecia tão sincero — e tão intenso — que, por um instante, ele temeu que ela o estivesse considerando uma daquelas causas perdidas que apareciam em seu abrigo. Mas depois perdeu esse medo, porque percebeu que era assim mesmo que aquela sua nova vizinha funcionava. Ela perguntava sobre os outros porque se importava com os outros — e talvez porque isso significasse uma probabilidade menor de ter de falar sobre si mesma. Independentemente do motivo, ela fez o coração dele bater com força enquanto ele falava sem parar sobre quem era, até que fez uma coisa tão inusitada, íntima e inesperada que ele ficou sem ar: enquanto ele descrevia a fazenda do avô, pegou a garrafa d'água e despejou algumas gotas em um lenço delicado que trazia no bolso da calça, em seguida inclinou-se para junto dele e pressionou o lenço em seu maxilar. Aparentemente, ele se cortara em algum momento, o pequeno ferimento recomeçara a sangrar, e ele ainda não havia percebido. Ficaram assim, próximos o bastante para um beijo, durante mais de um minuto.

Havia algo nela ao mesmo tempo protetor e profundamente vulnerável. Podia ver isso no que ela havia decidido fazer da própria vida e em seu relacionamento com Talia: esta parecia uma irmã mais velha, sempre cuidando de Laurel.

Whit não ficava desconfortável perto de garotas, mas sempre fora um pouco tímido. Certa vez, uma namorada lhe dissera que ele era atraente de uma forma não-ameaçadora. Ele tomara isso por um elogio, mas a namorada terminou com ele menos de uma semana depois de fazer a observação. Na faculdade, ele era considerado discreto. Algumas vezes pensava que, caso houvesse nascido algumas gerações antes, teria sido o melhor amigo homem de todas as meninas: aquele que as consola depois de elas serem magoadas por algum imbecil do time de futebol ou da estação de rádio da universidade e que as ajuda a superar a dor. Mas que, é claro, sempre volta para casa sozinho. Conseqüentemente, estava contente por ter nascido na época em que nascera.

Whit não fingia entender as mulheres, e achou Laurel particularmente enigmática durante o mês de agosto e aquelas primeiras semanas de setembro. Foram juntos ao cinema um par de vezes; em uma ocasião saíram para dançar — como amigos, nada mais, sempre em grupo — e de vez em quando iam juntos a pé até a cidade para tomar um sorvete. Tudo muito respeitável. Ele sabia que seus avós de Iowa ficariam orgulhosos. Conversando sobre seu trabalho com os sem-teto, sobre a faculdade de medicina, sobre o filme que haviam acabado de ver, descobriu que ela era uma conversadora entusiasmada. Podiam falar sobre política e religião, e ocasionalmente o faziam — algumas vezes conversas curtas no hall da casa, outras vezes durante períodos mais longos, em frente à porta que dava para a rua. Mas outros assuntos pareciam transformar Laurel em segundos, fazendo-a passar de agradável a distante. E ele começou a se tornar cada vez mais cuidadoso com os assuntos que puxava. Certa vez, ofereceu-se para levar Laurel para passear de bicicleta nas estradas de beleza espetacular a oeste de Middlebury, e foi como se houvesse sugerido que comparecessem a um enterro. Ela se tornou distante, em seguida pediu licença e saiu da frente da casa para dentro de seu apartamento. Em outra ocasião, ele estava tagarelando — de maneira charmosa, segundo pensava, com um jeito de comediante — sobre filmes de terror e sobre aqueles idiotas, homens e mulheres, que sempre eram assassinados no mato, e ela se retraiu inteiramente. Laurel nunca chegou a destratá-lo nem a dispensá-lo; estava claro para Whit que não destratava nem dispensava ninguém. Mas cortava a conversa de forma abrupta e seguia seu caminho para o BEDS, para o laboratório da universidade ou para o mercado. Com exceção de Talia, não parecia ter nenhum amigo.

É claro que ele sabia que, caso ela tivesse examinado o seu mundo, tampouco teria visto uma vida social particularmente frenética. Mas ele tinha uma desculpa: estava começando a faculdade de medicina. Contando apenas a cadeira de bioquímica, poderia ter passado a vida inteira decorando nomes, estruturas e processos. E, sim, ele às vezes se sentia tão pouco à vontade na companhia de mulheres bonitas que chegava a corar.

Ainda assim, tinha a sensação de que chegaria um momento em que iria se arrepender de um número considerável de coisas que tinha dito, por mais inócuos que os comentários tivessem parecido na ocasião. Uma conversa em meados de setembro lhe parecia simbólica. Era um dia de semana de manhã, e ele estava na varanda de seu apartamento que dava para a rua, usando um short de ciclista e uma camiseta preta, no exato instante em que Laurel passou correndo pela porta de entrada logo abaixo dele e começou a descer a calçada em direção à cidade. Ele provavelmente a estava encarando (embora, conforme desejaria depois, não de forma óbvia demais). De repente, ela tornou a se virar para a casa, dando meia-volta quase como uma bailarina. Olhou para cima, viu que ele estava olhando para ela e sorriu.

Ele acenou de volta com dois dedos, um leve cumprimento, e desejou que a forma intensa como a estava examinando não tivesse ficado evidente. Talvez aquele aceno com dois dedos pudesse parecer casual. Não pareceu: ele viu, pelo modo como ela ergueu os olhos para ele e tornou a desviá-los depressa, que seu enorme interesse era óbvio.

— Esqueceu alguma coisa? — falou ele lá para baixo.

— Esqueci — disse ela, e tornou a entrar correndo. Instantes depois, reapareceu. Ele mal havia se movido.

Durante um segundo, não teve certeza se seria melhor demonstrar interesse perguntando por que ela havia voltado ou se poderia correr o risco de deixá-la encabulada caso o fizesse. Até onde sabia, ela poderia muito bem ter esquecido o diafragma. Afinal de contas, tinha um namorado, um homem mais velho que trabalhava no jornal. Depois de uma pausa, porém, enquanto ela chacoalhava as chaves no chaveiro depois de trancar a porta da frente, ele tomou coragem e perguntou:

— O que você esqueceu de tão importante?

— Um livro sobre rock-'n'-roll. Sobre as raízes do rock-'n'-roll. Tem um capítulo sobre Muddy Waters.

— Eu não sabia que você gostava tanto de história da música.

Ela revirou os olhos e sorriu.

— Pode acreditar, não gosto não. Mas a gente tinha um cliente que pode ter tido uma ligação com uns músicos de rock antigos.

Ela trazia uma mochila vermelha pendurada casualmente em um dos ombros, então a trouxe até a frente do corpo para poder abrir o zíper e pôr o livro lá dentro.

— Um sem-teto?

— Aham.

— Ele era músico?

— Não.

— Compositor?

— Não. Fotógrafo.

— Onde ele está morando agora?

— Ele morreu.

— Ah, sinto muito.

— É um pouco triste. Mas ele viveu bastante tempo. Era um velhinho.

— Então você está pesquisando sobre rock agora porque... por quê, mesmo?

— É complicado. Na verdade, estou interessada nos créditos das fotos. Poderia contar mais a você, mas iria levar quase a manhã inteira. E preciso ir trabalhar. Depois conto a você. Tá bom?

— Tá, e eu tenho que ir andar de bicicleta — disse ele, esperando soar adequadamente despreocupado, mas, depois de falar, com medo de ter soado apenas metido e irresponsável. — Eu hoje só tenho aula depois das dez e meia.

— Nossos horários são mesmo diferentes.

— Não faz tanto tempo assim que você também era estudante, sabe.

— Algumas vezes parece que faz, sim.

Ele se inclinou por cima do parapeito. Não sabia muito bem como, mas estava com a perturbadora sensação de estar prestes a dizer exatamente o que não devia. De novo. Simplesmente sabia. Mas sentiu que precisava dizer alguma coisa, então seguiu em frente.

— Vai ser um passeio bem curto. Pensei em fazer um bem maior neste fim de semana. Quem sabe em Underhill. Sabia que tem umas estradas de terra maravilhosas lá em cima? Acho que a bicicleta para mim é feito a natação para você. Me diz de novo: por que foi mesmo que você trocou a bicicleta pelo maiô?

— Acho que eu nunca disse pra você — respondeu ela sem olhar para ele, inteiramente concentrada na ação de fechar o zíper da mochila. Era o tipo de comentário que, vindo de qualquer outra pessoa que não Laurel, teria soado ríspido e deixado Whit se sentindo profundamente rejeitado. Mas, vindo dela, parecia apenas vago. Como se de repente o assunto a houvesse deixado cansada.

— Algum interesse em vir comigo? Eu tenho duas bicicletas, sabe. Posso baixar o selim de uma e você ficaria muito confortável. Fui lá um mês atrás... Underhill... e tem um pedaço onde a mata simplesmente se abre toda, e a vista...

— Whit, eu tenho que correr. Desculpe — disse ela, interrompendo-o sem sequer erguer os olhos.

— Ah, eu entendo — disse ele.

Embora, é claro, na verdade não entendesse. Não ainda. Ele não entendia nada.

Capítulo seis

NAQUELES PRIMEIROS DIAS depois de Katherine entregar a Laurel as fotos que havia encontrado, o principal foco de concentração da jovem assistente social foi a moça na bicicleta. Surpreendeu-se examinando o suéter, os cabelos, as árvores ao fundo durante longos instantes até — quase de repente — começar a se sentir enjoada. Como não ocorria há muitos anos, tornava a visualizar os rostos dos dois homens exatamente como se lembrava deles naquele longos dias de verão no tribunal de Burlington. Em uma das vezes, precisou largar a fotografia e enfiar a cabeça entre as pernas. Quase desmaiou.

Com certeza, sentia-se intrigada também pela estranha coincidência no fato de o misterioso Bobbie Crocker ter carregado consigo fotografias do *country club* de sua juventude. Perguntou-se o que significava ele ter sido criado no mesmo canto de Long Island que ela — e, quando menino, talvez nadado na mesma enseada que ela —, e então, anos mais tarde, ter estado na estrada de terra junto com ela no domingo em que ela quase fora morta. O fato de tê-la fotografado horas (talvez minutos) antes do ataque. Mas isso suporia que ela era de fato a moça na bicicleta. E que a fotografia fora tirada naquele domingo de pesadelo — e não em algum dos dois domingos que o haviam precedido. E Laurel simplesmente não conseguia ter certeza. De certa forma, não queria ter certeza, porque isso colocaria Crocker mais perto do crime do que ela preferia imaginar.

Era mais fácil se concentrar, em vez disso, na tragédia de um homem de talento e sucesso artístico tão evidentes ter acabado virando sem-teto. Mesmo assim, tentou também não ficar demasiado obcecada com essa linha de raciocínio. Além de folhear alguns grossos tomos sobre rock-'n'-roll e fotografia de meados do século XX, não

conseguiu muita coisa na tentativa de descobrir a identidade dele
— sobretudo depois de não encontrar o nome de Bobbie em nenhum
dos créditos das fotos que havia nos livros. No entanto, durante seu
enterro, combinara de almoçar com Serena na outra semana, e no
dia seguinte deixou um recado na secretária eletrônica da assistente
social de Bobbie, Emily Young, pedindo para encontrá-la quando ela
voltasse de férias. Emily havia limpado o apartamento de Bobbie no
Hotel Nova Inglaterra junto com Katherine, e depois seguido imediatamente para um demorado cruzeiro no Caribe. Fora por isso que
não comparecera ao enterro de Bobbie no Forte de Winooski.

Assim, durante dois outros dias, ela trabalhou normalmente,
tornou a sair com David e nadou todas as manhãs. Chegou até a sair
para jogar boliche com Talia e um cara com quem a amiga estava
pensando em sair, e depois, ao chegarem em casa, navegou na internet
com a amiga para descobrirem mais coisas sobre *paintball*.

Levou a caixa de fotografias para casa, mas — com exceção da
imagem da moça de bicicleta — não fez nada mais sério a não ser
folheá-las distraidamente enquanto fazia outras coisas: escovando os
dentes. Conversando ao telefone. Assistindo ao noticiário na TV. Não
começou a catalogar as imagens com cuidado para ver o que havia
nelas, nem a levar os negativos para o laboratório da universidade
para começar a ampliá-los. Haveria tempo para isso mais tarde. Então,
na sexta-feira, tirou alguns dias para ir para casa. Nem Katherine
nem Talia precisaram perguntar por quê. Já sabiam. O aniversário
do ataque estava chegando, e Laurel fazia questão de nunca passar
aquele dia em Vermont. Seu plano era voltar para Vermont na terça-
feira seguinte, depois do aniversário, e recomeçar seu trabalho no
BEDS na quarta.

Depois do café-da-manhã, pôs na mochila algumas roupas e cosméticos, verificou o fogão pela última vez e preparou-se para partir
rumo ao sul em seu Honda desgastado, porém funcional. Não tinha
certeza se tentaria se encontrar com Pamela Buchanan Marshfield
enquanto estivesse em Long Island, mas, em todo caso, pegou o
telefone dos Dayton e dos Winston na internet e certificou-se de que

estava levando os instantâneos de Bobbie Crocker em um envelope dentro da mochila.

Fora quase fácil demais encontrar Pamela Marshfield. Laurel sequer precisou falar no nome da mulher: Rebbeca Winston fez isso para ela.

Estava segurando o fone entre a orelha e o ombro na cozinha de sua infância, vendo a névoa lá fora engolir lentamente primeiro os pinheiros que margeavam o gramado — margem esta que não ficava no canal de Long Island, mas era separada da água por uma fina faixa da floresta estadual —, e depois o balanço de madeira e a casinha de brinquedo anexa que haviam ocupado o jardim dos fundos como um imenso e imponente maciço durante toda sua vida. Viu um gaio-azul pousar no telhado pontudo da casa de bonecas e examinar o gramado. Era sábado, quase na hora do almoço, e ela havia acabado de acordar. Dormira por quase doze horas.

Rebecca Winston já havia descrito para a assistente social a excursão de ônibus para observar as folhas de outono que fizera cinco anos antes pelas tortuosas estradas que subiam e davam a volta nas montanhas da cordilheira de Green Mountains. Pela descrição, parecia nauseante, mas Laurel não disse isso a ela. Em seguida, Rebecca havia falado do medo de que em breve não pudesse mais morar sozinha em sua casa, e a conversa evoluíra naturalmente, sem precisar ser forçada, para a filha de Tom e Daisy Buchanan.

— Sei que aqui por perto tem algumas residências para idosos muito boas, mas eu adoro a minha casa. Agora mesmo estou olhando para a água... enquanto conversamos. É lindo. Acalma. Especialmente com a névoa. E eu tenho recursos. É claro. Mas não iria conseguir ter toda a ajuda que uma pessoa como Pamela Marshfield tem. Sabia que ela tem enfermeiras morando dentro de casa? Duas! — disse Rebecca.

— Onde ela está morando agora, sra. Winston? — perguntou Laurel. — A senhora sabe?

— Você tem que me chamar de Becky.

— Não vou conseguir fazer isso — respondeu ela. A sra. Winston tinha algo entre três e quatro vezes a sua idade.

— Por favor...

— Vou tentar.

— Diga para eu ouvir. Faça a vontade de uma velha.

— Sra....

— Ora, vamos!

— Tudo bem. — Laurel engoliu em seco. — Becky.

— Foi tão ruim assim?

— Não, claro que não.

— Obrigada.

— A senhora sabe onde a sra. Marshfield está morando agora?

— *Ela*, sim, você tem que chamar de senhora.

— Eu sei disso.

— Ela está morando em East Hampton. Ouvi dizer que a casa dela é espetacular.

— Mais espetacular do que a casa antiga... aquela perto da sua?

— Não tão grande. Mas quem é que precisa de 550 ou 650 mil metros quadrados quando o marido já morreu e não se tem filhos? Mesmo assim, não é uma casa pequena. E ouvi dizer que a vista para a água é absolutamente espetacular. Eu tenho essa enseadazinha cheia de barcos e casas. Costumava ficar olhando vocês saírem de barco lá do clube quando eram crianças. Virarem seus caiaques. Pamela, por sua vez, tem uma longa faixa de Oceano Atlântico e a sua própria praia particular. Alguém me disse que, quando faz calor, a carregam até a espreguiçadeira da varanda e ela fica olhando as ondas.

— Ela é doente assim?

— Não, ela é rica assim.

— Será que iria se importar se eu ligasse para ela?

— Provavelmente iria preferir que você escrevesse. Ela é daquela geração que ainda escreve cartas. E é uma escritora de cartas particularmente excêntrica. É conhecida em alguns grupos pelas suas cartas longas e formais, cheias de opiniões e histórias chocantes. Nós nos correspondemos durante algum tempo depois que ela se mudou.

— A senhora ainda tem as cartas?

— Ah, duvido. Perdemos contato muito tempo atrás.

— Eu só vou passar uns dois dias aqui, então acho que vou arriscar o telefone — disse Laurel, e Rebecca deu-lhe o telefone de Pamela Marshfield, embora, como este não constava da lista, Laurel tenha tido de prometer que não iria dá-lo a mais ninguém. Então, assim que desligaram, ela telefonou para a residência Marshfield em South Hampton.

LAUREL NUNCA HAVIA ENTENDIDO exatamente o que Tom Buchanan tinha visto em Myrtle Wilson, a mulher com quem tivera aquele caso ridículo em 1922 e que Daisy atropelaria acidentalmente enquanto dirigia o carro de seu próprio amante. Tom Buchanan podia não ter sido muito simpático — podia, na verdade, ter sido um homem violento e agressivo, que certa vez quebrou o nariz de Myrtle —, mas era bonito e era rico. Laurel conhecia a casa. Sabia onde ele criava seus pôneis de pólo. Mas Myrtle Wilson? Nunca havia encontrado ninguém que de fato a tivesse conhecido. Estava claro, porém, que a mulher não era nem particularmente inteligente nem especialmente bondosa: era uma histérica sem graça, com tendência a empinar o nariz. Não era nem tão bonita assim. Evidentemente, não merecia morrer da forma como morrera. Ninguém merecia isso: Laurel também já tinha sido quase morta por um carro — atropelada enquanto ainda estava presa à própria bicicleta. Como Myrtle, fora abandonada como se estivesse morta pelo carro que saíra em disparada. Mesmo assim, Laurel não via Myrtle como uma alma irmã. Simplesmente não conseguia entender como um homem como Tom poderia se sentir atraído por uma mulher como ela. Sempre imaginara que a sua amante seguinte fosse um troféu mais previsível.

Laurel se pegou pensando em Tom e Daisy durante a maior parte da tarde seguinte, um domingo, já que na manhã de segunda-feira iria encontrar a única filha deles. Uma mulher, enfermeira ou secretária particular de algum tipo, atendeu seu telefonema no sábado, pediu-lhe para esperar e transmitiu seu recado para a sra. Marshfield.

Laurel chegou a se desculpar por telefonar em vez de escrever. Mas explicou quem era e disse à mulher que tinha alguns instantâneos da antiga propriedade dos Buchanan e de alguém que pensava ser a sra. Marshfield quando menina. Acrescentou que queria muito lhe mostrar as fotos e se apresentar. Não mencionou o menino em uma das imagens, nem Bobbie Crocker. Depois de alguns instantes de silêncio, a mulher voltou e disse que a sra. Marshfield teria prazer em recebê-la na segunda-feira às onze da manhã.

Laurel passou a maior parte do domingo na sala de brinquedos da casa do primo. Martin estava em uma fase *Rua 42*, então dedicaram uma parte considerável da tarde ao sapateado. Sua mãe havia arrumado recentemente para ele uma cartola preta e uma bengala em um brechó de roupas, e os dois cantaram "Young and Healthy" uma meia dúzia de vezes. Martin era quase uma cabeça mais baixo do que Laurel, e a diferença em suas estaturas se devia tanto ao fato de ele ter síndrome de Down quanto ao de ela ter esguios 1,75m. Mas ele tinha os ombros particularmente largos e um daqueles corpos masculinos que parecem feitos para trajes formais. Ficava elegantíssimo de blazer e dançava com uma espontaneidade cheia de carisma. Pelos abraços que Martin recebia das moças suas conhecidas, também deficientes, Laurel sentia que o primo tinha o potencial de ser um verdadeiro conquistador, mas a verdade era que essas moças — assim como os rapazes — abraçavam absolutamente todo mundo. Quando trabalhava como voluntária cronometrando os tempos da Special Olympics, os jogos Paraolímpicos, via que muitos dos atletas sacrificavam preciosos segundos para lhe dar um abraço e dizer a ela como estavam se divertindo, ou o quanto a amavam.

— Você dança divino — disse Martin, galante. Então, talvez por ter acabado de dizer alguma coisa emocionalmente importante e estar com vergonha, acrescentou depressa: "Você é tão boba", *non sequitur* que costumava usar para preencher qualquer silêncio na conversa que o deixasse pouco à vontade. Nessa noite, os dois assistiram a *Branca de Neve* pela terceira vez, segundo a lembrança de Laurel, pulando todas as cenas com a bruxa, a maçã e as trovoadas que deixavam Martin assustado.

Laurel sentia que aquela era a forma perfeita de passar a tarde e o início da noite. O ano seguinte à sua formatura fora um ano bissexto, de modo que o verdadeiro aniversário do ataque só cairia no dia seguinte. Mas o ataque acontecera em um domingo, então, nesse ano, sentia-se particularmente contente por não estar em Vermont. Adorava as Green Mountains, mas, à medida que o pôr-do-sol foi se aproximando, notou que estava sem fôlego e ansiosa. Ficou aliviada por estar seis horas mais ao sul — em um mundo onde podia sapatear com seu alegre primo enquanto refletia sobre uma série de instantâneos de oitenta ou oitenta e cinco anos de idade de um contrabandista de bebidas romantizado e de um menininho misterioso.

Paciente 29873

...dicção rápida e intensa, mas podendo ser facilmente interrompida — não tem a intensidade da fala maníaca. (Nota: paciente fala/se relaciona muito pouco fora das entrevistas.) Temperamento provocado é moderadamente irritadiço, afeto integral, processo de raciocínio coerente.

Conteúdo dos pensamentos: nega a idéia de se ferir ou ferir os outros. Ainda se preocupa com crenças pouco usuais e não demonstra disposição para conversar muito sobre outras coisas. Nega ouvir vozes — embora ocasionalmente saia falando pelos corredores sem nenhum intelocutor por perto (insiste que está apenas "revisando" material).

Crenças ainda causam prejuízos funcionais; pouca interação com outras pessoas, seja no hospital ou com amigos do lado de fora, obviamente sem a noção de que conversar sobre as crenças leva a discordâncias ou sentimento de invalidação. Além disso, parece não ter vontade de se concentrar em questões práticas, como futuro tratamento comunitário ou planejamento de alta.

Das anotações de Kenneth Pierce,
psiquiatra responsável,
Hospital Estadual de Vermont, Waterbury, Vermont

Capítulo sete

UMA MENINA DE ONZE ANOS estava agachada no chão do pomar de macieiras e segurava na mão a maçã vermelha que acabara de colher em um dos galhos mais baixos da árvore. Então deu uma mordida, surpresa tanto com a acidez quanto com a quantidade de suco da maçã. Vestia um elegante suéter cor de jade, com um arco da mesma cor nos cabelos. Seus cabelos ainda tinham o cheiro doce e limpo de xampu de morango.

Sua irmã de seis anos tentava rolar na sua direção, mas o declive naquela parte do pomar não era muito pronunciado. Além disso, o chão estava coalhado de maçãs caídas. Assim, a menina mais nova tinha de avançar na direção da irmã mais velha apoiada nos cotovelos e pés, e movia-se mais como uma caixa do que como uma roda no leve declive.

— Isso é roubo, Marissa — disse ela, pondo-se de pé e acenando na direção da maçã meio mordida na mão da irmã mais velha. No céu atrás dela havia ondas agitadas de nuvens brancas, uma série de arabescos contra um céu inteiramente azul. Aquilo lembrava a Marissa as venezianas das janelas do banheiro do apartamento de seu pai.

— O que é roubo?

— Comer uma maçã que o papai não comprou.

Marissa suspirou e deu outra mordida. Dessa vez, mastigou com um movimento amplo, exagerado, mexendo o queixo como uma prensa mecânica. Reparou que a boca da menina mais nova estava suja de caramelo por causa da maçã-do-amor que ela havia comido quando chegaram ao pomar — essa, *sim*, comprada por seu pai —, e a frente de seu casaco de moletom branco estava salpicada de respingos das maçãs podres sobre as quais ela havia acabado de rolar. Ela parecia uma criança saída de um comercial de TV para sabão em pó.

— Eu deveria contar — acrescentou a mais nova.

— Você deveria fazer um monte de coisas — disse Marissa depois de engolir, novamente com um floreio obviamente exagerado. Já fazia três anos que vinha atuando em teatros comunitários com adultos, em sua maioria banqueiros, professores e cabeleireiros durante o dia. Esperava algum dia poder fazer ainda mais: sonhava com a Broadway.

— Quem sabe não deveria começar parando de rolar no chão feito aqueles meninos ridículos e sujos do pré-primário — continuou. — Ou quem sabe você deveria pensar em lavar o rosto de vez em quando.

A mais nova — uma menina rechonchuda chamada Cindy — não pareceu especialmente ofendida pela repreenda. Deu de ombros. Então usou a manga para tentar limpar o caramelo do rosto, mas este já havia coagulado como sangue. Seria preciso mais do que a manga seca de um moletom para limpar aquela sujeira.

Quando seu pai sugeriu que elas fossem ao pomar naquela tarde, Marissa esperava que a nova namorada — mais nova, pelo menos — também fosse. Aquela chamada Laurel, de quem sua mãe falava mal por ser tão jovem. Mas Marissa gostava de Laurel, e ficou decepcionada quando seu pai disse que seriam só os três e que não iriam buscar Laurel em seu apartamento na colina perto da universidade.

— Ainda tem caramelo na sua cara — disse ela para a irmã depois de alguns instantes.

Novamente Cindy tentou limpar o rosto, dessa vez lambendo os dedos e esfregando-os na sujeira que rodeava seus lábios como uma maquiagem de palhaço.

— Saiu? — perguntou Cindy.

— Melhorou muito — mentiu Marissa. Não havia motivo para insistir com a irmã que ela era uma porcalhona de marca maior. Mas Marissa não sabia ao certo por que estava tão mal-humorada naquela tarde. Ela, a irmã e o pai vinham tendo um fim de semana razoável até ali. Depois de ir a um bazar no quintal da casa de um dos vizinhos da mãe, na véspera, assistiram a um filme surpreendentemente pouco infantil de que todos haviam gostado muito, e depois saíram para jantar pizza (uma fatia da qual, conforme previsto, Cindy conseguira espalhar na manga do suéter, resultando no tipo de mancha que faria mamãe, quando a visse, revirar os olhos de frustração e fazer algum comentário irritado sobre papai). Naquela manhã, seu pai tinha preparado *waffles* para o café. Ela ainda não fizera os deveres de casa, e isso lá no fundo a deixava um pouquinho preocupada. Mas sempre poderia atacar o dever de matemática quando voltasse para a casa do pai, e ler o que precisava durante o banho de banheira depois do jantar.

Perguntou-se se sua falta de paciência atual tinha algo a ver com os planos da mãe de se casar com Eric Tourneau em novembro. Havia escutado o bate-boca dos pais ao telefone naquela manhã relacionado à logística do casamento, enquanto discutiam sobre onde ela e a irmã iriam ficar nos dias logo antes e logo depois da cerimônia. (Infelizmente, ela sabia exatamente onde teria de estar no grande dia em si.)

— Vai comer isso tudo? — perguntou Cindy.

Ao longe, a pelo menos uns setenta e cinco metros, seu pai estava na pontinha dos pés tentando alcançar um grupo de maçãs em uma árvore particularmente alta. Depois de deixar cair mais duas frutas na cesta de vime a seus pés, tornou a olhar para as meninas. Marissa não tinha muita certeza de como nem quando havia se afastado até onde estava. Sabia que estava colhendo as frutas em uma árvore diferente da do pai, e que depois passara por uma série de árvores que não tinham maçãs baixas o suficiente para ela colher. Não fazia idéia de como aquele abismo havia se aberto entre o pai e ela.

— Tá bom, me diz uma coisa — disse ela à irmã. — O que ia ser pior? Comer toda esta maçã, o que ia ser igual a roubar uma fruta inteira, ou não terminar e desperdiçar comida?

A menina pensou no assunto, mas apenas por um segundo. Então sorriu e deu uma cambalhota no chão molhado, amassando uma maçã com as costas e deixando uma comprida mancha de sumo na blusa. *Essa menina*, pensou Marissa, *não tem jeito. Não tem jeito mesmo.* Sabia que algumas vezes o noivo da mãe parecia achar Cindy fofinha. Mas isso era provavelmente porque Eric ainda não tinha seus próprios filhos e não sabia das coisas. Não sabia o que esperar de uma menina de seis anos. Além disso, não tinha muita escolha: era obrigado a gostar de Cindy, já que ia se casar com sua mãe.

Marissa tinha uma desanimadora sensação de que sua mãe algum dia iria ter outros filhos. Isso também a fazia não gostar de Eric — e a deixava com raiva da mãe. Também a fazia gostar ainda mais de

Laurel. Seu pai havia lhe dito que ela e Cindy eram a sua prioridade, e que no momento ele não tinha intenção de namorar nenhuma mulher que quisesse ter filhos. Isso tornava Laurel ainda mais querida aos olhos de Marissa.

— Você acha que o papai vai comprar outra maçã-do-amor pra gente na hora de ir embora? — perguntou-lhe Cindy assim que terminou a cambalhota, com os olhos arregalados de orgulho de seu pequeno feito de ginástica.

— Eu não comi nenhuma.

— É — disse Cindy. — Porque queria esperar pra roubar as normais daqui.

Pronto, foi a gota d'água: o último comentário mesquinho, idiota, completamente sem sentido, inteiramente infantil. Era chegada a hora de silenciar a irmã — ou pelo menos de mandá-la embora.

— É — disse Marissa, consciente, de certa forma, de que precisava tomar cuidado agora para a raiva não estreitar seus olhos. Isso iria estragar todo o efeito. Em vez disso, olhou de um lado para o outro devagar, de forma teatral. Estava ligeiramente surpresa com o fato de as ondas de nuvens acima delas estarem cooperando na hora certa e se juntando para encobrir o sol. O pomar foi escurecendo diante de seus olhos.

— O que foi? — perguntou a irmã. — O que foi?

— Shhhhh. Não se mexa.

— Me fale!

— Vou falar. Mas não se mexa... só um segundo. Tá? Estou escutando. É muito importante. — Acrescentou à própria voz um leve tremor que torceu para estar soando ao mesmo tempo suplicante e... assustado. Muito, muito assustado.

Funcionou. A outra menina ficou parada como uma estátua. Então, quase em desespero, perguntou com uma voz que mal passava de um sussurro:

— O que foi?

— Ouvi alguma coisa. E depois... depois a macieira atrás de você. Ela simplesmente... se mexeu.

— Foi por causa do vento.

— Não. Não foi por causa do vento. Ela começou a se estender... e a esticar.

Cindy fez uma pausa, indagando se a irmã mais velha a estava provocando.

— Não foi nada — disse por fim, mas falou com um murmúrio nervoso quase inaudível.

Marissa sabia que a menor ainda acreditava em fadas, duendes e em algum tipo de anão bizarro que pregava peças sobre o qual tinha lido em um livro ilustrado, chamado Tomte. Era um espanto a menina não acreditar que os *Teletubbies* fossem de verdade — embora talvez ela acreditasse nisso também. O melhor de tudo era que Marissa sabia que Cindy morria de medo das árvores zangadas que falavam em *O mágico de Oz* — um pavor que tornava seu medo de macacos voadores totalmente insignificante. Haviam assistido ao DVD que tinham do filme poucos dias antes, e, na hora em que as árvores tinham começado a atirar maçãs em Dorothy e seus amigos, Cindy havia (mais uma vez) se enterrado debaixo das almofadas do sofá até a cena terminar.

— Foi, sim — disse Marissa baixinho, bem baixinho. — Eu não ia mentir pra você sobre uma coisa tão importante assim.

— Você está inventando. Árvore não se mexe.

— Claro que se mexe. Como é que eles iam ter filmado aquela cena do filme? Eles falaram com as árvores e pediram, e as árvores disseram...

— Não! Não disseram nada!

— A Laurel tirou foto! — Marissa não fazia idéia de onde havia saído essa invenção, mas ambas as irmãs sabiam que a namorada do pai era fotógrafa, e a mentira foi quase um reflexo.

— Das árvores falando?

— Macieiras. E elas estão... furiosas. — assentiu Marissa, vagarosa e quase imperceptivelmente.

Cindy pareceu processar essa informação e construir na própria mente uma imagem das macieiras enfurecidas que combinasse as suas lembranças do filme (que, na verdade, não podiam ser muitas, uma vez que ela passara a maior parte da cena com a cabeça enterrada nas almofadas) com o que ela via no pomar à sua volta. As garras que pareciam esporões feitos de gravetos. Os galhos compridos que se esticavam para agarrar. Os rostos irados que surgiam na casca.

Quando se tinha seis anos, não era preciso muita imaginação para morrer de medo de uma macieira. Marissa sentiu que a irmã não estava acreditando totalmente que a árvore atrás dela havia se mexido, mas Cindy provavelmente tinha dúvidas suficientes a ponto de valer a pena correr até o pai — nem que fosse para se queixar da provocação da irmã mais velha e fazê-la levar uma bronca. De repente, quase como uma bomba-relógio, a menininha explodiu. "Pai-ê!", berrou, e sua voz foi um grito de duas sílabas de desespero e pânico, e então deu meia-volta e saiu correndo na direção do pai com o máximo de velocidade de que as perninhas rechonchudas eram capazes. Parecia um miquinho apavorado.

Marissa imaginou que seu pai fosse lhe dizer alguma coisa sobre meter medo em Cindy, mas não achava que ele fosse ser assim tão severo. Afinal de contas, torturar a caçula praticamente fazia parte das atribuições de uma irmã mais velha. Pensou se, por acaso, a namorada do pai de fato teria alguma foto de macieiras. Era pouco provável, mas nunca se sabe. Fez um lembrete mental para, na próxima vez em que encontrasse Laurel, perguntar a ela que tipo de coisa costumava fotografar. Quem sabe Laurel pudesse até tirar fotos suas. Um retrato de rosto. Um retrato bem profissional. Não tinha nenhuma foto assim, e ficava frustrada sempre que ia fazer algum teste de interpretação. E, dali a pouco tempo, haveria em um teatro de Burlington duas apresentações de uma peça com um papel para uma menina da sua idade; portanto, ela precisava estar pronta.

Laurel, é claro, era uma moça que guardava um segredo importante. Marissa não sabia muito bem qual era, mas não era um segredo feliz. Imaginou que um dia fosse saber, principalmente se Laurel e o pai continuassem a namorar — e esperava que continuassem. Laurel parecia uma irmã mais velha que nunca mandava nela, e não a mais recente conquista de seu pai. Haviam saído para comprar roupas umas duas vezes, só as duas, e fora muito divertido. E Laurel tinha um primo que também se interessava por musicais, então conhecia as letras de algumas canções dos espetáculos em que Marissa havia atuado. Mas Marissa também passara tempo suficiente com Laurel para ver de relance a escuridão por trás da cortina.

Deu a última mordida na maçã, em seguida atirou o miolo na direção de uma das estacas de uma cerca próxima (errando feio) e começou a subir a ladeira até onde estavam o pai e a irmã. Percebeu que estava diante de uma macieira particularmente retorcida, com nós mais ou menos meio metro mais altos do que ela, que mais pareciam olhos chorosos: sobrancelhas arqueadas, lágrimas escorrendo pelos sulcos da casca. Antes de se dar conta, estava correndo depressa para alcançar Cindy e o pai. Decidiu que, quando chegasse lá, teria de bater pique na irmã e fingir que a corrida não passara de uma brincadeira.

Capítulo oito

No domingo à noite, Laurel entrou no cômodo que havia sido o escritório de seu pai e sentou-se diante do computador que ajudara a mãe a comprar quando fora passar o Natal em casa quase nove meses antes. Na internet, divertiu-se navegando pelo site da revista *Life* — passou quarenta e cinco minutos olhando antigas capas —, mas não havia sinal do velho fotógrafo que morrera em Vermont. É claro que isso na verdade não significava nada: o site mostrava apenas as capas e um punhado de imagens clássicas. Em seguida, expandiu sua busca, inserindo nomes no Google durante duas horas. Encontrou muitos Roberts Buchanan, incluindo um poeta inglês do século XIX e um ator americano do século XX. Havia radiologistas, agentes imobiliários, professores de universidades grandes e pequenas chamados Robert Buchanan. Da mesma forma, havia um Bobbie Buchanan que morava em algum lugar da Austrália. Achou também meia dúzia de alunos do ensino médio com esse nome que tinham seus próprios sites — alguns impressionantes, outros depravados e ofensivos.

Em seguida, passou aos Crocker — Roberts e Bobbies. Havia apenas treze Bobbies, e todos pareciam ser atletas no colégio ou seguranças particulares (dois, mais exatamente, um no Novo México e outro na Virgínia Ocidental). Por outro lado, ao tentar Robert, encontrou quase mil e quinhentas ocorrências, incluindo campeões de tiro, praticantes de luta-livre e todo tipo de especialistas ou profissionais — além de um estudioso de Platão com residência em Cambridge e um cientista com conhecimentos notáveis sobre algum tipo de larva. Embora passasse rapidamente a barra de rolagem, só leu os resumos do Google de uma pequena parte das páginas possíveis.

Por causa disso, tentou diminuir o número de possibilidades usando outras palavras: "fotografia", "fotógrafo" ou "revista *Life*". Acabou conseguindo reduzir sua pesquisa a um número de resultados possível de tratar — chegando a onze em alguns casos.

Quando terminou, porém, não havia achado nenhuma referência ao homem que pensava poder ser filho de Tom e Daisy Buchanan. E já passava da meia-noite. Três horas de trabalho e não descobrira ninguém que pudesse ter sido o seu ex-sem-teto de Vermont, nenhum fotógrafo que sequer se aproximasse da idade do antigo cliente do BEDS. O Bobbie Crocker de Laurel — ou, talvez, seu Robert Buchanan — parecia não existir no infinito mundo virtual online.

A PISCINA DO CLUBE de West Egg havia começado a ser aquecida logo antes de Laurel ir embora para a universidade e, portanto, embora o ar na segunda-feira de manhã estivesse frio e desse a primeira mostra séria do que seria o outono, ela foi nadar. Nadou mil e seiscentos metros e mais algumas braçadas, e chegou até a saltar uma meia dúzia de vezes do trampolim de um metro, saboreando a maneira como saía voando de repente pelo ar gelado para aterrissar em uma água decididamente morna. Estava destreinada, e não era mais tão ágil quanto aos quinze anos, mas era bom pular do trampolim e sair voando bem alto.

Antes de ir embora, pegou sua toalha no trecho de grama debaixo das macieiras — uma imagem de sua adolescência, das jovens mães com seus filhos pequenos, veio-lhe à mente —, enrolou-se no tecido como em uma capa e subiu a escada do trampolim de três metros. Não planejava dar um último mergulho: nunca se sentira realmente segura pulando do nível mais alto. Mas queria ver se a vista da antiga casa dos Buchanan era diferente daquela altura, ou se conseguiria ver mais alguma coisa. Na verdade, não conseguia. Mas passou longos segundos fitando as fileiras de portas envidraçadas e janelas altas, e os reluzentes tufos de hera que decididamente sufocavam os tijolos. Analisou o pórtico lateral e o deque que ainda adentrava a enseada. Tentou imaginar o trecho de gramado do *country club* onde Jay Gatsby havia ficado parado no escuro, hipnotizado pelas luzes do outro lado da água, e o que aquela luzinha bem no final do deque significara particularmente para ele. Foi só depois de muito tempo que finalmente pegou o carro e foi para casa tomar café-da-manhã com a mãe.

Enquanto algumas mulheres envelhecem consideravelmente depois que seus maridos morrem, Ellen Estabrook na verdade parecia revigorada pela morte do seu. Laurel não tinha dúvida de que a mãe havia amado o pai. Não tinha dúvida de que seus pais haviam se amado. Mas ele tomava muito espaço, em todos os sentidos: devia pesar mais de noventa quilos ao morrer e, com seu 1,90m, era mais alto do que a maioria dos outros homens. Era bem musculoso e tinha ótima condição física: sua morte por infarto fora um choque para todos. Além disso, não tinha sequer uma célula sedentária no corpo: estava sempre em movimento, fosse no escritório de advocacia em Long Island onde era sócio efetivo, fosse fazendo churrasco de frango em algum evento beneficente do Rotary Clube no parque, ou encontrando pessoas com uma caridade tão inerente quanto a sua para ajudar a financiar o orfanato de Honduras.

Desde a morte dele, a mãe de Laurel havia começado a tingir o cabelo com hena, e suas escolhas em termos de batom eram agora os tons vibrantes de cereja que Laurel tinha quase certeza que as empresas de cosméticos haviam criado pensando em moças ainda mais jovens do que ela. Ellen também havia começado a usar muito preto, mas não porque estivesse de luto. Usava camisetas pretas justas, jeans pretos, saias pretas. Até onde Laurel sabia, ainda não tivera nenhum namorado sério (embora parecesse ter muitos amigos homens), e Laurel não achava que a mãe estivesse se reinventando por ter algum plano específico de conquistar um segundo marido. Mas sua mãe tinha só cinqüenta e cinco anos e havia decidido, consciente ou inconscientemente, dar um novo vigor à própria vida. Era uma linda mulher de meia-idade — ainda imponente, alta e digna —, e Laurel podia ver a si mesma com satisfação nas rugas de seu rosto, dali a vinte e nove ou trinta anos.

Laurel já estava acordada havia quase três horas quando as duas tomaram café pouco depois das oito. Comentara com a mãe sobre todas as fotografias que Bobbie Campbell havia deixado para trás, com exceção da que retratava a moça de bicicleta. Não havia compartilhado com ninguém a desconfiança sobre quem poderia ser aquela ciclista; a simples idéia de a filha estar revisitando esse episódio de sua vida teria deixado Ellen Estabrook profundamente alarmada.

Sua mãe já havia lhe dito que não sabia quase nada sobre Pamela Marshfield, então conversaram principalmente sobre a viagem à Toscana na qual Ellen embarcaria no sábado seguinte. Isso era mais uma novidade que havia surgido depois da morte de seu marido: a paixão por viajar. Os pais de Laurel estiveram na Itália juntos uma vez, mas fazia muitas décadas, e tinham passado a maior parte do tempo em Roma. Agora, a mãe de Laurel estava indo passar duas semanas na Toscana com uma amiga, para fazer um curso de culinária em uma escola perto de Siena.

Quando Laurel estava pondo a xícara de café no lava-louças antes de subir até o andar de cima para escovar os dentes e sair, sua mãe a encurralou.

— Tome cuidado, querida — disse. — Conheço algumas pessoas por aqui que acham que os Buchanan eram uma familiazinha triste e amaldiçoada. Até a sua tia acha isso. Mas eu não. Eu acho que eles eram todos bem sinistros.

Laurel encarou a mãe. Ellen vestia uma delicada camiseta preta de algodão com acabamento trabalhado na gola. Evidentemente, havia custado uma fortuna na Bergdorf's. Cogitou por um instante fazer uma brincadeira sobre ser atacada por uma idosa que devia estar com seus oitenta e poucos anos, mas se conteve. Nenhuma das duas era capaz de verbalizar a palavra *ataque* em qualquer contexto que não uma guerra propriamente dita. As duas raramente conversavam sobre a época que Laurel passara morando em casa depois do ataque, nem mesmo no aniversário. Ellen se preocupava freqüentemente com a segurança da filha e com os ferimentos que restaram de uma situação da qual ela escapara por um triz, e Laurel sabia que conversar sobre isso com a mãe só fazia piorar as coisas.

— Bom, o pai da Pamela era sinistro, eu acho.

— A mãe também era horrível. Não esqueça: na verdade, foi a mãe dela, Daisy, quem matou aquela pobre coitada. Atropelou a mulher e a deixou morrer na rua. O seu pai sempre dizia que, se a irmã da Myrtle Wilson tivesse tido uma educação melhor, ou fosse mais briguenta, teria processado a Daisy por homicídio doloso.

— Eu não acho que ela vá me atropelar. Acho que ela nem dirige mais.

Arrependeu-se na mesma hora da própria desenvoltura. Sua mãe deu um grande gole em seu café, e Laurel pôde ver que ela estava visualizando novamente a imagem da filha presa à bicicleta enquanto dois homens davam ré em cima dela antes de partirem em disparada.

— Ela é mais rica do que Deus — continuou sua mãe depois de alguns instantes, já recuperada. — Mas nunca deu um centavo para nenhum dos projetos de caridade em que o seu pai trabalhou. Nem mesmo para o orfanato. Ele próprio foi à casa dela uma vez, e fez o pedido pessoalmente. É por isso que chamam de arrecadação de fundos, sabe. *O pedido.* Ela concordou em receber o seu pai e mais alguma outra pessoa do Rotary. Talvez tenha sido o Chuck Haller. Mas, quando eles chegaram, não foi nada receptiva. Não demonstrou o menor interesse pelo assunto. O seu pai nunca entendeu por que ela se deu ao trabalho de receber os dois.

— Quanto tempo faz que o sr. Marshfield faleceu?

— Foi pouco depois de venderem a casa. Há uns vinte e cinco, vinte e seis anos, acho.

— Por que você acha que eles nunca tiveram filhos?

— Ah, essa pergunta eu não seria capaz de responder. Talvez eles não pudessem ter. Talvez não quisessem — disse sua mãe. Arqueou as sobrancelhas e acrescentou, melodramática: — Talvez fossem sensatos o suficiente para não dar continuidade à semente do demo.

Laurel sorriu e ficou observando a mãe enquanto esta ajeitava a haste de um dos brincos com o indicador e o polegar, em um gesto juvenil. Ela então se inclinou para a frente, beijando Laurel na bochecha e soltando uma exclamação de prazer:

— Hmm. Cloro. Adoro o cheiro de cloro no seu cabelo. Me faz pensar que você ainda é a minha garotinha.

— Está muito forte?

— O cloro? Só se ela chegar bem perto. E eu não acho que ela chegue muito perto de ninguém.

Laurel iria voltar para Vermont no dia seguinte, e não sabia se a mãe havia planejado alguma coisa especial para o jantar: sua irmã, Carol, iria se juntar a elas naquela noite. Então perguntou se deveria comprar alguma coisa especial antes de voltar para casa.

— Não. Só dirija com cuidado. E... estou falando sério... tome cuidado com aquela mulher.

— Você está mesmo preocupada comigo, não está?

— Um pouco, acho. Não gosto daquela família. E, sim, não gosto de você estar tão envolvida com o trabalho desse tal sujeito. Tem isso, também. Me deixa um pouco aflita. Eu sei...

— Sabe o quê?

— Sei como você leva o seu trabalho a sério. Sei quanta importância você dá para as pessoas que vão para o abrigo.

— Não precisa se preocupar, mãe. Eu gostava do Bobbie e fiquei impressionada com o trabalho que ele deixou. Quero entender como ele foi parar no BEDS. Mas, por enquanto, é tudo só curiosidade acadêmica.

Laurel sentiu os dedos da mãe se entrelaçarem aos seus, e as mãos esguias e elegantes da mulher mais velha apertarem as suas com delicadeza. Sua mãe lhe deu um sorriso preocupado, carinhoso. Laurel não saberia dizer com certeza se a mãe estava mais preocupada com o fato de a sua frágil menininha estar se envolvendo em um projeto que iria aborrecê-la ou se aquela preocupação maternal instintiva estava firmemente ancorada no que sabia sobre Pamela Buchanan Marshfield.

ALGUNS DOS PRIMEIROS PENSAMENTOS DE LAUREL? A sra. Winston estava redondamente enganada: Pamela Marshfield não precisava nem queria ser carregada a lugar algum. Era uma mulher idosa, mas estava longe de ser frágil. Assim como o irmão, tinha uma forma física impressionante para alguém tão velho. Digam o que quiserem sobre os Buchanan, pensou Laurel ao pousar os olhos em Pamela pela primeira vez, mas aquela era uma carga genética danada de boa. A mulher tinha oitenta e seis anos, mas era forte, enérgica e confiante — e cáustica o suficiente para provocar desconforto em Laurel. A assistente social manteve a guarda levantada, porque estava claro que Pamela jamais baixava a sua.

— Fico surpresa por ter levado tanto tempo para sair da Costa Norte — disse ela, logo depois de Laurel chegar a East Hampton. Usava uma blusa branca sem mangas que revelava as saliências afiadas como conchas de sua clavícula, e uma saia florida que descia quase até as cerâmicas italianas do piso da varanda onde estavam tomando seu chá. Um gramado bem-cuidado, com uns duzentos metros de largura, separava a varanda da praia. O mar estava calmo, e as ondas mais pareciam ondular do que quebrar: como um balde de água espumante sendo derramado em uma estrada de subúrbio. — Nunca mais voltei lá.

Pamela era emaciada do modo como muitas mulheres ricas e idosas ficam emaciadas: a pele junto aos olhos estava muito esticada, mas pendia em grandes dobras do braço e em volta do pescoço. Os cabelos tinham a mistura de branco com o tom encardido de velhas cinzas de lareira, e estavam cortados curtos, como os de um homem. Laurel viu placas brancas em seus braços e nas costas das mãos, onde antes, concluiu, devia haver verrugas, manchas de velhice e nódulos pré-cancerígenos.

— Eu gostei de ter sido criada lá — disse Laurel. — Mas não me imagino me instalando em West Egg...

— Ninguém se instala em West Egg — disse a velha, fazendo com a mão um leve gesto de desdém. — O próprio verbo *instalar* pressupõe um espírito pioneiro e um desejo de fincar raízes. Lá não existem raízes. As pessoas passam por lá enquanto estão... subindo. Sempre foi assim.

Laurel compreendeu a referência: West Egg nunca fora tão elegante quanto East Egg — sempre fora um mundo da burguesia, não da alta sociedade — e, assim como Tom e Daisy, Pamela Marshfield parecia considerar qualquer um que morasse do outro lado da enseada um arrivista *à la* Gatsby.

— A minha família sempre foi bem feliz lá — disse Laurel, torcendo para sua voz soar serena e controlada.

— Que bom. Fiquei sabendo que você nada.

— É assim que mantenho a forma, sim.

— Acho que disse à Julia... minha secretária, a moça com quem você falou no sábado... que costumava nadar no clube em frente à nossa antiga casa.

Ela teve de conter um sorrisinho diante da forma como sua anfitriã havia se referido a Julia como uma moça: além de falar ao telefone dois dias antes, as duas haviam se encontrado enquanto Laurel esperava para ser recebida, e a tal *moça* era pelo menos cinco anos mais velha do que sua mãe.

— Foi. Quando eu era menina, passava a maioria dos verões naquela piscina e na enseada atrás da sua antiga casa.

— Sempre fiquei um pouco surpresa por meus pais não terem se mudado. Eu teria pensado que... a vista... talvez fosse desagradável.

— Ela incomodava a senhora?

— A vista?

Laurel confirmou.

— Não — respondeu a sra. Winston.

Ao longe, mais para o sul, o horizonte estava interrompido por uma linha de grandes nuvens muito brancas, em forma de couve-flor, uma fileira de imensas colunas dóricas que parecia sustentar o céu. Pamela passou longos instantes observando-as junto com Laurel, antes de acrescentar:

— Fiquei sabendo que você tem umas fotos que quer me mostrar.

— Tenho, sim. — Laurel pôs a mão dentro da bolsa de couro que sua mãe lhe dera de aniversário naquele verão e tirou o envelope com as fotos que trouxera consigo de Vermont. A primeira que pôs sobre a mesa de vidro entre as duas foi a imagem do menininho e da menininha junto ao pórtico da casa onde a mulher havia passado sua infância. Laurel tentou avaliar a reação da velha à imagem, mas esta pouco revelou.

— É a senhora com o seu irmão? — perguntou Laurel, por fim.

— É, sim. Eu diria que estava com nove anos, não acha? Portanto meu irmão estaria com... — Ela se deteve por um breve instante, talvez tentando se lembrar da diferença exata de idade que tinha em relação ao irmão. —... cinco.

— A senhora se lembra de quando esta foto foi tirada... o que vocês estavam indo fazer nesse dia?

— Ah, poderia ter sido tirada em qualquer dia. É lógico que estávamos indo para algum lugar bem interessante. Mas sempre estávamos indo para algum lugar bem interessante.

— Imagino que a senhora tenha tido uma infância maravilhosa — disse Laurel, mas não estava sendo sincera. Estava apenas tentando falar algo agradável, para preencher o silêncio que parecia pairar sobre a varanda sempre que uma delas terminava de falar.

— Acho que é bastante notório o fato de que os meus pais tinham um casamento profundamente problemático. Então eles faziam coisas.

Nós fazíamos coisas. Íamos a lugares, éramos um corpo em movimento constante. Era assim que meus pais lidavam com a sua rixa. Meu irmão e eu entendemos isso bem cedo, então, apesar de poder dizer que tivemos uma infância privilegiada, eu não diria que ela foi maravilhosa.

— Entendi. Sinto muito.

— Você tem outras fotos?

Como se estivesse lendo a sorte da mulher no tarô, Laurel pôs em cima da mesa à sua frente as outras poucas fotos que tinha da casa. Também trouxera consigo as fotos de Gatsby e suas festas — e de sua casa e sua piscina —, mas decidiu, na última hora, manter estas bem guardadinhas dentro do envelope. Só fariam irritar Pamela Marshfield.

— Eu adorava esta sala aqui — disse a mulher, apontando para um par de janelas quadriculadas no segundo andar em uma das imagens.

— Era uma sala de jogos. Havia uma mesa de carteado onde minha mãe às vezes jogava *bridge*... com os amigos dela e com os meus... uma vitrola dentro de um armário de cerejeira e uma mesa de bilhar. Robert adorava jogar bilhar. *Bridge* também. Era um ótimo jogador de cartas, mesmo quando era bem pequeno.

— Robert? O apelido dele não era Bobbie? — perguntou Laurel. Percebeu que havia soado um pouco espantada.

— Não. Ele sempre foi Robert, até o dia em que morreu — disse Pamela, mas havia em seu tom uma nota de falsidade, algo mais ensaiado do que triste. — Onde você conseguiu essas fotos? — continuou ela.

— Elas estavam com um homem que morreu semana passada em Burlington. Um senhor muito gentil de oitenta e dois anos. — Laurel observou-a à espera de uma reação, o mais leve meneio de cabeça, um arquejo repentino, uma sobrancelha arqueada de tristeza ou espanto, mas a mulher manteve o olhar firme e não disse nada.

— Ele foi um sem-teto — continuou ela. — Nós... a minha organização, chamada BEDS... encontramos um apartamento modesto para ele. Estas fotos estavam entre as únicas coisas que ele tinha quando chegou ao abrigo.

— Tem mais?

— Tem. Alguns instantâneos e também algumas ampliações e negativos que ele fez quando era fotógrafo. Era isso que ele fazia da vida. Era fotógrafo... bastante bom, na verdade.

— Não trouxe mais nenhuma com você?

— Não — mentiu Laurel, e ficou olhando a outra mulher examiná-las, concentrando-se mais na foto onde posava com o irmão.

— Imagino que eu possa ficar com estas daqui — disse Pamela. — Na verdade, tenho muito poucas fotos de nós dois.

— Não, sinto muito — disse-lhe Laurel. — Não pode.

— Não? — Ela pareceu espantada. Laurel imaginou que as pessoas não lhe diziam não com muita freqüência. — Minha jovem... Laurel... por que iria querer estas fotos?

— Em primeiro lugar, elas não são minhas. O homem morreu sem deixar testamento e, como estava sob responsabilidade do BEDS, a coleção de fotografias dele vai para a cidade de Burlington. Depois os advogados da prefeitura fazem o que acharem melhor com as imagens, mas tenho certeza de que vão manter a coleção inteira, intacta. Inclusive os instantâneos, acho. O Bobbie não tinha muita coisa, e estas fotos são os únicos objetos de real valor que ele deixou quando morreu.

Os olhos de Pamela se arregalaram de leve quando Laurel pronunciou a palavra *Bobbie*.

— Você não me disse — falou ela. — Qual era o nome todo do sujeito?

— Bobbie Crocker.

— Parece o nome da marca de um bolo em caixinhas — balbuciou ela, e Laurel sorriu educadamente da piada.

— Ele era uma figura e tanto. Uma pessoa super sociável. Mesmo depois de se mudar para o apartamento, continuava visitando o abrigo às vezes. Ajudava a deixar os recém-chegados um pouco mais à vontade. Era alto, tinha uma voz estrondosa. Um ótimo senso de humor.

— Bom, eu não entendo que valor podem ter as fotografias de um sem-teto, nem por que você não pode atender ao pedido de uma velha. Tenho certeza de que a prefeitura não iria nem ligar se você me desse estas fotos... principalmente porque é óbvio que elas um dia pertenceram à minha família.

— Tenho certeza de que a senhora tem razão. Só não posso deixar as fotos com a senhora agora. Elas não são minhas. Mas vou conversar com a advogada da prefeitura que trabalha com o meu grupo.

Quem sabe a senhora pode ficar com elas depois que a coleção toda tiver sido catalogada?

— Parece um trabalho e tanto. Qual o tamanho da coleção exatamente? — perguntou a mulher, e Laurel percebeu que ela estava começando a tentar obter mais informações. — Tem muitas outras do meu irmão comigo? Alguma dos meus pais?

— Não sei. Acho que não. Mas ainda não comecei a examinar todos os negativos.

— Ah, você é fotógrafa — disse ela, presenteando a moça com um sorrisinho de sarcófago. — Fotógrafa e nadadora.

— Isso.

— E está interessada neste assunto porque mora em West Egg e vê nessas fotos... o quê? Me ajude, por favor.

Um bando de gaivotas pousou ao mesmo tempo na praia, ao longe, e começou a andar pela areia úmida.

— Eu desconfiei de que o homem que morreu era o seu irmão — respondeu ela, com cuidado. — E estava interessada em saber como uma pessoa com tamanho... vou usar a mesma palavra que a senhora... com tamanho privilégio acabou virando sem-teto em Vermont.

— O seu sem-teto certamente não era o meu irmão. Meu irmão morreu em um acidente de carro em 1939. Tinha dezesseis anos.

— Sinto muito. Minha tia não sabia os detalhes, mas achava que ele talvez tivesse morrido quando era adolescente.

— Obrigada. Mas não precisa sentir muito. Isso aconteceu literalmente em outra vida.

— A senhora estava com ele?

— Com meu irmão? Cruzes, não. Nessa época eu já estava na universidade, na Smith College. O Robert tinha uma... uma relação um pouco explosiva com os nosso pais, e saiu de casa de forma um tanto abrupta. Estava com um amigo, outro menino de dezessete ou dezoito anos. O carro deles furou um pneu e rolou para dentro de uma vala em Dakota do Norte. Os dois estavam provavelmente bêbados demais para andar, quem dirá para dirigir.

— O amigo dele também morreu?

— Era só um rapaz que ele tinha conhecido em Grand Forks. Talvez a palavra *amigo* sugira uma conexão maior do que de fato havia. Sim, ele também morreu.

— Qual era o nome desse amigo?

— Eu seria incapaz de dizer.

— A senhora não se lembra?

— Não.

— Lembra qual era a cidade?

— Em Dakota do Norte?

Laurel assentiu.

— Era perto de Grand Forks. Talvez tenha sido até na própria Grand Forks. Foi na antiga Rodovia 2. Disso eu me lembro.

— Algum dos seus primos saberia alguma coisa sobre o acidente... ou sobre o seu irmão?

— Ah, nós sempre brincávamos com nossos primos de Louisville. William e Reginald Fay. Mas eles já morreram. Talvez tenham contado alguma coisa aos filhos, mas entrar em contato com eles daria trabalho demais para pouco resultado.

— Então a senhora não acredita que esse sem-teto Bobbie Crocker fosse o seu irmão.

— Por que você iria achar isso? Meu Deus, mesmo que o Robert não tivesse morrido, por que ele teria sumido? Por que teria mudado de nome?

Laurel teve de se conter para não dar uma resposta simples: doença mental. De repente, teve medo de que, caso não recolhesse as fotos naquele mesmo instante, Pamela Marshfield fosse fazê-lo, então deslizou as imagens em sua direção e tornou a guardá-las no envelope. Viu que a mulher a estava observando.

— Você está com outras fotos aí, não está?

— Não — disse Laurel com simplicidade. Tecnicamente, sabia que, de toda forma, não poderia deixar as fotos com Pamela, porque não cabia a ela decidir seu destino. Mas será que alguém de fato teria se importado com isso? Era pouco provável. Mesmo assim, Laurel não conseguia convencer a si mesma a se separar delas: nem dos instantâneos que tinha consigo, nem do material que havia ficado em Vermont; e havia um motivo crucial para isso. Tinha a sensação de que Pamela estava mentindo. A mulher estava negando que Bobbie Crocker fosse seu irmão e desprezando o cliente do BEDS como pessoa. Laurel considerava isso imperdoável. Ali estava ela, morando em uma casa com vista para o mar, enquanto seu irmão tinha morrido na escada que levava a sua pequena quitinete em um prédio que antes havia sido um hotel caindo aos pedaços. Reter as fotos era uma forma de puni-la.

Além disso, se queria desvendar o mistério de como aquele homem havia passado da mansão em frente ao clube onde ela nadava quando criança a uma estrada de terra batida e um abrigo para sem-teto em Vermont — e Laurel agora queria mais do que nunca saber como isso havia acontecido —, talvez fosse precisar daquelas fotos em sua pesquisa.

Será que ela pensava que podia haver conseqüências? Essa idéia chegou a lhe ocorrer. Mas ela entendia tão bem quanto qualquer outra pessoa que, muitas vezes, as trajetórias da vida de alguém eram construídas inteiramente com base em resultados inesperados. Evidentemente, nenhum de seus clientes jamais tinha planejado ir parar no BEDS.

— O que mais tem dentro desse envelope? — Pamela estava lhe perguntando.

— Ah...

— Se forem fotografias do meu irmão, você não acha que eu tenho o direito de ver?

— Não são, são...

— Criança, por favor, me entregue essas fotos agora. Eu insisto! — disse a velha, e em seguida estendeu a mão por cima da mesinha com a velocidade de uma serpente e simplesmente arrancou o envelope da mão de Laurel, como se a moça de vinte e seis anos fosse uma criança de colo que estivesse segurando um cristal de valor. Laurel ficou espantada demais para detê-la.

— Bem — disse Pamela, esticando a sílaba até transformá-la em uma frase curta enquanto começava a folhear as fotos, detendo-se na de Jay Gatsby. — Eu não devia ter duvidado de você. Não são de Robert, não é mesmo?

— Não.

— Meu irmão, é claro, nunca conheceu este homem horroroso. Ao que tudo indica, eu o encontrei uma ou duas vezes, mas era pequena demais para ter qualquer lembrança.

— Onde se encontraram?

A mulher ergueu os olhos para ela, exibiu-lhe um leve franzir de cenho muitas vezes ensaiado e depois ignorou inteiramente a pergunta.

— As pessoas só conhecem o lado dele sobre o que aconteceu, sabe. Sobre Gatz, quero dizer. Esse era o nome verdadeiro dele, claro. James Gatz. Ele *mudou* para Gatsby. Era esse o tipo de homem que ele era. Mas, mesmo assim, todo mundo estava sempre totalmente enfeitiçado por ele. Está vendo? Olhe só para as pessoas nesta festa. Ou para esta aqui. Gatz hipnotizava as pessoas com seu dinheiro.

— E os seus pais, não?

— Não.

Ela pareceu estar contemplando a imagem da antiga piscina, a mesma em que Gatsby havia sido assassinado, antes de devolver as fotografias para dentro do envelope. Então apoiou este último em sua xícara e pires. Por reflexo, Laurel esticou a mão por cima da mesa para pegá-lo, derrubando sem querer a xícara de sua anfitriã. Esta caiu no colo de Pamela, mas não quebrou, e felizmente estava vazia. Mesmo assim, foi um momento constrangedor, e Laurel se levantou para pedir desculpas.

— Mil desculpas — disse ela, sem saber onde colocar as mãos. — Por favor me diga que não manchou a sua saia.

— Você poderia simplesmente ter pedido, Laurel — disse Pamela, e sua voz soou como um zumbido baixo e condescendente. — Pode acreditar em mim: eu não tinha nenhuma intenção de roubar as fotos. O simples fato de tocar em uma imagem do sr. Gatz me deixou com uma vontade quase irresistível de lavar as mãos.

— E a sua saia?

— Não aconteceu nada com a minha saia.

— Desculpe, de verdade — repetiu Laurel, consciente no mesmo instante em que falava de que havia deixado qualquer poder que tinha ser completamente destruído por um gesto precipitado e paranóico. Mas continuava com a sensação de que, se não tivesse tornado a pegar as fotos, Pamela Marshfield teria mesmo ficado com elas.

Então a mulher sacudiu a cabeça e cruzou os braços na frente do peito.

— Então me diga — falou. — O que você pretende fazer agora?

Laurel não teve muita certeza do que ela estava querendo dizer, então contou a Pamela sobre sua intenção de tentar restaurar o trabalho de Crocker e ver que imagens havia nos negativos. Admitiu que esperava que algum dia o BEDS fosse organizar para ele a mostra individual que suas fotografias mereciam. Quando terminou de falar, Pamela se levantou e Laurel percebeu que era o fim do encontro — quase o fim.

— Imagino que você entenda agora que esse fotógrafo não era o meu irmão? — perguntou Pamela, e entraram na sala de estar pelas portas altas, com os saltos de seus sapatos ecoando na faixa de tábua corrida branca reluzente que separava dois enormes e felpudos tapetes orientais. O teto era abobadado, e dele pendia um imenso candelabro *art déco*, com centenas de lâmpadas encaixadas em globos no formato de delicadas asas de anjo.

Laurel passou alguns instantes pensando na pergunta da mulher. Acreditava justamente no contrário.

— Onde ele está enterrado? — perguntou, em vez de lhe dar uma resposta direta.

— Você quer uma prova? Quer o corpo, é isso? Ficaria mais tranqüila se a ossada do meu irmão fosse exumada e fizessem um exame de DNA usando fios do cabelo dele? — redargüiu Pamela, estacando.

— Eu só gostaria de ver o túmulo... se fosse possível.

— Não — disse Pamela. — Não é possível, não.

— Porque...

— Está bem, vá ver o túmulo. Não posso impedir você. Está no mausoléu da família em Rosehill.

— Rosehill?

— Chicago, mocinha. É um cemitério em Chicago... de onde a família do meu pai vem. Pode ir até lá e ver com seus próprios olhos. Não fica muito longe das criptas da família Sears e de Montgomery Ward. Mas o meu conselho é você deixar essa história quieta. Largue esse osso... e, sim, eu sei que isso é uma piada de humor negro... e deixe isso quieto. Com certeza você tem mais o que fazer da vida. E eu detestaria ver você comprometer a sua juventude com uma obsessão perigosa.

— Perigosa?

— Doentia talvez fosse um termo mais adequado. Mas torno a dizer: o meu irmão e esses seus sem-teto? Não parece uma combinação promissora — comentou ela, dando um sorriso de sarcasmo.

Laurel não se sentiu ameaçada — não ainda —, mas teve a nítida sensação de ter sido alertada. E isso só a fez querer continuar sua pesquisa com mais afinco. Quando estava entrando no carro, pensou como era interessante o fato de sua anfitriã não ter perguntado, sequer uma vez, como é que as fotos da família poderiam ter ido parar nas mãos de um sem-teto.

Capítulo nove

DEPOIS DE A ASSISTENTE SOCIAL ir embora, Pamela Buchanan Marshfield ficou sentada sozinha em seu escritório, folheando tristemente o único álbum de fotografias restante que ainda tinha imagens de seu irmão. Seu — e agora era oficial — falecido irmão. Ele estava desaparecido havia tanto tempo, literal ou metaforicamente, que ela ficou surpresa com a profundidade do próprio pesar.

Seu pai havia jogado fora ou destruído todos os outros álbuns com fotos de Robert, ou então esses haviam se perdido com o tempo. Aquele dali era antiqüíssimo, praticamente tão velho quanto a própria Pamela. Muitas das fotografias não estavam mais sequer presas às páginas empoeiradas, e faixas amareladas de cinco e sete centímetros de comprimento ocupavam o lugar onde antes havia pedaços de fita adesiva. Sua mãe nunca dera muito valor à conservação de documentos. Na verdade, sua mãe raramente pensava muito no amanhã. Na maioria daquelas imagens, Robert era um menino bem pequeno; em muitas delas, tinha a mesma aparência do instantâneo trazido por Laurel.

Estava claro que a moça tinha os negativos. E pareciam ser muitos.

No encontro com a assistente social, Pamela decidira usar um par de brincos que havia pertencido à sua mãe. Tinha quase certeza de que haviam sido um presente de James Gatz, porque os diamantes — e eram muitos — estavam engastados no formato de grandes e vistosas margaridas, em homenagem ao nome *Daisy*, "margarida", e sua mãe só parecia usá-los quando seu pai estava fora ou na companhia mais recente de sua interminável série de amantes. Além disso, praticamente todas as outras jóias finas que a mãe tinha pareciam ter sua própria história. "*Estes rubis eram da vovó Dela*" — sua avó, uma Fay de Louisville — "*e foram um presente dos pais quando ela foi apresentada à sociedade como debutante, em 1885. O seu pai me deu estas pérolas no nosso décimo aniversário de casamento. Este diamante aqui? Foi um presente dele depois de trepar com aquela Lancaster horrorosa"*. O linguajar de sua mãe na verdade fora ficando consideravelmente mais arrojado à medida que ela ia envelhecendo, e ela havia começado a beber ocasionalmente, mesmo quando estava sozinha. Daisy sempre tinha bebido muito, mas em geral conseguia tolerar bem o álcool. Tom Buchanan também. Ficavam bêbados, mas não se davam necessariamente conta disso até ficarem violentos.

Durante alguns anos, no período em que fora amigo de um executivo publicitário chamado Bruce Barton, seu pai havia parado completamente de beber. Barton era o segundo B da agência BBDO, e autor de um livrinho que se tornou um enorme sucesso de vendas, *O homem que ninguém conhece*. Nele, Barton descrevia Jesus como o primeiro grande homem de negócios do mundo: o tipo de pessoa decidida que teria sido acolhida nas salas de reunião das maiores empresas da década, e se sentido totalmente à vontade nas festas que coalharam a época — talvez até naquelas orgias dionisíacas que James Gatz organizava para desconhecidos do outro lado da enseada. Na opinião de Barton (e, portanto, durante algum tempo, na de seu pai), Jesus era um homem que gostava das coisas típicas de que um homem gosta, um festeiro capaz de transformar água em vinho e um impressionante contador de histórias — criador de parábolas que serviam de modelo para publicitários bolarem seus slogans mundo afora.

Pensando nisso agora, Pamela na verdade não achava nada surpreendente o fato de o pai ter se agarrado a *O homem que ninguém conhece*, depois a seu autor e, durante alguns anos, tentado levar uma vida mais exemplar. Seu pai estava sempre à procura daquilo a que se referia, sem uma nesga de ironia, como "troços científicos", e Barton representava uma melhora brutal em relação a alguns dos outros títulos aos quais ele havia se afeiçoado: *A ascensão dos impérios de cor*, de Goddard. *Como dominar o Oriente*, de Melckie. E uma arenga particularmente irada e tosca chamada *O americano puro*, escrita por um tal C.P. Evans. Ainda se lembrava das sobrecapas dos livros e das brigas violentas que seus pais tinham quando a mãe dizia alguma coisa maliciosa sobre um dos textos e o pai se punha na defensiva.

Sinceramente, não esperava que a moça fosse comentar sobre os seus brincos. Mas, ainda assim, havia desejado que ela o fizesse. Fora por isso que os pusera. Grandes margaridas berrantes. Queria ver o quanto a assistente social sabia, e pensou que a jóia pudesse servir de introdução. Achou interessante que Laurel não houvesse planeja-do lhe mostrar as fotos de Gatz e suas festas que trouxera consigo, e perguntava-se agora se esse detalhe, por si só, já não lhe revelava tudo que ela precisava saber. A garota ainda estava preocupada com seus sentimentos. Não queria tocar no assunto da infidelidade de sua mãe.

Mesmo assim, estava claro para Pamela que ela precisava recupe-rar as fotos. Todas. Os negativos também. Tinha passado uma parte significativa da vida preservando a reputação dos pais e estremeceu ao imaginar que tipo de verdade poderia emergir daquelas velhas imagens. Talvez seu pai não merecesse reabilitação, mas sua mãe merecia. Sua mãe sempre dera o melhor de si.

É claro que Robert não acreditava nisso, e esse foi um dos motivos que o fez fugir. O que ele via quando pousava os olhos em Daisy, em Tom ou na irmã? Estava claro que via alguma outra coisa. Algo diferente. Havia aquela risada ocasional, mesmo quando ninguém tinha feito nenhuma piada. Ou antes de a piada terminar. Havia os eventuais comentários de mau gosto que ele fazia em ocasiões inoportunas. Em um jantar com convidados. No *début* de uma de suas amigas no Plaza. Quando seus primos de Louisville iam visitá-los. Lembrava-se das ocasiões em que ela ou um dos pais o havia encontrado resmungando sozinho em algum cômodo da casa quan-do adolescente — na cozinha, na sala de estar ou no quarto, com a porta aberta — e, certa vez, se balançando encolhido no chão da sala de jantar, com metade do corpo para dentro e a outra metade para fora da lareira fria, os dedos das duas mãos a apertar com força a própria garganta. Outra visão que jamais iria esquecer e que estava entre as piores: a quantidade de sangue — seu próprio sangue — que ele deixara sobre a colcha depois de espatifar os reis e rainhas de seu amado jogo de xadrez de vidro, e em seguida desabar em cima do colchão. Ela acabara de chegar das compras para a faculdade com duas amigas quando ouviu os soluços do irmão, subiu para ver o que era e acabou tendo de retirar os cacos de vidro pretos e azuis, afiados como adagas, das palmas de suas mãos, enquanto os dois esperavam a chegada da ambulância. Ele nunca lhe disse exatamente o que havia acontecido, nem por quê, mas parecia que havia tentado decapitar as peças.

Apesar de tudo, ainda houvera longos períodos de lucidez e charme. Ele era particularmente bonito, e sempre havia garotas interessadas nele. Dançava tão bem quanto qualquer rapaz de East Egg e era sempre convidado para festas. Sempre foi muito engraçado. Quando tinha quinze, dezesseis anos — enquanto Pamela estava em Smith —, ela ficara sabendo que ele de fato tinha namoradas. Havia uma que levava a Manhattan para assistir a filmes, peças de teatro ou espetáculos musicais, com Daisy ou a mãe da menina como acompanhantes. Robert não tinha interesse em aprender a tocar nenhum instrumento, mas gostava de Duke Ellington, Artie Shaw e da banda Horace Heidt and his Musical Knights. Sua mãe lhe contara que, certa vez, um monitor de um baile relatou que Robert havia beijado uma vizinha chamada Donelle enquanto os dois dançavam uma balada de Billie Holliday. Era óbvio que isso deixara Daisy contente.

E a violência ocasional — como a do jogo de xadrez? Bom, Tom também não era violento? E não havia dúvida de que a própria Daisy podia ser explosiva. Já havia espatifado o seu quinhão de pratos e copos de vinho — em geral, mas nem sempre, atirados no marido.

Infelizmente, Pamela tinha apenas uma vaga idéia do que seu irmão tinha feito durante todos aqueles anos que passara sumido. Faltavam-lhe detalhes. Durante a maior parte de suas vidas, ela sequer soubera o seu paradeiro — o que estava fazendo ou onde estava morando. Isso era uma mostra do tamanho do desgosto do irmão em relação a ela e aos pais. Ele não apenas os evitava, não os havia simplesmente afastado: ao longo dos anos, resistira totalmente a seus esforços esporádicos para lhe conseguir ajuda.

Não, não fora exatamente assim. Certa vez — uma única vez — a irmã o convencera a passar uma temporada no retiro Oakville.

Apesar disso, cada fotografia daquele seu álbum estava repleta de lembranças. Demorou-se fitando a que seu pai havia tirado de sua mãe, Robert e ela própria quando tinha dezesseis anos. Isso significava que seu irmão devia ter doze. Ela e a mãe estavam sentadas na beirada do barco à vela que seu pai havia comprado em um dos breves e (como sempre) não inteiramente sinceros períodos em que tentava encontrar coisas para os quatro fazerem juntos. Pamela achava que aquela tinha sido sua última tentativa de fazer isso. O barco estava ancorado na areia da praia atrás da casa, que seu pai havia criado logo depois de aquele pobre coitado George Wilson ter assassinado James Gatz. Poucos dias depois, como para demonstrar ao mundo que pouco lhe importava que as pessoas quisessem ficar paradas em volta da mansão do outro lado da enseada, olhando para a luzinha na ponta do deque de sua própria família, seu pai havia enterrado a parte do gramado que descia para a água debaixo de uma pequena montanha de areia branca e macia. Certa manhã, três caminhões de entulho chegaram trazendo a matéria-prima de seu novo litoral, acompanhados por meia dúzia de homens com pás e ancinhos e, quando o dia terminou, o deque adentrava a água de uma praia, e não de um gramado.

Durante a maior parte do tempo, raramente se preocupavam em amarrar o barco ao deque, porque era mais fácil simplesmente arrastá-lo areia acima. A embarcação era pequena demais para ir muito além dos limites protegidos da pequena baía. E, na verdade, só três pessoas podiam velejar naquele barco ao mesmo tempo com segurança; mais uma indicação, na opinião de Pamela, da falta de sinceridade da afirmação do pai de que havia comprado a embarcação para a *família* Buchanan.

Na foto, ela e a mãe usavam maiôs recatados, condizentes com a moda da época. Ficou surpresa — como sempre ficava quando olhava fotografias da mãe — ao ver como Daisy era muito mais bonita do que ela. Daisy Buchanan tinha apenas trinta e seis anos na fotografia, somente vinte a mais do que a filha.

Pamela viu que o irmão estava descalço na foto, mas usava uma calça comprida cáqui de lona e uma camisa de marinheiro com listras horizontais. Não havia dúvida de que sua mãe comprara aquela roupa para ele como parte de uma tentativa co-dependente de apoiar o débil esforço do marido para convencer o mundo (para convencer a si mesmos) de que aquele barco era apenas mais um indício de como eles se divertiam a valer juntos, em família.

Logo depois de aquela foto ser tirada, seu irmão e seu pai brigaram. De novo. Quando Robert completou doze anos, as brigas entre os dois já eram freqüentes. Aquela briga foi particularmente séria, porque marcou a primeira vez em que seu irmão havia tentado interferir fisicamente em uma das pequenas rusgas venenosas dos pais. Mesmo depois de tanto tempo, Pamela ainda se lembrava do que havia provocado a briga. Por acidente, seu pai havia posicionado os três para a fotografia de modo que se podia ver, ao fundo, a casa que fora de James Gatz. Aparentemente, seu pai não queria isso. Pelo menos foi o que disse. Disse que queria apenas céu azul e água atrás deles. Portanto, quando descobriu o que havia feito, pediu-lhes para posarem todos do outro lado do barco à vela. Mas, nesse caso, ficariam contra o sol. Então ele e Robert arrastaram o barco alguns metros mais para cima da areia, de modo que se pudesse ver apenas as ondas mansas e o límpido céu de verão, e a foto para o álbum de família foi tirada.

Ah, mas sua mãe simplesmente teve de provocar seu pai com relação ao modo como ele havia insistido em reposicionar o barco, para a imagem de harmonia familiar não ter atrás de si a sombra lançada por uma casa parecendo um castelo francês com uma torre, que outrora pertencera a um contrabandista de bebidas.

— Sério, Tom — dissera ela, acenando para trás de si com o polegar e um dos dedos, sem mover o pulso —, você age como se ali tivesse algum fantasma. Se não quiser mais ver o enorme vulto daquela casa, a gente deveria se mudar. Provavelmente já deveria ter se mudado há muitos anos.

No mesmo instante, o clima azedou.

— Eu quero que você veja aquela casa — disse ele. — Não estou ligando.

— Não sei por quê — respondeu ela. — Você deveria...

— Não, a gente não deveria ter se mudado — disparou ele, decidido. — Eu não vou ser intimidado, e não vou deixar você ser intimidada.

— Eu nunca fui intimidada por ninguém. Aliás, só por você.

Sua mãe estava sentada e seu pai estava em pé. Os olhos dos dois se encontraram e ninguém quis desviá-los durante longos, terríveis instantes.

— Não era aquela casa que eu não queria na foto. Era qualquer casa. Eu não queria nenhuma casa na foto. — disse o pai à mãe, enquanto se virava depois de ter piscado primeiro que ela.

— Ah, Tom, por favor. Você agora virou fotógrafo? Pensa mesmo em coisas como composição?

— Você precisa ver a casa — tornou a dizer ele.

— Eu acabei de dizer a você, não preciso...

— Pode considerar isso uma penitência.

— Penitência? Você por acaso conhece o significado dessa palavra? — Ela então revirou os olhos, esticou o pescoço como um cisne e sacudiu a cabeça devagar. Permitiu-se dar uma risadinha às custas dele. Aquilo foi demais para o pai.

— Ótimo, você quer aquela casa na foto? A gente pode fazer isso! — vociferou ele. Com violência, segurou os dois pulsos da mulher, fazendo os bíceps de seus braços se retesarem debaixo das mangas curtas da camisa, e arrastou-a primeiro para pô-la de pé, e em seguida pela praia, fazendo-a dar uma dúzia de passos até seus pés estarem dentro d'água. Ali, empurrou-a com força para o meio das pequenas ondas, onde ela aterrissou sentada, fazendo a água espirrar. Antes de ela conseguir se levantar, ele se agachou, levou a câmera ao olho e tirou um retrato. Depois outro. Ela o fitava com ar de desafio, de olhos apertados, mas não disse nenhuma palavra, nem fez nenhum movimento para detê-lo.

— Você vai sempre ver aquela casa — disse-lhe ele. — Sempre!

Tanto Pamela quanto Robert já tinham visto o pai agredir a mãe. Mas nunca fora de casa. Nunca quando os dois não haviam bebido nem estavam tendo de suportar a dor de cabeça fortíssima de alguma ressaca, a ponto de precisarem apagar a luz. Então, antes de Pamela ou a mãe conseguirem detê-lo, Robert correu até Tom e deu-lhe um soco no estômago com tanta força e com uma ferocidade tão inesperada que o deixou sem ar. Se a grande câmera não tivesse uma correia que Tom havia passado em volta do pescoço, provavelmente teria caído n'água quando ele dobrou o corpo para a frente, e o filme lá dentro teria se estragado.

— Pare com isso! — gritou Robert para ele. — Não bata nela! Pare!

Algumas vezes, Pamela havia tentado desacelerar as brigas entre os pais antes de ficarem tão violentas mudando de assunto. Mencionando algum garoto em quem estivesse interessada — um modo certeiro de atrair a atenção de ambos os pais. Em algumas noites, tomava a precaução de pôr água no gim. Nesse dia, porém, simplesmente ficou olhando enquanto uns poucos comentários mesquinhos se transformavam naquela explosão pública no meio do verão, e agora — pela primeira, mas infelizmente não pela última vez — seu irmão havia se envolvido na briga e atacado o orgulhoso, arrogante e fisicamente intimidador Tom Buchanan.

Sua mãe pôs-se de pé depressa — levantando-se tão rápido que a água escorreu de seu maiô em cascata e seu movimento provocou um grande barulho de sucção no pequeno ponto da enseada onde ela havia caído — e conseguiu se posicionar entre o marido e o filho no mesmo instante em que Tom tentava atingir o menino com as costas da mão. O tapa acertou Daisy, e a força do impacto em sua bochecha foi tamanha que sua cabeça girou como se estivesse presa a um eixo, e Pamela gritou, porque pensou que ele houvesse quebrado seu pescoço. Não era o caso, mas Daisy desabou na areia e ficaria com um hematoma no rosto que só sairia no outono. Seus dois filhos se jogaram sobre ela e a abraçaram, desesperados para saber o quanto ela estava ferida.

Ainda ofegante, Tom passou uns poucos instantes olhando para eles, em seguida saiu da água rasa batendo os pés, com a câmera a se balançar pesadamente contra o peito, e começou a subir novamente o gramado bem-cuidado até a casa. Pamela passou pelo menos vinte minutos na praia com a mãe e o irmão, até todos escutarem primeiro o rangido das grandes portas da garagem se abrindo, e em seguida o rugido do novo Pierce-Arrow preto de Tom. Somente depois de o barulho do motor desaparecer completamente ao longe foi que subiram até a casa, arrastando os pés como soldados feridos, e começaram a pôr gelo no rosto de Daisy. Esta não tentou sequer relaxar a atmosfera fazendo alguma brincadeira sobre o marido.

Pamela agora achava interessante o fato de a mãe não ter se dado ao trabalho de guardar as outras fotos que Tom havia tirado naquele dia — as de Daisy encarando-o depois de ele a ter derrubado na água rasa. Muito provavelmente porque não saíra nada bem nessas fotos. Caso houvessem saído boas, sua mãe certamente as teria guardado. Anos depois, quem iria saber o que de fato havia acontecido naquela tarde? Pelo menos seria esse o raciocínio de sua mãe. Tudo poderia ter sido uma brincadeira meio bruta e inocente. Daisy provavelmente morreu acreditando ter conseguido redimir a imagem da família.

Mas é claro que não tinha. Não de todo. Algumas pessoas consideravam a família simplesmente sem sorte e malfadada — o que, visto a vida trágica de seu irmão, talvez tivesse sido mesmo verdade. Quem poderia saber? Talvez a sua própria incapacidade de ter filhos também fosse um sinal. Mas Pamela sabia que outros viam sua família como decadente, descuidada, sem sentimentos. Algumas pessoas os consideravam cruéis.

Ainda assim, Pamela tinha certeza de que, nos anos que sucederam seu verão com Gatz, a mãe tinha vivido para os filhos. Não se lembrava da mãe grávida de Robert, mas ouvira histórias suficientes quando estava crescendo para saber que Daisy havia amado cada instante vivido com aquele bebê dentro de si, e seu relacionamento com Tom nunca havia sido melhor. Tampouco jamais voltaria a ser tão bom. A maior tragédia da vida de sua mãe? Não fora a morte de James Gatz, embora Pamela soubesse o quanto a mãe o havia amado. Tampouco fora a própria culpa de Daisy na morte da amante do marido, Myrtle Wilson. Fora, isso sim, o modo como iria perder seu filho.

Era essa a grande tragédia da vida de Daisy Buchanan.

E agora, pensou Pamela, *eu também o perdi, de uma vez por todas.*

Refletiu alguns instantes sobre o anúncio que vira no jornal de sexta-feira. Nessa tarde, havia telefonado para seu advogado. E no dia seguinte, sábado, a assistente social de West Egg lhe telefonara. Imaginou se a moça estaria a par do anúncio — ou do que seu abrigo estava fazendo. Era de se supor que sim. Mas...

Lembrou-se da expressão arrasada de Laurel naquela manhã depois de derrubar a xícara. A moça estava singularmente interessada nas fotos. Queria as fotos. Mas Pamela sabia que ela também as queria — justamente por não saber quais imagens poderiam existir naqueles negativos, ou o que Robert poderia ter fotografado mais tarde na vida. Tinha apenas um palpite.

Assim, decidiu que iria recuperar as fotos, todas elas. Era o mínimo que podia fazer pela mãe.

Capítulo dez

Na tarde de terça-feira, Talia Rice estava sentada no bar de café expresso mal-iluminado, tomando um chocolate quente praticamente sufocado por uma imensa nuvem de creme chantili, enquanto conversava com quatro adolescentes de seu grupo da igreja. O café já tinha sido uma elegante cooperativa de artesanato, com prateleiras cheias de potes de cerâmica feitos à mão, copos de martíni de vidro soprado e jóias de prata artesanais. As prateleiras não estavam mais lá, mas o revestimento de madeira escura das paredes fora mantido, e os atuais proprietários haviam coberto as paredes e o teto com plantas luxuriantes e sinuosas trepadeiras. Talia pensou que aquilo era mais ou menos como tomar café em uma selva colombiana — tirando a luz azulada dos *laptops* que os alunos usavam para pesquisar sem descanso na internet sobre as pequenas mesinhas rústicas, e os toques e vibrações variados dos celulares —, e seus alunos do ensino médio gostavam de ir ali porque geralmente os clientes eram, em sua maioria, universitários. Talia muitas vezes viera se sentar naquele mesmo lugar quando era estudante.

De vez em quando, baixava os olhos para o chocolate quente, e sua mente tornava a fazer a pergunta em que pensava com mais freqüência do que julgava saudável: até quando, exatamente, poderia continuar comendo daquele jeito? No Upper East Side de Manhattan, a mãe de Talia, com suas injeções de Botox, suas cenouras cruas e seu vício em ginástica, já não conseguia comer como antes — quer dizer, pelo menos se quisesse permanecer anoréxica e usar o tamanho 36 que dizia para as amigas que usava (embora Talia soubesse que um número cada vez maior de peças do guarda-roupa da mãe na verdade fosse tamanho 38). Imaginou que ainda tivesse pelo menos mais uma década pela frente, mas dependeria muito de quando tivesse filhos. E ela queria ter filhos, queria muito.

É claro que isso significava ter um marido. E Talia sequer tivera um namorado firme desde a faculdade. Havia transado muito durante esse período: naquela cidade, se você era jovem, mulher e estava respirando, não havia como não transar muito. Mas a maioria dessas transas fora com amigos que conhecera em alguma festa: rapazes simpáticos. Noites divertidas. Nenhum futuro.

E, ultimamente, até mesmo o sexo casual para saciar os hormônios havia diminuído. Era como se o tempo passado na igreja — a simples proximidade de algo que pudesse talvez representar uma bússola moral — estivesse se provando suficiente para minimizar os costumeiros dias da semana em que tinha quase certeza de estar no cio. Não que o cio, na opinião de Talia, tivesse algo de imoral. Porém, quanto mais tempo passava com adolescentes que podiam ter apenas doze anos de idade, mais se surpreendia voltando para casa e imaginando que diabos estava pensando da vida quando transava com os amigos em Manhattan com quinze, dezesseis anos de idade.

— Então, de quantos eventos beneficentes a gente vai precisar? — Matthew estava lhe perguntando. Ele usava um boné de beisebol do time Boston Red Sox com a aba tão virada para trás que encostava na gola de sua réplica de casaco militar.

Os quatro estudantes a quem estava oferecendo chocolate quente e lanche naquela tarde faziam parte do comitê de atividades recreativas do grupo. Talia estava um pouco decepcionada por Matthew mencionar novamente a arrecadação de fundos, mas não estava surpresa: alguns minutos antes, instigada pela estudiosa e irresistível aluna do segundo ano Vanessa, a conversa havia se voltado por um breve instante para o livre-arbítrio e para o que o apóstolo Paulo quisera dizer quando escreveu que o caminho da liberdade estava na obediência. Poucas coisas deixavam Matthew mais nervoso — poucas coisas deixavam qualquer um de seus adolescentes mais nervosos — do que uma desconstrução bíblica aprofundada. Em geral, Talia precisava lembrar-lhes que dois, três mil anos atrás as pessoas eram ainda mais primitivas do que seus avós, e que não era impossível encontrar uma lição em toda aquela violência, desrespeito e abuso.

— Acho que a gente precisa de um a cada dois meses — respondeu ela. — Mas tudo depende do sucesso das arrecadações e de qual é a nossa ambição com esse trabalho missionário. — *Trabalho missionário* era a expressão que usavam para o dinheiro que estavam planejando arrecadar naquele ano e doar ao BEDS em junho, final do ano letivo. Laurel tinha feito uma apresentação sobre os sem-teto de Burlington para os adolescentes, e o grupo havia concordado na mesma hora em elegê-los como sua causa.

Talia sabia, é claro, que também precisavam de dinheiro para o que chamavam de suas "atividades recreativas", porque idas a shows de rock — mesmo de rock cristão —, parques de diversões, cinemas e (sim) campos de *paintball* não saíam de graça.

— Quanto é que vai custar essa história de *paintball*? — perguntou-lhe Randy, a outra menina do comitê, parecendo ler sua mente e sequer tentando esconder a repulsa que lhe provocava a atividade programada para o sábado seguinte.

Durante o verão, Randy havia cortado quase todo o cabelo e tingido o que sobrara de um preto de graúna, modelando-o com gel na maioria dos dias para formar uma série de pequenas adagas pontudas. Naquela semana, havia acrescentado uma faixa azul um pouco parecida com um moicano. A menina provavelmente esperava ficar com uma aparência um pouco assustadora, mas seus olhos eram redondos demais — mesmo com todo aquele rímel preto — e seu rosto parecia o de um querubim. Chegava a ter covinhas. No final das contas, tudo que Randy conseguia parecer era uma menina brincando de se fantasiar.

— Não muito — respondeu Talia. — A Laurel e eu vamos pagar a nossa parte, e os caras do campo de *paintball* vão deixar vocês todos pagarem meia, já que fazem parte de um grupo de jovens. E um membro da congregação concordou em pagar toda a nossa munição. — A ironia dessa última frase causou-lhe um instante de introspecção, mas foi um instante breve e, graças a um esforço consciente, não muito profundo. Não gostou da superposição das palavras *congregação* e *munição*.

— Bom, eu sei que estou super empolgado! — O comentário foi de Matthew. Os meninos do grupo de jovens estavam consideravelmente mais entusiasmados com a idéia de ir jogar *paintball* do que as meninas, o que era previsível. Deu um cutucão leve, mas certamente não delicado, no ombro de Schuyler, o outro menino do comitê, e acrescentou: — Põe uma porção de moletons, cara. Aquelas balas de tinta machucam!

Schuyler sorveu um grande e ruidoso gole de seu chocolate quente e aquiesceu, dando um profundo suspiro que sugeria a satisfação de um orgasmo. Já dera cabo de um bolinho do tamanho de uma toranja recheado com pedaços de chocolate.

— Onde foi que você escutou isso? — perguntou Talia a Matthew. Ninguém lhe dissera que as bolas de tinta poderiam machucar. Ela pensava que fossem bolinhas mais ou menos da consistência de uma bolha gelatinosa de óleo de banho, o tipo de coisa que fosse praticamente se dissolver entre seus dedos se você a segurasse por muito tempo.

— Escutei? Eu já senti! — disse Matthew. — Já joguei uma vez, no ano passado, e fiquei totalmente destruído. Passei dias andando que nem um velho.

Aquilo era novidade para Talia — e, evidentemente, para as duas meninas da mesa. Com o rabo do olho, ela pôde ver que as duas estavam um pouco ressabiadas.

— Ah, por favor, que dor toda pode ser essa? — perguntou ela.

— Executivos de meia-idade jogam *paintball* o tempo todo como exercício para melhorar o entrosamento da equipe. Eles pegam uma dúzia de funcionários... todos uns *nerds* de escritório... e a maioria precisa ser desfibrilada depois de terminar...

— Desfibri... o quê?

— Tomar um choque elétrico. Para fazer o coração recomeçar a bater... depois de ele ter parado.

— É difícil assim?

— Jogar *paintball*? Não! O que eu quis dizer foi que não pode ser tão difícil nem doer tanto assim se um monte de gente fora de forma, de meia-idade...

Parou de falar ao sentir a mão de alguém em seu ombro, e virou-se no mesmo instante. Era David, Namorado de Laurel. O namorado de *meia-idade* de Laurel. O último da série de namorados de *meia-idade* da amiga com quem morava. Os três haviam jantado juntos algumas vezes, mas ele nunca passara a noite no apartamento que ela dividia com Laurel. Por que faria isso, se tinha o seu próprio apartamento com vista para o lago, e ele e Laurel podiam fazer todo o barulho que quisessem quando estavam lá? Conseqüentemente, ela não o conhecia muito bem. Com certeza não o conhecia bem o suficiente para pensar que ele talvez achasse graça no fato de ela esculhambar gente fora de forma, hipocondríaca, de meia-idade, funcionária de escritório e... *nerd*.

E ela percebeu, envergonhada, que fora exatamente essa a palavra que havia usado.

— Será que eu pareço mesmo tão velho e doente assim, Talia? — perguntou David, com um tom bem-humorado e intrigado na voz. Tinha pelo menos uma década a mais do que todas as outras pessoas presentes no café. Vestia um blazer de *tweed* cinza, e seus óculos tinham uma armação de tartaruga em estilo retrô. Pelo menos Talia esperava que a intenção fosse ser retrô. Era possível, na verdade, que ele usasse os mesmos óculos há décadas. Em se tratando de armações para óculos velhas e antiquadas, pessoas de meia-idade não chegavam a ser tão ruins quanto idosos, mas com certeza não as substituíam com a devida regularidade.

— Eu estava generalizando — disse ela, e começou a se levantar, mas uma delicada pressão dos dedos dele para baixo sugeriu que ela não precisava se levantar por sua causa. Então ele retirou a mão e acenou, na verdade mais como uma continência, para os alunos amontoados em volta da mesa ao lado dela.

— Tudo bem com você? — perguntou-lhe Talia, surpresa com o tom baixo da própria voz. Será que estava mesmo tão arrasada assim por causa do que dissera?

— Espero ainda ter alguns anos antes de precisar usar o respirador.

— Eu só estava brincando. Eu...

— E eu também só estou brincando. Não fiquei ofendido, sério.

— Então, o que está fazendo aqui?

Ele virou os olhos para um lado e para o outro, como um conspirador, como se quisesse ter certeza de que ninguém estava escutando. Então, em um sussurro, falou:

— Aqui vendem café. Você pode comprar e... — Novamente seus olhos correram de uma parede à outra — ... levar para o escritório.

Ela assentiu. O prédio do jornal ficava bem na esquina.

— Aí, você já jogou *paintball*... tipo como um exercício para melhorar o entrosamento da equipe? — perguntou Matthew. Todos à mesa, inclusive as meninas, começaram a rir.

— Acho que não. Vocês vão fazer isso?

— Sábado, cara! — anunciou o adolescente parrudo. — Estou na maior pilha!

— Bom, então eu estou na pilha por você — disse ele pacientemente ao garoto antes de tornar a se virar para Talia. — Você soube da Laurel desde que ela foi para Long Island?

— Um ou dois e-mails. Nada demais.

— Ela já voltou? Sei que estava planejando voltar hoje de carro.

— Talvez tenha voltado. Não vou em casa desde a hora do café-da-manhã.

— Bom, marquei de sair com ela amanhã à noite. Diga que eu mandei um "oi" — disse ele, e em seguida se afastou para os fundos do café, onde três jovens adultos com uma parte significativa dos rostos cheia de piercings rodopiavam como dervixes atrás de um balcão para moer, coar e fazer espumar um extenso cardápio de bebidas à base de café e expresso.

— Esse cara... — A palavra se espichou em duas longas sílabas. —... namora a Laurel? — perguntou Vanessa, incapaz de disfarçar a incredulidade na voz. Vanessa era a jovem especialista em estudos bíblicos de Talia, e agora tinha o rosto erguido para a pastora de jovens, com os olhos sábios e os cabelos alisados e tingidos de hena — tão lisos que caíam como cortinas pelas laterais de seu rosto.

— Namora, sim.

— Ele não tem, tipo, idade para ser pai dela?

— Quase. Mas acho que só tem idade para ser tio dela.

Talia fez uma anotação mental para, da próxima vez em que visse Laurel, dizer-lhe que era possível que ela fosse alvo de alguma gozação do grupo de jovens com relação à idade de seu namorado. E percebeu que talvez devesse alertá-la que o *paintball* poderia doer mais do que o previsto — para ser sincera, mais do que sabia que iria doer. Bom, talvez não chegar a *alertá-la* — pelo menos não usar essa palavra específica. Sabia que, de vez em quando, tratava Laurel com mais delicadeza do que era realmente necessário, mas alguma coisa na violência do jogo agora a fazia questionar se teria sido a melhor idéia do mundo insistir para Laurel acompanhá-los ao jogo no sábado seguinte: sim, fazia muitos anos que a sua companheira de quarto fora atacada, e as duas quase nunca conversavam a respeito. Mas sua amiga guardava muito mais seqüelas do que deixava transparecer. Chegava a fazer questão de estar fora do estado no simples aniversário do ataque.

Algumas vezes, Talia se perguntava se realmente sabia o que havia acontecido naquele fim de tarde de domingo em Underhill. Algumas vezes, pensava se alguém sabia.

Voltou a si depressa. Estavam falando de *paintball*. Um jogo. E a verdade era que Laurel não saía muito. Encontrava David umas duas noites por semana, ia nadar com a chefe, mas, fora isso, passava a maior parte do tempo com os sem-teto que só queriam se abrigar do frio. Talia era praticamente sua única amiga de verdade. O que, é claro, levava a mais um elemento incompreensível na história pessoal de Laurel: por que sua colega de quarto havia permitido que ela continuasse a fazer parte de sua vida, enquanto conscientemente se exilara do resto do grupo? Laurel já tinha feito parte de um grupo. Ambas faziam parte de um grupo e andavam pela faculdade em bando: um grupo de moças vestidas da mesma forma, com o mesmo jeito de falar, que, pela simples força de seu tamanho, era capaz de ajudar suas componentes a enfrentarem até mesmo as mais esquisitas ou intimidadoras situações sociais. Porém, depois daquele pesadelo no início de seu segundo ano na universidade, Laurel havia banido a si mesma do resto de seu grupinho.

— Refresque a minha memória... — Vanessa agora se dirigia a Talia com aquela voz que parecia uma gangorra de desinteresse e tédio adolescentes, e que tornou a puxar a pastora de jovens para a conversa. — Por que exatamente a gente está indo jogar *paintball*?

Ela se inclinou na direção da garota mais nova, com os cotovelos apoiados nos joelhos da calça jeans muito justa, e deu o sorriso mais largo de que era capaz.

— Porque... e você vai ter que confiar no que eu vou dizer — respondeu —, vai ser sem sombra de dúvida, com certeza, muito, muito divertido. Tá bom?

Pensou consigo mesma que teria de dizer a mesma coisa a Laurel — e dizê-la exatamente do mesmo jeito — da próxima vez em que a visse.

Capítulo onze

ALGUMAS VEZES, LAUREL E SUA CHEFE nadavam lado a lado, e outras vezes ficavam separadas por uma ou mais raias. Dependia de quão cheia estava a piscina e da hora em que chegavam. As duas não apostavam corrida. Não conversavam. Na verdade, mal tomavam conhecimento uma da outra enquanto contavam as chegadas. Certa vez, Laurel perguntou a Katherine em que ela pensava enquanto nadava, e sua chefe comentou que não pensava em grande coisa: disse que sua tendência era adormecer e, quando pensava em alguma coisa, em geral era das mais prosaicas. Como pequenos cortes pareciam cicatrizar depressa com todo aquele cloro. Se a touca de banho estava beliscando a sua orelha. Por que ainda não havia aprendido a fazer a virada debaixo d'água, apesar das pacientes instruções de sua funcionária.

Laurel tampouco se entretinha com nenhum pensamento particularmente grandioso — não pensava nos buracos negros, não refletia sobre a poesia de William Wordsworth —, mas muitas vezes resolvia pequenos problemas de sua vida ou encontrava soluções para os dilemas que afligiam seus clientes sem-teto. Como conseguir fazer alguém voltar a receber a Assistência Temporária. Se uma mulher com um bebê poderia entrar para um programa de suplementação alimentar. Quem havia passado recentemente com sucesso pelo BEDS e poderia estar disposto a aceitar um companheiro de quarto. De vez em quando, ocorria-lhe pensar no namorado, imaginando se ele seria de fato alguém com quem algum dia pudesse vir a morar.

Tinha voltado para Vermont na tarde de terça-feira, e na manhã de quarta já estava de volta à piscina, a uma raia de distância da mulher que considerava ao mesmo tempo sua mentora e sua chefe. Nessa manhã, percebeu que estava repassando mentalmente sua conversa com Pamela Marshfield, assim como havia feito durante horas na véspera, dentro do carro. Apesar das negações da mulher — apesar das dúvidas de sua própria mãe e de sua tia —, Laurel agora tinha mais certeza do que nunca de que Bobbie Crocker era o irmão caçula de Pamela. Não pretendia pegar um avião até um cemitério de Chicago para ver uma lápide ou um mausoléu com o nome Robert Buchanan gravado no mármore ou granito — pelo menos não ainda —, mas só por não ter certeza do que isso iria lhe provar. Estava tentando não pensar de forma conspiratória, mas havia passado tempo suficiente com esquizofrênicos paranóicos para ser capaz de pensar o pior também. Afinal de contas, até os paranóicos têm inimigos. Além disso, não parava de pensar em uma probabilidade que fazia seu sangue ferver dentro d'água: os Buchanan — Daisy, Tom e a filha Pamela — haviam abandonado um parente que precisava deles. Um irmão. Um filho. Como tantos dos sem-teto com que se deparava, Bobbie fora largado no mundo justamente pelas pessoas que deveriam tê-lo amparado em qualquer situação. E, ao contrário de tantas daquelas famílias, esse clã tinha condições de cuidar de Bobbie quando ele precisou, em vez de considerá-lo um louco varrido que devesse ser escondido ou descartado.

Assim, quase com raiva, Laurel começou a construir um plano na cabeça. Já tinha um almoço marcado com Serena Sargent na sexta-feira, mas havia outras pessoas que poderia encontrar também, incluindo alguns moradores do Hotel Nova Inglaterra. Iria começar com os três homens que haviam comparecido ao enterro. E precisava fazer mais com as fotos deixadas por Bobbie do que simplesmente olhar para elas enquanto tomava a última colherada de iogurte ou assistia ao noticiário na TV. Tinha de fazer um inventário das imagens já ampliadas e tentar fazer anotações sobre elas: quem retratavam, onde e quando haviam sido tiradas. Precisava começar a fazer folhas de contato usando as tiras de negativos que Bobbie havia deixado e examinar o que havia neles. Deveria ver se havia alguma outra conexão com uma casa em East Egg ou qualquer outra característica singular na triste epopéia picaresca que o fizera passar de uma mansão no canal de Long Island a um hotel para sem-teto em Burlington e, pelo menos por um breve instante, à estrada de terra batida onde ela quase fora assassinada.

Além disso, em algum lugar em sua pasta do Beds havia seu número de inscrição na Associação de Ex-Combatentes — sua identificação de veterano —, assim como um número de registro na Previdência Social. Esses números, por si só, poderiam abrir todo tipo de possibilidade. Ela não deveria abusar dessa forma de seu direito de acesso, mas Crocker estava morto, e àquela altura não parecia haver deixado para trás qualquer pessoa que se importasse com ele.

Ninguém no Beds achou estranho ver Laurel remexendo nas pastas dos clientes. Tom Buley, um assistente social que provavelmente trabalhava no abrigo desde o primário, estava vasculhando as gavetas quando ela entrou casualmente na salinha de arquivo abarrotada e sem janelas onde os funcionários guardavam os documentos relativos aos sem-teto que vinham bater na sua porta. Tom fez um comentário mordaz sobre os antiquíssimos arquivos de metal da instituição: pareciam saídos de filmes B dos anos 1950 sobre bombas atômicas, murmurou, e já deviam ser bem velhos quando foram doados ao Beds. Ela sorriu, achou logo a pasta fina de Bobbie e passou um longo tempo estudando sua ficha de inscrição.

Viu que ele tinha dito a Emily Young que havia completado o segundo ano do ensino médio e só, e que era veterano de guerra. E era solteiro: não apenas o quadradinho de "solteiro" estava assinalado, mas, ao lado do quadradinho de "casado", estavam escritas — no qual Laurel supôs ser a caligrafia do próprio Bobbie — as palavras "Quem sabe um dia!". Não havia telefone para contato em caso de emergência. Nenhum sinal de emprego. À pergunta "Quando foi a última vez em que você trabalhou?", Bobbie havia respondido: "Quando as pessoas ainda escutavam música *disco*." Disse que, no momento, não tinha nenhum problema de saúde, com exceção do fato de ser "um maldito velho", e nenhum problema dentário "porque não tenho dentes". Laurel não soube muito bem como interpretar o fato de Emily ter permitido ao próprio Bobbie escrever tantos comentários na ficha, ou de ele ter terminado algumas de suas respostas com pontos de exclamação.

Bobbie havia admitido que tinha um histórico de doença mental, e Emily escrevera na linha ao lado: "Talvez bipolar, talvez paranóico, provável esquizofrenia." Havia assinalado os quadradinhos informando que recebera aconselhamento e acompanhamento psiquiátrico, e que fora tratado em um hospital para doentes mentais. As datas eram listadas apenas como "recentes". Reconhecia (na verdade, se gabava de) já ter tido um problema sério com álcool, mas dizia que o havia "chutado" anos antes. Não tinha endereço, e afirmava que sua condição de sem-teto era crônica. Havia um número de Medicaid, o sistema de atendimento de saúde para cidadãos de baixa renda, um número da Associação de Ex-Combatentes e um número de Previdência Social — todos aparentemente acrescentados por Emily em ocasiões posteriores.

Em um Post-it amarelo, Laurel anotou rapidamente os números e tornou a colocar a pasta na gaveta.

NA QUARTA-FEIRA À NOITE, mesmo antes de saírem para jantar, ela e David foram até o apartamento do editor na beira do lago e se jogaram na cama com vista espetacular para as montanhas Adirondack. Ele tentou subir delicadamente em cima dela uma vez, mas, como sempre, ela resistiu — empurrando-o de costas no colchão, com as mãos sobre seu peito, e se apoiando nele enquanto deslizava para cima e para baixo sobre seu pênis —, e ele acabou desistindo. Nenhum homem havia subido em cima dela desde o verão entre seu primeiro e segundo anos de faculdade; apesar do comentário de seu terapeuta de que era uma reação fóbica — embora natural — ao ataque, ela não achava que isso algum dia fosse tornar a acontecer.

Quando terminaram, ela contou a David os detalhes de sua visita a Pamela Buchanan Marshfield.

— Quer uma dica para a próxima vez em que estiver entrevistando alguém? — perguntou ele.

Laurel estava relaxada, imersa em um estupor pós-coito. Ambos estavam. Tinha o corpo encolhido, a cabeça apoiada no pequeno vale entre o ombro e a clavícula de David, e fitava distraidamente a maneira como os pêlos grisalhos em seu peito estavam começando a ficar mais numerosos do que os pretos. David, é claro, nunca via o peito da namorada, porque ela não deixava; mesmo quando faziam amor, sempre usava uma de suas numerosas e elegantes combinações, camisetes ou camisetinhas curtas. Nessa noite, estava vestindo um corpete de seda que o catálogo dizia ter a cor da luz do sol. Tinha a sensação de que David talvez estivesse se sentindo ligeiramente culpado por testar mais uma vez sua receptividade a fazer amor com ele por cima, e cogitou tranqüilizá-lo dizendo que ele não tinha feito nada de mais — sentia que ele era extremamente paciente tanto com seu segredo quanto com suas cicatrizes visíveis. Mas não quis correr o risco de estragar aquele instante.

— Claro — respondeu apenas.

— Quando a pessoa que você estiver entrevistando tiver terminado de responder à sua pergunta... depois que tiver dito tudo que queria dizer... você diz: "Aham." Aí fica calada. Espera o outro falar. Não se preocupe, não vai precisar esperar muito. Noventa por cento das vezes, as pessoas se sentem obrigadas a dizer mais alguma coisa. E invariavelmente é uma informação preciosa.

— É mesmo?

— Funciona quase sempre... até com entrevistados experientes. A coisa mais importante que eles vão dizer a você vem depois do "aham".

— Vou me lembrar disso.

— Você procurou Bobbie Crocker no Google?

— Procurei. Buchanan também. E não encontrei nada. E isso depois de tentar todas as combinações que consegui inventar usando Crocker, Bobbie, Buchanan e Robert. Também olhei a pasta de inscrição dele e peguei informações, tipo o número de Previdência e da Associação de Ex-Combatentes.

— Como jornalista, estou orgulhoso de você. Como profissional ético, não tenho tanta certeza.

— Acha que foi errado eu pegar esses números?

— Um pouco dúbio, talvez. Mas acho que tudo bem. Sério. Não é como se você fosse roubar a identidade dele — disse David, em tom de brincadeira — Ou é?

— Não sei, Bobbie é um nome bem andrógino...

— É verdade. Especialmente em alguns lugares do Sul.

Em vez de desodorante, David usava nas axilas um talco com cheiro de verbena. Ela nunca reparava nisso a não ser quando estavam na cama, mas adorava aquele cheiro.

— Eu deveria ver também se acho alguma coisa sobre um acidente de carro em Grand Forks — disse ela.

— Deveria, sim, mas faz tanto tempo que é muito pouco provável... a menos que...

Ele bocejou, então ela o cutucou de brincadeira para fazê-lo continuar.

— A menos que o menino que morreu com Buchanan...

— Supondo que Buchanan realmente tenha morrido — interrompeu ela.

— Sim, supondo. Mas talvez você consiga descobrir isso usando o número da Previdência Social. Em todo caso, a minha sensação é que não vai encontrar muita coisa sobre o acidente de carro a menos que o outro menino fosse filho de alguma família importante de Grand Forks e algum jornal tenha feito uma retrospectiva sobre o clã na ocasião do acidente. Se quiser, posso fazer uma pesquisa no sistema Lexis-Nexis.

— Você faria?

— Claro que faria. Preciso confessar que não acho provável a gente encontrar alguma coisa. Mas não custa olhar.

— Obrigada.

— E essa mulher de Long Island disse que o irmão dela foi enterrado em Chicago, não disse?

— Disse. No cemitério de Rosehill. Em 1939, acho.

— Bom, a gente deve conseguir encontrar algum atestado de óbito para confirmar... ou, se não encontrar, quem sabe desmentir... a história dela. Me dê um tempinho para trabalhar online. A gente assina uns serviços de pesquisa lá no jornal que só estão disponíveis para jornalistas. Vamos ver o que mais a gente consegue encontrar. E, se isso não funcionar, tem sempre o couro de sapato.

— Couro de sapato? — perguntou ela. — É algum outro mecanismo de busca?

Ele riu, e ela sentiu o peito dele se inflar.

— Não. Se você estiver mesmo empolgada com esse seu novo hobby, significa ir até Rosehill examinar os registros. Ir ao tribunal do condado da sua área de Long Island para ver que documentos estão guardados lá. Ir à biblioteca local também. Pensando bem, se o irmão dela tiver mesmo morrido em um acidente de carro, talvez tenha algum artigo de jornal por lá.

Na escrivaninha em frente à cama de David havia uma foto de suas duas filhas no alto de Snake Mountain, uma montanha na parte baixa da cordilheira, de cume plano. Os cabelos das meninas estavam agitados pelo vento e desgrenhados, seus rostinhos redondos encardidos por causa da caminhada, e elas lembravam bastante lindas crianças selvagens. David tinha tirado a foto naquele verão, e Laurel o imaginou ajoelhado a um metro e meio ou dois de distância das filhas, nem um pouco ofegante. Ele era esbelto, atlético e forte: viveria muito tempo. Imaginou que ele fosse ultrapassar seu próprio pai em idade, e de repente sentiu-se muito feliz por aquelas meninas. Tinham um pai muito comprometido com elas e que cuidava bem de si. Aquele homem talvez não fosse fazer parte da sua vida a longo prazo, pensou, mas com certeza faria parte da vida das filhas.

ERA UMA TENTATIVA OUSADA, e Laurel não tinha grandes expectativas. Um ato do congresso proibia os fornecedores de serviços médicos de revelar informações sobre os pacientes para pessoas de fora que não tivessem ligação com o tratamento em curso do indivíduo. O objetivo era proteger a privacidade das pessoas e garantir que seus registros médicos jamais fossem usados contra elas ou se tornassem públicos sem o seu consentimento.

Mesmo assim, no dia seguinte, uma terça, Laurel ligou para o hospital estadual em Waterbury para ver se alguém de lá poderia lhe dizer alguma coisa sobre um paciente chamado Bobbie Crocker. Ninguém pôde — ou, mais exatamente, ninguém quis lhe dizer nada. Ela falou com um rapaz simpático, que calculou ter mais ou menos a sua idade e que trabalhava em contato direto com os pacientes, e depois com um assistente do escritório do diretor, educado, mas reservado.

Explicou para ambos que era do BEDS, e disse-lhes exatamente por que estava interessada em qualquer informação que eles pensassem poder fornecer.

Não puderam fornecer nenhuma.

Nenhum dos dois sequer tinha permissão para confirmar que um velho chamado Bobbie Crocker algum dia fora paciente do seu hospital.

NAQUELE FINAL DE TARDE, Laurel estava a caminho do laboratório, mas antes passou em casa e encontrou um bilhete que Talia havia deixado para ela sobre a mesa de centro da sala de estar.

E aí, sumida? Por acaso estou com mau hálito? Devo voltar umas seis, seis e meia. Vamos jantar e pôr o papo em dia. Quero saber tudo sobre a sua viagem.

Beijos, T

Não via Talia desde antes de viajar para Long Island. Sua amiga tinha saído com amigos na terça-feira à noite, e ela própria passara a noite de quarta-feira na casa de David. Poderiam ter tomado café-da-manhã juntas na quarta, depois de Laurel voltar da piscina, mas, como já fazia alguns dias que não ia ao escritório, ela foi direto para o abrigo. As duas quase nunca passavam tanto tempo assim sem se falar quando não estavam viajando. Laurel pensou em mudar de planos e só ir para o laboratório depois do jantar, mas acabou decidindo que não queria esperar tanto assim. Além disso, imaginou que veria Talia na sexta, nem que fosse para saber os detalhes sobre sua excursão de *paintball* no dia seguinte. Então escreveu rapidamente um bilhete curto pedindo desculpas, e em seguida pôs em uma bolsa os negativos de Bobbie Crocker, as cópias impressas das fotos e até mesmo os instantâneos. Havia decidido guardar tudo junto no escaninho que tinha ao lado do laboratório da UVM, caso quisesse comparar um par de imagens entre si. Então desceu as escadas sem fazer barulho e tornou a sair para o ar fresco do outono. Tinha planejado comer alguma coisa quando chegasse em casa, mas no final das contas não quis arriscar. Quanto mais tempo ficasse ali, maior a chance de Talia voltar — e, nesse caso, ela poderia demorar horas até conseguir voltar a trabalhar.

JÁ PODIA VER COMO OS NEGATIVOS estavam danificados só de examinar as folhas de contato, mas, disciplinada, continuou a limpá-los e ampliá-los, sempre esperando o melhor resultado. Antes que conseguisse alguém para restaurá-las digitalmente, algumas das fotografias teriam grandes riscos e rachaduras bem no meio, ou partes inteiras manchadas e escurecidas. Em determinado momento, um aluno cinco ou seis anos mais novo do que Laurel, que estava trabalhando no grande laboratório da universidade naquela noite, veio dar uma espiada em uma de suas bandejas. Era um rapaz gordinho vestindo uma camiseta largona, com uma fileira de brincos na cartilagem de uma das orelhas e ondas de cabelos emaranhados da cor da crista de um galo. À luz vermelha do laboratório, quase parecia saído das páginas de uma história em quadrinhos.

— Esse daí é o Eisenhower — disse ele, triunfante, apontando para a imagem na bandeja.

— Eu sei — murmurou ela. Lembrou-se da história que certa vez escutara sobre Bobbie ter dito que aquele presidente lhe devia dinheiro.

— Então você não tirou essas fotos. Devem ser antiqüíssimas.

— Antiqüíssimas, não. Mas são antigas.

— Muito. — Ele passou alguns instantes fitando o banho químico, e em seguida acrescentou: — Essa é a Feira Mundial. 1964. No Queens. Esse troço em forma de globo ainda está em pé, sabia? Fica perto do estádio Shea.

— É. — Ela manteve a voz tão neutra quanto era possível sem ser mal-educada. Esperava soar apenas ocupada. Preocupada. Concentrada.

— Quem tirou?

— Um velho. Morreu faz pouco tempo.

— Ele não tomava mesmo muito cuidado com as coisas dele.

— Não — concordou Laurel. — Não tomava mesmo.

— Que pena — disse o rapaz. — Ele era bom.

— É.

— Eu praticamente só faço metal, sabia?

Ela não sabia, mas assentiu. Imaginou se, caso permanecesse calada, ele iria continuar tagarelando. Temeu que ele fosse insistir para ela ver o seu trabalho.

— É: carros, bicicletas, *closes* de correntes. Esse tipo de coisa.

Ela tornou a menear a cabeça. Um movimento pequeno, quase imperceptível.

— Algumas vezes, quando eu digo para as pessoas que praticamente só gosto de metal, elas acham que eu estou falando de rock. Tipo *heavy-metal*, sabe?

Ela suspirou, mas foi por reflexo, não por comiseração. Iria ter de ser grosseira. Ou, pelo menos, fria. Fingiu olhar com um interesse exagerado para uma tira de negativos pendurada em um arame atrás de si, como se o rapaz fosse completamente invisível, e, quando ela não disse mais nada, ele resmungou, com um ar arrogante:

— Cara, estou cheio de coisa pra fazer. Lotado. *Aloha.*

— Boa sorte aí — disse ela, uma frase feita que lançou por impulso, e, para seu grande alívio, o rapaz voltou a cuidar de suas próprias ampliações. Ela trabalhou por mais duas horas, muito depois de ele já ter ido embora, e ficou até o laboratório fechar. Viu não um, mas dois presidentes dos Estados Unidos surgirem nas bandejas rasas (o segundo foi Lyndon Johnson, com um grande chapéu e gravata presa com fivela), bem como uma atriz que não conseguiu identificar direito de um musical que não conhecia, um vistoso percussionista de jazz fumando um cigarro, uma fileira de secadores em um salão de cabeleireiro — os capacetes parecendo penicos ligados a grandes mangueiras sanfonadas —, um Jesse Jackson muito jovem ao lado de uma mulher que pensava ser Coretta Scott King, um personagem que poderia ter adivinhado ser Muddy Waters (mas que poderia ser qualquer um), carros com barbatanas, uma luminária do tipo lâmpada de lava, Bob Dylan, uma senhora idosa que supôs ser alguma escritora, saxofones (três), uma barraca de legumes em algum lugar perto da Forteenth Street em Manhattan, um arco na Washington Square, a pontinha do prédio da Chrysler, mais uma meia dúzia de fotos da Feira Mundial de 1964 e — de uma tira de negativos bem mais nova, vinda de uma câmera diferente — a estrada de terra batida em Vermont que ela tanto detestava. Em uma delas estava, ao longe, aquela mesma moça de *mountain bike*. Ali também, assim como na imagem danificada que Bobbie carregava consigo e que ela vira pela primeira vez na caixa que Katherine levara até sua sala, a moça estava longe demais para Laurel conseguir distinguir os detalhes de seu rosto. Mas era alta e magra, e com certeza a estrutura da bicicleta se parecia com a sua Trek surrada.

E, como não era de se espantar, havia também três negativos, tirados com uma câmera em grande formato, mostrando a curva da entrada para carros em forma de ferradura que ia da estrada costeira de East Egg até a propriedade Buchanan-Marshfield. Nessas tiras, Laurel pôde ver um carro estacionado ao lado dos degraus da frente da casa e, embora não soubesse quase nada sobre automóveis, foi capaz de identificá-lo como um Ford Mustang. Lataria branca, capota preta. Tinha quase certeza de que o carro era da década de 1960.

Capítulo doze

Katherine Maguire virou o rosto para cima, de olhos fechados, na direção do sol daquela avançada manhã de setembro, enquanto caminhava ao lado de uma advogada da prefeitura chamada Chris Fricke pela rua de tijolos que, havia muitas décadas, consistia na principal artéria da área comercial de Burlington reservada aos pedestres. Escutava com atenção o que dizia a advogada, mas também saboreava o sol que lhe aquecia as pálpebras.

— O escritório de advocacia fica em Manhattan, mas ele na verdade tem casa em Underhill... uma casa de veraneio, não outro escritório. Então conhece um pouco o Beds — ia dizendo Chris enquanto seus saltos estalavam sobre os tijolos a cada terceira ou quarta sílaba. Chris era uma das advogadas da prefeitura que já vinha ajudando o Beds havia seis anos, quase desde o dia em que passara na prova da Ordem e começara a trabalhar para a prefeitura de Burlington. Pouco mais velha do que a executiva do Beds, com cinqüenta e poucos anos segundo os cálculos de Katherine, Chris era realmente uma mulher inspiradora: só começara a estudar direito depois de o caçula de seus dois filhos ter entrado para o ensino médio. Assim como a maioria dos funcionários da prefeitura, era enérgica, determinada e tinha absoluta certeza, apesar de todas as provas em contrário, de que as suas ações faziam alguma diferença no mundo. Chegava a trabalhar como voluntária no abrigo, o que era mais do que a maioria dos advogados que trabalhava com o Beds fazia. Havia se esforçado para descobrir exatamente o quão difícil era a vida nas ruas e do que a população de sem-teto de fato precisava, conquistando assim a lealdade de Katherine, bem como seu respeito.

— Ele viu o anúncio que a gente pôs no jornal? — perguntou-lhe Katherine.

— Ou a cliente dele viu. De toda forma, ele ouviu falar no que a gente encontrou e acha que as fotos talvez pertençam à sua cliente. Disse que ela é uma mulher mais velha que mora lá em Long Island.

— E ele quer que a gente devolva as fotos para ele?

— Você parece decepcionada — disse a advogada.

— Bom, estou mesmo. Eu queria me certificar de que elas não pertenciam a ninguém, porque é a coisa certa a fazer e porque queria que a gente estivesse garantido. Mas é claro que eu quero que o BEDS fique com as fotos. Eu sinceramente jamais pensei que um dono de verdade fosse aparecer.

— A gente não tem certeza de que seja o verdadeiro dono. Eu descrevi o que tinha dentro da caixa, e pode ser que ela seja. Pode ser que tenha umas fotos da casa dela, e ela talvez seja uma das crianças naquele instantâneo.

— Você disse que ela era uma mulher mais velha. Quanto mais velha?

— Oitenta e poucos anos. Velha o suficiente para corresponder em idade à menina daquela foto. Mas ela não é nenhum cacareco — disse Chris. — Pode até estar um pouco senil, mas parece que é um osso duro de roer. Ainda tem saúde e a cabeça no lugar.

— O advogado disse por que ela quer as fotos?

— Porque ela aparece em algumas, imagino. Ou porque a casa dela aparece. Ela é colecionadora de obras de arte, e alguns anos atrás algumas das suas fotografias sumiram. Uns negativos também. Então ela quer que a gente entregue a coleção inteira. E certamente não quer que a Laurel amplie nada daquilo. Quer que a gente mande tudo para o advogado, para ela poder recuperar as imagens que diz que são suas.

— Ela está alegando algum parentesco com o Bobbie?

— Muito pelo contrário. Insiste que os dois não são parentes. Diz que tinha um irmão, sim, mas que ele morreu há algum tempo. Ela e o advogado não têm certeza de onde o Bobbie conseguiu as fotos da família dela, nem as da casa, nem as ampliações que faziam parte da coleção dela. Mas ela está se sentindo invadida e quer as imagens de volta.

Katherine parou onde estava e virou-se do sol para a advogada.

— A gente é obrigado a fazer isso? — Percebeu que estava soando petulante, e não gostou desse tom na própria voz. Mas tinha sido um reflexo.

— Não necessariamente. É preciso examinar a questão um pouco mais de perto. A ironia é a seguinte: se essa mulher fosse parente do Bobbie Crocker, então talvez tivesse direito às fotografias na condição de única sobrevivente da família dele. Mas, como os dois não são parentes, é muito mais difícil para ela alegar que as fotos são suas. O simples fato de ela aparecer nas fotos não significa que tenha algum direito a elas.

Katherine estava se sentindo um pouco corada, e concluiu que não era apenas por causa do sol.

— Olhe, eu quero que o Bobbie tenha uma exposição. Ele merecia, sabe. Mas negamos isso a ele quando ele era vivo, porque não o levamos a sério. Pelo menos eu não levei.

— Você está mesmo se sentindo mal com essa história toda, não está?

— Um pouco, sim. Mas tem outras coisas em jogo, também: em primeiro lugar, as fotos são uma ótima publicidade para as pessoas que a gente ajuda. Mostram que alguém que já fez algo extraordinário na vida, que conheceu gente importante, também pode acabar virando sem-teto. Em segundo lugar, e talvez não seja segundo lugar coisa nenhuma, eu espero que a coleção possa arrecadar um bom dinheiro para o BEDS, se a gente conseguir vender a exposição como evento beneficente.

— Não seria um problema... supondo, é claro, que não seja preciso entregar tudo para a tal mulher de Long Island. — Chris olhou para o relógio de pulso e recomeçou a estalar os saltos Church Street abaixo na direção de seu escritório, na prefeitura municipal. Depois de alguns instantes, acrescentou: — E não se espante se o advogado ligar para você... ou para a Laurel.

— É mesmo?

— Talvez ele ligue. Não conseguiu o que queria de mim, então pode ser que tente falar com uma de vocês.

— Ah, espero que ele não ligue para a Laurel.

— Algum motivo específico?

— O Bobbie... ou quem quer que seja... tirou umas fotos da piscina do clube que Laurel freqüentava quando era criança. E, pelo que entendi, tem pelo menos uma foto de uma garota de bicicleta lá em Underhill... na mesma estrada de terra onde a Laurel foi atacada.

— Uma garota da idade da Laurel?

— Acho que sim. Eu não vi a foto, mas a Laurel achou e me contou. Isso parece tê-la deixado abalada. E essa combinação de fotos a deixou muito... envolvida.

A advogada também conhecia a história de Laurel, e Katherine então viu que ela a estava olhando com um ar nervoso.

— Que coincidência sinistra.

— A piscina do clube ou a garota de bicicleta?

— As duas coisas — disse Chris.

— Mas é só uma coincidência — disse-lhe Katherine, sentindo-se subitamente um pouco na defensiva. — Nada mais. Não pode ser mais do que isso, não é? E eu não fazia idéia de que tinha alguma fotografia de qualquer dessas duas coisas quando sugeri que ela desse uma olhada nas imagens.

— Mesmo assim. A Laurel deve ter ficado um pouco mexida quando soube que um esquizofrênico sem-teto estava tirando fotos daquela piscina. E depois, de uma garota de bicicleta. — comentou Chris, balançando a cabeça.

Katherine pensou em lembrar-lhe que Bobbie provavelmente não era sem-teto na época. Mas também entendia aonde Chris estava tentando chegar: à vulnerabilidade; então se conteve. Pela primeira vez, começou a se perguntar se cometera um erro grave ao entregar a Laurel aquela caixa de velhas fotografias.

Capítulo treze

Howard Mason, Paco Hidalgo e Pete Stambolinos haviam, todos os três, comparecido ao enterro de Bobbie no cemitério de ex-combatentes em Winooski. Na manhã de sexta-feira, Laurel deixou de ir nadar e foi direto de casa para o Hotel Nova Inglaterra, onde tomou café-da-manhã com os três homens na cozinha compartilhada pelos residentes do hotel. Não tinha certeza absoluta do que iria descobrir, mas estava tão animada que acordou e saiu de casa antes de escutar sequer a mais leve movimentação atrás da porta do quarto de Talia. E, como iria almoçar mais tarde com Serena Sargent, estava confiante em que, no final do dia, saberia consideravelmente mais do que sabia agora sobre a identidade de Bobbie Crocker.

A cozinha do velho hotel não era muito maior do que as cozinhas da maioria das casas de subúrbio. Era funcional, o que constituía um enorme presente quando se estava morando em um abrigo para pessoas sem-teto — e, antes disso, na rua —, mas não era nenhuma candidata a aparecer em alguma revista de decoração. Os armários, doados por uma loja de reformas de cozinhas e banheiros que ficava perto do hotel, eram feitos de compensado, e o linóleo do chão havia sido doado ao Beds por uma escola de ensino médio que estava reformando sua cantina. Além do mais, nunca era fácil para dezoito moradores individuais compartilhar um fogão de quatro bocas, um único forno e uma geladeira que teria sido adequada para uma família, mas era demasiado pequena para o exército de garrafas pequenas, médias e ocasionalmente grandes acomodadas em pé nas prateleiras superiores. O cômodo tinha uma única mesa de cozinha redonda.

Quando Laurel chegou, na sexta-feira de manhã, ficou surpresa ao constatar que os três homens haviam organizado um banquete. Havia um empadão mexicano recheado com queijo amarelo e pimentões vermelhos, rabanadas recheadas com açúcar de confeiteiro e manteiga e *donuts* recheados com geléia da loja de conveniência que ficava depois da esquina. Laurel imaginou que aquela refeição provavelmente deveria vir acompanhada de uma angioplastia, mas ficou comovida pelo esforço que eles haviam feito. Imaginou que não tivessem muita companhia.

— Bom, né? — perguntou Howard, acenando solenemente na direção da bancada, onde a comida estava arrumada como no bufê de um restaurante.

— Parece um banquete — disse Laurel. — Nem sei por onde começar.

— Comece sempre pelo salgado. Depois termine com o doce — disse-lhe Paco. Ele tinha mais ou menos a idade da mãe de Laurel, mas sua pele era tão envelhecida e cinzenta que parecia velho o bastante para ser pai de sua mãe.

— Ou então você poderia viver segundo aquele ditado que a gente vê nos adesivos dos carros — disse Howard. — "A vida é curta. Coma a sobremesa primeiro." Sempre gostei desse ditado.

Ela serviu um pouquinho de cada coisa no prato. Despejou um pouco da água quente que estava em cima do fogão dentro de sua xícara e aceitou a cadeira que Howard havia educadamente afastado para ela se sentar. Então começou a preparar seu chá, observando e esperando cada um dos três homens se servir de uma pequena montanha de comida.

— Então, o que você quer saber sobre o Bobbie? — perguntou Pete bruscamente depois de se sentar. Apoiou o queixo nas mãos, e havia em seu pulso um bracelete de pele branca intocada pelo sol, no lugar onde normalmente usava um velho relógio. Assim como a maioria dos moradores do Hotel Nova Inglaterra, ele passava muito tempo ao ar livre no verão e no outono: fazia isso para escapar dos limites de seu quarto espartano e por ser uma rotina que o reconfortava. Laurel sabia que ele gostava de ficar sentado em um banco não muito longe do Exército da Salvação onde o sol batia de manhã, e que à tarde se mudava para a sombra. Algumas vezes, ficava ali recebendo pessoas, e em outras ocasiões simplesmente dormia. Não bebia mais, mas ela não fazia a menor idéia de como havia parado: Pete era crítico demais em relação ao mundo para entrar para o AA.

— Ele antigamente era rico — informou-lhes Howard. — Podre de rico.

— É, eu também já fui — disse Pete.

— Não foi nada — disse Howard.

— Talvez todo mundo aqui seja rico de maneiras diferentes — sugeriu Paco.

— Não, o Bobbie era rico mesmo — insistiu Howard.

— Como é que você sabe? — perguntou-lhe Pete, com a voz ao mesmo tempo desanimada e irritada. A expressão de Howard desmoronou como um reboco que se esfarela. — Como diabos você poderia saber isso? Nem o próprio Bobbie sabia de onde vinha durante a metade do tempo. E passava a outra metade tendo longas conversas com o pai. Com o pai que já morreu, Laurel.... só para você saber. Não vamos esquecer que o cara tinha passagem pelo Hospital Psiquiátrico Estadual.

— Sobre que tipo de coisa ele e o pai conversavam? — perguntou ela.

— Ei, quem ouvia vozes era ele. Não eu.

— Ah, entendi. Eu só estava pensando se por acaso ele tinha contado para algum de vocês sobre o que eles dois conversavam.

— Quando as pessoas falam sozinhas em público... e especialmente quando estão frustradas com alguém que já morreu faz tempo... é muito mais provável eu pedir para elas calarem a boca do que para me contarem o grande segredo.

Laurel não estava surpresa por Bobbie sentir raiva do pai, então tentou obter mais informações.

— Então você deve ter ouvido o que o Bobbie dizia.

Pete revirou os olhos.

— Ele disse que o pai tinha muitos contatos, que tinha muita influência sobre as pessoas certas. Tinha feito favores para elas, sabe. Então o Bobbie não entendia por que o velho não dava uma força para o filho. Ou melhor, para uma outra pessoa. Tenho que reconhecer que, na maioria das vezes, o Bobbie não estava pedindo ao pai para ajudá-lo. Algumas vezes, até a gente aparecia nas conversas. Uma vez, só para tentar fazer ele calar a boca, eu disse para o Bobbie que não precisava de nenhuma ajuda do pai dele. E, quando isso não fez ele parar de falar, disse para ele que o pai dele escutava muito bem, e que ele não precisava falar tão alto. E isso, graças a Deus, pelo menos fez o Bobbie começar a sussurrar, para variar um pouco.

— Ele conhecia todo mundo — disse Paco de repente.

— O pai do Bobbie? — perguntou Laurel.

— Não. O próprio Bobbie.

— Ele disse que conhecia as pessoas de quem tirou fotos — explicou Pete, enfiando uma garfada de rabanada na boca. — Parece que foi assim que conheceu essa gente.

— Ele nunca mostrou as fotos dele para vocês, mostrou? — perguntou Laurel.

Pete deu um risinho irônico bem alto, uma sonora exclamação, e recostou-se na cadeira com os braços cruzados na frente do peito.

—Nem pensar. Ele insistia que tinha alguém atrás delas. Ou dele, talvez.

— Alguma idéia de quem seja?

— Os mesmos "eles" de sempre. Metade dos malucos aqui do hotel acha que tem alguém atrás deles.

— Laurel, as rabanadas ficam muito boas com geléia de uva também, sabia? — disse Howard. — Se você não tem dinheiro para comprar xarope de bordo de verdade, não vale a pena se contentar com imitações. Basta usar geléia de uva.

— Ele disse pra vocês onde morava quando era fotógrafo?

— Se é que era mesmo — disse Pete.

— Não, eu vi as fotos — disse Laurel. — Passei a noite de ontem no laboratório da universidade fazendo folhas de contato e ampliando alguns dos negativos. Ele era fotógrafo mesmo.

— Filho-da-mãe.

— Filho-da-mãe — repetiu ela.

— Fotos de quê? — indagou Paco. — São mesmo de gente famosa?

Ela lhes falou sobre as imagens deixadas por Bobbie e sobre o que vira nos negativos que havia ampliado na véspera.

— Você já foi à biblioteca? Já olhou todas aquelas revistas antigas nos microfilmes? Vou dizer uma coisa pra você: vá lá olhar aquelas *Life*, aquelas *Looks*. Eles têm tudo lá. Aí, pelos créditos das fotos, você vai saber com certeza se foi mesmo o Bobbie quem tirou — disse Pete, surpreendendo-a.

— Que ótima idéia — concordou ela.

Howard deu um largo sorriso e olhou para o amigo com orgulho.

— O Pete talvez seja o filho-da-puta mais ranzinza que eu conheço, mas também é um dos mais inteligentes — disse ele.

— Fui eu que fiz as rabanadas. Eu não sou ranzinza.

— O Bobbie disse para alguém que eu conheço que era de Long Island — disse Laurel. — Ele já disse isso para algum de vocês?

— Disse. E ele foi criado em uma enseada no canal — respondeu Paco, e Laurel no mesmo instante sentiu um estremecimento no peito.

— O que mais?

— Disse que morava em uma mansão.

— Ele alguma vez falou em algum irmão ou irmã?

Howard lambeu o açúcar das rosquinhas dos dedos.

— Não consigo me lembrar de nenhum.

— Ele tinha morado na França — disse Pete. — Pelo menos disse que tinha. Disse que lutou lá na Segunda Guerra Mundial.

— Quando foi que ele morou lá? — perguntou Laurel. — Ele disse?

— Acho que foi logo depois da guerra. Ele lutou lá e depois voltou. Ou quem sabe simplesmente ficou lá. Não sei. Foi na Normandia.

— E depois acho que ele talvez tenha morado em Minnesota — disse Howard.

— Minnesota? — A surpresa na voz de Laurel era evidente.

— Por quê, você não acha isso possível? — perguntou Pete. — Parece bem mais provável do que imaginar o Bobbie instalado em alguma casa de campo francesa rodeada de girassóis.

— Acho que qualquer coisa é possível. Só nunca imaginei o Bobbie morando no Meio Oeste... nem em nenhuma casa de campo francesa com girassóis, para falar a verdade.

— Ei, eu não faço idéia se a casa tinha mesmo girassóis. Ele só disse que os nazistas requisitaram a casa para os oficiais deles e a deixaram bem estragada, e que os americanos bombardearam uma parte. Disse que antigamente a casa tinha um vinhedo e fileiras de carramanchões cheios de vinhas, mas que, quando a guerra terminou, nada disso existia mais. Uma das alas... não a ala em que eles moravam, claro... já não passava de uma grande pilha de cinzas.

— Por que ele voltou para lá? Por causa de alguma mulher?

— Foi o que ele disse.

— Ele disse o nome dela para algum de vocês? Ou o nome da cidade?

Os três homens se entreolharam com uma expressão vazia. Obviamente, a resposta era não.

— Tudo bem, o que ele contou para vocês sobre Minnesota? — perguntou ela. — Quando foi que ele morou lá?

— Olha, talvez *morou lá* seja sugestivo demais. Não sei se ele ficou lá um mês ou um ano.

— Tanto faz: por quê?

— Ele disse que tinha parentes lá. É claro que isso não quer dizer nada, porque ele também disse que tinha parentes no Kentucky — falou Pete, erguendo o prato em um ângulo oblíquo e usando a lateral do garfo para raspar o que restava do empadão mexicano no plástico. — Se você escolhesse o dia certo para perguntar, ele talvez respondesse que tinha parentes em Marte.

— Bom, eu acho que ele tinha mesmo uns primos no Kentucky. Quem vocês acham que ele conhecia em Minnesota?

— Isso eu não sei — murmurou Howard, e sua voz perdeu o entusiasmo quase no mesmo instante.

— Ele chegou a mencionar alguma cidade?

— Não. Sim... mencionou, sim. Saint Paul. Saint Paul fica em Minnesota?

— Fica.

— E...

— Sim?

— Pensando bem, talvez ele tenha dito alguma coisa sobre o avô dele morar lá — continuou Howard, e o ato de se lembrar era tão exigente fisicamente que o esforço o fazia franzir a testa. — Será possível que ele tivesse um avô que morava em Minnesota?

— Com certeza é possível. O que mais? Ele mencionou algum bairro? Algum nome? Alguma rua? Qualquer coisa?

— Ah, quem me dera eu soubesse mais. Talvez ele tenha dito mais coisa. Mas a minha memória... sabe? Já não é mais o que era antes.

— E Chicago? Ele disse alguma coisa sobre Chicago?

— Talvez — respondeu Howard, mas Laurel percebeu tanto pela sua voz quanto pelo olhar de raiva que Pete lhe lançou que ele estava exagerando a verdade por sua causa. Estava lhe dizendo o que achava que ela queria escutar.

— Tudo bem, uma das coisas que eu não consigo entender é o seguinte — disse ela, quando o silêncio constrangedor ficou pesado demais —: quem sabe ele deixou uma pista com algum de vocês... Como é que um cara que pode ter pertencido a uma família muito rica acaba sem um centavo? Eu sei que ele era esquizofrênico. Sei que tinha problemas emocionais. Sei que bebia demais da conta. Mas por que é que a família não cuidou dele? Não é isso que as famílias fazem?

— A minha, não — disse Pete.

— Nem a minha — concordou Paco.

— Além disso, você está partindo do pressuposto de que o Bobbie gostava da própria família — disse Pete.

— E que a família, por sua vez, gostava dele — acrescentou Paco, enquanto se recostava na cadeira e acendia um cigarro sem filtro em uma das bocas do fogão atrás de si. Deu uma tragada funda, e em seguida expeliu no ar um halo de fumaça azul.

Laurel passou alguns instantes pensando nos Buchanan — Daisy, Tom e Pamela —, e em como todos eles na verdade inspiravam pouca simpatia. Da mesma forma, pensou em como as pessoas pareciam gostar de Bobbie. Talvez ele fosse a ovelha negra da família pelo simples motivo de ser um cara bacana. Um sujeito decente. Era possível que os Buchanan houvessem cortado relações com ele, mas talvez fosse mais provável ele próprio ter se desligado deles — do descaso generalizado e da falta de decência casual que parecia caracterizar toda aquela desagradável tribo.

— Me contem alguma história sobre o Bobbie — disse ela.

— Uma história? — perguntou Howard.

— Alguma coisa que ele tenha feito... ou que vocês tenham feito juntos.

— Qualquer coisa? — indagou Paco, apertando os olhos por causa da fumaça do cigarro.

— Qualquer coisa. Alguma coisa que me ajude a entender quem ele era como pessoa.

Os homens se entreolharam, não exatamente atônitos, mas incertos do que Laurel estava querendo.

— Ele tinha medo do diabo — disse Paco por fim, dando de ombros.

— E todo mundo não tem? — disse Pete.

— Não, sério. O Bobbie viu o diabo uma vez.

Ela se inclinou para a frente na cadeira.

— Ele disse isso à Emily também, sabia? Emily Young... a assistente social responsável por ele. O que ele contou para você, Paco?

— Ele tirou uma foto do diabo.

— Foi mesmo?

— Foi o que ele disse.

— E que cara o diabo tinha?

— Não sei. Talvez tenha sido por isso que ele enlouqueceu. Aquela história de que a gente nunca pode ver a cara de Deus, sabe? Talvez a gente também não possa ver a cara do diabo.

— Ah, por favor — disse Pete. — Ele era louco muito antes de tirar a foto de algum maluco de feira que pensou que fosse o diabo.

— Maluco de feira?

— É. Um cara que trabalhava em um parque de diversões itinerante. Já faz algum tempo. Mas, pelo pouco que ele disse que fazia sentido... e, pode acreditar em mim, o Bobbie não dizia coisa com coisa sobre esse assunto... o nosso falecido amigo encontrou o diabo em uma feira que tem em Essex no final do verão.

— A Feira do Vale Champlain.

— Isso. A uns quinze quilômetros daqui. Algo assim. A feira vai até o Dia do Trabalho. Tem tosquia de carneiros, ordenha e aquelas abóboras gigantes. Coisas de fazenda. E tem também o parque de diversões com as pessoas que trabalham lá. Os malucos que ficam cuidando dos jogos e das atrações. Tenho certeza de que foi lá que o Bobbie encontrou o tal diabo. Talvez alguém que o tenha machucado... fisicamente, entende? Alguém que tenha batido nele. Ou roubado o pouco de dinheiro que ele tinha. Ou talvez tenha sido só alguém sinistro que o Bobbie achou ainda mais assustador do que na verdade era.

— Talvez você encontre o cara nessas suas fotos — disse Howard.

Ela refletiu sobre isso por alguns instantes. Até ali, não havia encontrado ninguém demoníaco. Tampouco encontrara quaisquer imagens da feira anual que acontecia no condado no final do verão. Com base nas fotos que já havia ampliado, imaginou se Pete estaria enganado, e na verdade ela devesse estar procurando alguém da infância de Bobbie, talvez uma imagem de alguém que ele conhecera quando garoto. Alguém da sua própria família.

— Tem certeza de que ele estava falando da Feira do Vale Champlain, Pete? — perguntou ela.

— Absoluta, não. Não dava para ter certeza absoluta de nada com o Bobbie. Talvez tenha sido uma feira em Nova York. Ou em Minnesota. Ou em Louisville. Você disse que ele tinha parentes lá, não é?

— É.

— Olhe, você quer ouvir uma história? — perguntou Pete.

— Quero.

— Então aqui vai. Esse era o meu amigo Bobbie Crocker. Nosso amigo. Nesse verão agora que passou, a gente estava olhando as gruas da construção daquele prédio novo na beira do lago. Aquele que vai ser um condomínio de luxo, com várias lojas. Eu estava sozinho com o Bobbie, e a gente estava suando pra caramba. Deve ter sido em julho. Eu não bebo mais, mas estava louco por uma cerveja. Podia sentir o gosto dela. Uma cerveja estupidamente gelada... em garrafa. Quem sabe até uma daquelas garrafas de um litro da Budweiser. Faz três anos que eu não bebo álcool... em julho fazia pouco menos de três anos... mas eu estava com uns dólares na carteira, e tem uma loja de conveniência bem perto de onde vai ser o prédio novo. E eu estava pensando: uma cerveja. Por que não, porra... droga. Sério, o que é uma mísera cerveja? Ou até um litro de cerveja? Isso vai, tipo, me fazer voltar para a rua? Bom, é claro que a resposta é sim, vai... porque eu não consigo tomar só uma. Preciso tomar, tipo, um engradado inteiro. Mas eu ia fazer isso: eu ia comprar uma cerveja. E o Bobbie, graças a Deus, leu o meu pensamento e me tirou dali. Me levou até um banco na sombra e me fez sentar com dois Yoo-hoos. Sabe aquele leite achocolatado em garrafa?

— Aquele jogador de beisebol, Yogi Berra, tomava isso — disse Howard.

— Bom, nos anúncios ele dizia que tomava. Acho que ele provavelmente tomava cerveja também — comentou Paco.

— Aqueles Yoo-hoos me fizeram continuar limpo. Algumas vezes, tomar bebidas doces geladas ajuda. E foi o Bobbie quem cuidou de mim.

Laurel pensou por alguns instantes no que ele dizia, e lembrou-se do que David havia lhe dito para tentar em suas entrevistas na outra noite, quando estavam na cama.

— Aham — disse apenas, aquiescendo. E não disse mais nada.

Conforme previsto, Pete — até mesmo o controlado, cínico e cético Pete — prosseguiu.

— A gente estava sentado na sombra debaixo de um daqueles bordos que eles não derrubaram, olhando para o lago e para as montanhas Adirondack, só tomando os nossos Yoo-hoos. E o Bobbie disse: "Você acha essa vista espetacular? Deveria ter visto a que eu tinha do meu quarto quando era menino. De uma janela eu via o canal de Long Island, e da outra uma mansão com uma torre." Uma torre! Imagine só! É claro que eu tive certeza de que isso era o mundo de fantasia do Bobbie Crocker, então só fiz sorrir e mudar de assunto.

De repente, Howard afastou o prato e entrelaçou os dedos das mãos sobre a mesa.

— Sabem qual era a melhor coisa no Bobbie? — perguntou, como quem está prestes a dizer algo importante.

Todos aguardaram.

— Ele era um cara normal, só isso. — respondeu Howard, por fim.

— É, esse era o Bobbie Crocker. Enquanto alguns velhos excêntricos ficam jogando golfe em Fort Lauderdale, ele passava os verões no lixão da Cherry Street e os invernos no hospital psiquiátrico do estado. Era mesmo um cara normal, esse Bobbie Crocker. — comentou Pete, permitindo-se mais uma de suas risadas duras, curtas e amargas.

Quando Laurel tornou a olhar para Howard, ele estava concordando com a cabeça, com os olhos perdidos e levemente baixos, absolutamente alheio à raiva e à ironia que permeavam tantas das palavras de Pete Stambolinos.

No meio da manhã, Katherine colocou a cabeça na porta da sala de Laurel. A moça estava na companhia de um novo cliente chamado Tony, um rapaz que afirmava ter sido uma estrela do futebol americano em sua escola de ensino médio em Revere, no Massachusetts, oito ou nove anos antes, e que havia passado a noite anterior na ala masculina do abrigo. Cortara relações com a família — assim como Pete, Paco, Howard e (sim, ela pensou) Bobbie. A única diferença era que ele era bem mais jovem. Ficava se remexendo na cadeira, tinha a mania de dobrar e desdobrar os dedos e havia roído as unhas a ponto de todas as suas cutículas parecerem ter sangrado durante a noite.

— Desculpe interromper, mas tenho que sair agora para uma reunião em Montpelier e queria roubar você um instantinho antes de ir — começou Katherine. Deu um pequeno aceno para Tony, pedindo desculpas, e ergueu as mãos em um gesto para sugerir que não podia evitar interrompê-los. Laurel foi se juntar a ela no corredor.

— Pode ser que você receba um telefonema de um advogado de Nova York pedindo para parar de ampliar as fotografias do Bobbie Crocker — disse ela. — Talvez ele até peça para você entregar as fotos para ele... ou para alguma outra pessoa. E não é para você fazer isso, entendeu? Não se deixe intimidar.

— Uau, advogados? Quem chamou os advogados?

— A gente é que não foi — respondeu Katherine, e Laurel entendeu na mesma hora quem tinha chamado e por que o comportamento de Katherine estava ligeiramente frenético. Ela estava se sentindo pressionada, e não iria tolerar isso. Tampouco iria permitir que aquilo que percebia ser o desejo de um de seus clientes fosse solenemente ignorado. Contou a Laurel sobre sua conversa com a advogada da prefeitura, e então prosseguiu:

— É claro que não foi a própria mulher quem telefonou. Os poderosos nunca fazem isso. Quem telefonou foi o advogado dela. Para

Chris Fricke. Enfim, a velha megera acha que as fotos pertencem à família dela pelo fato de aparecer em algumas.

— Ela aparece em uma.

— E o irmão dela aparece em algumas.

— O irmão dela aparece em uma.

— E algumas fotos são da antiga casa dela.

— São.

— Enfim, ela está alegando que o Bobbie deve ter roubado uma caixa cheia de fotos e negativos da família dela, ou então encontrado em algum lugar, e quer que eles sejam devolvidos intactos... exatamente como o Bobbie deixou. Quer ver o que mais tem lá que possa pertencer a ela.

— O Bobbie não pegou nada da família dela: ele é da família dela! É irmão dela!

Katherine fez uma pausa e a estudou com atenção.

— Você acha mesmo isso?

— Eu não acho — disse ela em voz baixa, irritada. — Eu sei. Tenho certeza absoluta.

— Bom, não tenha. Por favor, desista dessa idéia agora mesmo. Entendeu?

— Como assim? Por quê?

— Se o Bobbie fosse mesmo irmão dela... coisa que, pelo que eu entendo, é completamente impossível... daí a gente talvez tivesse mesmo que entregar tudo para ela.

— Eu tenho uma notícia para você, Katherine. Não tenho nenhuma sombra de dúvida — disse Laurel, tentando (sem conseguir) manter a voz calma. — Tudo se encaixa, é óbvio. Hoje de manhã mesmo tomei café com alguns dos caras do Hotel Nova Inglaterra...

— Deixe-me adivinhar: Pete e os amigos dele? Deve ter sido uma viagem.

— Foi ótimo. Eles me prepararam um banquete. Mas o que eu quero dizer é que todas as coisas que eles me disseram levam a crer que o Bobbie é irmão dessa mulher.

— É mesmo?

— O Bobbie disse a eles que foi criado em Long Island. Disse a eles que tinha parentes no Kentucky!

— A conexão de Long Island eu entendo. O que tem no Kentucky?

— A mãe dele era de lá. A mãe dele nasceu e foi criada em Louisville.

Katherine suspirou e deu um leve apertão em seu braço.

— Na primeira vez em que você me disse o que reconhecia nas fotos, pensei que ele talvez também tivesse sido criado perto do clube onde você nadava. Pensei mesmo. E pode ser que ainda fique provado que você está certa. Quem sabe? Mas...

— Ele tirou fotos da casa... da casa da sua infância! Até meados dos anos 1960! Ontem à noite mesmo eu ampliei uma ou duas dessas fotos!

— Ou alguma outra pessoa tirou... talvez a pedido da tal mulher.

— Olhe...

— Laurel, o advogado dessa mulher foi bem claro quando disse que o irmão da sua cliente morreu anos atrás. Décadas atrás. Ninguém sabe como o Bobbie conseguiu as fotos e os negativos, mas essa mulher quer que você os deixe em paz. E quer que a gente devolva tudo. Coisa que a gente não precisa fazer... pelo menos não ainda... justamente porque ela insiste que o Bobbie não era irmão dela. Nenhum parentesco. É essa a chave, e é esse o meu trunfo. Enquanto essa viúva rica de Long Island continuar dizendo que ela o Bobbie não são parentes, então ela não é herdeira dele, e portanto não tem nenhum direito sobre os objetos que ele deixou com base no parentesco.

Laurel pensou nisso por alguns instantes: a ironia da situação não lhe escapou. Caso reconhecesse quem Bobbie era, então Pamela Buchanan Marshfield teria motivos para exigir — e talvez conseguir — as fotografias. Aparentemente, havia mesmo pessoas que as queriam. Os temores de Bobbie talvez tivessem sido desproporcionais à realidade, mas não eram inteiramente delirantes.

— Se o BEDS ficar com as ampliações depois que eu terminar... — começou ela.

— O BEDS não: a prefeitura de Burlington. O termo jurídico é indisponibilização de bens. Como o Bobbie morreu sem deixar testamento, tudo que era dele vai para a cidade, e é ela quem decide o que fazer. E, em Burlington, isso significa vender tudo e reverter o dinheiro para o sistema educacional, mas nesse caso eu tenho quase certeza de que a cidade vai vender as fotos para a gente por, digamos, um dólar, para a gente poder usar o material na arrecadação de fundos.

— Motivo pelo qual você quer ficar com elas.

— Em parte. Mas também quero ficar com elas porque eram a única coisa no mundo que tinha importância suficiente para um dos nossos clientes a ponto de ele a carregar consigo aonde quer que fosse. A gente tem que respeitar isso. E eu quero organizar a exposição que o Bobbie merecia. Adoro a idéia de uma mostra lembrando à cidade que os sem-teto também são gente, que têm talentos, sonhos e realizações.

— Então eu posso continuar a ampliar as fotos?

Katherine fez uma pausa e, por um instante, Laurel teve medo de que ela fosse lhe dizer para parar.

— Pode. Só... só lembre que essas fotos pertenciam a um homem que...que não era quem você imagina que ele fosse. E... — disse ela, finalmente. Depois, olhou para Laurel de um jeito que a assistente social reconheceu, porque era exatamente como sua mãe a olhava quando estava preocupada — ... tente não falar com nenhum advogado que ligar para você. Mas, se tiver que falar, preste atenção para não insistir que o Bobbie era irmão de ninguém. Tá bom?

Laurel assentiu, mas estava tão zangada que sentiu os cantos dos olhos começarem a tremer. Estava furiosa, tanto por sentir que estavam limitando seus movimentos quanto por estar claro que nem mesmo Katherine acreditava no que ela sabia ser verdade.

Katherine a abraçou e acenou em direção à sua sala para Tony, mas este cravou os olhos na diretora com um olhar de tamanha condescendência e desprezo que Katherine se retraiu como uma onda, e pediu-lhe desculpas formais. Então deu as costas aos dois e começou a descer o corredor. Antes de virar a esquina e desaparecer, porém, parou e acrescentou:

— E estou falando sério sobre essa história de identidade. Tá?

Laurel aquiesceu, mas sua cabeça já estava nas fotos e no trabalho que faria naquele fim de semana no laboratório.

PACIENTE 29873

... nenhum interesse nos outros pacientes ou em socializar na sala de recreação. Alucinações auditivas parecem estar diminuindo, mas ainda nega o acontecimento-chave e apresenta falhas de memória significativas compatíveis com dissociação.

Das anotações de Kenneth Pierce,
psiquiatra responsável,
Hospital Estadual de Vermont, Waterbury, Vermont

Capítulo catorze

NA MANHÃ DE SEXTA-FEIRA, David Fuller estava sentado na sala de espera do consultório do pediatra com sua filha mais velha, dolorosamente consciente de que cada bicho de pelúcia, cada brinquedo de plástico e cada revista de papel brilhante era um verdadeiro tubo de ensaio de agentes infecciosos. Pior ainda: as criancinhas ali na sala com eles estavam todas tossindo, respirando com dificuldade e espirrando. Desejou que elas fossem postas em quarentena em algum lugar muito, muito distante de Marissa — que, no momento, sentia-se muito bem. Na verdade, era praticamente a única criança de sua turma que não estava com a garganta inflamada. O único motivo pelo qual estavam ali era por causa de um corte no dedinho de seu pé direito que não queria cicatrizar: tempo demais calçando tênis, sapatos de sapateado e sapatilhas de balé que esfregavam o machucado, imaginou ele.

Marissa, é claro, estava absolutamente encantada pelo fato de o único horário que o pediatra do plano de saúde tinha para atendê-la ser uma manhã de sexta-feira — quando ela deveria estar na aula de matemática. Estava agora sentada ao lado do pai no sofá de vinil cor de laranja, com o pé não-machucado dobrado nas almofadas debaixo de sua coxa e a cabeça enterrada em um número da revista para adolescentes *Cosmo Girl!*, que seu pai considerava inteiramente inadequada para a sala de espera. (Onde estava a revista infantil *Highlights* quando se precisava dela, pensou?) Temeu que o silêncio da filha tivesse a ver com as coisas em geral proibidas sobre as quais estava lendo na revista. Conseqüentemente, para romper o feitiço do periódico, perguntou (receava que de forma um pouco forçada):

— Fora o seu dedinho, como você está?

— Bem.

— Essa revista está tão interessante assim? Eu com certeza espero que você não esteja gostando demais da conta de qualquer coisa depravada que tenha encontrado aí... nem que seja para a sua mãe não me matar.

— Ela não vai matar você.

— Está pensando em alguma coisa?

— Tipo agora? — indagou ela, levantando os olhos da revista.

— É. Em que você está pensando... tipo agora?

— Bom, já que você perguntou, a mamãe acha que a Laurel é nova demais para você. — Sua ex-mulher, que era advogada, estava no tribunal naquela manhã.

— Por que a sua mãe está preocupada com a idade das mulheres que eu namoro?

— Não sei.

— Pergunta errada. Desculpe. Você se incomoda com o fato de a sua mãe de repente estar desnecessariamente interessada na idade da Laurel?

— Ah, não é de repente. — A menina tornou a largar a revista no revisteiro ao lado do sofá e deu um bocejo, depois se espreguiçou. Apoiou a cabeça na lateral do braço dele.

— Obrigado por me contar — disse ele apenas.

— Tudo bem.

— Então... você se incomoda?

— Com a idade da Laurel? Não.

— A Cindy se incomoda?

— Ela não tem a menor idéia de idade. Até onde ela sabe, a Laurel tem a mesma idade da mamãe.

— Acho que você pode dar mais crédito do que isso à sua irmã.

— Não muito.

— Para uma menina com um dedo machucado, você está bem atrevida hoje de manhã — disse ele.

— Ei, o machucado estava bem feio ontem à noite.

— Aham.

— E daí?

Ele soltou o braço e passou-o em volta da filha, abraçando-a.

— E daí nada. Estou feliz por a gente estar cuidando desse machucado.

Depois de vários instantes sem que nenhum dos dois dissesse nada, ela perguntou:

— Você vai sair com a Laurel neste fim de semana?

— Vou.

— Hoje à noite?

— É.

— No sábado também? E no domingo?

Ele refletiu com cuidado sobre as perguntas da filha. Será que ela estava perguntando porque queria ver Laurel ou porque estava preocupada que a namorada do pai fosse invadir o tempo que passavam juntos? Ela e a irmã vinham se mostrando mais apegadas desde que a mãe havia anunciado seu casamento em novembro com Eric Tourneau, outro advogado do mesmo escritório. Marissa provavelmente não considerava Laurel impedimento para uma eventual reconciliação dos pais — reconciliação esta inteiramente inconcebível, mesmo antes de sua ex-mulher e Eric terem se apaixonado um pelo outro, mas à qual, mesmo assim, ele entendia que uma criança pudesse se agarrar com tenacidade —, mas talvez sentisse que Laurel estava roubando a atenção do pai.

— Vou passar este fim de semana com você e a sua irmã — disse ele, esperando soar casual.

Como sempre fazia, ficaria com as meninas da hora em que fosse buscá-las, no sábado, até elas irem para a escola na terça-feira de manhã. Não tinha planos de que Laurel e as filhas passassem nenhum tempo juntas nos próximos dias: iria jantar com Laurel naquela noite justamente porque queria poder se concentrar exclusivamente nas filhas durante o fim de semana. Havia dividido sua vida cuidadosamente em diferentes compartimentos, e tinha descoberto que uma das vantagens de namorar uma mulher tão jovem quanto Laurel era que ela não exigia que ele pensasse em casamento. Ainda não se sentia pressionada para ter filhos, porque ainda tinha muito tempo pela frente. Sempre que ele namorava mulheres com idades próximas da sua, sentia, desde o primeiro encontro, que estava sendo avaliado como possível marido; caso passasse no teste — coisa que invariavelmente acontecia, pelo simples fato de ele estar vivo e ter um emprego —, já no segundo ou terceiro dia surgia o assunto dos filhos. E a realidade era que ele não tinha nenhuma intenção de ser pai novamente. Não porque não adorasse crianças; o fato é que era muito dedicado às duas filhas, e jamais faria nada que as fizesse se sentirem substituídas ou substituíveis. Seu próprio pai tivera uma filha e um filho do segundo casamento, na época em que David ainda era pequeno e dividia seu tempo entre as duas casas, e ele sempre se sentira um cidadão de segunda classe depois de os dois nascerem.

Será que isso era justo com Laurel? Provavelmente não. Sob esse aspecto — e, sim, sob outros aspectos também —, sabia que não era um namorado especialmente adequado para ela. Para muitas mulheres. O que ele considerava uma simples separação, outras pessoas haviam lhe descrito como frieza. Ele era emocionalmente indiferente, era o que tinha lhe dito uma das namoradas quando estavam terminando o relacionamento. Levando em conta as cicatrizes da própria Laurel, essa talvez fosse uma falha particularmente grave. Mas ele estava seguro de que ela não via a questão dessa forma. Pensava que, justamente por causa de sua própria necessidade de segurança, via o distanciamento dele como uma indicação de que ele era um parceiro adequado. E, é claro, a idade dele ajudava. Ele sabia que ela só tinha atração por homens mais velhos, e entendia por quê.

Ele se sentia mal pela forma como se mantinha tão distante? Sim, às vezes. Mas não o suficiente para ter qualquer intenção de mudar.

Naquela manhã bem cedo, porém, na sala de espera do pediatra, havia começado a questionar o interesse de Laurel por Bobbie Crocker. Então, quando Marissa começou a falar nela, passou pela sua cabeça que na verdade poderia fazer bem para a namorada passar mais tempo com suas filhas. Qualquer coisa para desviar seu interesse daquele velho fotógrafo que havia morrido.

— Por que você está pensando na Laurel? — perguntou ele a Marissa.

— Estou precisando de um retrato de rosto.

— Como? — Sinceramente não teve certeza de ter escutado direito.

— Você sabe, um retrato para me fazer parecer bem profissional. Vou fazer um teste para O *milagre de Anne Sullivan*, e vou competir com umas cinqüenta outras meninas pelo papel da Helen Keller. Vai ser um teste bem difícil, então acho que vou precisar de toda a ajuda possível.

— Então quer que a Laurel tire o seu retrato.

— Posso dar a minha mesada dos próximos meses para ela.

— Ai, meu Deus, duvido que ela vá aceitar dinheiro.

— Você acha que ela ficaria chateada? Eu não acho. Sei que é um grande favor e tal...

Ele soltou o ar, aliviado pelo motivo de ela estar falando na sua namorada ser o fato de querer um retrato.

— Eu não chamaria isso de grande favor — disse ele.

— Bom. Mesmo assim, seria um favor. Especialmente se eu não pagar. E a Laurel já fez um monte de coisas para mim.

— Um monte?

— Ela conhece todas as lojas de roupas da cidade, e deve ter me levado a todas. Você viu as saias e as echarpes que ela comprou para mim quando a gente saiu.

— Eu me lembro.

— Acho que foi isso que deixou a mamãe irritada. Achar que a sua namorada universitária...

— A Laurel terminou a faculdade quatro anos atrás. A sua mãe sabe disso. Ela tem mestrado em serviço social. A sua mãe sabe disso também.

Marissa pensou no assunto por alguns segundos.

—Tenho uma pergunta.

— Qual?

— A Laurel algumas vezes parece um pouco, sei lá, distante.

Ele sabia que a filha mais velha era observadora e compreensiva, então não ficou surpreso por ela ter sentido que havia algo de levemente errado com Laurel. Algo meio estranho. Na opinião dele, Laurel sempre seria um passarinho lindo, mas ferido. No entanto, não estava disposto a conversar sobre o que havia acontecido em Underhill. Pelo menos não agora. Algum dia, talvez. Marissa precisava saber que o mundo era um lugar perigoso. Até mesmo em Vermont. Mas ele não estava disposto a dar nenhum detalhe.

— Ah, imagino que, como todo mundo, ela de vez em quando fique triste — respondeu simplesmente, e esperou não estar soando evasivo.

— Triste não. É diferente de triste.

— Então o que é?

— É que ela é... meio delicada.

— Delicada?

— Igual às cortinas da sala de jantar da mamãe, sabe? Aquelas que deixam passar a luz?

— Sei quais são.

— Mas eu gosto dela, gosto mesmo. Você sabe disso, né?

— Sei.

Uma mulher com uma prancheta — uma enfermeira da idade de Laurel — chamou baixinho: "Marissa?", e passeou os olhos pela sala de espera à procura de alguma reação.

— Somos nós — disse ele, erguendo o braço, e em seguida, por achar isso engraçado, erguendo o da filha.

Marissa riu ao pensar que era uma marionete, mas virou-se para ele enquanto se levantava.

— Então, a Laurel pode tirar o meu retrato?

— Vamos perguntar para ela — respondeu David, mas imaginava que sim. E sentiu-se satisfeito. De repente, ficou intrigado com a idéia de Marissa compartilhar com Laurel seu interesse pelo teatro. E agradava-lhe a idéia de Laurel fazer alguma coisa, qualquer coisa, em seu tempo livre que não estivesse relacionada com o trabalho de um fotógrafo esquizofrênico.

— Jura?

— Claro.

Ela deu dois ou três pulinhos em rápida sucessão e bateu palmas. Então, subitamente, fez uma careta e fechou os olhos, obviamente porque havia acabado de aterrissar justamente no lugar errado, em cima do dedo do pé.

Capítulo quinze

LAUREL NÃO HAVIA PRESTADO ATENÇÃO em Serena durante o enterro de Bobbie, na semana anterior, e as duas só haviam conversado o suficiente para pôr as novidades em dia e marcar um almoço.

Quando a viu, na sexta-feira, Serena pareceu-lhe mais velha do que esperava, mas a ex-adolescente sem-teto parecia também mais saudável. Quando Laurel chegou, Serena já estava no restaurante, um bistrô na beira do lago não muito longe do restaurante onde ela própria trabalhava. Estava sentada em uma mesa de frente para o cais de balsas, e uma das grandes embarcações havia acabado de atracar vinda do lado do lago onde ficava Nova York. Os passageiros — em sua maioria turistas — desembarcavam sob o sol outonal de meio-dia. Era uma balsa grande, mas eram tantas as pessoas que desciam dela que Laurel mesmo assim pensou nos carrinhos de palhaços de um circo.

Os olhos de Serena tinham o azul vibrante que Laurel recordava, mas seus ossos malares haviam sumido em um rosto que se tornara mais flácido e mais redondo. Seus cabelos ainda caíam pelos ombros em cascata, mas, em algum momento, Serena os havia pintado de um louro um ou dois tons mais claro do que Laurel se lembrava. Quando Serena a viu, arqueou as sobrancelhas, reconhecendo-a, levantou-se ligeiramente da cadeira e lhe deu um pequeno aceno. Sua camiseta cor-de-rosa terminava na base das costelas, e seu umbigo ostentava um *piercing* reluzente que emergia de um pneuzinho em sua barriga como a tachinha de uma calça jeans. Usava nas orelhas um par de finas argolas prateadas, cada qual do tamanho de uma pulseira.

— A gente passa anos sem se ver e agora se encontra duas vezes em duas semanas — disse Serena.

Laurel trouxera consigo as fotografias 20x25 de Serena que havia feito anos antes, e tirou-as da bolsa assim que as duas se sentaram.

— Tenho uma surpresa para você — disse, e viu os olhos de Serena se arregalarem enquanto ela começava a estudar as imagens.

— Eu estava mesmo a um passo do precipício. Cara, o *look* heroína chique nunca me caiu bem — murmurou Serena, sacudindo a cabeça de leve, incrédula. Então, com medo de ter magoado Laurel, acrescentou depressa: — Quero dizer, as fotos estão ótimas. Mas é que eu pareço meio assustadora. Sabe como?

— Sei, sim. O *look* heroína chique não cai bem em ninguém — respondeu Laurel.

— Posso ficar com elas?

— Foi para isso que eu trouxe.

— Obrigada. Algum dia vou mostrar estas fotos aos meus filhos, para dar um susto neles. Pensando bem, talvez nem mostre. Que filho que quer ver a mãe desse jeito?

— Você estava muito mal, mas não era culpa sua. E você saiu dessa.

Serena revirou os olhos.

— Eu tive sorte. Minha tia se mudou de volta para cá e me acolheu. Agora tenho que arrumar um lugar só meu. Está na hora.

Laurel se deu conta de que não sabia se essa tia com quem Serena estava morando era irmã de sua mãe ou de seu pai, mas, como a mãe havia desaparecido quando Serena ainda era bem novinha, tinha a sensação de que a mulher devia ser parente do pai. Então perguntou a Serena se ela havia voltado a ver o pai ou a falar com ele.

— Não, ele mantém distância. E a minha tia nos mantém separados. Ela sabe que o irmão é um crápula. Uma vez, ele me mandou um cheque. Eu não ia depositar, mas minha tia disse que eu deveria. Então tentei. O cheque foi devolvido. Outra vez, ele apareceu sem ser convidado... bêbado... na Páscoa, mas tinha muita gente na casa da minha tia e, mesmo bêbado, ele viu que não era bem-vindo. Então foi embora. Mas ele sabe onde eu trabalho e onde eu moro. Vai aparecer de novo.

Serena viu as duas garçonetes conversando no bar enquanto esperavam, e sorriu.

— Cara, se meu serviço fosse assim, eu seria demitida.

Depois de algum tempo, uma das garçonetes veio cumprimentá-las, e Laurel pediu uma salada de alface com vegetais e um refrigerante diet. Ainda estava sentindo o peso do enorme café-da-manhã que comera.

— A salada de ovo está bem fresca? — perguntou Serena.

— Super fresca — disse sorrindo a garçonete, uma menina bem magrinha, que parecia jovem demais para estar trabalhando ali, e Serena concordou em experimentar.

Estavam cercadas por executivos e mulheres cujos escritórios tinham vista para o lago, e por turistas em visita a Burlington. Conversaram sobre seus respectivos trabalhos, e Serena contou a Laurel sobre o namorado. Estava saindo com um rapaz que trabalhava no turno da noite em uma fábrica de sorvete em Waterbury, mas que acabara de se candidatar a uma vaga no departamento de marketing. Serena achava que ele tinha chance, porque era inteligente, e a empresa estava mais interessada em boas idéias do que no fato de alguém ter um diploma universitário — e, aparentemente, ele tinha muita experiência em sorvete. Laurel falou de sua relação com David, e não ficou completamente surpresa quando Serena comentou:

— É meio casual, né? — Teve a impressão de que a outra estava desapontada por sua causa.

— É — respondeu com simplicidade. — É meio casual, sim.

Por fim, Laurel abordou o assunto de Bobbie Crocker, e contou a Serena como ele havia morrido de posse de fotos do *country club* onde ela passara grande parte da juventude, e como acreditava que ele tivera uma infância privilegiada em uma mansão bem do outro lado da enseada. Laurel pediu a Serena para tornar a contar a história de como o havia encontrado.

— Estava óbvio que ele não tinha para onde ir — disse Serena. — Quero dizer, ele deveria estar em *algum* lugar. O hospital não abre simplesmente a porta e diz: "Vá, passarinho, voe." Eu morei em Waterbury por tempo suficiente para saber que sempre existe um plano para os pacientes. Ele deveria ter ido para algum lugar. Deveria ter ido ficar com alguém. Mas não conseguia me dizer para onde nem com quem. Ou então não queria dizer. Quem vai saber? Não conseguia nem me contar como tinha chegado a Burlington. De ônibus? De carona? Eu não sei. A verdade é que, para muitas dessas pessoas, basta um leve tranco para caírem do cavalo. Param de tomar os remédios. Mas eu gostei muito dele, e pensei que, com um pouco de ajuda, ele provavelmente conseguiria se virar sozinho. Não achava que ele precisasse mais do hospital. Não obrigatoriamente. Ele não representava perigo para ninguém. Foi por isso que o levei para o BEDS. Converso o suficiente com guardas e xerifes no restaurante para saber que isso é tudo que eles teriam feito. — Ela tornou a se recostar na cadeira e juntou as mãos atrás da cabeça.

— Do que você gostava nele? — perguntou Laurel.

— Ah, ele era muito gentil. Quero dizer, estava sempre querendo me ajudar. É claro que era tudo meio maluquice.

— Como assim?

— Bom, ele se ofereceu para ligar para presidentes de gravadoras. Eu disse a ele que não cantava, mas não adiantou. Ele continuou falando sem parar sobre todos os presidentes de gravadoras que conhecia e que deviam favores a ele, e como poderia me conseguir um contrato de gravação com um único telefonema. Por que estava fazendo isso? Bom, porque eu servia porções extras de salada de repolho para ele. E enchia o prato dele novamente de graça. Só por isso. Ora, o velho aparecia e mal tinha dinheiro para comprar um queijo-quente! E você sabe que ele era bem engraçado... apesar do fato de andar sempre faminto. Naquela noite, ele apareceu me contando histórias hilárias sobre os sem-teto, e de quantos sem-teto se precisa para atarrachar uma lâmpada. E, como não tinha dinheiro nenhum, não parava de me dar conselhos no lugar das gorjetas. "Escute um conselho", dizia. "Basta uma boa virada e você consegue a maior parte do cobertor." Era cafona, mas era fofo. Infelizmente, ele se recusava a me dizer onde é que deveria estar. A verdade é essa. Não faço idéia de onde ele estava dormindo antes de ir parar na rua.

— Tem razão — disse Laurel. — Tinha que ter algum lugar entre o hospital e o BEDS. É óbvio que eles deram alta para ele sob a responsabilidade de alguém que não a gente.

Serena deu de ombros.

— Eu ficava perguntando onde ele morava. E ele finalmente esfregou os olhos com muita força... como uma criancinha, sabe, usando os punhos fechados, e disse que tinha quase certeza de que, naquela noite, iria dormir no mesmo lugar onde tinha dormido na véspera.

— Onde?

— No quartinho do aquecedor daquele hotel no alto do morro. Que lugar mais ridículo para alguém ir parar. Eu não sabia quanto tempo fazia que ele estava lá, mas não queria que ele passasse outra noite naquele quartinho.

A garçonete voltou com suas bebidas, e por um instante as duas ficaram caladas. Laurel observou Serena tirar o canudo da embalagem de papel.

— Então você o levou até nós — disse.

— Foi. E ele não achou nada ruim. A gente sempre ouve falar naqueles sem-teto que resistem muito a sair da rua... ora, basta ver como eu era... mas ele foi pra lá feliz da vida.

— Ele entendeu para onde estava sendo levado?

— Entendeu. Só queria ter certeza de que ninguém iria tirar a sacola dele. Perguntei a ele o que tinha lá dentro de tão importante, e ele disse que eram as fotos dele.

— Quando foi que vocês se encontraram depois disso?

— Ah, eu me encontrei com ele bem antes de ele morrer. Uma vez, a assistente social que cuidava dele... uma mulher chamada Emily, que você deve conhecer... o levou até o restaurante para ele poder me agradecer. Essa Emily é muito legal. E outra vez vi o Bobbie naquela vigília de velas que vocês fazem na Church Street logo antes do Natal. Sabe, aquela passeata em que vocês dizem o nome dos sem-teto?

Laurel sorriu.

— Você foi? Que pena eu não ter visto você.

— É, eu estava no meio do povo. Fiquei tímida demais para dizer algum nome na igreja, mas segurei a minha vela e andei. Poxa, olhe só o que você fez por mim.

— Que eu me lembre, você passou mais ou menos uma semana e meia no abrigo. Na verdade, a gente não fez tanta coisa assim.

— Mas foi uma semana e meia em que eu precisava mesmo de um lugar para ficar — disse Serena, convicta, encarando Laurel nos olhos com uma intensidade que a deixou surpresa.

— O Bobbie já disse alguma coisa a você sobre a irmã?

— Irmã? Eu nem sabia que ele tinha irmã.

Laurel assentiu.

— Não vi essa irmã no enterro. Ela está viva?

— Está, sim.

— Você conhece?

— Um pouco. Conheci na semana passada.

— Ela é meio maluca também?

Laurel refletiu um pouco sobre a pergunta antes de responder.

— Não, não é. Pelo menos não como o Bobbie. Na verdade ela é bem desagradável.

— Imagino que ela e o Bobbie não fossem muito próximos.

— Não eram, não. Ele alguma vez mencionou algum parente?

— Nada — respondeu Serena, e sua voz se tornou solene, como se estivesse tentando inventar em sua mente uma família para Bobbie Crocker. — Nenhuma palavra sequer.

— E naquela primeira noite em que ele entrou no restaurante? Tente se lembrar. Quando você perguntou se ele tinha algum lugar para onde ir, o que mais ele disse?

A comida que haviam pedido chegou, e Laurel pôde ver que Serena estava pensando naquela noite de agosto em que Bobbie aparecera no balcão com sua sacola de lona e o bolso cheio de trocados.

— Deixe-me pensar — murmurou ela. Sua salada de ovo era cor de laranja por causa do *curry*, e estava arrumada como um globo em cima de uma folha de alface americana em formato de folha de palmeira. — Sabe, ele disse uma coisa que talvez seja importante.

— Hum...

— Disse alguma coisa sobre um cara com quem tinha trabalhado em uma revista em algum lugar. O nome era... Reese.

— Esse era o nome ou o sobrenome?

— Não sei se ele me falou. Mas tem uma outra coisa que está na ponta da minha língua.

— Diga.

— Faz tipo um ano.

— Eu sei — disse Laurel, esperando estar soando paciente.

— Vamos dizer que Reese fosse o primeiro nome do sujeito. E...

— E?

— E sabe de uma coisa? Talvez ele estivesse morando na casa desse tal Reese. Depois do hospital. Talvez seja isso.

— Por que ele teria ido embora?

Serena mastigava a salada de ovo com cuidado.

— Eles não colocam aipo na salada. A gente coloca. Salada de ovo tem que ter aipo.

— Concordo — disse Laurel, educada. — Por que você acha que o Bobbie se mudou?

— Talvez ele tenha sido expulso.

— O Bobbie, expulso? Você não acredita mesmo nisso, acredita?

— Ah, não expulso por ser um mau hóspede nem nada desse tipo. Talvez ele tenha sido expulso porque não estava ajudando com a sua parte do aluguel.

— Ele devia estar com oitenta anos! Que tipo de ajuda esse tal de Reese poderia esperar... principalmente se o Bobbie foi morar com ele logo depois de sair do hospital?

— As pessoas são cruéis — disse Serena, casual. — Você sabe disso, Laurel.

— Mas o Bobbie era... velho.

Serena se inclinou para a frente na cadeira, com o queixo acima do prato. Seus olhos se arregalaram, e suas palavras foram ditas em voz baixa, mas zangada:

— A idade não faz diferença. Se o meu pai aparecer na porta da minha casa quando tiver oitenta anos... Se eu puder escolher entre dar um quarto para ele ou deixá-lo congelar na rua... Não consigo me ver abrindo a porta. E eu não me acho uma pessoa má. Mas o que aqui se faz aqui se paga. Ou sei lá como se diz.

Laurel refletiu sobre isso.

— Tenho certeza de que o Bobbie nunca fez nada para machucar esse Reese, — pelo menos não da forma como o seu pai maltratou você.

— Concordo. Só estou dizendo que não dá para saber. Acho que, se você quiser saber a resposta com certeza, precisa encontrar esse tal de Reese.

— O Bobbie deu alguma pista de onde ele...

— Ou ela. Eu fico dizendo ele, mas, até onde a gente sabe, Reese poderia muito bem ser uma mulher.

— Ou onde ela poderia morar?

— Eu começaria por Burlington... ou pelo subúrbio. Talvez o Bobbie tenha ido de Waterbury para Burlington antes de virar sem-teto. Talvez tenha sido liberado aos cuidados de alguém que mora por aqui.

— Isso seria uma ironia.

— Ora — disse Serena, estudando duas lindas moças da mesma idade que elas, de minissaia, provavelmente jovens executivas de relações públicas, imaginou Laurel. — A vida é feita de ironias. Ironias, sorte e... vantagens. Por que foi que eu ganhei uma mãe que pulou fora na primeira oportunidade e um pai que confundiu minha cabeça com um saco de pancadas? Por que é que aquelas duas ali ganharam pais que fizeram questão que elas terminassem o dever de casa e depois as mandaram para a faculdade? Eu não sou amarga. Não sou mesmo. Mas também sei que a vida nem sempre é justa... e tenho a sensação, amiga, de que você sabe isso tão bem quanto eu.

Nessa tarde, Laurel saiu do trabalho às cinco em ponto, apesar do fato de ter conseguido fazer muito pouca coisa. Mas queria chegar à biblioteca de Burlington antes de o balcão de informações fechar, às seis, porque estava muito interessada em dar uma olhada nos microfilmes arquivados ali ou nos exemplares propriamente ditos das antigas revistas *Life*.

A biblioteca só tinha volumes encadernados posteriores a 1975, mas os microfilmes remontavam a 1936. Laurel ficou animada e, com a ajuda de um bibliotecário solícito, escolheu aleatoriamente uma bobina de microfilme de 1960. Então foi se sentar diante de uma leitora e começou a examinar imagens que iam de um balcão de comida da loja Woolworth's em Greensboro, Carolina do Norte, a Charles de Gaulle se vangloriando da detonação da primeira bomba atômica de seu país. Viu David Ben-Gurion, Nikita Krushchev e um avião de reconhecimento norte-americano U-2. E havia uma matéria sobre um sujeito chamado Caryl Chessman, homem que Laurel nunca tinha visto antes, mas cujo rosto lhe deu arrepios, porque ele iria ser executado por ter raptado e agredido sexualmente duas mulheres uma década antes. Pela matéria, parecia que talvez pudesse ser inocente.

Tentou não se deter nos anúncios, mas estes eram hipnóticos: cigarros de baixo teor de nicotina alardeados por cantores e atores, bombardeiros da Força Aérea Americana usados para vender óleo automotivo, as receitas que acompanhavam as propagandas de sopa enlatada, mistura para bolo e embalagens de queijo *cottage* da marca Borden.

E sempre apertava os olhos para tentar, de vez em quando — mas só de vez em quando —, ler as letrinhas impressas na lateral ou abaixo das fotos. Para sua grande decepção, apenas uma pequena fração das imagens de fato possuía créditos. Provavelmente já havia chegado ao mês de maio, e seu tempo naquele dia estava quase terminando quando descobriu por quê. Nas primeiras páginas da revista, havia um longo e estreito expediente cheio de nomes, incluindo editores, repórteres e fotógrafos.

E foi ali que ela o encontrou: não Bobbie Crocker, nem Robert Buchanan. Isso a teria feito rodopiar feito um pião sobre seu assento na leitora. Em vez disso, viu o que lhe parecia, naquele momento, a segunda melhor possibilidade. Acima de um bloco de um parágrafo de comprimento contendo trinta fotógrafos, uma lista em ordem alfabética que incluía Margaret Bourke-White, Cornell Capa e Alfred Eisenstadt, havia um editor-assistente de fotografia que respondia pelo nome de Marcus Gregory Reese.

ANTES DE SAIR DA BIBLIOTECA, Laurel imprimiu o expediente, para ter a lista completa dos nomes, e em seguida consultou a lista telefônica de Burlington para encontrar o número de Marcus Reese. Ele não estava na lista. Tampouco morava nas regiões de Waterbury, Middlebury ou Montpelier. Ela então foi até a redação do jornal, a apenas dois quarteirões de distância, na College Street. Havia combinado de encontrar David no cinema às 18h45, mas estava empolgada com o que havia encontrado e queria lhe mostrar a cópia que fizera do expediente.

Ele estava ao telefone em sua sala quando ela chegou, mas era óbvio que o telefonema estava no fim, então ela depositou o expediente em cima de uma pilha desarrumada de papéis sobre a escrivaninha dele e apontou para a equipe de fotógrafos. Ele meneou a cabeça educadamente, mas estava claro que o nome Marcus Gregory Reese não significava nada para David. Somente então Laurel percebeu que não havia por que significar. Ele ainda não sabia o que ela sabia; não a encontrava desde o seu almoço com Serena. Portanto, assim que ele desligou, ela lhe repetiu tudo que Serena havia lhe contado.

— Filho-da-mãe — murmurou ele.

— Não consegui encontrar Reese na lista telefônica, mas pensei em procurar no Google. E quero usar aqueles serviços de pesquisa que vocês assinam aqui no jornal. Agora que a gente tem o número de previdência social do Bobbie, vamos ver o que dá para achar.

— A gente? *A gente* não ia ao cinema?

Laurel fez uma pausa.

— Não vai demorar.

— Isso pode esperar — disse ele, levantando-se da cadeira. — É melhor a gente correr.

— Deixe-me fazer isso — disse ela, soltando a frase curta com uma intensidade tão frenética que ambos foram pegos desprevenidos.

Por um instante, David não disse nada. Então falou:

— Laurel, esqueça isso por uma noite. Relaxe.

— É importante — disse ela, incapaz de suavizar o tom de voz.

— Para quem?

— Para mim. É importante para mim. Achei que isso fosse suficiente.

Ele olhou para ela com atenção. Seu relacionamento era tão completamente desprovido de intensidade emocional que ela não achava que nenhum dos dois jamais houvesse repreendido o outro.

— Fique à vontade — disse ele, embora claramente preferisse que ela pudesse esperar até o dia seguinte. Apesar disso, gesticulou na direção da cadeira e do computador.

— Sério, vai levar só um segundo — continuou ela. — Você não está curioso?

— Estou curioso. Não obcecado.

— Bom, eu também não estou obcecada. Só quero achar esse tal de Reese para poder ligar para ele. Quero perguntar por que ele mandou o Bobbie embora... ou por que o Bobbie resolveu ir embora sozinho.

— Talvez ele tenha simplesmente morrido — disse David, sem conseguir ou sem querer esconder a irritação na própria voz.

— O Reese?

— Talvez seja simples assim. O homem morreu, e o Bobbie voltou para a rua. Vamos fazer o seguinte: procure Reese no Google e veja o que aparece, e eu vou verificar os óbitos. Em que mês do ano passado levaram o Bobbie para o BEDS? — disse ele, aquiescendo.

— Agosto.

— Ótimo. Vou procurar no verão passado.

Laurel teve a sensação de que ele estava se oferecendo para fazer aquilo tanto porque se sentia mal por ter sido ríspido com ela quanto porque ainda não tinha feito a pesquisa no LexisNexis que prometera fazer sobre o acidente de carro envolvendo Robert Buchanan. Mesmo assim, ficou grata pela sua ajuda.

DESCOBRIRAM DUAS COISAS SEM DEMORA: havia um número considerável de sites na internet onde o nome de Reese aparecia, e — exatamente como David tinha sugerido — o velho editor de fotografia havia falecido catorze meses antes, em julho do ano anterior. David voltou trazendo o obituário que fora publicado no jornal, enquanto Laurel encontrou uma série de obituários mais curtos na rede. Leu o *clipping* sobre a morte de Reese sentada à escrivaninha de David, enquanto este ficava em pé ao seu lado, satisfeito com o que havia descoberto.

MARCUS GREGORY REESE

BARTLETT — Marcus Gregory Reese, 83, morreu de forma inesperada no dia 18 de julho em sua casa em Bartlett. Marcus, que profissionalmente usava seu nome completo, mas que sempre foi conhecido pelos amigos como "Reese", nasceu em Riverdale, estado de Nova York, mas mudou-se para Bartlett depois de se aposentar de uma bem-sucedida carreira de fotógrafo e editor de uma série de jornais e revistas de prestígio.

Reese nasceu no dia 20 de março, caçula dos cinco filhos de Andrew e Amy Reese. Depois de se formar na escola de ensino médio de Riverdale, alistou-se na Marinha dos Estados Unidos, onde serviu com distinção como marinheiro nas operações do Pacífico durante a Segunda Guerra Mundial. Ao voltar para os Estados Unidos, começou a se interessar por fotografia e a transformou em carreira, tirando fotos primeiro para o jornal *Newark Star-Ledger*, depois para a revista *Philadelphia Enquirer*, e finalmente para a *Life* — onde também foi editor de fotografia por quase trinta anos.

Durante a vida, casou-se duas vezes. Seu primeiro casamento, com Joyce McKenna, terminou em divórcio; seu segundo, com Marjorie Ferris, terminou quando esta morreu de câncer em 1999.

Reese deixa uma irmã mais velha, Mindy Reese Bucknell, em Clearwater, Flórida.

Na quarta-feira, 21 de julho, às onze horas da manhã, será celebrada uma missa católica de corpo presente na Igreja Congregacional de Bartlett, seguida do sepultamento no cemitério de New Calvary.

As honras fúnebres foram organizadas pela Casa Funerária Bedard McClure.

O sujeito da fotografia mais parecia ter uns sessenta anos do que oitenta e três, então Laurel supôs que aquele fosse um retrato antigo. Nele, Reese aparecia como um homem corpulento, de sobrancelhas revoltas e cabelos brancos ondulados, com um queixo que se transformava sem transição em um pescoço da largura de uma tora. Usava óculos de grau de lentes escuras e um suéter de gola careca por cima de uma camisa de botão de algodão *oxford*, e sorria para a câmera de um jeito que só poderia ser chamado de cínico. Talvez até arrogante.

Ao terminar de ler o obituário, David deu um sorriso sem viço.

— Sempre adorei essa expressão: 'morreu de forma inesperada'. Como a morte pode ser inesperada aos oitenta e três anos?

— Parece sempre que a pessoa foi assassinada ou se matou, não é? Ou que algum médico cometeu um erro tremendo.

Ele estava sentado na beirada do bufê que havia atrás de sua escrivaninha.

— Ele provavelmente morreu de infarto. Nada misterioso, imagino.

Ela imaginou que tivesse razão, mas não disse nada. Em grande medida por causa de seu encontro com Pamela Marshfield e do telefonema do advogado para o BEDS, estava inclinada a ver mistério por toda parte.

— E acho que agora a gente sabe onde esse seu sr. Crocker conseguiu as fotografias — continuou ele, segurando o queixo com as mãos.

— Como assim?

— Ele provavelmente pegou as fotos desse tal de Reese. Pelo que você tem dito para mim, o Bobbie não era exatamente um exemplo de saúde mental.

— Você acha que ele roubou as fotos? — perguntou ela, espantada com essa simples idéia.

— Em primeiro lugar, eu não falei em roubar. Roubar supõe uma competência mental grande demais. Só estou dizendo que talvez ele... tenha ficado com elas. Talvez depois da morte de Reese.

— Acho que mesmo assim isso é roubar.

— Tudo bem, então: ele roubou as fotos. Ou quem sabe esse Marcus Gregory Reese deu as fotos para ele.

— Mas por que você acha isso?

— Porque nenhum de nós dois viu o nome do Bobbie no expediente da *Life*.

— Isso não significa que ele não tirou as fotos!

— Laurel, o obituário dizia que o Reese era fotógrafo — insistiu David, interrompendo-a, e em seguida gesticulando para o monitor do computador sobre sua escrivaninha, que ainda exibia os sites da internet onde ela havia encontrado o nome de Reese. — E olhe aqui: esse site é só sobre o trabalho fotográfico do Reese. E esse aqui também. E esse outro. Eu não ficaria surpreso se você na verdade encontrasse aquela foto dos bambolês ou a do Muddy Waters com o nome do Reese no crédito.

Era possível, pensou Laurel, mas faltava um elo a esse raciocínio. Tentou permanecer calma e não adotar nenhuma atitude defensiva. Depois de algum tempo, descobriu o que era.

— A gente está supondo que o Bobbie morou mesmo com o Reese — disse devagar.

— Sim.

— E que estava morando lá porque o hospital estadual o havia liberado aos cuidados do Reese.

— Isso.

— E que os dois se conheciam porque tinham trabalhado juntos na revista. Foi isso que a Serena me contou, lembra? Me parece que o Bobbie veio para Vermont porque sabia que o Reese morava aqui. Eu só olhei o ano de 1960 da *Life*. Talvez o Bobbie tenha trabalhado para a *Life* em meados dos anos 1950 ou dos 1960. Talvez, se eu passar mais tempo na biblioteca, consiga descobrir anos inteiros de *Life* com o nome Bobbie Crocker no expediente.

— Então você está sugerindo que o Bobbie conhecia o Reese porque o Reese era editor dele.

— Estou redimida? — perguntou ela.

— Não. É um salto bem grande. Eles poderiam ter se conhecido na revista de milhares de maneiras que nada tivessem a ver com o fato de Reese ser editor dele. Mesmo que os dois tenham mesmo se conhecido na *Life*, pelo que a gente sabe o Bobbie poderia ter sido zelador lá. Ou ascensorista. Anos atrás existia ascensorista, sabia?

— Eu deveria olhar 1964... os números de 1964 da *Life*. Na outra noite, revelei umas imagens da Feira Mundial de 1964. Talvez encontre o nome do Bobbie lá.

David assentiu com cautela, como um pai faria com um filho quando estivesse à beira da irritação. Então se levantou do bufê, esticou a mão para pegar o mouse e começou a selecionar os quadradinhos com um "x" no canto superior direito de seu monitor para desligá-lo. Quando Laurel conseguiu detê-lo, já havia fechado o programa de navegação, mas ainda não começara a desligar o computador.

— O que você está fazendo? — perguntou ela.

— Tirando a gente daqui para não perder o filme. A gente tem que sair agora, se quiser ter alguma chance de chegar lá antes de o filme começar. Aliás, tenho uma coisa muito engraçada para contar a você sobre a Marissa. Ela quer que você faça um retrato de rosto dela. Já pensou?

Ele continuou a falar, mas ela já não estava prestando atenção. Com o programa de navegação fechado, não podia mais ver os resumos das páginas e mais páginas relacionadas a Marcus Gregory Reese e, quase como se fosse uma viciada, precisava vê-las. Fisicamente. Não *queria* vê-las; *precisava* vê-las. Assim, mesmo entendendo que David estava tentando fazer os dois saírem dali e que estava começando a lhe contar alguma coisa sobre a filha, tornou a clicar no ícone do Internet Explorer.

— Desculpe — disse ela. — A gente não pode pegar a outra sessão? Deve ter uma às nove.

— Laurel!

— Se você quiser mesmo ir, pode ir. Tudo bem. Eu posso encontrar você depois para jantar.

— Eu não quero ir ao cinema sozinho na sexta-feira à noite. Quero sair com a minha namorada. Tem uma grande diferença.

Ela abriu o histórico dos sites visitados com o programa de navegação naquele dia e voltou aos resultados do Google para o nome de Reese.

— Não posso parar agora — disse, e sua voz estava tão entrecortada e baixa que ela própria não a reconheceu. — Eu sei que estou perto.

— Deixe-me ver se entendi isso direito: você quer mesmo passar a noite de sexta-feira sentada na minha mesa de trabalho olhando sites sobre um editor de fotografia da revista *Life* que já morreu? É isso mesmo, Laurel?

— Não a noite de sexta inteira. Me dê só meia hora. Tá? Depois a gente pode ir jantar ou voltar para o seu apartamento. O que você quiser. Eu só não quero ir embora agora. Eu... não posso. E...

— Sim?

— E aqueles serviços de pesquisa para jornalistas? Pode me mostrar um deles? Por favor? Só para a gente ver o que consegue encontrar usando o número de previdência social do Bobbie?

Ele esfregou os olhos e ergueu as mãos para cima, em um gesto de quem se rende. Novamente tornou a esticar a mão por cima do ombro dela, mas, dessa vez, clicou na seção de favoritos de seu navegador e indicou-lhe os sites.

— Tente este aqui — falou, clicando em um ícone — e digite o número da previdência social dele neste campo. — Em seguida, afundou em uma das cadeiras em frente à sua escrivaninha e começou a folhear uma pilha de jornais no chão ao lado desta. — Eu dou meia hora pra você. Depois vou apagar a luz e a gente vai embora.

REESE, SEGUNDO ELA DESCOBRIU, era um fotógrafo mediano: competente, mas, a julgar pelas imagens que encontrou na rede, sem nenhum talento especial. Provavelmente era melhor como editor, o que explicava seus longos anos nesse cargo na revista *Life*. Os sites que ela visitou davam a entender que, já no final da vida, a maior probabilidade era que estivesse expondo seus trabalhos em lugares como a sala de reuniões de sua igreja — coisa que ele de fato fez, cerca de um ano e meio antes de morrer. Laurel fez uma anotação mental para passar um dia visitando os membros daquela congregação, a começar pelo pastor. Pensou que poderia até ir assistir a uma missa no domingo seguinte em Bartlett, e encontrar as pessoas que haviam conhecido Reese — e, quem sabe seu excêntrico amigo Bobbie Crocker.

Um longo obituário em uma revista de fotografia dizia que Reese havia sido fotógrafo esportivo quando ainda trabalhava em jornais, mas, com exceção da imagem dos bambolês, não havia nenhuma fotografia de esportes entre as imagens deixadas por Bobbie Crocker — e considerar a imagem dos bambolês uma fotografia esportiva já era uma abstração considerável, ponderou ela. Nada na história de Reese sugeria o interesse pela música, pelo jazz ou pelo entretenimento que distinguiam o trabalho de Crocker, portanto — ao contrário de

David —, ela continuava certa de que o responsável pelas imagens encontradas no apartamento de Bobbie era o próprio Bobbie.

A última coisa que fez antes de passar ao número da previdência social de Crocker foi procurar no Google os nomes Crocker e Marcus Gregory Reese juntos. Não encontrou nada.

Além disso, sua pesquisa com o número de previdência de Crocker só fez deixá-la ainda mais frustrada, mais intrigada. O número na verdade não pertencia a nenhum Robert Buchanan, como ela havia pensado. Em vez disso, estava associado a Robert Crocker. O seu Bobbie Crocker: nascido em 1923 e morto, segundo o site, no início daquele mês. Em Burlington, Vermont.

Da mesma forma, não havia nenhum registro de número de previdência social para o irmão caçula de Pamela, o que faria completo sentido caso o que ela houvesse contado a Laurel fosse verdade: o irmão de Pamela nascera antes de a previdência social existir, e — caso houvesse morrido mesmo em 1939, como ela insistia — teria morrido antes que pudessem lhe atribuir um número com a finalidade de fazer suas declarações de renda.

É claro que, justamente por esse motivo, o site tampouco podia confirmar para ela que Buchanan morrera seis décadas e meia antes.

Por tudo isso, o júbilo que ela sentira na leitora de microfilmes da biblioteca havia praticamente evaporado. David não era o tipo de pessoa que fosse murmurar "Eu avisei", mas Laurel estava se sentindo tola e pequena. Ainda acreditava que Bobbie Crocker fosse irmão de Pamela, mas compreendia que, quando verbalizava essa opinião, parecia tão maluca quanto muitos de seus clientes. Sabia que podia fazer mais coisas com o número de previdência social de Bobbie, e iria fazê-lo, mas ela e David já haviam perdido o cinema, portanto ela aceitou os pedidos do namorado para desligarem seu computador e irem embora.

Capítulo dezesseis

USANDO APENAS DOIS DEDOS, Whit conseguia suspender sua bicicleta de corrida Bianchi por cima do carrinho de mão dentro da garagem abarrotada da antiga casa vitoriana, bem como por sobre as quinquilharias dos outros inquilinos: esquis, *snowboards*, skates, botas e sua própria segunda bicicleta, além das caixas de papelão de computadores cheias de livros, roupas, chapas de cozinha e canecas. Vagamente consciente de que Talia estava em algum lugar atrás dele, junto à porta, examinando sua correspondência, ergueu a bicicleta exatamente dessa forma, para deixá-la guardada durante a noite. Era final de tarde de sexta-feira, e os últimos raios de sol haviam acabado de desaparecer por trás das montanhas Adirondacks, do outro lado do lago. Ainda estava claro lá fora, mas logo não estaria mais, e o ar estava úmido com a proximidade da noite. Ele não teve certeza se estava erguendo a bicicleta com dois dedos agora para demonstrar como a estrutura era leve — o que, na sua mente, era uma indicação de suas proezas como ciclista e da sofisticação de sua bicicleta — ou porque a moça veria sua pequena manobra como uma indicação casual de força física. Por mais intrinsecamente contraditórias que fossem essas motivações, ele supunha que o motivo fosse uma combinação das duas coisas. Embora não estivesse interessado em Talia, estava interessado na sua amiga: isso significava que as leis da instabilidade hormonal invariavelmente levaram-no a circular em torno de Talia nos últimos tempos. A verdade era que ele pensava em Laurel com freqüência quando não estava concentrado em aulas e em laboratórios, apesar de saber que a moça estava namorando outro cara. Laurel tinha um ar solitário, gentil, e parecia guardar um segredo que quase lhe provocava dor quando ele olhava para ela.

Whit prendeu rapidamente a bicicleta no suporte. Quando saiu da garagem, Talia estava sentada nos degraus em frente à casa. Estava claro que não tinha o menor interesse na maneira como ele havia guardado a bicicleta, nem tinha percebido a facilidade com que ele a erguera.

Calculando que não havia passado tempo suficiente andando de bicicleta para que seu cheiro estivesse especialmente repugnante, ele foi se juntar a ela nos degraus. Ficou intrigado ao ver que ela estava lendo um folheto sobre *paintball*. Imaginou que o houvesse recebido por meio de alguma mala direta.

— Um daqueles lixos que chegam pelo correio, não é? — disse.

Ela olhou para ele e pareceu perplexa por alguns segundos. Então, compreendendo a que ele estava se referindo, disse — com um tom dramático de defensiva na voz:

— Eu *encomendei* este folheto. Eu *pedi* este folheto. Cuidado com que diz, rapaz.

— Você encomendou um folheto sobre *paintball*? Para quê?

— Ah, vocês ciclistazinhos com os seus shorts apertados são todos iguais.

— Está ofendendo a minha masculinidade? — Ele sorriu ao fazer a pergunta, mas parte de si se perguntava o quanto Talia levava a sério metade das coisas que dizia.

— Só falo o que eu acho.

— É mesmo? Por que precisa de um folheto sobre *paintball*? Por favor, não me diga que vai levar os seus meninos da igreja para jogar isso algum dia deste outono.

— Amanhã.

— Está de brincadeira.

— Não.

— Jura?

— Que parte do "não" você não entendeu? A gente vai se encontrar na igreja e sair lá pelas nove da manhã. Quer vir?

— Acho que não.

— Você poderia ir na van da igreja. Cabem dezessete pessoas. E não tem nada melhor para vomitar o café-da-manhã do que uma viagem de uma hora em uma van de igreja.

— E nada melhor para ir parar na manchete de um jornal. "Van de igreja" em latim significa "trágico acidente envolvendo crianças e adultos bem-intencionados". Pode verificar. Faz parte do currículo do primeiro ano da escola de medicina: bioquímica. Embriologia. Vans de igreja.

— A Laurel vai. — Ela baixou os olhos para o pedaço de papel brilhante que tinha nas mãos. Whit teve a sensação de que ela havia desviado os olhos por não conseguir manter o semblante sério ao lhe revelar aquela informação apetitosa. Pensou se o seu interesse por Laurel estaria assim tão evidente.

— O que se faz exatamente durante um jogo de *paintball*? — perguntou. — Tenho uma visão de vários caras barrigudos, sem muitos amigos, vestindo umas calças de exército e correndo pelo mato atirando bolas de tinta uns nos outros.

— É uma descrição precisa. Mas tem times. E um juiz.

— Juiz?

— Aham.

Whit não estava com muita vontade de passar o dia com os estudantes de ensino médio do grupo de jovens de Talia. Mas não havia combinado mais nada para sábado até o início da noite, quando iria se encontrar com sua tia e tio para jantar. Estes tinham vindo a Vermont admirar a vegetação de outono, que — para sua grande decepção — ainda não havia atingido seu auge de cores alucinógenas.

— A que horas vocês vão voltar? — perguntou ele.

— Não muito depois das quatro, quatro e meia.

Ele estendeu a mão para pegar o folheto e examinou o mapa da área de jogo. Não conseguia se imaginar fazendo aquilo. Tampouco conseguia imaginar Laurel fazendo aquilo.

— Vamos passar a maior parte do tempo aqui — disse ela, apontando para uma série de linhas de relevo sinuosas. — Isto aqui é o pico da Calamidade. Aqui tem uma posição estratégica que a gente precisa capturar.

Algo nas palavras *posição estratégica* fizeram tudo parecer menos abstrato para Whit.

— Nada disso deixa você incomodada com relação ao Iraque?

— Eu tenho três amigos de colégio na Guarda, e todos já foram para o Iraque ou estão lá neste exato momento. Um deles passou um mês em Tikrit. Se você vier com a gente amanhã, vai conhecer dois adolescentes que têm irmãos mais velhos na Guarda, um dos quais esteve em Fallujah. Eu não sou nem uma garota alienada que não faz idéia do que está acontecendo no Oriente Médio, nem uma neo-conservadora sociopata que gosta de brincar de guerra. Tá bom? Isso é um jogo. E, na minha opinião, é muito mais saudável do que aqueles jogos de PlayStation lá deles... os *seus* jogos de PlayStation, até onde eu sei... com atiradores de elite e terroristas, nem que seja por estarem correndo ao ar livre em vez de ficarem sentados dentro de um quarto abafado, ficando corcunda na frente de algum *game*. Os meninos *querem* fazer isso. Pelo menos alguns deles querem. Vêem isso como um outro jogo qualquer. Eu vejo isso como uma forma de melhorar o trabalho em equipe e mostrar para eles que tem adultos por aí... e eu sei que dói em você reconhecer isso, Whit, mas para eles você é um adulto... que dá importância para eles. Que gosta de ficar com eles. Então, para responder ao seu interrogatoriozinho incrivelmente moralista: não, isso não me deixa incomodada. Tá bom? — disse Talia, virando-se e encarando-o bem nos olhos.

Ele balançou a cabeça, ligeiramente atordoado. Tinha um PlayStation em casa. Dizia a si mesmo que ainda jogava de vez em quando para se descontrair. Para aliviar o estresse. Dizia a si mesmo que era... terapêutico.

— Você vem?

Ele tornou a balançar a cabeça. Sentiu na mesma hora que, depois do pequeno discurso dela, não teria coragem de dizer não.

Em uma noite do início de agosto, Whit saíra para dançar com Laurel, Talia e dois de seus amigos da UVM — um cara bem bacana chamado Dennis e uma garota chamada Eva. Formavam um grupo, ou o que Talia gostava de chamar de rebanho. Era uma noite de quinta-feira, e foram encontrar outros amigos em uma casa de shows da Main Street um pouco depois das dez. Whit ainda não conhecia Talia e Laurel muito bem, então sentiu-se lisonjeado quando elas bateram na sua porta e chamaram-no para sair. Nesse dia, se sentiu consideravelmente mais jovem do que suas vizinhas de porta, porque fazia só três meses que concluíra o ciclo básico da universidade, e seria estudante durante os próximos anos. Conseqüentemente, Talia e Laurel não eram apenas mulheres mais velhas: eram mulheres mais velhas que tinham empregos. Bem verdade que ambas trabalhavam em áreas que lhes permitiam se vestir mais ou menos do mesmo jeito que se vestiam quando eram estudantes, mas mesmo assim elas recebiam um salário todo mês — coisa que ele não recebia.

A boate não estava muito cheia, porque as universidades da região ainda não haviam voltado às aulas, então aquela poderia ter sido uma das noites que logo ficam estranhas. Mas não foi o caso, em grande parte pelo fato de serem um grupo grande. Ele dançou com Laurel, dançou com Talia, e chegou a dançar alguns minutos com Eva. Esta trabalhava no departamento de marketing de um grande shopping center em um subúrbio perto de Burlington, e era a única do grupo que de fato tinha um *look* mais refinado e urbano.

Ele já estava atraído por Laurel, e aproveitava as oportunidades de conversar com ela durante os intervalos da banda que estava se apresentando. Sua impressão, mesmo naquele momento, era de que ele estava muito mais interessado em dançar do que ela. Mesmo assim, ela estava se divertindo. Ele podia perceber isso.

Foi a caminho de casa, porém, que ele entendeu exatamente por que estava se apaixonando por ela. Talia e Dennis iam ficar para o último *set*, mas Eva e Laurel estavam prontas para ir embora. Tinham horários mais rígidos do que Talia e precisavam mesmo acordar cedo na manhã seguinte. Então os três foram embora por volta da meia-noite e começaram a caminhar para casa, planejando deixar Eva antes de ele e Laurel continuarem a subir até a parte elevada da cidade, onde moravam.

Haviam percorrido três quarteirões quando viram o sem-teto. Ele estava sentado em cima de um engradado de leite de plástico vermelho, encolhido junto a uma parede de tijolos, enrolado em uma capa de chuva preta com as mangas cortadas. Estava na sombra, então sentiram seu cheiro antes de vê-lo. Tinha o rosto comprido, embora a maior parte estivesse escondida atrás de um denso emaranhado de barba. E os cabelos pendiam em mechas retorcidas e sujas da lateral de sua cabeça. Ele era careca no alto do couro cabeludo, e nesse local seu crânio estava coberto de feridas. Whit imaginou que tivesse cinqüenta e cinco ou sessenta anos, mas Laurel lhe diria depois que ele não passava dos quarenta e cinco. Eva percebeu sua presença antes de Whit ou de Laurel, segurou o braço de Whit e começou a conduzi-los para o outro lado da rua, para longe do homem. Whit não percebeu o que ela estava fazendo, então se deixou guiar. Mas então sentiu o fedor, virou-se e viu o sujeito. Ele estava acordado e resmungava sozinho. Não estava gritando, mas, depois de eles o perceberem, talvez seus resmungos baixos fossem ainda mais desconcertantes do que gritos.

Laurel foi direto até onde ele estava. Agachou-se na sua frente e chamou sua atenção. Perguntou-lhe como ele se chamava e disse-lhe o próprio nome. Com certeza não chegou a trazê-lo completamente do seu planeta de volta para o deles, mas, enquanto Whit e Eva ficavam em pé, imóveis e mudos, assustados, Laurel segurava a mão do homem — e Whit entendeu claramente que segurar a mão suja de um sem-teto era ao mesmo tempo um ato de misericórdia e de coragem — e o ajudava a se levantar. Laurel lhes disse que podiam ir na frente, mas eles não foram embora. Acompanharam-na enquanto ela conduzia o homem até o abrigo. Como era verão, e os sem-teto podiam agüentar muito mais tempo ao relento, havia camas sobrando, e, com a ajuda do gerente da noite, ela deu um banho de chuveiro no homem, ofereceu comida a ele, e, em seguida, convenceu-o a passar a noite ali. Levou cerca de uma hora para acomodá-lo. O sujeito não falou com mais ninguém.

Na verdade, não disse muita coisa nem a Laurel. Mas ele parou de resmungar, e seus olhos não disparavam mais como as bolas de uma máquina de *pinball*. Cravaram-se nos de Laurel, e era evidente que ele se sentia seguro na sua presença. Quaisquer que fossem as conspirações que o perseguiam, quaisquer que fossem as loucuras que o haviam levado para as ruas, foram momentaneamente neutralizadas.

Quando Laurel tornou a se juntar a Eva e a White, desculpou-se por ter lhes custado uma hora de sono, e os três retomaram sua caminhada morro acima. Whit estava abalado tanto pelo fedor e pela total falta de esperança do sujeito que Laurel havia recolhido da rua quanto por sua primeira visão do interior do abrigo. Porém, depois de ela ter trabalhado ali por quatro anos, mais o tempo em que fora voluntária, via que Laurel não estava nem ligando para aquilo.

E ele, por sua vez, agora se sentia mais do que apenas encantado. Estava deslumbrado.

Capítulo dezessete

LAUREL SABIA QUE NÃO tinha sido uma companhia agradável na sexta-feira à noite — nem no restaurante, nem depois de voltarem para o apartamento de David —, porque sentira os ponteiros do relógio avançando no tempo que tinha com as fotografias de Bobbie Crocker. O telefonema do advogado a havia incomodado. Queria já estar imprimindo os negativos, sobretudo depois de ter decidido passar pelo menos parte do domingo em Bartlett. Assim, ela e David nem chegaram a se entrosar direito, e no sábado de manhã ela voltou para casa antes do café-da-manhã para poder trocar de roupa e começar a trabalhar no laboratório da UVM. Quando se despedira de David na cama com um beijo, ele sequer tentara esconder o quanto estava frustrado por sua causa.

— Por que você de repente ficou tão obcecada com isso? A essa altura, que diferença faz qual era a verdadeira identidade desse Bobbie Crocker? Por que você está ligando pra isso? — perguntou-lhe ele, com o rosto ainda meio enterrado no travesseiro. Às vezes, nas manhãs de sábado, eles tomavam café na cama e depois iam fazer uma caminhada antes de ele sair para buscar as filhas. Em outras ocasiões, ele ia buscar as meninas e depois a encontrava em alguma atividade que houvessem combinado muito longe dos lençóis onde, horas antes, haviam feito amor.

— Por que você precisa usar essa palavra?

— "Obcecada"? Porque é isso que você está. Duas das suas três refeições ontem foram com conhecidos do Bobbie Crocker, e ontem à noite você furou o nosso encontro...

— Eu não furei o nosso encontro!

— Você bagunçou o nosso encontro para poder passar um tempo fazendo pesquisas sobre um homem que pode ou não ter sido um dia o editor de fotografia dele. Agora está indo passar um lindo sábado de outono dentro de um laboratório. E por que está fazendo isso?

Para poder passar o dia de amanhã... sem dúvida um lindo domingo de outono... com umas pessoas que nunca viu na vida, conversando sobre dois homens mortos que podem ou não ter se conhecido.

— Não sei por quanto tempo vou poder ficar com essas fotos! Eu disse que a Pamela Marshfield já começou a acionar os advogados dela. Até onde a gente sabe, a qualquer momento eu vou ter que entregar as fotos pra ela!

Ele cobriu a cabeça com o lençol e o enrolou apertado em volta do rosto. Ela pôde ver que a intenção daquilo era ser um gesto bobo, pueril, para acalmar a discussão antes de esta se transformar em uma briga séria, mas eles haviam sido tão ríspidos um com o outro na véspera que ela de fato se ofendera.

— O que você decidiu sobre tirar o retrato da Marissa? O que eu digo para ela? — perguntou ele, quando ela já havia saído do quarto.

Laurel estava recolhendo sua pequena mochila do chão ao lado da bancada que separava a cozinha da sala.

— Eu disse que tudo bem — lembrou-lhe ela, ciente de que estava soando irritada. Mas já não haviam discutido esse assunto na noite de sexta? Ela adorava Marissa, e achava que seria divertido tirar o retrato da menina. Dissera isso a David.

— Estou perguntando quando. Ela vai querer saber quando.

Laurel sabia que havia algo que precisava fazer em algum dia daquela semana. Talvez na segunda. Ou na terça. Parte de si chegava a achar que tinha alguma coisa marcada para aquele mesmo dia. Não tinha mais certeza, ou então — pelo menos por enquanto — não conseguia se lembrar.

— Segunda à tarde, talvez, lá pelas quatro e meia? Me deixe verificar. Talvez eu possa sair um pouco mais cedo do Beds. Eu aviso a você. Mas, se eu não conseguir na segunda, sábado que vem não é má opção. Tá bom? — sugeriu, por fim.

Depois de falar, ela percebeu no mesmo instante que estava torcendo para ele responder gritando que sábado estava bom. Embora soubesse que iria gostar de tirar as fotos de Marissa, estava sentindo o enorme peso das fotografias de Bobbie Crocker. E simplesmente havia pessoas demais com quem também precisava falar.

Esperou alguns instantes por uma resposta, mas não obteve nenhuma. Algumas vezes, pensou, David fazia parecer que o simples fato de ser mais velho lhe dava a prerrogativa de julgar tudo. Ultimamente, sempre que não estavam na cama, ela se sentia mais como outra filha sua do que como namorada — e filha postiça, ainda por cima. Recebia conselhos, mas não atenção. Pensou se teria soado ríspida, mas em seguida concluiu que, naquela manhã, realmente não estava com tempo para desconstruir tudo que ela e David haviam dito um ao outro, e saiu.

Ao chegar em casa, seu apartamento estava com cheiro de mofo, então ela abriu a janela da pequena sacada onde às vezes Talia se sentava com ela para ler durante o verão. A vista não era grande coisa, mas a sacada recebia o sol da manhã, e havia um bordo glorioso logo ao lado. A porta do quarto de Talia ainda estava bem fechada, o que não deixou Laurel surpresa, pois mal passava das sete. Mas ela viu que a amiga lhe deixara um post-it com a informação de que havia um recado na secretária eletrônica que ela precisava escutar. Depois de apertar o botão, Laurel ouviu uma voz de homem desconhecida.

"Boa tarde. Meu nome é Terrance J. Leckbruge. Sou advogado do escritório Ruger e Oates. Nosso escritório representa Pamela Marshfield. Adoro o seu estado. Eu e minha mulher temos um chalezinho não muito longe daí, em Underhill, e vou estar lá amanhã e domingo. São quase três da tarde de sexta, e estou encerrando o expediente — desculpe-me por telefonar no começo de um fim de semana. Por favor, ligue para o meu celular quando chegar em casa, ou então para minha casa em Vermont amanhã de manhã", dizia o homem com um leve sotaque sulista, deixando em seguida o que pareceu a Laurel uma pequena lista telefônica de números. Além do celular e do telefone do chalé em Vermont, deixou o número do escritório e um outro da casa onde morava — ambos com código de área de Manhattan.

Ela havia sentido o corpo se retesar ao ouvi-lo pronunciar a palavra *Underhill*, e cogitou apagar o recado e seguir com seu dia como se nunca o houvesse escutado. Além do mais, estava tão cedo que ela na verdade só precisava retornar a ligação dali a muitas horas. Mas estava ansiosa para saber exatamente como Pamela Marshfield iria tentar intimidá-la para conseguir as fotos. Assim, antes mesmo de ter trocado de roupa ou se sentado para comer uma tigela de iogurte e uma banana, decidiu ligar para ele. Imaginou que houvesse ao menos uma chance de tirá-lo da cama.

Uma mulher atendeu, inteiramente desperta, e Laurel percebeu que a voz dela não se parecia em nada com a voz suave do advogado com quem era casada. Na verdade, ela falava com um sotaque que lembrava alguns dos vizinhos de Laurel em Long Island. A assistente social rapidamente se apresentou e explicou que estava querendo falar com um advogado chamado Leckbruge. Terrance Leckbruge. A mulher perguntou-lhe educadamente se ela sabia que horas eram, e Laurel disse que só iria passar pouco tempo em casa e que seu pai tinha sido advogado.

— Quando algum advogado me telefona — disse Laurel —, eu ligo de volta assim que possível. — Na verdade, isso era uma invenção completa: as únicas ocasiões em que advogados que não fossem o seu pai haviam telefonado para ela foram no ano seguinte àquele em que quase fora estuprada, e ela em geral enrolava o máximo possível antes de retornar as ligações. Detestava relembrar o incidente, mas parecia ter feito isso sem parar durante aqueles meses. Instantes depois, ouviu uma porta de tela ranger ao ser aberta, e em seguida bater ao se fechar.

— Então, Laurel, é um prazer falar com você — disse Leckbruge, com a mesma voz arrastada e reconfortante que ela havia escutado segundos antes na secretária eletrônica. — Você também é madrugadora? Como está passando neste dia tão bonito?

— Estou passando bem, obrigada. O que está havendo?

— O que está havendo, vamos ver... Bom, outro dia eu tive uma conversa muito agradável, muito cordial com uma das suas advogadas aí de Burlington que representa o BEDS. Uma mulher chamada Chris Fricke. Tenho que dizer que estou profundamente impressionado com o trabalho que vocês fazem naquele abrigo. Vocês são uma inspiração — disse ele, e então sorveu um gole de café alto o suficiente para Laurel poder escutá-lo durante a pausa.

— Obrigada — disse ela.

— Eu não conheço todos os detalhes sobre esse cavalheiro... esse seu sr. Crocker... mas me parece que o seu grupo foi realmente uma salvação para ele.

— Nós encontramos uma casa para ele. É esse o nosso trabalho.

— Você está sendo modesta. Pode acreditar: o trabalho que vocês fazem é infinitamente mais importante do que o trabalho que eu faço.

— Que gentileza a sua dizer isso.

— Estou falando sério — disse Leckbruge, e Laurel teve a distinta sensação de que era verdade. — Estava pensando se poderíamos tomar um café juntos enquanto eu estiver em Vermont. Você poderia vir à nossa casa aqui em Underhill. Não é nenhum palácio, mas é agradável. Antigamente, veja só, era uma imensa fábrica de açúcar. Três lados são fechados, mas a leste tenho uma vista espetacular do monte Mansfield. A estrada de terra acaba com o carro na estação das chuvas. Mas, durante o resto do ano, não tem problema. Imagino que você tenha carro. Certo?

— Tenho — disse ela. — Mas a Underhill eu não vou.

Ela falou com um tom tão inconfundivelmente decidido que, por um instante, Leckbruge ficou calado.

— Bom. Será que eu devo interpretar de modo especial essa sua... firmeza? — perguntou ele, depois de algum tempo.

— Nada que eu esteja disposta a discutir. — Uma imagem: as unhas do mais magro de seus dois agressores. Ele havia acabado de segurar por baixo o guidom de sua *mountain bike* enquanto a erguia da estrada de terra, erguendo também Laurel, e suas unhas estavam viradas para o céu. Havia linhas pretas de sujeira debaixo das pontas. Já estava enjoada pela maneira como havia sido arrebatada e erguida no ar, quando tornou a ouvir novamente aquela piada assustadoramente idiota. Licor de xoxota. Enquanto isso, aquele que se revelaria o verdadeiro fisiculturista a chamava de piranha, vociferando a palavra para ela pelo buraco da boca de sua máscara de lã.

— Tudo bem, tudo bem — dizia Leckbruge agora. — Que tal nos encontrarmos em Burlington? Seria possível?

— Sobre o que o senhor quer conversar?

— Sobre as fotos que estavam com seu falecido cliente. Mas aposto que você já sabia disso.

— Não tenho nada pra dizer. Desculpe. E, mesmo que tivesse, minha sensação é que eu só deveria conversar com Chris Fricke... assim como o senhor.

— Burlington tem uma porção de pequenos cafés excêntricos. Adoro todos eles, especialmente um que fica perto do teatro. O Flynn. Lá servem um chocolate quente que é quase indecente. E conheço também uma adega gloriosamente exclusiva. Que tal nos encontrarmos às cinco? Você escolhe: café ou vinho.

Ela pensou ter ouvido algo se mexer atrás da porta fechada de Talia. De repente, teve a vaga sensação de que ela e a amiga tinham algum assunto para resolver — uma sensação insistente de que as duas deveriam estar fazendo alguma coisa naquele mesmo dia. Talvez algo tão simples quanto ir às compras. Mas Laurel não achava que fosse isso.

Por mais que gostasse de Talia — por mais que amasse Talia; fazia muitos anos que a amiga era para ela uma irmã mais velha, muito mais do que sua irmã de verdade —, percebeu que tinha que ir embora quando a amiga saiu do quarto. Precisava chegar ao laboratório. *Tinha* de chegar ao laboratório. O que significava que não poderia de forma alguma se demorar naquele telefonema. Então, em grande parte surpreendendo a si mesma, concordou em se encontrar com Leckbruge na adega de Burlington às cinco, pelo menos para conseguir desligar o telefone e sair de casa. Depois, sem tomar uma chuveirada nem trocar de roupa, nem mesmo pegar um pedaço de fruta para o café-da-manhã, desceu correndo e em silêncio as escadas e saiu pela porta da frente da velha casa vitoriana.

ONDE ANTES FICAVA O ATERRO DE CINZAS e o outdoor do dr. T.J. Eckleburg — o oftalmologista cujo gigantesco cartaz de beira de estrada tinha olhos imensos, vazios, distantes e frios —, havia agora um conjunto de prédios comerciais. Todos os prédios tinham quatro ou cinco andares, blocos antissépticos de vidro revestidos com películas plásticas e cercados por estacionamentos coalhados de ilhotas onde cresciam árvores baixas e raquíticas. Havia um chafariz, uma torneira desinteressante que jorrava água na forma de um guarda-chuva junto ao prédio que abrigava uma empresa de telefonia celular. Laurel reconheceu os prédios imediatamente nas fotografias tiradas por Bobbie,

porque já os vira da estrada. Isso significava que, em algum lugar
debaixo de um daqueles prédios, havia algum pequeno resquício do
posto de gasolina de George Wilson. Talvez um pequenino caco de
vidro. Algum vestígio do cimento que outrora servia de base para as
bombas de gasolina. Além disso, provavelmente havia alguma relíquia
ou resto da lanchonete administrada naquele terrível e quente verão de
1922 pelo jovem grego chamado Michaelis — principal testemunha
no inquérito que se seguiu à morte de Myrtle Wilson.

Se Laurel não conhecesse a verdadeira identidade de Bobbie, poderia ter ficado intrigada com o motivo que levara o fotógrafo a se dar
ao trabalho de tirar retratos de um conjunto de prédios comerciais em
Long Island. Aquilo era muito diferente dos músicos, atores e matérias
jornalísticas que pareciam ser seus assuntos principais. Poderia ter
pensado que, no final de sua carreira, ele talvez houvesse sido obrigado
a fotografar prédios de escritórios para anúncios de imobiliárias — e,
tirando pela idade de alguns dos carros no estacionamento, avaliou
que as fotos houvessem sido tiradas no final dos anos 1970 —, mas
conhecia suficientemente a história da região para entender o que ele
na verdade estava fazendo. Estava registrando o local onde sua mãe
atropelara por acidente a amante do marido, e em seguida fugira.

Laurel fez uma pausa, olhando fixamente para as imagens dos
prédios comerciais imersas nas bandejas de produtos químicos. Quão
difícil devia ter sido para ele descobrir a verdade sobre os pais? Quantos
anos ele teria? Sem dúvida todos descobrem coisas sobre suas próprias
mães e pais que os deixam um pouco desconfortáveis, que os abalam
um pouco. Laurel já tinha lido livros de psicologia suficientes para saber
a importância de se aceitar as inadequações dos próprios pais e como
usamos isso inconscientemente para ajudar a nos separarmos deles
quando somos adolescentes. Para nos individualizar. Para crescermos.
Infelizmente, isso fazia parte do amadurecimento. Mas uma coisa — no
seu caso, por exemplo — era perceber que seu pai trabalhador, disci-
plinado e profundamente generoso às vezes se empanturrava como um
imperador romano. Outra coisa inteiramente diferente era descobrir
que ambos os seus pais eram adúlteros, e que sua mãe atropelara uma
mulher enquanto dirigia o carro do amante e deixara a vítima sangrar
até morrer na beira da estrada.

Pensou: teria sido ao descobrir a repreensível covardia e egoísmo dos pais — Daisy abandonando Myrtle à própria morte e depois Tom contando para George Wilson a quem pertencia o carro amarelo, de modo que Gatsby se tornasse alvo da fúria do homem desesperado — que Bobbie havia mudado seu sobrenome?

Ela não sabia muita coisa sobre esquizofrenia, mas sabia um pouco graças ao mestrado em serviço social e aos anos passados no Beds. Não se podia trabalhar com os sem-teto sem aprender alguma coisa. Considerava revelador o fato de Bobbie ter dezesseis anos quando fugiu de casa, uma vez que a esquizofrenia geralmente começa a se manifestar entre a adolescência e o início da idade adulta e, às vezes, existe um acontecimento traumático que serve de detonador. Ocorreu-lhe um termo usado no Beds de vez em quando: duplo laço. A expressão tinha origem clínica e se referia à teoria de Gregory Bateson segundo a qual um tipo específico de comportamento ambíguo por parte dos pais podia, sem querer, dar origem à esquizofrenia. Basicamente, significava o hábito de passar mensagens contraditórias para a criança: dizer que a amava e ao mesmo tempo dar-lhe as costas com repulsa. Dizer que ela precisava ir para a cama quando estava evidente que você simplesmente queria se ver livre dela. Pedir-lhe para lhe dar um beijo de boa-noite para depois dizer que ela estava com um mau hálito horrível. A hipótese de Bateson era que, depois de um longo período desse tipo de comportamento, a criança acabava percebendo que não havia possibilidade de se sair bem no mundo real e, como mecanismo compensatório, desenvolvia um mundo irreal só seu. A teoria do duplo laço não fora desacreditada por completo, mas Laurel sabia que, atualmente, a maioria dos médicos considerava que a natureza — os elementos químicos do cérebro — tinha uma importância muito mais determinante do que a criação no fato de uma pessoa se tornar esquizofrênica. Ainda assim, no abrigo, o termo era usado da mesma forma que se usaria uma expressão como "beco sem saída".

Mas teria a infância de Bobbie sido uma longa seqüência de becos sem saída? Certamente parecia possível. Laurel começou a imaginar um cenário em que o filho de Tom e Daisy Buchanan fica sabendo no ensino médio o que os pais fizeram no verão anterior ao seu nascimento, transformando todo o mau comportamento que presenciara durante uma década e meia — a arrogância esnobe, a duplicidade conjugal e, sim, o descaso egoísta — em algo insignificante quando comparado a esse pesadelo. Então ele confronta os pais. Pergunta-lhes quanto dessa história é realmente verdade e quanto é especulação. O pai nega tudo, argumenta que era Gatsby quem estava dirigindo naquele entardecer de 1922. Mas Bobbie não acredita, e pode ver que o pai está mentindo.

E sua mãe, aquela mulher cuja voz era tão refinada: e ela? O que ela faz? Confessa ao filho? Ou, como o marido, continua a insistir que Gatsby estava ao volante do carro? Ou será que simplesmente fica calada?

De toda forma, Bobbie descobre a verdade. E aquela parte de sua massa cinzenta que vinha mantendo seu comportamento sob controle — que havia, em alguma medida, refreado a esquizofrenia — não consegue mais conter os sintomas.

Era possível, ponderou Laurel, que a essa altura a própria Daisy já houvesse começado a acreditar na mentira que ela e Tom vinham contando ao mundo. Quem poderia saber? Talvez Daisy Buchanan houvesse ido para o túmulo ainda negando tudo, e houvesse acabado por considerar os boatos que a perseguiam uma ficção mesquinha inventada por primos distantes e vizinhos invejosos.

Afinal, a memória pode ser um bálsamo: Laurel sabia que, quando não se era esquizofrênico, às vezes uma lembrança redentora era a única maneira de seguir em frente.

O BALCÃO DE INFORMAÇÕES DA BIBLIOTECA ficava aberto o dia inteiro no sábado, então Laurel passou a manhã toda e o início da tarde trabalhando no laboratório, sobrevivendo à base de água mineral e de um *muffin* comprado na lanchonete da UVM. Estava se sentindo fraca mas não conseguia se forçar a parar de trabalhar. Sempre havia outra foto para revelar. As imagens da Feira Mundial reconhecidas por ela e tiradas por Bobbie com certeza eram do Pavilhão do Estado de Nova York — as torres de quase oitenta metros de altura projetadas por Philip Johnson

— e do próprio símbolo do evento, a Unisfera da U.S. Steel, uma grande siderúrgica dos EUA. Provavelmente já tinha visto as torres e a Unisfera umas mil vezes da auto-estrada do Queens, e na oitava série tinha um professor de história norte-americana que se lembrava bem da feira de quando era criança, e certa vez levara a turma inteira para um passeio em Corona Park como parte de um módulo sobre os anos 1960.

Só saiu do laboratório quase às duas e meia da tarde, e isso só porque tinha trabalho a fazer na biblioteca.

O bibliotecário do balcão de informações encontrou para ela a bobina de microfilme das edições da *Life* do ano de 1964, e ela começou em janeiro e foi avançando. Viu uma matéria sobre o papa Paulo VI ser o primeiro pontífice a andar de avião, e um perfil do secretário de Defesa John McNamara. Havia um artigo sobre a condenação de Jack Ruby e outro sobre a maneira como uma mulher chamada Kitty Genovese fora selvagemente assassinada certa noite em frente a seu apartamento no Queens, e como seus gritos de socorro haviam sido ouvidos por trinta vizinhos — nenhum dos quais fora ajudá-la.

Por fim, no número de abril, viu as primeiras fotos da Feira Mundial em Flushing. A feira fora inaugurada oficialmente no dia 22 de abril pelo presidente Johnson, e havia fotografias das réplicas de foguetes em tamanho real — cercadas por visitantes de terno e gravata ou usando vestidos e saias, muitas das mulheres com luvas brancas —, bem como dos prédios da exposição construídos pelas empresas General Motors, Chrysler e IBM. Havia uma imagem de meia página do Pavilhão do Estado de Nova York (embora não fosse a mesma que ela própria acabara de revelar no laboratório da UVM), e também uma foto do monotrilho com crédito — embora o fotógrafo não fosse nem Robert Buchanan, nem Bobbie Crocker.

Ela ficou desapontada, mas continuou e, dali a instantes, viu-se inclinada para a frente na cadeira, apertando os olhos diante de uma imagem em preto-e-branco na tela da leitora. Ali, na edição da semana seguinte, na penúltima página da revista, que vinha antes da contracapa, estava uma foto da Unisfera. A visão dos anéis concêntricos do pedestal e a proeminência da Austrália lembraram-lhe a fotografia tirada por Bobbie. Leu a legenda, e ali estava ele — pacientemente à sua espera, bem lá no final.

*A Unisfera da U.S. Steel junto ao Chafariz dos Continentes na Feira
Mundial em Flushing, Nova York. O globo tem a imponente altura
de doze andares e pesa quatrocentos e setenta toneladas dignas de um
verdadeiro Atlas. À noite, as capitais dos países mais importantes do
mundo se acendem, enquanto bem acima do planeta três satélites passam zunindo. Custo total? Dois milhões de dólares, mas valendo cada
cent, visto a forma gloriosa como lembra aos visitantes que, apesar de
todas as nossas diferenças políticas e étnicas, na verdade somos uma só
Terra. A Unisfera é ao mesmo tempo o símbolo da recém-inaugurada
Feira Mundial e uma de suas atrações mais populares!*
Foto: Robert Crocker.

Laurel talvez tenha se sentido mais satisfeita do que jamais se
sentira na vida, e pensou em ligar para o celular de David naquele
mesmo instante. Mas temia que, pela forma com que haviam se despedido naquela manhã, fosse parecer que estava tirando vantagem.
Além disso, sentiu-se subitamente cansada, muito cansada. Quase
tonta. Provavelmente cansada demais para andar.

Faltavam ainda quarenta e cinco minutos para seu encontro com
Leckbruge, então ela imprimiu aquela página, devolveu a bobina para
o bibliotecário do balcão de informações e passou vários instantes
sentada descansando em um dos sofás da sala de leitura. Por fim,
levantou-se e, com a pouca energia que ainda lhe restava, foi até a
padaria mais embaixo na mesma rua da biblioteca para comprar
uma garrafinha de suco e um bolinho. Sabia que precisava estar na
melhor forma possível quando se encontrasse com o advogado de
Pamela Marshfield.

Capítulo dezoito

Naquela tarde de sábado, Pamela caminhava lentamente pela praia atrás de sua casa, descalça, usando uma calça cáqui que ela havia enrolado até os tornozelos. A luz de outono recaía sobre ela qual uma onda e, por uma fração de segundo, ela de fato não teve certeza de onde estava pisando, como se a areia sob seus pés estivesse se movendo. Parou por um instante para observar gaivotas rodearem um pequeno caranguejo na areia, dando voltas ao seu redor. Uma delas finalmente o agarrou e saiu voando bem alto pelo céu, por cima da espuma do mar. O outro pássaro grasnou, zangado, e em seguida reparou na presença da mulher, inclinando a cabeça na sua direção como um robô, intrigado, antes de alçar vôo atrás da gaivota que levava o caranguejo. Ao longe, talvez uns oitocentos metros mais adiante pela beira-mar, Pamela podia ver os pontinhos coloridos de pessoas muito mais jovens, de calças jeans e casacos esportivos, que dividiam casas alugadas nos condomínios bem mais modestos daquele trecho da praia.

Não ficara totalmente surpresa ao receber o telefonema de T.J. avisando que a assistente social havia concordado em encontrá-lo. Não que considerasse o seu advogado uma pessoa particularmente encantadora — embora, na sua opinião, ele de fato o fosse —, mas sabia que aquela moça de West Egg era curiosa. Intrometida. Bisbilhoteira. Pouco disposta a deixar em paz o legado de seu cliente sem-teto. E, portanto, pouco disposta a desperdiçar a oportunidade de conhecer aquele advogado de Manhattan.

Sob esse aspecto, a moça certamente a fazia pensar em Robert. Fazia perguntas demais. Não sabia quando parar.

Esse, afinal de contas, fora justamente o motivo que fizera Robert ter de ir embora depois de tanto tempo. Ou, pelo menos, que o fizera resolver ir embora. De toda forma, era difícil para Pamela imaginar o pai e Robert suportando outra noite juntos debaixo do mesmo teto depois de sua última briga. É claro que Robert tinha levado a pior: seu pai era um ex-jogador de futebol americano. Ex-praticante de pólo. Um brutamontes disposto a tudo. Caso sua mãe estivesse em casa, teria interferido e ido parar no pronto-socorro do hospital de Roslyn. Felizmente, Tom e Robert Buchanan haviam guardado seu último e pior confronto para uma noite em que Daisy saíra para jogar *bridge*. Consciente ou inconscientemente, Robert provavelmente havia escolhido aquele momento porque sua mãe não estava em casa — embora a raiva que sentia dela fosse tão profunda, obstinada e resistente quanto a fúria que sentia por Tom. Mesmo no final de tudo, Daisy continuou a amá-lo — ele seria sempre seu menininho temperamental —, mas ele simplesmente não conseguiu encontrar forças nem no próprio coração, nem na mente lamentavelmente perturbada para perdoá-la.

Pamela na verdade não sabia muito nem sobre doença mental nem sobre meninos adolescentes. Nunca ficou claro para ela quanto do comportamento de Robert naqueles dias se deveu à insanidade que acabaria dominando-o por completo e quanto se deveu ao fato de ele ser um adolescente cheio de testosterona. Sabia que ele não havia acordado louco um belo dia. Aquilo havia sido uma deterioração lenta e gradual, que pode ter se acelerado quando ele completou quinze ou dezesseis anos. Ela não tinha mais certeza. Quem, no círculo deles, pensava nessas coisas na década de 1930? Com certeza nem Daisy nem Tom Buchanan iriam fazê-lo. Eles tinham seus próprios demônios para enfrentar. Mas houvera alusões a internações hospitalares (e foram apenas alusões), e em determinado momento tomou-se a decisão de que Robert seria o primeiro Buchanan a não ir estudar em um colégio interno. Suas mudanças de comportamento eram intensas demais, e ele era totalmente incapaz de se concentrar em um tipo de estudo tradicional. Além disso — algo que Tom considerava muito pior —, não era muito fã de esportes. Somente suas fotografias o interessavam. Quando estava em um de seus períodos de atividade absolutamente frenética, passava noites inteiras em claro no laboratório que a mãe mandara construir para ele depois de ficar claro que ele jamais iria estudar em uma Exeter, uma Hotchkiss ou uma Wales. Em vez disso, seria aluno de um externato particular de Great Neck.

Então Pamela partiu para a universidade, o que significou que não via mais Robert todo dia. Assim, talvez tenha percebido as mudanças ainda mais do que os pais. Certa vez, quando foi passar as férias em casa, o irmão lhe disse que estava aliviado: disse-lhe que estava quase certo de que ela havia sido raptada — e estava falando sério. Em outro Natal, ele lhe disse que via coisas em suas fotos que ninguém mais via. No início, Pamela torceu para que ele estivesse apenas dando vazão à verve recém-descoberta de um artista ou de um crítico; no dia seguinte, porém, quando ele lhe mostrou as fotos, ela percebeu que ele estava falando no sentido literal. Até certo ponto, o irmão tinha consciência do próprio desequilíbrio, e ela sentiu-se arrasada por ele.

Quando Robert saiu de casa, levou poucas roupas consigo, reservando o limitado espaço na mala e na grande bolsa de lona do Exército de seu tio para as câmeras, negativos e pilhas de fotografias. Entre estas, Pamela sabia, havia um retrato que o irmão tirara dela, que ele lhe havia mostrado quando ela tentara acalmá-lo e impedi-lo de arrumar as malas. Mas não sabia exatamente que outras imagens — instantâneos de família ou fotos tiradas por ele próprio — o irmão levara consigo ao ir embora. Ela costumava duvidar que ele possuísse qualquer retrato de Daisy ou Tom.

Será que as coisas teriam sido diferentes se, como sua mãe havia lhe implorado ao voltar do jogo de cartas, Tom houvesse saído atrás de Robert naquela noite? Sinceramente, Pamela achava que não. Os dois homens, um deles ainda adolescente, simplesmente teriam encontrado outra noite para dar continuidade ao seu interminável e insolúvel conflito, e Robert teria escolhido outra noite para ir embora de casa. Além disso, todos esperavam que ele fosse voltar na manhã seguinte. Depois, quando ele não apareceu para o café, pensaram que estaria de volta na hora do jantar. Até mesmo seu próprio esforço para convencer o irmão a ficar havia sido breve e meio a contragosto, tanto por ela imaginar que ele não passaria muito tempo fora de casa quanto porque sempre continuaria fiel aos pais. Sabia quem eles eram e o que faziam. Mas também tinha menos coisas a lhes perdoar.

Ainda assim, alguém provavelmente deveria ter ido atrás de Robert durante aquelas primeiras horas em que, muito provavelmente, ele ainda estava em Long Island. Ela estava em casa para as férias de verão da Smith, e sabia quem eram os amigos de Robert e os lugares onde ele provavelmente encontraria guarida. Poderia tê-lo encontrado — ou pelo menos poderia ter tentado. Chegou a ir até o cais para ver se conseguia detectar o feixe de luz de uma lanterna ou de uma fogueira junto à casa vazia do outro lado da enseada. A velha propriedade de Gatz havia sido comprada e vendida pelo menos uma meia dúzia de vezes desde 1922, mas estava novamente no mercado e desocupada. Mesmo assim, passou apenas alguns instantes à beira d'água: em sua mente, a imagem de uma figura solitária à procura de alguma luz do outro lado da água lhe lembrava demais o comportamento desesperado de James Gatz naquela primavera que ele passara perseguindo sua mãe. Assim, ela voltou para casa e para a raiva agora muda de seu pai.

Um ano depois, Tom anunciou que já não lhe importava que Robert nunca mais voltasse para casa. Para ele, era como se o rapaz houvesse morrido. Logo depois disso, ela o ouviu comentar com seriedade para um conhecido seu da universidade, que ele passara vinte e sete ou vinte e oito anos sem ver, que Robert havia morrido. Em um acidente de carro. Em Grand Forks.

Aparentemente, sua mãe havia contratado um detetive para encontrar Robert, e este fora visto em Grand Forks seis meses depois de sair de casa. O resto, é claro, era uma invenção espontânea, possivelmente sociopática: depois de Grand Forks, o rastro havia desaparecido.

Após algum tempo, Pamela passou a escutar a mesma história ser repetida durante os jantares em seu elegante salão de East Egg: o filho desregrado e fujão dos Buchanan havia morrido depois de seu carro capotar em uma vala. Quando se casou, em 1946, amigos de amigos chegaram a afirmar, durante a recepção do casamento, ter comparecido ao velório de seu irmão em Rosehill.

Pamela só tornaria a vê-lo décadas depois, porque ele não voltou para o enterro do pai. Foi anos depois disso, mais ou menos um mês depois do enterro de Daisy, que ele reapareceu. Pamela saiu de casa certa tarde ao vê-lo fotografando o imóvel — *documentando*, foi a palavra que ele usou. No início, não o reconheceu: fazia muito tempo, e ele não havia envelhecido bem. Tinha o mesmo cheiro dos sem-teto com os quais ela cruzava nas ruas de Manhattan, um cheiro azedo de vinagre. Gabava-se orgulhosamente de uma idéia que estava bolando, e ela se ofereceu para lhe conseguir ajuda. Mas nem sequer conseguiu convencê-lo a ficar. A repulsa que o irmão sentia por ela não havia diminuído em nada com o tempo.

E era por isso que precisava recuperar aquelas fotos da assistente social. Tudo que podia era imaginar até onde aquele seu perturbado irmão caçula havia levado seu plano.

Observou uma onda recuar e enterrou os dedos dos pés na areia molhada. Imaginava que a moça a detestasse. *Tudo bem*, pensou. *Que ela idolatre o Robert*. Mas na verdade fora ela — não Robert — quem tivera a compaixão de perdoar os pais.

E agora ela precisava perdoar a si mesma. Mesmo que tivesse saído atrás do irmão naquela noite, não poderia tê-lo salvado. Mesmo assim ele teria ficado louco, mesmo assim teria resistido a qualquer tentativa da família para ajudá-lo. Apesar disso, quando ela relembrava suas vidas, não conseguia evitar o desejo de ter obtido êxito em trazê-lo de volta — nem que fosse pelo bem da mãe.

Nem que fosse para ele não se tornar... um sem-teto.

Quando pensava nisso, a idéia a deixava atônita. Sem-teto. No final de tudo, seu irmãozinho instável, desequilibrado, auto-destrutivo e dono da verdade realmente havia acabado na rua. Era quase incompreensível de tão inútil e triste.

À sua frente, um pequeno bando de gaivotas aterrissou ao mesmo tempo na parte dura e úmida da areia onde o mar havia acabado de bater e começou a andar e bicar a areia. Ela suspirou e tentou se lembrar exatamente do que havia provocado a derradeira briga entre seu pai e Robert. Então, quase pesarosa, sacudiu a cabeça. Não precisou de forma alguma pensar por muito tempo.

Capítulo dezenove

ENQUANTO ANDAVA ATÉ O BAR, levemente revigorada pelo suco e pelo bolinho, ocorreu a Laurel que aceitar se encontrar com aquele advogado poderia se revelar um erro tremendo. Ele era, para resumir as coisas, o defensor rival. E Katherine havia lhe pedido especificamente para não falar com ele. No entanto, ali estava ela, a caminho daquele encontro, em grande parte — mas não totalmente — porque, naquela manhã cedo, tinha querido desligar o telefone. É claro que também havia concordado em encontrá-lo porque estava interessada em ouvir o que ele tinha a dizer, e pensou que talvez pudesse descobrir mais alguma coisa sobre Bobbie Crocker. Mesmo assim, estava ansiosa, e pegou-se receando as conseqüências do encontro e todas as coisas que poderiam dar errado.

Terrance Leckbruge havia lhe dito que ela o reconheceria porque ele estaria lendo a revista *Atlantic*. No mesmo instante em que entrou na adega, ela percebeu que o teria identificado de qualquer forma. Quando chegou, ele estava sentado em um banco alto, com um copo de alguma bebida branca e um exemplar já bastante folheado da revista na mesa redonda à sua frente. Parecia ter cerca de quarenta anos, mas ela não teria ficado surpresa se ele fosse consideravelmente mais velho do que isso: seus cabelos, penteados para trás com um gel pesado, eram tão pretos que ela teve certeza de que eram pintados. Ele usava o tipo de óculos de grau estranhamente antiquado que ela esperava ver em pessoas idosas: uma armação grande em formato de losango, amarelo-mostarda. Os óculos pareciam particularmente esquisitos porque os olhos dele eram de um azul fosforescente ofuscante, e seu nariz era tão pequeno que praticamente não existia. Ela quase se perguntou se ele fixava os óculos nas sobrancelhas com cola para impedi-los de escorregar do rosto, sobretudo já que, na primeira vez em que ela o viu da entrada da adega, ele estava com os olhos voltados para baixo, para a revista, a cabeça levemente inclinada, a boca congelada em um sorriso afetado vagamente condescendente. Usava um paletó de linho cinza com uma camiseta bege por baixo, e Laurel, com sua calça jeans, sentiu-se mais do que inadequadamente vestida: sentiu-se molambenta. Havia um dia e meio que não lavava os cabelos nem tomava banho, e reparou que estava usando as mesmas roupas que pusera na sexta-feira de manhã antes de sair para o BEDS. Também não usava nenhuma maquiagem, e desejou pelo menos ter passado um pouco de batom e *blush*.

Leckbruge ergueu os olhos quando ela se aproximou da mesa, e então deslizou do banco e ficou em pé. Ela pensou por um breve instante que ele fosse de fato tentar lhe dar um beijo na bochecha, mas estava enganada: quando apertou-lhe a mão, ele apenas se inclinou um pouco mais para perto do que a maioria das pessoas.

— Você deve ser Laurel. Eu sou Terrance Leckbruge, mas todos os meus amigos me chamam de T.J. Sempre chamaram, sempre vão chamar... mesmo se, com a ajuda de Deus, eu viver até ficar bem velhinho. Muito obrigado por vir até aqui. Você parece estar precisando muito beber alguma coisa. — Seu sotaque era encantador pessoalmente, ainda mais sulista e acentuado do que quando haviam conversado ao telefone. Ela pensou se isso seria uma afetação, mas pouco lhe importava que fosse. De toda forma, era agradável.

— Estou mesmo — confirmou ela, e estendeu a mão para pegar a prancheta de metal polido com a lista de vinhos manuscrita. Ele deve ter sentido que ela não sabia escolher, pois logo recomendou um deles. Então, quando a garçonete apareceu, pediu o vinho para ela, poupando-a de precisar enrolar a língua e a boca para articular o nome impronunciável de algum vinhedo toscano.

Durante alguns minutos, conversaram sobre o quanto amavam as peculiaridades e excentricidades de Vermont, e ele lhe disse o quanto apreciava a gentileza de seus vizinhos em Underhill. Ela se calou ao ouvi-lo mencionar a cidade, e passou-lhe pela cabeça que ele pudesse interpretar esse silêncio como frieza — coisa que não a incomodou.

— Sério, Laurel, estou muito agradecido por você ter concordado em me encontrar com tão pouca antecedência. De verdade, estou mesmo. Obrigado — disse ele, assim que o vinho chegou.

— Bom, preciso confessar: se eu não estivesse tentando sair de casa depressa hoje de manhã, provavelmente teria dito não. Mas não queria começar uma discussão com você.

— Então disse sim.

— Isso.

— Eu sei ser bem persuasivo — disse ele, apoiando o queixo no nó dos dedos.

— Não desta vez.

— E persistente.

— É mais por aí.

— Bom, estou grato por você ter sido tão generosa.

Ela deu de ombros, em um gesto de quem não dava muita importância àquilo.

— Onde você passou o dia? — perguntou ele. — Qual era esse compromisso tão importante? Posso saber?

Ela cogitou mentir, mas não viu necessidade.

— Queria chegar cedo ao laboratório para trabalhar nos negativos do Bobbie Crocker. Ver o que tem neles.

— E?

— E não vi absolutamente mais nenhuma imagem da sua cliente, se é nisso que o senhor está pensando.

— E da casa dela? Do terreno? Alguma foto desse tipo?

— Olhe, eu não deveria nem estar aqui.

— Mas está. Imagine se algum indivíduo... um indivíduo profundamente doente... de alguma forma conseguisse fotografias da sua família. Imagens muito pessoais. Você não iria querer recuperar as fotos?

— A esquizofrenia do Bobbie Crocker estava sob controle. Ouvindo o senhor falar, parece até que ele era perturbado.

— Não precisamos discutir detalhes sobre a doença mental. Ele era um sem-teto até o seu grupo cair de pára-quedas na vida dele. Não acho que cidadãos de terceira idade com a cabeça no lugar fiquem morando na rua no norte de Vermont quando têm outra alternativa.

— Assim que o BEDS deu a ele uma chance de sair da rua, ele aproveitou.

Leckbruge tomou o último gole de vinho e acenou para a garçonete.

— Estava esplêndido. Tão delicioso quanto a senhorita disse que estaria. Poderia me trazer outro, por favor? — disse ele com voz mansa, quando a funcionária tornou a aparecer ao lado da mesa.

A garçonete tinha aquele tipo de *piercing* duplo na sobrancelha esquerda que Laurel achava doloroso só de olhar, sobretudo uma vez que sua pele jovem era lisa como a da modelo de uma propaganda de creme facial. Muitos dos conhecidos de Laurel tinham pequenos *piercings* e tatuagens — até mesmo Talia tinha feito um *piercing* no umbigo. Certa vez, logo depois de se formar, ela havia cogitado seguir o exemplo de Talia e também fazer um *piercing* no umbigo. Sabia que fazer um *piercing* no umbigo era muito parecido com a decisão de posar nua para fotos eróticas: melhor se feito bem antes da meia-idade. Então Laurel havia pensado que, se fosse mesmo fazer isso, seria melhor agora do que mais tarde. Outro incentivo a empurrá-la na direção do ateliê de *body art* era seu namorado — mais velho, como sempre, e que imaginava que uma argola no umbigo fosse tornar ainda mais aparente para o mundo tanto o partidão que era Laurel quanto o garanhão que ele era. No final das contas, porém, ela resolveu que não queria chamar atenção para a própria barriga, porque nesse caso estaria correndo o risco de chamar atenção para os seios. E, desde que ela fora agredida, isso estava simplesmente fora de cogitação. Além do mais, o entusiasmo exagerado do namorado por si só bastou para vetar a idéia.

— Então — disse Leckbruge baixinho, quase que num sonho, depois de a garçonete sair para ir lhe buscar outro copo de vinho. — O que vai ser preciso pra você desistir das fotos? É claro que é por isso que nós dois estamos aqui. A minha cliente está se sentindo profundamente violentada e gostaria de recuperar as fotos. E você obviamente entende, em parte, o profundo sentimento de violação dela. Afinal de contas...

— Por que o senhor acha isso? — perguntou Laurel, por um instante com medo de ter lido mais no seu uso da palavra *violação* do que de fato existia.

Ali estava ela, imaginando que, de alguma forma, ele sabia o que ocorrera anos antes nos arredores da sua pequena cidade, quando o mais provável era ele estar simplesmente sugerindo que ela era uma pessoa particularmente compreensiva. Estava prestes a pedir desculpas, ou pelo menos a tentar atribuir a rispidez de sua interrupção à falta de sono ou ao cansaço — a qualquer motivo —, quando ele estendeu o braço por cima da mesa e pousou a mão cálida e delicada por cima da sua.

— Por favor, me desculpe. Eu não deveria ter dito isso.

— Não, eu não deveria ser tão suscetível. É só que...

— Você foi atacada. Eu compreendo. Deveria ter usado outra palavra que não *violação*. Foi insensível da minha parte, e profundamente precipitado — disse ele, a interrompendo.

Então ele sabia mesmo. E ela deveria ter adivinhado que soubesse. Afinal de contas, ele tinha uma casa em Underhill. Era advogado. Provavelmente sabia desde o início o que havia acontecido. Ela retirou a mão rapidamente e estendeu-a para pegar a mochila, planejando ir embora. Mas então uma imagem lhe veio à mente: a moça de bicicleta na estrada de terra. A foto tirada por Bobbie Crocker.

— Quando foi que o irmão da sua cliente esteve em Underhill? — perguntou ela.

— A minha cliente diz que o irmão dela morreu há muito tempo. Ele...

Ela fez um gesto para que ele se calasse, traçando um risco no ar com a ponta dos dedos.

— Quando foi que o Bobbie Crocker esteve em Underhill?

— Eu não sabia que ele tinha estado lá. Você sabe consideravelmente mais do que eu sobre a vida dele em Vermont.

— Ele tirou fotos lá. Em Underhill. Eu vi. A sua cliente também acha que essas fotos são dela?

— São fotos de quê?

— De uma ciclista.

— De você?

Quando ela estava se aproximando da adega, havia refletido sobre os diferentes erros que poderia cometer. No entanto, não lhe ocorrera que a conversa pudesse tomar aquele rumo. Mas, na verdade, ela sequer tinha certeza de que aquilo era um erro. Afinal de contas, não fora até ali para descobrir tudo que pudesse? Deu um suspiro e, no silêncio abrupto da mesa, escutou pela primeira vez a música, as conversas e o tilintar dos copos à sua volta. Quase de repente, a adega parecia ter se enchido.

— De mim — respondeu por fim, acrescentando então depressa: — Ou pelo menos poderia ser de mim.

— Você não tem certeza.

— Não cem por cento. Mas é provável.

— A minha cliente é uma colecionadora. Não há motivo para não acreditar que, entre as fotos desaparecidas, houvesse uma imagem de uma moça de bicicleta.

— A foto teria sido tirada sete anos atrás. Quando é que a sua cliente está dizendo que a coleção dela...

— Uma parte da coleção dela.

— Quando é que ela acha que uma parte da coleção dela sumiu? Teria que ter sido depois disso.

— Aonde está querendo chegar?

— Pamela prestou queixa do roubo à polícia? Se a coleção era tão valiosa assim...

— O valor não precisa ser estimado somente em termos monetários. O mais importante para ela são as imagens da casa. De sua família. Um retrato dela com o irmão tem muito mais significado para ela do que, digamos, para o museu audiovisual George Eastman. Se quer tanto essa sua foto, tenho certeza de que a minha cliente vai ter prazer em deixar você ficar com ela.

— Eu não quero a foto — disse Laurel, consciente de que estava começando a ficar tonta, de que a mesa estava começando a se aproximar dela. — Eu quero...

— Sim?

— Eu quero saber por que ele estava lá.

— Supondo que ele tenha estado.

— Quero saber por que ele estava naquela estrada no mesmo dia que aqueles dois homens.

Percebeu que as palavras haviam saído de qualquer maneira, como uma pequena súplica abafada pelo cair da neve. Sentiu que *ela* estava sendo abafada pelo cair da neve — estava agora começando a sentir que suava frio, embora dentro da cabeça pudesse ouvir o próprio coração batendo como um tambor africano.

— Os homens que machucaram você?

— É! De que outros homens eu poderia estar falando?

— Mas você não sabe com certeza se foi no mesmo dia. Sabe?

— Não. Com certeza, não.

— Muito bem, então. Os seus agressores eram sem-teto? Me perdoe, Laurel, eu não consigo me lembrar.

— Por que está perguntando isso? Que diferença faz?

— Você parece estar na defensiva. Parece pensar que os sem-teto nunca se tornam violentos. No entanto, na primavera passada mesmo, dois dos seus clientes se envolveram em uma briga de canivetes no beco ao lado daquela pizzaria na Main Street, e agora um deles está morto e o outro está preso. Segundo o jornal, o agressor... perdão, o suposto agressor... chegou até a ameaçar a vítima dentro do seu abrigo por causa de uns sanduíches de pasta de amendoim e geléia.

Ela abaixou a cabeça na direção da mesa. É claro que conhecia a história. Mas sabia também que aqueles dois eram exceções: todo mundo que os havia conhecido no BEDS tivera medo de que fossem acabar mal no instante em que os dois pisaram lá. Eles passaram apenas duas noites no abrigo e depois foram embora. A própria Laurel nunca havia encontrado nenhum dos dois homens pessoalmente, portanto, ficara mais frustrada do que triste com a total falta de sentido de seus destinos — a morte e a prisão.

— Laurel?

Ela recuou ao sentir a mão de Leckbruge subir por seu braço até o ombro, e forçou-se a erguer os olhos.

— Um dos homens que me agrediu não tinha endereço fixo — disse ela por fim, com a voz entrecortada e lenta. — Mas ele nunca tinha posto os pés dentro do BEDS. Eu verifiquei isso anos atrás.

— Posso pedir alguma coisa pra você? Diga à garçonete para trazer um copo d'água. Você está...

Ela ergueu as sobrancelhas e esperou. Lembrou-se da van dando ré na sua direção, passando por cima dela, enchendo sua boca e pulmões por um instante com a fumaça de seu cano de descarga. Do peso dos pneus sobre os dedos do seu pé. A clavícula e um dedo já quebrados. Os hematomas em seu seio.

— Você está anêmica? É diabética? — perguntou Leckbruge.

— Eu só... só me senti fraca por um instante. Estou bem.

— Não tenho tanta certeza de que esteja mesmo. E gostaria de ajudar você.

— Eu não quero a sua ajuda.

— Olhe, quando você foi estuprada...

— Eu não fui estuprada — disse ela e, com as últimas forças que lhe restavam, pôs-se de pé, usando o braço para se levantar. A mão dele se afastou, e ele rapidamente tentou tornar a segurar-lhe o ombro, mas ela não soube dizer se era para ajudá-la ou para impedi-la de ir embora. Seus olhos, antes solidários, pareciam ter se tornado frios.

— Por favor, Laurel, você não vai querer ir pra casa agora.

— O senhor está errado. Vou, sim.

— Fique. Sente-se. Por favor. Preciso que você fique só mais um instante. Eu não posso... não posso deixar você ir embora assim.

Ela respirou fundo e prendeu o ar por vários segundos, e o mundo começou a entrar novamente em foco, devagar.

— Parece que isso tudo tem a ver com você — murmurou ela. — Por que é que todos vocês, homens de meia-idade, acham que o mundo gira em torno de vocês?

Os lábios dele se curvaram, por reflexo, em um sorriso juvenil.

— *Au contraire*. O que mais atormenta o homem de meia-idade é que ele já descobriu que o mundo na verdade não gira em torno dele. Infelizmente, é isso que nos atormenta.

— Vou me lembrar disso.

— Eu gostaria de continuar esta conversa — insinuou ele, olhando para o relógio de pulso.

— E vai poder continuar, sim: com os advogados da prefeitura de Burlington. Mas não comigo.

— Não precisa ser uma conversa entre inimigos.

— Mas vai ser se você me pressionar.

— Minha intenção não é pressionar você. Sério, Laurel. Não é mesmo. Outras pessoas talvez tentem fazer isso. Mas eu, pessoalmente, não pressiono ninguém... muito menos alguém que passou por tudo que você passou. Acredite.

Laurel refletiu sobre isso. Estaria ele insinuando que conhecia pessoas talvez dispostas a pressioná-la?

— Eu por acaso acabei de ser ameaçada? — perguntou ela, mais perplexa do que temerosa.

— Não que eu saiba — disse Leckbruge. — Mas, por favor, me prometa uma coisa. Promete?

— É improvável.

— Vou pedir mesmo assim. Se você mudar de idéia e perceber que o pedido da minha cliente é razoável, pode me ligar?

Ela o olhou fixamente, e ele arqueou as sobrancelhas acima daqueles gigantescos óculos amarelos, em um gesto que talvez tenha sido de genuína tristeza. Então tornou a olhar outra vez para o relógio e a se sentar no banquinho. Ela percebeu, ao sair da adega, que sequer havia provado o vinho.

AO VOLTAR PARA CASA, Laurel viu que a porta de seu apartamento estava entreaberta, e no início não deu importância a isso. Imaginou que Talia estivesse em casa. Se imaginou alguma cena exata, talvez tenha sido a bela amiga lendo deitada no sofá, com o iPod no colo e o fio do fone serpenteando até os ouvidos, a cabeça e os ombros se sacudindo de leve ao som da música. Em vez disso, porém, compreendeu ao empurrar a porta que Talia não estava em casa e que elas haviam sido assaltadas. Ficou parada na soleira da porta, momentaneamente paralisada, examinando o lugar com os olhos. A janela de sua pequena sacada estava aberta, e a cadeira ao seu lado, virada no chão. A luminária de mesa de porcelana ao lado do sofá — um abajur chinês delicado, pintado à mão, que passara anos na sala de estar da casa de seus pais antes de sua mãe refazer a decoração depois da morte do pai — estava espatifada no chão. A mesinha de centro havia sido emborcada, e os livros e jornais, jogados no chão como um monte de lixo reciclável. E a pequena escrivaninha chinesa de Talia fora arrastada para mais perto da porta da cozinha, como se alguém a houvesse empurrado enquanto saqueava sua única gaveta. O computador continuava em cima do móvel, aparentemente intocado, e ela ficou aliviada por não o haverem roubado também — embora ainda não fizesse idéia do que exatamente havia sido levado.

Não havia possibilidade de ela simplesmente entrar ali sozinha, então, o mais silenciosamente possível, passou a mochila para a frente do corpo por cima do ombro e enfiou a mão lá dentro para pegar a latinha de spray de pimenta que sabia estar em algum lugar no fundo. Desde que havia voltado a Vermont para terminar seu segundo ano de faculdade, carregava-a consigo aonde quer que fosse. Nunca a havia usado e raramente pensava no assunto: nem sequer tinha certeza de que ainda se lembrava de como funcionava o mecanismo do spray daquele modelo específico, já que mal havia lido as instruções ao removê-lo de seu sarcófago de plástico transparente. Mesmo assim, ficou aliviada por tê-lo consigo ali e, segurando a latinha com firmeza, ficou inteiramente imóvel. Estava com medo de já ter feito barulho demais. Sequer se atrevia a atravessar o corredor para bater na porta de Whit. Então ficou ali, completamente parada, e escutou. Em determinado momento, sentiu coragem suficiente para pensar em tornar a descer a escada na ponta dos pés e sair da casa, mas o lugar todo estava muito silencioso. Por fim, quando já fazia dez minutos que nenhum som saía do apartamento, ela entrou. Fora ficando cada vez mais evidente que quem quer que houvesse estado ali já tinha ido embora.

Viu que tanto a porta do quarto de Talia quanto a do seu estavam abertas, e espiou para dentro dos dois quartos. Pareciam intactos. Empurrou a porta do seu até junto à parede, preparada para usar o spray de pimenta e sair caso encontrasse a mais leve resistência atrás da porta. Viu seu aparelho de CD em cima da escrivaninha e sua pequena TV em uma prateleira do guarda-roupa. Não tinha muitas jóias, mas a caixa de madeira teca com seus brincos, pulseiras e alguns colares continuava em cima da penteadeira. Assim como seu iPod. Ela verificou a última gaveta de baixo da escrivaninha, e seu talão de cheques e passaporte continuavam ali, debaixo dos suéteres — todos do jeito que ela os guardava, perfeitamente dobrados. Tudo estava exatamente como ela havia deixado na manhã de sexta-feira.

Ela se sentou sobre o colchão, perguntando-se o que significava o fato de nada parecer ter sido roubado. Então atinou: nada fora roubado porque a única coisa que o intruso queria estava no seu escaninho no laboratório da UVM. Os instantâneos também estavam lá, porque ela queria guardar tudo junto. De repente, até mesmo a forma como Terrance Leckbruge havia tentado detê-la na adega pareceu-lhe ameaçadora — porque era mesmo ameaçadora, claro. Enquanto estavam juntos no centro da cidade, Leckbruge sabia que alguém estava no seu apartamento e queria mantê-la ali durante o máximo de tempo possível enquanto seu comparsa, quem quer que fosse, tentava encontrar os negativos e fotos de Bobbie Crocker. Ela se lembrou da maneira como ele havia consultado o relógio e tentado impedi-la de ir embora.

— Laurel?

Ergueu os olhos e viu Talia na soleira da porta de seu quarto.

— Alguém entrou aqui — disse-lhe Laurel, com a voz atônita e sem ressaltos. — Alguém revirou nosso apartamento. Estavam atrás dos negativos do Bobbie Crocker.

— Do que você está falando?

— Tem alguma coisa neles. Nos negativos. Tem alguma coisa nos negativos que eu ainda não revelei. Ou então tem alguma coisa importante em algum dos negativos que eu já revelei, mas não reconheci o significado.

— Laurel — repetiu Talia, embora dessa vez não fosse uma pergunta. Ela usava um suéter de moletom cinza com os dizeres "Salve o meu dia" estampados na frente, um grande hematoma estava se formando nas costas de sua mão esquerda, e na direita havia uma fileira de curativos Band-Aid mal-posicionados. Seus cabelos pareciam um ninho de rato e ela tinha um ar exausto. No mesmo instante, Laurel se lembrou: *paintball*. Havia combinado de ajudar Talia a acompanhar os jovens do grupo no passeio ao *paintball* naquele dia.

— Ai, Talia, esqueci. Desculpe. Eu estraguei tudo, não foi? Não sei nem o que dizer. Mas é que o dia hoje foi totalmente estranho, totalmente horrível. Eu deixo minha melhor amiga na mão e agora volto pra casa e encontro meu apartamento revirado por...

— Pelo cachorro da Gwen.

— O quê?

— A Gwen viajou este fim de semana, e me pediu para passear com o Merlin — grunhiu Talia enquanto ia mancando até a beirada da cama e se sentava ao lado de Laurel, tentando massagear com a mão um dos ombros doloridos. Gwen era a aspirante a veterinária que morava no mesmo prédio que elas, e Merlin era o *foo* chinês, uma raça parecida com o *chow chow*, manso, mas gigantesco, metade cachorro e metade leão, que Gwen continuava a insistir que não passava de um vira-lata vindo do abrigo para animais. — Estou com o corpo todo dolorido, sabe? — continuou Talia. — Não se sinta culpada. Não, esqueça o que eu disse. Sinta-se culpada, sim. Sinta-se muito culpada: eu realmente precisava de você hoje.

Laurel teve a sensação de que estavam tendo duas conversas ao mesmo tempo: uma sobre o *paintball*, outra sobre o que havia acontecido com seu apartamento.

— Foi o cachorro da Gwen que fez esta confusão? — perguntou. Talia aquiesceu.

— Faz uns quinze minutos. A culpa foi minha. Eu tinha acabado de passear com ele. Na verdade, ele passeou comigo. Ele me arrastou. Enfim, achei que tivesse ouvido um barulho no nosso apartamento, então vim aqui em cima para passar um sabão em você por ter me deixado sozinha no mato com uma dúzia de adolescentes armados com fuzis semi-automáticos de *paintball*. Você não respondeu, mas com certeza tinha alguma coisa fazendo barulho aqui dentro...

— Alguém entrou aqui? Você viu quem foi?

— Alguém, não. Algum bicho. Um esquilo.

— Um esquilo — repetiu Laurel.

— É, a nossa janela estava escancarada, e quando eu abri a porta tinha um esquilo correndo por cima do sofá. E o Merlin viu e ficou doido. Começou a perseguir o bicho por toda parte. Derrubou aquela sua luminária bonita, virou a mesa de centro. Duas vezes. Praticamente se jogou pela sacada quando o filho-da-puta desceu pela árvore ali. E sinto muito dizer que eu estava detonada demais para ter a rapidez necessária para agarrar o Merlin antes de ele e o esquilo destruírem a nossa sala.

— Então a gente não foi assaltada.

— Provavelmente não — disse Talia. — Pelo menos não pelo esquilo. Eu o vi indo embora, e ele saiu com as mãos abanando. Ou melhor, com as patas abanando.

— Ninguém veio aqui.

— Não. Só o esquilo. Cara, eu queria estar com o meu fuzil de paintball. Aquele esquilo teria passado o inverno inteiro com o pêlo fosforescente.

— Eu acho que deixei a janela aberta hoje de manhã, sabe.

— Então você passou em casa. Bem que eu achei que tivesse ouvido você chegar da casa do David. E mesmo assim esqueceu que era o dia do *paintball*?

— Sério, Talia, eu queria me redimir com você. É só que... eu esqueci, só isso.

— Onde você estava? Não atendeu o celular. Não estava na casa do David...

— Você falou com o David?

— Não, ele também não estava em casa. Você estava com ele?

Laurel fez que não com a cabeça.

— Então onde você estava?

— No laboratório.

— Passou um dia como hoje inteiro dentro do laboratório?

— Bom, eu também encontrei um homem...

— Um homem mais velho, com certeza — disse Talia.

— É, mas não foi nada disso. Era um advogado que quer as fotos do Bobbie. Era com ele que eu estava até agora. Fui me encontrar com ele porque ele tem uma cliente que acha que todas aquelas fotos são dela. E eu simplesmente não vou entregar as fotos. Elas são importantes demais! E...

— Continue.

De repente, Laurel teve a sensação de que estava falando demais, e ouviu no tom da própria voz uma urgência frenética que, como pôde ver pelo olhar de Talia, estava deixando a amiga alarmada. Então se calou. De toda forma, era tudo difícil demais de explicar.

Depois de alguns instantes, Talia tirou os olhos da amiga e deitou-se de costas na cama.

— Acho que vou simplesmente ficar aqui e morrer — disse ela, claramente tentando desviar o assunto das fotografias de Bobbie Crocker. — Você se importa? Não tem uma parte do meu corpo que não esteja dolorida.

— Foi tão ruim assim?

— Ruim? Foi um espetáculo! A única coisa no mundo mais divertida do que *paintball* é uma transa muito boa. E acredite em mim: a transa tem que ser muito, muito boa.

— Ah, você só pode estar de brincadeira!

— Não estou, não. Foi incrível. Você nem imagina o que perdeu. Pode ser que eu nunca mais consiga me sentar. Pode ser que eu fique assim pra sempre. Mas valeu cada arranhão, cada corte e cada hematoma. A gente começou bem mal. O Whit também foi...

— Whit?

— Aham. Graças a Deus. Eu precisava de alguém para me ajudar a vigiar os meninos, sabe... e de um capitão para o segundo time. E o Whit levou tudo super a sério... mais a sério do que eu. É obviamente uma brincadeira para meninos. Mulheres podem brincar. Mas para a gente não é tão instintivo quanto para os meninos. Ele montou um time e eu montei outro. E, durante as primeiras duas horas, ele simplesmente deu uma surra na gente. Uma baita surra. Foi bem violento, pode acreditar. Mas daí eu entendi como funcionava. Tipo, entendi tudo: você na verdade tem que ver o jogo como uma partida de xadrez, e planejar as suas jogadas. Aí, de repente, depois que chega à posição, você pára de pensar e faz de conta que está na festa mais animada em que já esteve na vida, que está na pista de dança inteiramente fora de controle. Simplesmente manda ver. E depois que eu entendi isso... bom, durante o resto do dia o Whit foi um homem morto. Era impossível parar a gente, e no meu time não estavam os meninos que vivem grudados no PlayStation. Eu lutei ao lado de soldados como a Michelle. Você conhece a Michelle, não é? Michelle, aquela toda tímida? Bom, a gente não deixou sobreviventes. Nenhum. Rosca, zero, nada.

— Parece tudo um pouco violento — disse Laurel.

— Um pouco? Ficou maluca? Eu rastejei meio quilômetro no meio de um lamaçal e de arbustos cheios de espinhos, de bruços, para poder chegar de mansinho por trás de meia dúzia de adolescentes a quem deveria estar ensinando os caminhos do Senhor. Quando me levantei para atirar neles, me ouvi gritando que era melhor eles largarem os fuzis ou eu ia espalhar os miolos deles pelo chão.

— Você disse isso mesmo?

Talia hesitou.

— Na verdade, acho que disse uma coisa bem pior. Mas deixe isso pra lá.

— E eles largaram os fuzis?

— Bom, se quer saber mesmo a verdade, eu não deixei muita escolha pra eles. Acho que o Matthew ainda tentou dar um tirinho antes de ser abatido. Mas não teve a menor chance. Nenhum deles teve. Eu arrasei todo mundo. Da próxima vez você precisa ir com a gente. Precisa mesmo.

Laurel deu um sorriso educado, e esperou estar parecendo sincera. Mas não teve certeza se estava.

— Tá bom — murmurou. — Vou tentar mesmo.

— Estou falando sério — disse Talia, soltando o ar com força, satisfeita, apesar das dores e machucados. — E sei que estou devendo uma luminária pra você. Mais algum prejuízo? Eu arrastei o Merlin lá pra baixo antes de poder ver o estrago que ele tinha feito.

— Só a luminária. E você não me deve nada. Nem pense nisso.

Talia tornou a erguer o corpo maltratado e se sentou, se apoiando nos cotovelos. Ficou evidente para Laurel que aquele pequeno feito havia exigido muito esforço.

— Bom, eu compro outra pra gente. E sou eu quem deveria arrumar tudo. Mas, infelizmente, acho que não consigo me abaixar.

— Fique aqui — insistiu Laurel. — Eu posso juntar os cacos. Quer alguma coisa pra beber?

— Morfina.

— Vinho está bom? Ou um suco?

— Vinho está bom. Mas ponha um analgésico dentro... ou morfina.

— Tá — disse Laurel, esperando que realmente tivessem uma garrafa de vinho na cozinha. Sinceramente, não tinha certeza.

— Me diga uma coisa — falou Talia de repente.

— Claro.

— Por que é que eu não vi você desde que voltou da casa da sua mãe?

— É mesmo? — indagou Laurel, embora soubesse que era verdade.

— Não posso acreditar que você esteja brava comigo — prosseguiu Talia —, porque eu sou encantadora demais para alguém ficar bravo comigo. Pelo menos durante mais de um minuto. Mas alguém com um ego menos saudável poderia ficar imaginando o que está acontecendo. Sério, não nos vemos desde antes de você ir para Long Island, e aí hoje você me abandona no meio das feras.

Laurel sentiu uma corrente de vento outonal soprar pelo quarto, então fechou a janela e a trancou. Pensou um pouco antes de responder, porque estava indecisa. Por um lado, sempre sentira um certo orgulho, talvez injustificado, por saber que sua família e seus amigos a consideravam zelosa e responsável. Ela não decepcionava os outros. Por outro lado, estava se perguntando se o motivo que a fizera esquecer o *paintball* não fora o fato de estar tão concentrada no trabalho de Bobbie Crocker; talvez fosse porque parte dela entendesse que a última coisa do mundo que alguém deveria esperar dela era um desejo de correr pela mata com uma arma de brinquedo. Talvez ela tivesse se esquecido porque Talia jamais deveria ter lhe pedido para se juntar ao grupo, para começo de conversa.

— Não era minha intenção abandonar você no meio das feras. E eu com certeza não estou brava com você. Por que estaria? — perguntou. Reconheceu na própria voz um pouco de frieza, e não fez nada para contê-la.

— Então você só esteve ocupada.

— Foi.

— Com o David?

— Não.

— Espero que não tenha sido com aquele sem-teto que morreu.

— Por que é que as pessoas ficam falando dele assim? Ele não era sem-teto! A gente encontrou uma casa pra ele...

— Ei, Laurel, calma. Eu não quis...

— E por que ser sem-teto tem que ser a única característica que distingue alguém? Estou notando que você não fala dele como fotógrafo. Nem como ex-combatente. Nem como comediante. Ele era muito engraçado, sabe. Francamente...

— Francamente o quê?

— Nada.

— Fale.

— Não tenho nada pra falar. É que... nada.

Talia se levantou devagar e estreitou os olhos como quem diz: *Pra mim já chega dessa conversa, muito obrigada.* Laurel não havia percebido isso antes, mas a amiga estava com um hematoma redondo imenso, cor de berinjela, na lateral do pescoço.

— Acho que vou tomar um banho quente de banheira — disse Talia baixinho. — Deixe que eu mesma pego o meu vinho.

Então sua amiga passou mancando por ela a caminho da cozinha, onde Laurel a ouviu pegar um copo no armário e depois abrir a geladeira para pegar o vinho. Laurel esperou, sem se mexer, até ouvir a porta do banheiro se fechar. Talia não bateu exatamente a porta, mas deu-lhe um puxão razoável.

Laurel estava com uma sensação insistente de não ter ficado suficientemente incomodada com o fato de Talia e ela terem se dirigido uma à outra com rispidez — com o fato de talvez ter tido uma reação exagerada ao ouvir a amiga se referir a Bobbie Crocker como sem-teto. Mas tinha sido uma semana estressante, não tinha? E o dia tinha sido bem longo, certo? Além do mais, que diferença fazia tudo isso quando o trabalho de Crocker — quando o *seu* trabalho — talvez estivesse ameaçado? Quando ainda restavam negativos para ampliar? A coisa mais importante a fazer agora, concluiu, era voltar ao laboratório da UVM e encontrar um lugar seguro para os negativos e fotografias de Bobbie Crocker. Só porque ninguém tinha tentado roubá-los naquela tarde não significava que ninguém fosse tentar roubá-los no dia seguinte.

O resto — Talia, David, o sr. Terrance J. Leckbruge — simplesmente teria de esperar. A bagunça no chão da sala simplesmente teria de esperar. Assim, ela gritou pela porta do banheiro que estava novamente de saída, e então tornou a descer as escadas ruidosas da velha casa vitoriana.

ANTES DE EMPACOTAR AS FOTOS de Bobbie Crocker que estavam no laboratório da UVM — as já ampliadas, que ele carregara consigo durante todos aqueles anos, bem como os negativos que a própria Laurel havia ampliado —, ela rasgou um pedaço de papel de um bloco pautado amarelo e rabiscou uma cronologia indicando mais ou menos quando haviam sido tiradas. A maioria das datas era de chutes, com base em suas pesquisas na internet. O bambolê fora inventado em 1958, e no início dos anos 1960 a febre já havia passado. Supondo que a fotografia das duzentas meninas com seus bambolês no campo de futebol houvesse sido tirada no auge da popularidade do brinquedo, provavelmente fora feita entre 1959 e 1961. A tia de Laurel, Joyce, havia conferido os créditos do CD *Camelot* de seu primo Martin, e dito a Laurel mais ou menos os anos em que Julie Andrews havia interpretado Guinevere. Outras datas eram mais imprecisas: Eartha Kitt não tinha idade definida, mas Laurel imaginou que estivesse com cerca de quarenta anos no retrato que Crocker havia tirado em frente ao Carnegie Hall — suposição baseada totalmente no palpite de Laurel de que Kitt parecia ter mais ou menos a mesma idade de quando havia interpretado a Mulher-Gato no velho seriado de TV *Batman*, ano em que a atriz estava com trinta e nove anos. Às vezes, Laurel datava algumas das fotos sem nenhuma outra base que não seu conhecimento profundamente limitado de roupas e de carros de época.

No entanto, por mais aproximada que fosse a cronologia, mesmo assim era útil.

Fotos de Bobbie Crocker: Datas aproximadas

Meados dos anos 1950:
Chuck Berry
Robert Frost
Músicos de jazz (várias fotos)
Ponte do Brooklyn
Muddy Waters
Hotel Plaza

Final dos anos 1950:
Beatniks (três)
Eisenhower (na ONU?)
A verdadeira Gidget (Kathy Kohner Zuckerman)
Secadores de cabelo
Carros (várias)
Washington Square
Estação de trem em West Egg
Cigarros (em cinzeiros, mesas, closes de bocas fumando)
Pelada debaixo do cartaz da empresa alimentícia Hebrew National

1960/61:
  Julie Andrews (Camelot)
  Meninas com bambolês

Início dos anos 1960:
  Escultor (desconhecido)
  Paul Newman
  Zero Mostel
  Mais carros (uma meia dúzia)
  Paisagens de Manhattan (inclusive do prédio da
  Chrysler)
  Filarmônica de Nova York
  Máquinas de escrever IBM (três)
  Cotidiano em Greenwich Village (quatro)
  Jogadores de xadrez na Washington Square

1964:
  Feira Mundial (meia dúzia de imagens, inclusive
  da Unisfera)
  Marcha pela liberdade, Frankfort, Kentucky
  Martin Luther King (na marcha de Frankfort?)
  Lyndon Johnson (usando um chapéu grande em
  um salão de baile)
  Dick Van Dyke

Meados dos anos 1960:
  Eartha Kitt
  Bob Dylan
  Myrlie Evers-Williams
  Casas do tipo "brownstone" (no Brooklyn?)
  Mustang em frente à propriedade Marshfield (carro
  lançado em 1964)
  Casa estilo Arts and Crafts no Meio Oeste (parece
  Wright)
  Nancy Olson
  Ônibus na Fifth Avenue
  Bailarinos de dança moderna (uma série)

Final dos anos 1960:
  Jesse Jackson
  Coretta Scott King
  Lâmpadas de lava (várias — uma série? para publicidade?)
  Clube de jazz (uma série)
  Joey Heatherton (acho)
  Pessoas se bronzeando na Jones Beach
  Série do Central Park (piqueniques, beisebol, jardim zoológico, hippies)
  Paul Sorvino (com Mira?)
  Miçangas e medalhões com o símbolo da paz

Início dos anos 1970:
  Flip Wilson
  Banda de rock desconhecida
  Atores: Jack Klugman e Tony Randall
  Torres do World Trade Center
  Wall Street (várias)
  Main Street, West Egg
  Ray Stevens (talvez)
  Liza Minnelli
  Trompetista de jazz

Final dos anos 1970 (ou depois!):
  Centro empresarial Vale das Cinzas (não é o nome verdadeiro)
  Hotel Plaza (de novo)
  Caixa de jóias (talvez art déco, mas está na mesma tira de negativos do centro empresarial Vale das Cinzas)
  Plataforma de trem de East Egg
  Litoral de East Egg
  Litoral de West Egg
  O antigo clube onde eu nadava (antiga casa de Gatsby)
  Macieira (algumas ampliações, uma delas com uma pirâmide de maçãs ao lado)

Final dos anos 1990/Início dos anos 2000:
  Cenas em estrada de terra em Underhill (duas delas com uma garota de bicicleta)
  Igreja de Stowe
  Cachoeira
  Cão em frente a uma padaria
  Trilhas de esqui em Mount Mansfield (no verão)

Percebeu que, das duas, uma: ou Bobbie havia parado de trabalhar durante a maior parte dos anos 1980 e 1990, ou então essas imagens tinham sido perdidas. Também achou interessante que, à medida que fora envelhecendo, Bobbie parecia ter voltado com cada vez mais freqüência a East e West Egg e ao Vale das Cinzas. Era possível também ele ter voltado lá desde o início, quem sabe uma vez por ano — havia aquela fotografia da plataforma da estação de trem de West Egg, com alguns carros ao lado, do final dos anos 1950 —, e as fotos e negativos terem desaparecido ao longo do tempo. Mas ela estava com uma sensação de que não era esse o caso. Imaginou-o com cinqüenta e poucos anos, quase sessenta, refazendo os próprios passos e a trilha deixada pelos pais. Observou como ele havia fotografado o Plaza pelo menos duas vezes e teve certeza de que ele não conseguia evitar ver, através das paredes do hotel, a tarde de calor em que a única infidelidade da mãe (pelo menos Laurel pensava que fosse a única) havia se tornado evidente para o pai.

Examinou cada uma das imagens antes de guardá-las bem arrumadas dentro de uma pasta. O que poderia ter levado dez minutos levou mais de noventa. No início, ela supôs que estivesse vasculhando cada fotografia à procura do que Pamela Marshfield ou Terrance Leckbruge desejavam tão desesperadamente — a pista para seu incompreensível interesse. Estava procurando também pelo diabo: uma pessoa, uma imagem, algum maluco de parque de diversões. Não fora isso que Pete Stambolinos dissera? Poderia haver uma foto de alguém que trabalhasse em um parque de diversões itinerante. Mas não havia, pelo menos não por enquanto. Com certeza não havia nenhuma imagem da feira anual do condado que acontecia perto de Burlington. Sequer havia qualquer imagem que pudesse ser considerada minimamente ameaçadora.

Assim, cada vez mais, ela se pegou estudando as composições em si, o uso que Bobbie Crocker fazia da luz e da sombra e a forma como ele conseguia tornar interessantes até os assuntos mais cotidianos: uma máquina de escrever. Um cigarro. Homens jogando xadrez. Temia que suas revelações não lhes estivessem fazendo justiça. Ele merecia mais.

Depois de ter guardado as fotos, decidiu que não poderia levá-las consigo para casa. Sim, naquele dia tinha sido apenas um esquilo a entrar no apartamento. Mas e no dia seguinte? Outras pessoas queriam aquelas imagens; Bobbie sabia disso. Fora esse o motivo que o impedira de mostrá-las a quem quer que fosse. Então ela considerava o esquilo um sinal enviado por algum anjo da guarda. A mensagem? Guarde essas fotos em um lugar seguro.

E esse lugar com certeza não seria a sua sala no BEDS. Confiava em Katherine, mas não nos advogados. O condomínio de David era uma possibilidade, mas poderia pôr as filhas dele em perigo caso alguém arrombasse o apartamento. E, embora o escritório de David fosse um lugar seguro — era impossível entrar no jornal sem um crachá com uma faixa magnética que pudesse ser lida pelo scanner da entrada ou uma autorização da recepcionista —, essa segurança também poderia impedir seu acesso ao material quando David não estivesse lá. Ela conhecia algumas das recepcionistas, mas não todas.

Por um instante, chegou a considerar Pete Stambolinos, consciente da ironia de esconder as fotos no mesmo prédio onde estas haviam ficado mofando durante o último ano da vida de Bobbie Crocker. Mas não parecia muito prudente confiá-las aos cuidados de um homem que nunca havia incluído o bom senso entre suas qualidades pessoais.

Precisava de algum conhecido, alguém que Marshfield ou Leckbruge não fossem associar a ela, e decidiu que essa pessoa seria Serena Sargent. Iria a Bartlett no dia seguinte, visitar a igreja congregacional que o antigo editor de Crocker talvez houvesse freqüentado, mas imaginou que pudesse deixar as fotos que já havia ampliado com a garçonete na volta. Poderia ir visitar Serena em sua casa em Waterbury ou, caso ela estivesse trabalhando, poderia dar uma passada no restaurante de Burlington à tarde. Enquanto isso, levaria consigo aonde fosse os negativos que ainda faltava revelar — e, na verdade, restavam agora menos de três dúzias de tiras.

Paciente 29873

Seria útil descobrir o fator de estresse mais recente ou pertinente.

Enquanto isso, continua difícil manter qualquer diálogo. Durante as conversas, paciente tem momentos nítidos de clareza, sempre seguidos por alguma digressão delirante que impede nosso avanço. Ainda sem disposição para discutir tratamento ou planos de acompanhamento posterior.

Das anotações de Kenneth Pierce,
psiquiatra responsável, Hospital Estadual de Vermont,
Waterbury, Vermont

Capítulo vinte

MARISSA SEGUROU A MÃO da irmã caçula quando entraram no meio da multidão de pessoas — adultos, adolescentes e crianças tão novas quanto Cindy — e emergiram da sala escura para o saguão do cinema no sábado à noite. Piscou os olhos uma vez, em seguida os apertou por causa da claridade e do tumulto de gente junto aos balcões que vendiam comida. Passava um pouco das nove, uma hora depois da hora de dormir de Cindy, mas a menina estava agüentando bastante bem. E por que não deveria agüentar? Sua irmã mais velha e seu pai haviam acabado de aturar aquele filme completamente imbecil sobre um palhaço de circo que odiava crianças, mas que mesmo assim acabava tendo de administrar a creche da mãe. Fora Cindy quem escolhera o filme, então a menina não se atrevia a desabar agora só porque o que o noivo de sua mãe gostava de chamar de hora das bruxas estava se aproximando.

Marissa olhou para o pai, que estava ao seu lado, em seguida para Cindy, que estava do seu outro lado, e ficou espantada com a diferença entre um adulto que está no controle da situação e uma menininha que não está. Viu que a boca e as bochechas roliças como as de um esquilo da irmã estavam todas lambuzadas de manteiga de pipoca — parecia que ela havia lavado o rosto com aquilo — e que alguns pedacinhos de milho ainda estavam presos como paetês nos cantos de seus lábios. Seus cabelos, que já não eram o que tinha de mais bonito, estavam frisados em um dos lados como o pêlo de um gato assustado, e — seria possível? — havia uma bala dentro do seu ouvido. Por que a menina havia posto uma bala dentro do ouvido durante o filme? E como era possível não ter percebido que a bala continuava lá? Marissa se lembrava muito bem da vez em que seu pai tivera de levar Cindy ao pediatra porque a menina havia enfiado uma ervilha pequena e dura dentro do nariz. As crianças estavam no jardim-de-infância fazendo bijuterias com comida — macarrão cru, ervilhas, açúcar colorido — e, por motivos que ninguém era capaz de entender, Cindy havia enfiado uma ervilha bem fundo na narina esquerda. Segundo a médica, crianças faziam muito isso. Mesmo assim, quando Marissa viu a pediatra, uma mulher simpática que também era sua médica, enfiar uma pinça do comprimento de um lápis dentro do nariz de Cindy, aquilo lhe deu mais um motivo para desejar que ela e a irmã não fossem parentes de verdade.

Relembrar essa visita à médica a fez se lembrar do próprio dedo do pé. A pediatra havia passado mais ou menos uns sete segundos olhando o machucado, receitara um antibiótico que tinha gosto de chiclete e lhe dissera para deixar o pé de molho durante todo o tempo livre que tivesse (como se tivesse tanto assim). Apesar de tudo, a consulta lhe permitira escapar do inferno da matemática. E, é claro, dera-lhe uma oportunidade para abordar a questão de mandar tirar um retrato profissional seu antes do previsto.

De repente, deu um encontrão na lateral do corpo do pai, fazendo Cindy também esbarrar nela. Olhou para cima e viu que o pai havia parado porque trombara com algum conhecido — embora não da forma literal como ela havia acabado de se chocar com ele. Parecia que seu pai estava sempre encontrando algum conhecido. Dessa vez, era uma mulher que estava chamando de Katherine e a quem beijou uma vez na bochecha, daquele jeito que os adultos faziam quando não apertavam as mãos. Marissa sabia que ela própria preferia o aperto de mãos. Imagine só se, naquele exato momento, fosse preciso beijar a bochecha de alguém como a sua irmã? Que nojo. Muito nojento mesmo.

Katherine estava acompanhada por um homem cujo nome Marissa não escutou, mas era evidente que formavam um casal, e estava claro que haviam tido a sorte de assistir a um filme diferente da bomba que sua família havia acabado de obrigá-la a suportar. Marissa sorriu educadamente ao ser apresentada e ouviu as perguntas regulamentares — por alguns instantes, ficou saboreando a aprovação da mulher —, mas depois se permitiu concentrar sua atenção nos cartazes coloridos de filmes que iriam estrear em breve. Estava começando a sonhar com seu nome estampado em um deles — talvez naquele com a foto do jovem galã de cinema que estava na capa da *People*, e dissera à revista de quais partes do corpo da lindíssima namorada atriz de cinema ele mais gostava (a parte interna das coxas, Marissa tinha lido na véspera na sala de espera da pediatra) — quando ouviu um nome que a fez subitamente prestar atenção. Laurel. Eles estavam falando sobre... Laurel.

— Não sei se tem alguma coisa a ver com a viagem dela para Long Island ou se tem a ver só com as fotos — ia dizendo a tal mulher chamada Katherine. — Mas ela não foi nadar comigo na quinta nem na sexta, e mal apareceu no escritório nos últimos dias... o que não me incomoda em nada na condição de chefe dela. Sério, nada mesmo. Só fico imaginando o que pode estar acontecendo com ela como amiga... e pensando se cometi um erro entregando a ela essas fotografias. Você acha que cometi?

Seu pai pareceu refletir a respeito, balançando a cabeça da forma que fazia sempre que estava pensando com atenção em alguma coisa que alguém houvesse dito. Marissa conhecia bem aquela expressão.

— Ela definitivamente estava com uma fixação no Bobbie Crocker ontem à noite. Na quarta à noite também. Mas ontem à noite foi... pior — disse a Katherine, por fim.

— Pior?

— Mais intenso. Passou um tempão fazendo pesquisas sobre o Bobbie Crocker na internet, quando tínhamos combinado de ir ao cinema. E, na verdade, não parou de falar nele a noite inteira. Daí, hoje de manhã, ela foi para o laboratório, e amanhã acho que vai a Bartlett, para visitar uma igreja que um homem chamado Reese, um sujeito que talvez tenha conhecido o Bobbie, freqüentava antes de morrer, pouco mais de um ano atrás.

Katherine esticou as mãos e espalmou bem os dedos, com os cotovelos apertados junto ao corpo, em um gesto de quem não sabe o que pensar.

— Não entendo. Ela vai visitar uma igreja estranha, a quilômetros daqui, porque uma pessoa que já morreu e conhecia o Bobbie...

— *Talvez* conhecesse o Bobbie.

— Porque uma pessoa que já morreu e *talvez* conhecesse o Bobbie ia lá?

— Mais ou menos isso.

A mulher esticou a mão e deu um aperto no braço de seu pai.

— Tudo que eu fiz foi sugerir a ela que revelasse os negativos velhos do sujeito. Nunca pedi para ela virar detetive particular.

— Eu sei.

— Você não respondeu à minha pergunta — disse ela. — Eu errei quando fiz a Laurel se envolver com as fotos?

Ele inspirou e expirou pelo nariz, tão profundamente que Marissa achou aquilo parecido com uma pequena rajada de vento. Sabia que iria responder à Katherine que sim. Tudo apontava para o segredo de Laurel. O mistério que Marissa achava que Laurel carregava consigo aonde quer que fosse. O que quer que Katherine houvesse lhe sugerido para fazer com as tais fotos não estava ajudando. Estava tornando o segredo ainda mais barulhento dentro da cabeça de Laurel.

Marissa achou interessante o fato de segredos fazerem barulho. Sempre os havia considerado algo fisicamente pesado — já não tinha visto na rua pessoas que pareciam vergadas pelo peso do que não podiam contar a ninguém? —, mas só recentemente concluíra que, na verdade, era seu zumbido constante que fazia as pessoas se vergarem.

— Olhe, detesto soar como quem está está passando sermão... — murmurou seu pai depois de algum tempo.

— Ah, não me venha com essa. Você adora soar como se estivesse passando sermão.

— Porque a Laurel é adulta. Ela é uma mulher feita. Mas, sim, Katherine. Eu acho que talvez você tenha errado.

— Você está sendo educado. Você tem certeza que sim.

Antes de seu pai conseguir responder, o homem ao lado de Katherine se ajoelhou e disse à Cindy:

— Detesto ter que dizer isso a você... mas acho que talvez tenha uma bala dentro do seu ouvido.

O sujeito era meio careca e alto — tão alto que, mesmo ajoelhado, precisava se curvar um pouco para falar com Cindy no mesmo nível — e estava um pouco apertado demais dentro de um suéter de gola rolê. O resultado era um figurino muito feio, concluiu Marissa: ele estava um pouco parecido com uma tartaruga. Sua irmã ergueu a mão devagar até a orelha e encostou um dedo gordinho e o polegar roliço na bala. Era evidente que queria retirá-la... mas não estava conseguindo.

— É um brinco — disse Cindy. Falou com o homem muito séria, porque agora estava claro para ela que a bala iria permanecer ali algum tempo. — Só parece uma bala.

Marissa sorriu, esperando conseguir salvar um pouco que fosse de dignidade sua e da irmã.

— A Cindy sempre foi muito original em matéria de moda e comida — acrescentou Marissa.

O homem concordou com a mesma veemência, e em seguida ergueu os olhos para seu pai por causa de alguma coisa que este dizia. No mesmo instante, Marissa também olhou para cima.

— Ela é frágil, Katherine — seu pai estava dizendo à mulher. — Você sabe disso, a conhece há muito mais tempo do que eu.

— O que, na sua opinião, torna muito mais grave o fato de eu ter pedido a ela pra fazer isso.

— É, acho que sim — disse seu pai, e Katherine pareceu verdadeiramente preocupada com esse fato. Marissa achou que seu pai estava prestes a dizer mais alguma coisa. Ele chegou até a abrir a boca, mas, no último minuto, deve ter pensado melhor e desistido, porque continuou calado.

— Não tem nada de supostamente perturbador naquelas fotos. Certo? — indagou Katherine. — Umas estrelas de cinema antigas. Alguns instantâneos do clube onde ela nadava e de uma casa próxima. Acho que tinha algumas que o Bobbie tirou lá em Underhill, mas mesmo assim... não sei, eu simplesmente vi ali um projeto que achei que pudesse ser divertido para ela. E, sim, bom para o BEDS. Só isso. Nunca teria sugerido isso a ela se pensasse que as imagens pudessem ser incômodas. Jamais!

O desconforto de Katherine era tão tangível que o homem que estava com ela se levantou, esquecendo-se inteiramente de Cindy e de sua bala — coisa que, Marissa temia, poderia ter como resultado um chilique sério da parte da irmã —, e começou a afagar as costas e ombros da mulher em gestos largos, lentos, circulares.

— Olhe, eu não sei o que tem nas fotos que a impressionou tanto — disse seu pai. — Não faço idéia do que ela vê nas fotos. Mas o quanto antes conseguirmos afastá-la dessa tarefa e fazê-la começar a trabalhar em outra coisa, melhor.

— Eu só vi as fotos como publicidade, David, só isso. Talvez um dinheirinho para a organização... supondo que a coleção na verdade tenha algum valor. Mas isso tudo está se revelando uma grande confusão, não é?

— Talvez. Certamente não parece valer toda a angústia que está causando na Laurel.

— Como você disse: ela é frágil.

Seu pai baixou os olhos para ela e Cindy e sorriu, como se houvesse se lembrado de repente de que elas estavam ali. No mesmo instante, reparou na bala.

— Cindy, meu amor, sabia que tem uma bala dentro do seu ouvido?

— É um brinco — disse Cindy, e presenteou-o com o que deve ter pensado ser o sorriso mais adorável, mais encantador do mundo.

— É — disse Marissa, incapaz de se conter mais um instante sequer. — E a pipoca no canto da sua boca é um *piercing*.

Sua irmã mostrou-lhe a língua. Ela revirou os olhos, mas concluiu que seria melhor para todo mundo, inclusive para ela, mostrar-se generosa e passar o braço em volta da menina. Sua irmã estava tão abalada quanto ela com a realidade de que sua mãe e Eric iriam se casar.

— Quando a gente chegar em casa, papai e eu ajudamos você a tirar o brinco... se você quiser. É difícil às vezes, sabe.

Katherine sorriu, mas era óbvio que não estava realmente concentrada nelas. Ainda estava pensando em Laurel.

— É claro — continuou — que a esta altura poderia ser ainda pior tirar as fotos dela.

— Eu acho que seria melhor se conseguíssemos fazer a Laurel se envolver em outro projeto — disse seu pai. — Outro projeto de fotografia, talvez. Não, talvez não, com certeza. E eu sei de um. Não é nada muito grande. Mas é importante para uma pessoa. — Sua voz havia ficado consideravelmente mais animada, e ele parecia quase estar brincando.

— E que projeto seria esse? — perguntou a mulher.

— Um retrato da minha pequena diva aqui — disse ele, abraçando Marissa. — A Laurel se ofereceu para tirar o retrato da minha jovem estrela em ascensão nessa segunda-feira. Talvez no final da tarde. Ou no início da noite.

Marissa sentiu uma onda de eletricidade, de total contentamento, e empertigou-se um pouco junto à lateral do corpo do pai. Não havia percebido que o pai tinha levado sua idéia tão a sério.

— É mesmo? Nesta segunda? — perguntou a ele.

Ele confirmou.

— Ela se ofereceu. Eu disse que iria confirmar com ela. A sua aula de canto termina às quatro, mas, como você seria o tema das fotos, achei melhor checar antes. Segunda-feira está bom?

— Está, segunda-feira está perfeito! Obrigada, obrigada, obrigada! — Ela o puxou para baixo pelo braço e beijou-lhe a bochecha. Já estava pensando nos retratos que vira nos cartazes de peças de teatro, e naqueles que acompanhavam os currículos das meninas mais velhas que ela conhecia, e na roupa que iria usar. Em como arrumaria os cabelos.

— David — começou Katherine, com a voz inteiramente neutra —, você está tratando a Laurel feito criança. Acho que precisamos enfrentar esta situação de frente... e não tentar distrair a moça como se ela fosse um bebê.

— Eu só estou tentando ser eficiente. Matar dois coelhos com uma só cajadada.

— Olhe, acho muito gentil ela ter se oferecido para fotografar a Marissa. Mas você não pode estar mesmo acreditando, nem por uma fração de segundo, que tirar o retrato da sua filha pode substituir o interesse dela por Bobbie Crocker.

— Não, claro que não. Mas talvez, se lidarmos com essa obssessão um dia de cada vez, e mantivermos a Laurel ocupada com outras coisas, seja possível desmamá-la desse projeto.

— Desmamar? É exatamente disso que eu estou falando!

— É modo de dizer.

Quase como se fosse a sua deixa, como se soubesse por instinto exatamente como enlouquecer a irmã mais velha, Cindy interrompeu os adultos.

— Ela pode tirar o meu retrato também! Eu também quero um retrato!

— Está vendo — disse seu pai, para grande horror de Marissa. — O projeto já dobrou de tamanho.

ALGUNS MINUTOS DEPOIS, enquanto as duas meninas conversavam com o pai descendo a rua de Burlington em direção a seu apartamento junto ao lago, Marissa perguntou:

— Pai, a Laurel está doente?

— A Laurel é nadadora, lembra? Ela tem muita saúde. Eu acho que você não tem nada com que se preocupar. Por que está perguntando?

— Você disse que ela era frágil. Foi essa a palavra que você usou quando estava conversando com aquela Katherine.

— Não percebi o quanto você estava prestando atenção — disse ele.

— Eu não queria ser intrometida.

— Ah, você não foi intrometida. Acho que a Katherine e eu só fomos um pouco indiscretos, só isso.

— Então, por que a Laurel é frágil?

Ele pareceu pensar a respeito, diminuindo o ritmo dos passos compridos.

— Bom, eu não quero assustar você. Mas também quero contar a verdade. Sempre. Você sabe disso, não sabe?

— Sei.

— Bom. Sete anos atrás, uma coisa ruim aconteceu com ela. Agora ela está bem. Enfim, quase totalmente. Só ficou um pouco sensível desde então.

— O que aconteceu?

Ele baixou os olhos para Cindy, que não estava escutando uma só palavra do que eles diziam. Estava ocupada demais lambendo o dedo. Por um instante, Marissa não teve certeza por quê, mas então sua irmã levou o dedo à orelha... e em seguida de volta à língua. E Marissa entendeu: a bala estava começando a derreter, e Cindy estava raspando o chocolate e o creme com a unha e comendo. Marissa sacudiu a cabeça. Por um lado, estava chocada. Não havia nada — *simplesmente nada!* — que aquela menina não fosse capaz de comer. Por outro lado, pelo menos isso significava que ela e o pai não teriam de pegar a pinça para extrair o pedaço de bala. O calor do corpo de Cindy na verdade estava fazendo o trabalho pesado dessa vez. Graças a Deus não era um dropes nem nada duro. Nesse caso, talvez tivessem de voltar ao pediatra no dia seguinte.

Seu pai estava dizendo — em voz baixa, para obrigar Cindy a se esforçar para ouvir caso quisesse mesmo escutar:

— Eu sei que no colégio você aprendeu sobre desconhecidos e sobre como não deve entrar em nenhum carro ou van junto com eles.

Certo? Na aula de saúde, você assiste a todos aqueles filmes sobre segurança. Sobre como tem gente muito má por aí.

— Aham.

— Bom, sete anos atrás, quando estava na faculdade, a Laurel um dia foi andar de bicicleta em Underhill. Ela estava em uma estradinha de terra bem deserta.

Ele fez uma pausa, mas só por um instante, para se certificar de que sua irmã menor ainda estava totalmente entretida no Planeta Cindy. Então, depois de um longo suspiro, continuou a história. Marissa pôde ver que ele a estava condensando às linhas gerais, resumindo-a de forma considerável: estava fazendo tanto esforço para contar a história de uma forma que não fosse tornar o mundo insuportavelmente aterrador para ela que Marissa não teve muita certeza do que havia mesmo acontecido. Mesmo assim, parecia assustador e, quando ele terminou, ela sem pensar cruzou os braços na frente do peito enquanto continuavam caminhando. Entendia que o que ele havia lhe contado eram apenas as linhas gerais da história, porque ele estava tentando responder à sua primeira pergunta, explicar-lhe por que — na sua opinião, na opinião de Katherine — sua jovem e atlética namorada era frágil. Mesmo assim, foi uma história profundamente perturbadora de se escutar enquanto caminhavam pela calçada naquela noite, e em algum lugar no fundo de sua mente Marissa teve uma vaga consciência do farfalhar dos jornais soprados pelo vento e do arrastar de passos antes de as outras pessoas os ultrapassarem na rua.

Capítulo vinte e um

O QUE OS VIZINHOS PENSAVAM? Algumas vezes, Laurel tentava imaginar. Será que os Buchanan estavam ligando para isso? Primeiro, em 1922, houve aquele acidente horrível perto do aterro de cinzas, o atropelamento seguido de fuga, depois a investigação e o inquérito. Os jornais devem ter publicado matérias dizendo que Daisy estava no banco do carona do carro daquele contrabandista de bebidas quando este atropelou Myrtle Wilson e a abandonou na rua para morrer, com o seio esquerdo literalmente arrancado pela frente do automóvel. Com certeza, os vizinhos devem ter se perguntado: por que ela estava com ele? A maioria, supunha Laurel, teria chegado à mais provável das conclusões. Então, alguns anos depois, houve alegações de que na verdade era Daisy quem estava dirigindo o carro naquele crepúsculo enevoado. Não Jay. Os vizinhos também devem ter conversado sobre essas histórias.

Da mesma forma, Laurel tinha certeza de que sussurravam coisas sobre os casos extra-conjugais de Tom Buchanan. A moça de Santa Barbara (uma camareira), a mulher de Chicago. E esses eram só os casos ocorridos durante os três primeiros anos do casamento de Tom e Daisy. Até mesmo Pamela Marshfield se perguntara, naquela manhã em que haviam tomado chá, por que seus pais nunca haviam se mudado.

No entanto, de alguma forma, o casamento havia perdurado.

No sábado à noite, Laurel estava olhando para o instantâneo de Pamela e Bobbie quando crianças ao lado do cupê bordô, com o pórtico avultando bem alto acima de seus pequenos ombros atrevidos. Pela primeira vez, ocorreu-lhe que Bobbie talvez tivesse sido um bebê de reconciliação. Uma criança concebida e parida para mostrar ao mundo que tudo ia bem no casamento dos Buchanan. Era um casamento sólido. E os vizinhos não precisavam perder nenhuma energia imaginando se ele poderia ou não ser salvo.

A IGREJA FICAVA EM CIMA de um pequeno monte, a dois quilômetros da cidadezinha de Bartlett. Laurel parou em um posto de gasolina da rua principal para pedir informações, e encontrou-a com facilidade em poucos minutos. Era uma igreja clássica da Nova Inglaterra, e tinha na frente um par de bordos altos e imponentes cujas cores das folhas estavam apenas começando sua transformação no que logo iria se tornar um arco-íris fantasmagórico de vermelhos. Tinha um campanário modesto, sem adornos, e as ripas que formavam as paredes eram de um branco amarelado. Os vitrais eram mais ornamentados, com a maioria das janelas exibindo coroas, cetros e crucifixos. Os diáconos, um homem e uma mulher de terceira idade, receberam-na calorosamente quando ela chegou: conseguiam sentir o cheiro de sangue novo.

Ela foi se sentar nos fundos, tanto porque não conhecia ninguém quanto porque sua família nunca fora muito de ir à igreja. Percebeu que estava vestida com certo exagero, usando a única camisa branca que tinha e uma saia preta de tecido amarrotado que havia encontrado no fundo do armário, uma vez que todos os outros ali presentes com idades próximas da sua usavam jeans ou calças de lona, ou então (no caso de duas meninas que pareciam alunas do último ano do ensino médio) o tipo de minissaia retrô que a própria Laurel muitas vezes comprava nos brechós perto da margem do lago em Burlington. Sentia-se mal por estar ali devido ao que era preciso considerar um falso motivo, culpa que só fez se exacerbar quando uma família na fileira em frente à sua — um típico fazendeiro e sua mulher professora, acompanhados dos quatro filhos mal-ajambrados, porém comportados, cujas idades, avaliou Laurel, iam de cinco a quinze anos — cumprimentou-a com apertos de mãos e abraços desnecessários, mas completamente sinceros. Até mesmo a menina mais nova, uma coisinha tímida, com as palmas das mãos úmidas, insistiu em sacudir seu braço com vontade na hora da missa em que o pastor pediu a todos para cumprimentarem os fiéis à sua volta.

Conteve-se para não lhes perguntar se eles haviam conhecido Marcus Gregory Reese ou um homem chamado Bobbie Crocker. Sabia que tinha de esperar até a hora do café que, segundo dizia o programa, viria imediatamente após a bênção.

Quando o culto terminou, a professora, uma mulher chamada Nancy, perguntou-lhe quanto tempo fazia que ela morava em Vermont. Ao mesmo tempo, a mulher entregava moedas de 25 cents a dois dos filhos para que levassem à aula de catecismo, enquanto recolhia seus lápis de cera, livros de colorir e suéteres. As crianças mais velhas haviam chispado da igreja para a sala de aula no mesmo instante em que a missa chegara ao fim.

— Oito anos — respondeu Laurel. — E você?

Nancy beijou os últimos filhos no alto da cabeça, e em seguida ficou olhando o marido conduzi-los até seus professores pelo salão amplo e subitamente ruidoso.

— A vida inteira. Eu nasci aqui. Como você disse que se chamava?

— Laurel.

— Bom, é um prazer conhecer você. Será que ouvi direito da primeira vez: você mora lá em Burlington?

— Moro.

A professora retesou de leve o corpo, como se sentisse que Laurel não estava ali só porque estava à procura de uma igreja para chamar de sua.

— O que trouxe você a Bartlett? A viagem hoje de manhã deve ter sido agradável. Mas não vai mais ser quando o inverno chegar.

Laurel sorriu de uma forma que esperava ter sido ao mesmo tempo agradável e sincera.

— Quero ver se descubro alguma coisa sobre um membro desta congregação que morreu faz pouco tempo... e sobre um amigo dele.

A mulher balançou a cabeça e então levou um dos dedos ao queixo — sua unha tinha um oval perfeito, e a parte branca na ponta formava uma nítida meia-lua.

— Quem seriam?

— Marcus Gregory Reese. Ele...

— Ah, eu conheci o Reese. Era assim que ele era chamado, Reese.

— Posso conversar com você sobre ele?

— Claro, mas eu não o conhecia muito bem. Quero dizer, raramente via o Reese a não ser aos domingos. Talvez de vez em quando às quintas-feiras, durante o verão, quando a terceira idade se reunia aqui na igreja para jogar. Algumas vezes eu vinha jogar com eles... trazer um ar de juventude, sabe? Servir suco, fazer café... E talvez tenha esbarrado com ele uma ou duas vezes no mercado. Mas na verdade foi meio que só isso. Qual dos amigos dele você quer conhecer? Quem sabe possa apresentá-lo a você.

— É esse o problema. O amigo também morreu.

— Entendi.

— Bobbie Crocker. Conhece?

— Ah, o Bobbie morreu? Mas que pena. Eu estava imaginando o que teria acontecido com ele. Ele simplesmente desapareceu da face da Terra, não foi? Quando foi que ele morreu? E como?

— Há umas duas semanas. De infarto.

— Eles ficavam sentados ali — disse a professora, estendendo um dos dedos compridos de lindas unhas em direção às fileiras de assentos do outro lado do altar. — O Bobbie e o Reese. Acho que talvez morassem juntos, mas não tenho certeza. Por que está interessada neles? É parente de algum dos dois?

— Não.

— Então por quê? Posso saber? Não quero ser indiscreta.

Laurel pensou um instante antes de responder, porque os motivos eram muitos. Havia sua curiosidade em relação ao que fizera Bobbie sair da propriedade dos Buchanan em East Egg e ir parar em um quarto de solteiro no Hotel Nova Inglaterra. Havia sua sensação de que ele e ela estavam ligados, uma vez que ele fora criado em uma casa do outro lado da enseada em frente ao mesmo clube onde ela passara uma parte considerável da própria infância, e depois, talvez, estivera fotografando em Underhill, naquela estradinha de terra sombria, coberta de árvores, no dia em que ela quase fora morta. Havia o respeito por seu talento de fotógrafo e o desejo de reavaliar o seu trabalho, tanto para uma exposição quanto para a posteridade. E, pura e simplesmente, havia os mistérios: por que sua família o havia ostracizado anos antes e por que sua irmã hoje insistia naquela história de que os dois não tinham nenhum parentesco? Por que alegava que o irmão havia morrido muitas décadas antes? Tudo aquilo, porém, era demais para explicar àquela simpática mulher nos fundos de uma igreja em uma manhã de domingo, então Laurel simplesmente disse a Nancy o que fazia da vida e que estava pesquisando algumas fotografias encontradas no apartamento de Bobbie depois de ele morrer. Ateve-se a isso.

— Bom, se você quiser falar com alguém que conhecia os dois melhor do que eu, tente aquela senhora ali. O nome dela é Jordie.

— Jordie...

— Apelido de Jordan. É outra senhora idosa da igreja, e também se mudou para cá de Nova York. Também fazia parte daquele grupo da terceira idade das manhãs de quinta-feira que eu mencionei. Quando o Bobbie morava aqui, ele, o Reese e a Jordie eram muito amigos — disse Nancy, e subitamente chamou uma senhora de idade ligeiramente curvada, que usava um cardigã elegante com botões de pérola e tinha os cabelos platinados cortados bem curtos, impecavelmente penteados e levemente armados. Seu rosto tinha rugas profundas, mas por um instante Laurel não soube dizer se elas se deviam apenas à idade ou à forma como ela estava rindo de alguma coisa que um fiel próximo acabara de dizer. Parecia mais uma colega de Pamela Marshfield do que uma velha senhora de uma cidadezinha em Vermont. Laurel podia muito bem imaginar aquela mulher em algum spa ou *country club*, ou acenando refinadamente para algum porteiro ao passar por baixo de um toldo impecável no Upper East Side de Manhattan. Nancy tornou a chamar, dessa vez começando a avançar pelo corredor na direção da mulher e arrastando Laurel consigo. Jordie finalmente percebeu sua presença e sorriu para Nancy quando as duas chegaram perto dela.

— Jordie, estou com uma pessoa aqui que gostaria de conhecer você — disse a professora. — Esta é a Laurel. Ela está interessada no Reese e no Bobbie, e eu achei que você talvez pudesse ajudar. Tem um instante?

A mulher a fitou, meneando a cabeça e examinando a moça. Avaliando-a. O riso aparentemente bem-humorado que Laurel escutara segundos antes havia evaporado por completo, e a assistente social imaginou que fosse por causa do tema das suas perguntas

— Tenho um instante, sim — disse Jordie, cautelosa. — O que você faz, minha jovem? É *escritora*? — Pronunciou a palavra quase com escárnio. Como em *"você escreve pornografia?"* — Já tive algumas experiências ruins com jornalistas na vida, e prefiro não ter outra.

— Eu sou assistente social — respondeu Laurel. — Trabalho para o BEDS. De Burlington? — Surpreendeu a si mesma ao transformar uma simples afirmação em pergunta. Estaria se sentindo tão intimidada? Lembrou a si mesma que, na semana anterior, havia enfrentado Pamela Marshfield e T.J. Leckbruge, e não recuara diante de nenhum dos dois.

— Sim, eu conheço o BEDS.

— Bom, foi assim que me interessei por eles. O Bobbie Crocker era um dos nossos clientes.

No início, achou que Jordie estava meneando a cabeça para concordar, mas depois entendeu que eram os tremores de alguém que sofria de mal de Parkinson.

— Um dos seus clientes? — perguntou ela, e aquele véu gelado, parte desconfiança e parte condescendência, se derreteu no mesmo instante.

— Sim.

— Ele era... um sem-teto?

— Era. Morreu faz duas semanas.

— Ah, estou me sentindo péssima — disse Jordie, suavizando a voz. — Péssima mesmo. Não sabia que ele tinha ido parar na rua. Não sabia que ele tinha morrido.

— Jordie — disse Nancy, passando o braço pelo ombro da velha senhora em um gesto consolador. — Não se sinta mal. Ninguém aqui sabia.

— Ele estava morando com o Reese, sabe — disse Jordie, tão abalada pela notícia que se sentou cuidadosamente no encosto do banco da igreja.

— É, foi o que eu pensei.

— A casa era do Reese. E, quando o Reese morreu, a irmã dele disse que o Bobbie podia ficar lá até a casa ser vendida.

— Quando foi isso? — perguntou Laurel.

— No enterro dele.

— E o nome da irmã dele é Mindy, não é? E ela mora na Flórida?

— É, acho que sim.

— Então o Bobbie estava no enterro do Reese?

— Ah, claro.

— Ele disse se iria aceitar a oferta da Mindy?

— Isso tudo faz tanto tempo. Dois anos, no mínimo. Talvez três.

Por um instante, Laurel pensou em corrigir Jordie, lembrando-lhe que fazia apenas pouco mais de quatorze meses que Reese havia morrido. Mas não tinha por que fazê-lo.

— Do que a senhora se lembra? — indagou, embora sua fé na memória da mulher houvesse sido um pouco abalada por aquele lapso.

— Bom, descobrimos que a mãe do Bobbie e a minha tia eram amigas. O mundo é muito pequeno, não é?

— Jordie, você nunca nos contou isso! — disse Nancy com uma voz animada, enquanto sua caçula reaparecia de repente na igreja. Aparentemente, o desenho que a menina havia feito para seu professor de catecismo ainda estava no carro, e ela precisava da ajuda da mãe para ir buscá-lo. Nancy deu de ombros, pedindo desculpas, e disse que voltaria já.

— O Bobbie não gostava de falar sobre a família — prosseguiu Jordie. — Acho que eles tiveram algum tipo de briga.

— Ele lhe disse como a mãe dele se chamava? — perguntou Laurel, esperando pela confirmação que poderia compartilhar com David, com Katherine e com Talia, com todos que pareciam estar duvidando dela.

— Crocker, imagino eu — respondeu Jordie, e Laurel sentiu uma pontada aguda de decepção. — As senhoras dessa geração... minha nossa, as senhoras da *minha* geração!... sempre adotavam o sobrenome dos maridos. Era assim que se fazia.

— E um primeiro nome?

— Ah, não me lembro mais. Se você tivesse me perguntado há seis ou sete meses... Mas não tenho nem certeza se um dia já soube. Eu disse a ele o nome da minha tia, mas não tenho certeza se ele um dia me disse o da mãe. Meu Deus, ficar velho realmente não é para os fracos, não é? Você esquece tanta coisa.

— Bom, então por favor me conte qualquer coisa que consiga lembrar — disse Laurel. — Qualquer coisa mesmo. — Quem sabe, pensou, ainda fosse aparecer algum detalhe surpreendente que confirmasse a sua teoria.

— Está bem. Ele morou em Long Island. Cresceu lá, sabe?

— Eu sabia, sim.

— E tinha uma irmã.

— Ele disse à senhora como a irmã se chamava?

— Não, acho que não. Sinto muito. Mas era mais velha. Tenho quase certeza disso, e...

— E?

— E a minha tia uma vez deu um taco para essa menina. Para a irmã do Bobbie, quero dizer, quando a menina ainda era quase um bebê. Um taco de golfe minúsculo. Foi um presente. Bobbie disse que a mãe dele sempre gostou muito da minha tia. Muito, muito mesmo. Elas nem sempre freqüentavam os mesmos círculos sociais, porque a mãe dele era casada, e a minha tia, não, mas iam a uma porção de festas juntas... inclusive algumas na casa daquele contrabandista de bebidas famoso. Você sabe qual.

— Gatsby?

— Bom, é claro que esse não era o nome verdadeiro dele. Mas, sim, é dele que estou falando. Quando o Bobbie descobriu quem era a minha tia, disse que a mãe dele e a minha tia passavam muito tempo juntas. Muito mesmo, especialmente quando tinham vinte e poucos anos. Não me lembro exatamente do que ele disse... não me lembro mais de nada exatamente... mas um dia ele deu a entender que a mãe dele tinha gostado muito mais daquele homem horrível do que a minha tia. Gatsby. Gatz. Qualquer coisa assim. Pode imaginar uma coisa dessas? Tenho certeza de que não era verdade. As pessoas só iam às festas dele porque eram enormes festivais. Circos. Ninguém ia lá porque gostava dele de verdade. Meu Deus do céu, como poderiam gostar?

— E a sua tia? Qual era o nome dela?

— Ah, tenho certeza de que você já ouviu falar nela, mocinha. Chamava-se Jordan Baker, e eu tenho o mesmo nome que ela. Era uma jogadora de golfe famosa no circuito profissional feminino. Uma pioneira de verdade. Mas ainda tem gente por aí que acha que ela era alguma espécie de trapaceira nos gramados. Uma sonsa! Bom, eu juro uma coisa: a minha tia não era assim. E foi por isso que eu quis saber se você era jornalista. Nem sei mais com quantas pessoas já tive de conversar ao longo dos anos sobre a minha tia, por causa de alguma história maliciosa e completamente falsa sobre um torneio de que ela participou quando era bem moça.

— Ah, ninguém pensa mal da sua tia — garantiu-lhe Laurel, embora ela própria com certeza houvesse pensado: de fato, havia considerado a jogadora de golfe uma trapaceira e uma sonsa. E percebeu que não conseguia sentir muito respeito por alguém que houvesse tomado o partido de Tom e Daisy Buchanan naquele verão de 1922.

Jordie agora tinha os olhos erguidos para ela, com a cabeça respeitável ainda tremendo de leve.

— Sério, o Bobbie poderia ter ficado comigo. Você acredita, não acredita? Tenho tanto espaço vazio, empoeirado. Ele poderia ter tido uma ala e um banheiro só dele! Tudo que precisava fazer era pedir!

— Tenho certeza de que ele poderia ter ficado com metade das pessoas desta igreja, se vocês tivessem sabido — disse Laurel.

— Ele era...

— Sim?

Pretendia dizer que ele era esquizofrênico, mas, na última hora, contivera-se. Jordie não precisava saber.

— Ele era discreto — disse apenas. Jordie pareceu pensar sobre isso. Então falou:

— Ele foi direto procurar vocês? — continuou ela. — Depois de sair da casa do Reese, a senhora quer dizer?

— Sim.

Outra vez, Laurel decidiu que não havia por que contar a verdade. A mulher já estava se sentindo suficientemente mal. Então mentiu.

— Acho que sim — disse. — Ele estava bem feliz. Quero que a senhora saiba disso. E nós encontramos um apartamento simpático para ele em Burlington, onde ele logo fez amigos. Ele estava bem. Sério, estava, sim.

— Nós costumávamos jogar *bridge* toda quinta-feira de manhã, aqui mesmo na igreja — continuou Jordie. — Era quando os idosos se encontravam para jogar. Reese, Bobbie, Lida e eu. Era sempre muito divertido.

— É, a Nancy me contou.

— Não, não era *bridge* — corrigiu-se Jordie. — Eu costumava jogar *bridge* com Reese, Lida e Tammy Purinton. O Bobbie detestava *bridge*. Sério, minha memória anda péssima!

— Acho que isso vale para todos nós — disse Laurel, em parte para ser educada, e em parte porque havia acontecimentos na sua própria vida que ela pensava recordar de forma incorreta. Mesmo na sua idade, o cérebro era uma massa imperfeita de tecido cinza e branco; mesmo na sua idade havia momentos de seu passado que a sua própria saúde mental exigia que ela esquecesse. Ou, pelo menos, alterasse. Todo mundo fazia isso, não fazia?

— Eu simplesmente não entendo por que ele não foi para casa — prosseguiu Jordie. — Ainda devia ter algum parente em algum lugar. Acho que a irmã dele estava viva na época. Pelo menos estava uns dois anos atrás.

— A irmã dele vai bem. Eu me encontrei com ela. Mora em East Hampton — concordou Laurel, sorrindo.

— Ele gostava de Vermont, claro. Foi por isso que voltou para cá. Por isso, acho, e por causa do Reese.

— Voltou?

— Ele já tinha vindo aqui uma vez para ver o filho. Num outono.

— Filho? — A surpresa e incredulidade a haviam feito levantar a voz, e a velha senhora se retraiu ligeiramente. — O Bobbie tinha um filho? — continuou Laurel, tentando suavizar o súbito tom agudo da própria voz.

— Acho que tinha. Talvez eu esteja enganada.

— O que ele disse?

— Ele só...

— Sim?

— Só falou nele uma única vez. Duas, talvez. Mas era evidente que o Bobbie não queria falar no filho porque ele tinha se metido em algum tipo de confusão.

— Quantos anos ele tinha? Sessenta e poucos? Cinqüenta e poucos?

— Menos do que isso. E a primeira vez em que Bobbie esteve em Vermont deve ter sido há uns seis ou sete anos... quando o próprio Bobbie também era mais novo.

— Seis anos? Ou sete?

— Por favor, você está pedindo demais.

— Faz diferença.

— Mas eu não sei dizer, Laurel.

Laurel teve a sensação de que as luzes da igreja, já fracas, estavam ficando ainda mais tênues. Mas sabia que isso não estava acontecendo de verdade. Era porque sua tontura estava voltando. Sentiu o corpo balançar e olhou para baixo, para o chão de pinho encerado, tentando recuperar o equilíbrio.

— A senhora sabe que tipo de confusão? — perguntou, por fim, articulando com cuidado cada palavra. — Ele estava encrencado com a lei? Tinha cometido algum crime?

— Sim, acho que é isso — disse Jordie, com cautela.

— Que tipo de crime?

— Não sei. Isso eu nunca soube. Mas o Bobbie veio a Vermont visitar o filho. Espere...

— Continue.

— Acho que o Bobbie veio a Vermont visitar o filho, aí aconteceu alguma coisa.

— Com o Bobbie ou com o filho?

— Com o filho. E o Bobbie foi embora. Ele não veio para cá *porque* o filho dele fez alguma coisa. Mas foi embora depois de o rapaz se meter em confusão. Voltou para... para o lugar de onde tinha vindo, onde quer que fosse.

— E isso faz sete anos?

— Ou seis. Ou oito. Não sei. Não posso confiar na minha memória... e você não deveria confiar também. Mas era outono. Isso eu posso afirmar. Quando o Bobbie falava no filho, dizia que tinha vindo para cá dessa primeira vez porque queria ver as folhas mudarem de cor antes de morrer.

— Ele disse onde ficou em Vermont?

— Underhill — respondeu Jordie, e poucos instantes depois Nancy voltou da sala contígua à igreja onde aconteciam as aulas de catecismo. A professora, intrigada, arqueou as sobrancelhas para as duas mulheres que agora refletiam em silêncio, a moça vergada como se também fosse muito velha. Laurel estendeu a mão para segurar a de Jordie, cansada e nodosa, com a pele um pouco fria, e agradeceu-lhe. Despediu-se. Tentou endireitar o corpo, recuperar a compostura. Então encontrou dentro de si força suficiente para sorrir para Nancy, para lhe falar sobre o filho de Bobbie e para permitir que a professora a conduzisse escada abaixo até onde era servido o café depois da missa.

— Eu não sabia que o Bobbie tinha filhos — dizia Nancy enquanto desciam a escada da igreja até uma grande sala cheia de cadeiras e mesas de metal dobráveis e com cartazes nas paredes anunciando os diversos serviços comunitários prestados pela igreja. Havia muitos adultos reunidos ali, andando de um lado para o outro ou bebericando café, idosos e pais das crianças que estavam na aula de catecismo.

— Nem eu. Ele com certeza não tinha contado isso para os amigos de Burlington. Não tinha contado para nenhum de nós no Beds.

— Você parece zangada... como se ele devesse ter contado.

— Se eu tivesse sabido quem era o filho do Bobbie, nós teríamos tido uma relação bem diferente.

— Você conhecia o filho dele? Sabe isso pelo pouco que a Jordie acabou de contar? Como?

Laurel recuou depressa.

— Não tenho certeza se conheci. Mas é possível que sim.

Ela não estava preparada para explicar quem era o filho de Bobbie, tanto porque ainda estava abalada com a descoberta quanto porque não queria falar sobre o que havia lhe acontecido em Underhill. Não com aquela mulher que tinha acabado de conhecer. Não falava disso nem com a mãe ou com os amigos mais íntimos.

— Mas como? — tornou a perguntar Nancy.

— O filho dele pode não ter tido domicílio fixo. Ou pode ter sido um fisiculturista.

— Tem mais coisa. Estou sentindo.

— Acho que só quero saber por que esse homem não estava cuidando melhor do próprio pai. Ou pelo menos tentando.

— Só isso?

— Só isso — mentiu Laurel. — Desculpe ter deixado a Jordie triste contando a ela que o Bobbie tinha virado sem-teto.

— Está vendo, a Jordie não é uma gracinha? Algumas pessoas acham que ela é um pouco difícil de se lidar, pelo fato de ter tanto

sangue azul correndo nas veias. Mas ela na verdade é muito simpática... embora fosse uma matadora no *bridge*. Uma pena que a cabeça
dela não esteja tão boa quanto um ano atrás. Acredite em mim: se
jogasse *bridge*, você iria querer fazer dupla com ela.

— Ela me disse que o Bobbie detestava *bridge*. Mas eu podia jurar
que a irmã dele me disse que ele adorava o jogo quando conversei
com ela na semana passada em East Hampton.

— Você foi de carro até East Hampton?

— Não foi nada demais. Eu já estava em Long Island mesmo.
Estava visitando a minha mãe. Ela foi para a Itália ontem, e achei
bom fazer uma visita antes de ela ir.

Nancy a olhou com atenção.

— Tem certeza de que isso tudo só tem a ver com as tais fotos que
estavam no apartamento do Bobbie?

— Foi assim que começou — respondeu ela. — Agora tem mais
coisa.

A professora estendeu a mão para pegar duas canecas ao lado de
uma cafeteira metálica e entregou uma delas a Laurel. Então gesticulou para a assistente social se servir de creme, leite, e pegar o que
quisesse no pires repleto de pacotinhos de açúcar e adoçante.

— Bom, o que o Bobbie me contou sobre *bridge* foi o seguinte:
os pais dele costumavam brigar quando ele era pequeno, e uma das
formas que sua mãe tinha de lidar com um casamento bem ruim era
jogar *bridge*, mas não com o marido. Em uma liga feminina, parece.
Ela começou a jogar no verão antes de o Bobbie nascer. Passava a
maioria das tardes desaparecida, deixando a irmã mais velha dele
sozinha com a babá. Aparentemente, ficou viciada no jogo. Anos
depois, não estava sequer em casa no dia (ou na noite, não sei bem)
em que o Bobbie teve alguma briga feia com o pai e foi embora de
vez. Ele disse que nunca mais voltou a ver o homem.

Sob alguns aspectos, pensou Laurel, as peças estavam se encaixan-
do com a mesma precisão de um quebra-cabeça. Perguntou-se o que
aquela mulher perfeitamente simpática diria caso lhe contasse: *A mãe
do Bobbie era Daisy Fay Buchanan. E ela não estava jogando* bridge
*naquele primeiro verão. Estava sumindo durante aquelas tardes para
ficar com Jay Gatsby. O* bridge *era só o seu disfarce. O seu álibi.*

Sem dúvida a professora, como todos os outros, sorriria por fora, enquanto por dentro pensaria que, das duas, uma: ou Laurel estava errada ou estava maluca. Nancy provavelmente concluiria que a moça era mais paranóica do que alguns de seus clientes se soubesse que as fotografias, contatos e negativos de Bobbie estavam trancados naquele exato momento em uma caixa na mala de seu carro — se soubesse que ela iria entregá-los à garçonete de um restaurante em Burlington, porque havia pessoas que queriam aquelas imagens tanto quanto ela, e, portanto, ela precisava escondê-las em algum lugar seguro.

— Você disse que queria conhecer o pastor — ia dizendo Nancy enquanto a guiava delicadamente na direção deste último. — Não sei o que ele vai poder contar a você sobre o Bobbie, porque o Bobbie não passou muito tempo conosco. Mas provavelmente sabe alguma coisa sobre o Reese.

Laurel achou que o pastor parecia ter a mesma idade de David. Tinha a testa larga encimada por cabelos castanho-avermelhados cortados à escovinha. Seus olhos eram um pouco encovados, mas ele tinha o maxilar forte e um sorriso largo e contagiante. Laurel sabia seu nome por causa do folheto, Randall Stone, mas todos pareciam chamá-lo de Randy. Depois de apresentá-los, Nancy explicou o que havia levado a jovem assistente social até Bartlett naquela manhã. Quando Laurel lhe falou sobre a morte de Bobbie, o rosto do pastor ficou solene.

— E você conheceu o Bobbie por causa do seu trabalho no BEDS — disse ele a Laurel, não como uma pergunta, mas como uma afirmação. Era evidente que estava experimentando exatamente o mesmo tipo de culpa que Jordie sentira pouco antes ao saber o que havia acontecido com o amigo de Reese depois da morte do velho editor.

— Isso. Mas ele não ficou muito tempo no abrigo antes de encontrarmos um apartamento para ele. Não era nenhum palácio, mas tinha uma cama, sistema de aquecimento, e era dele.

O pastor estufou as bochechas, irritado, e em seguida expirou.

— Ele me disse que estava indo morar com a irmã.

— Disse onde ela morava?

— Long Island. Talvez East Hampton. A última vez em que vi o Bobbie foi no enterro do Reese. Eu realmente deveria ter procurado saber mais sobre os planos dele. Todos sabíamos que ele era um pouquinho esquisito.

— Esquisito?

— Não tenho certeza de onde ele morou durante a maior parte dos anos antes de aparecer na porta da casa do Reese como um gato vagabundo, mas o endereço dele logo antes de ir morar com o Reese era o Hospital Estadual de Vermont.

Laurel havia decidido não revelar a Jordie as especificidades da doença mental de Bobbie, mas não viu razão para não compartilhar esses detalhes com o pastor.

— O Bobbie era esquizofrênico — disse. — Quando estava medicado, conseguia levar uma vida mais ou menos normal. Não completamente, claro. E, como a maioria dos esquizofrênicos, ele não acreditava que era doente: então às vezes parava de tomar o remédio quando não tinha ninguém controlando.

— Você sabe se ele algum dia foi casado? — perguntou o pastor.

— No dia em que perguntei isso a ele, quando ele estava aqui jogando *Scrabble*, não consegui uma resposta simples do tipo "sim" ou "não".

— Não sei — disse ela.

— Eu acho que não — respondeu Nancy. — Ele e o Reese faziam uma piada interna sobre uma bailarina que ele namorou durante os anos 1960, mas acho que o Bobbie não era exatamente o tipo de homem dado a compromissos.

— Mas ele talvez tenha tido um filho — disse Laurel. — A Jordie Baker acha que sim.

— Isso é novidade pra mim. Eu não fazia idéia.

— Então um belo dia ele simplesmente apareceu em Bartlett? O Reese não fazia idéia de que ele vinha?

— Pelo que eu entendo, o Bobbie veio para Vermont procurar o Reese pouco mais de dois anos atrás, mas alguma coisa aconteceu e ele foi parar no hospital estadual. O Reese não estava esperando por ele. Enquanto ele estava no hospital, alguém da equipe de funcionários localizou o Reese, e o Reese foi extraordinariamente generoso. Quando a equipe do hospital achou que ele estava em condições de sair, convidou o Bobbie para ir morar com ele. Acho que o Bobbie já tinha morado com ele uma vez antes... anos atrás, quando o Reese era casado. O Reese tentou descobrir algumas vezes por onde o Bobbie tinha andado desde então, mas as respostas não faziam muito sentido. Algumas vezes, o Bobbie dizia que tinha estado em Louisville, às vezes dizia que tinha estado no Meio Oeste. Pelo menos uma vez, disse que tinha estado perto de onde a irmã dele morava, em Long Island. Tenho certeza de que também tinha outras respostas. Mas, em todas essas histórias, ele nunca mencionou nenhum filho.

— Ele disse por que estava sempre se mudando?

— Perguntei isso a ele quando nos conhecemos. Ele fez uma piada sobre precisar estar um passo à frente dos cães de caça.

— Provavelmente não era uma piada. Ele de fato pode ter pensado que estava sendo perseguido — disse Laurel. E, pensou, era possível que alguém o estivesse realmente perseguindo por causa das fotos.

— Isso é um sintoma da esquizofrenia? — perguntou Nancy.

— Paranóia? Muitas vezes.

— Esperem aí, não sei se o Bobbie realmente estava querendo dizer alguma coisa com esse comentário. Talvez tenha sido só uma brincadeira. Quero dizer, em outra ocasião, quando estávamos conversando, ele disse algo do tipo: "Hóspedes são feito peixe. Se ficar com eles muito tempo, começam a cheirar mal" — intrometeu-se Randy.

— Até onde eu sei, o Reese era editor de fotografia, e o Bobbie era fotógrafo — disse Laurel. — O Bobbie já tinha trabalhado para o Reese. Foi assim que o senhor acha que eles se conheceram? Ou tem mais coisa?

— O Reese também tinha sido um fotógrafo bem-sucedido de jornal — disse o pastor. — Trabalhou para jornais, revistas e até para a *Life* quando a revista estava no auge. A *Life* que os meus pais e os seus avós liam toda semana.

— E o Bobbie? — perguntou ela.

— Bom, como você mesma disse: ele tirou algumas fotos para o Reese. Para a *Life*. O problema era que ele não era muito confiável. Tanto o Reese quanto o Bobbie também brincavam com esse assunto. Em matéria de carreira, aquele homem era o pior inimigo de si mesmo.

— Por causa da esquizofrenia — disse ela.

— E da bebida. Ele era alcoólatra e irresponsável. Estava sempre arrumando confusão.

Nancy olhou rapidamente para Laurel. Quando seus olhares se cruzaram, a professora baixou a vista para o chão de ladrilho.

— O senhor já viu alguma das fotografias do Bobbie? — perguntou Laurel, virando-se para o pastor novamente.

— Vi as que ele tirou quando estava morando aqui. Quando estava na casa do Reese, o Reese emprestava a câmera para ele e o levava para passear. E vi uma porção de fotos que o Bobbie disse ter tirado em Vermont anos antes disso. Umas folhagens de outono. Várias de um trecho de uma estrada de terra em Underhill... uma delas talvez tivesse alguém de bicicleta, acho.

— Ele estava morando com o Reese quando tirou essas fotos?

— Ah, não. Ele só reapareceu na vida do Reese no ano retrasado — disse o pastor, enquanto era abordado por dois outros fiéis, um casal de idosos. Laurel teve a nítida sensação de que já havia monopolizado o pastor por tempo suficiente, então o deixou começar a conversar com o casal.

— Espero que você volte — disse-lhe Randy.

— Vou voltar, sim — disse ela, embora sinceramente não tivesse certeza se estava falando de Bartlett ou da igreja.

— Só pensei em mais uma coisa. — Era Nancy quem havia falado, em voz baixa, embora os fiéis ali perto estivessem tão entretidos com suas próprias conversas que não poderiam de jeito nenhum ter escutado o que ela dissera. Laurel entendeu que aquilo era algum tipo de convite. Fora por isso que Nancy a olhara com ar tão sério pouco antes.

— O quê?

— Acho que foi a palavra *confusão* que me fez pensar nisso. Naquele mesmo dia em que estávamos jogando *Scrabble*... bem ali, aliás... o Bobbie disse alguma coisa sobre cadeia. Foi logo depois de ele ter transformando *finado* em *confinado*. Acrescentando as letras C-O-N, de condenado, entendeu? Alguma coisa nesse jogo de palavras, naquele momento... não sei, mas tive certeza de que ele estava falando de uma prisão.

— E achou que o Bobbie estivesse falando de si mesmo...
Ela aquiesceu.

— Na época, achei. Mas agora fiquei sabendo que o filho dele talvez tenha sido um criminoso. Talvez fosse nisso que o Bobbie estivesse pensando. Não era o Bobbie quem tinha estado preso. Talvez fosse o filho dele.

— Ou talvez — disse Laurel, pensando em voz alta — o filho dele esteja preso agora.

NESSA TARDE, SERENA DISSE A LAUREL que também não havia escutado Bobbie Crocker mencionar nenhum filho. Disse que mal conseguia imaginar uma coisa dessas. Agora, estava examinando as fotografias que Laurel havia ampliado a partir dos negativos deixados por Bobbie Crocker no Hotel Nova Inglaterra, bem como a pilha de cópias desbotadas e amassadas que ele carregara consigo durante tantos anos. A garçonete estava trabalhando em Burlington naquele dia, então ela e Laurel estavam sentadas juntas em uma mesa reservada, nos fundos do restaurante, um mundo ligeiramente incongruente de metal cromado reluzente e painéis de madeira escura e pesada, com as fotos de Bobbie cuidadosamente arrumadas em uma pasta preta que — quando aberta — ocupava praticamente todo o tampo da mesa. Metade das mesas do restaurante estava ocupada, mas o horário mais movimentado já havia passado, então a garçonete que estava trabalhando com Serena naquele dia, uma mulher de meia-idade com ar de matrona chamada Beverly, insistira para que sua jovem colega fosse se sentar com Laurel no reservado.

— E você quer que eu guarde essas fotos — disse Serena, com a voz hesitando entre a incredulidade e o simples espanto. Laurel pensou que ela parecia mais velha com o uniforme bege. O vestido estava justo demais nos seios, e ela havia prendido os fartos cabelos em um coque sem graça.

— Quero. Ainda tem uns negativos que não terminei de ampliar, então vou ficar com eles. Pelo menos por enquanto. Mas, conforme eu for ampliando essas fotos, trago-as pra você também.

— Gostei desta aqui — disse ela, tentando ganhar tempo enquanto processava o pedido de Laurel. Estava olhando para a imagem do Mustang em frente à casa da infância de Bobbie. — Conheço um cara em Stowe que coleciona carros usados. Ele tem um Mustang igualzinho a este: branco, com a capota preta. Superclássico.

— O Bobbie era um cara talentoso.

Serena concordou, em seguida ergueu os olhos para Laurel, séria, com o rosto parecendo uma embarcação se preparando para enfrentar o mau tempo:

— Tá bom, por quê?

— Por que o quê?

— Por que você quer que eu guarde isto para você?

Laurel tomou um gole do refrigerante. Já estava esperando essa pergunta, mas em um restaurante, em plena luz do dia — longe do laboratório e de pessoas como T.J. Leckbruge —, temia que qualquer coisa que dissesse pudesse parecer um bocadinho insana. Talvez mais do que um bocadinho. Mas sabia que não era o caso. Não havia fabricado Leckbruge nem Pamela Buchanan Marshfield. Não havia forjado as ligações entre Bobbie Crocker e uma casa em East Egg, Long Island. Tinha as fotos para provar a ligação, e elas estavam bem ali, entre as duas, sobre a mesa de tampo de fórmica.

— Bom, a irmã dele quer as fotos de volta — respondeu. — Aquela mulher de quem falei na sexta-feira. Ontem encontrei o advogado dela, e saí de lá com uma sensação muito ruim.

— Como assim?

— Não acho que as fotos estejam seguras comigo.

Serena se inclinou para a frente por cima da mesa.

— O que você está realmente dizendo, Laurel? Acredita mesmo que a irmã do Bobbie ou o advogado dela vão mandar alguém quebrar as suas pernas por causa de um punhado de fotos velhas em preto-e-branco de uns caras jogando xadrex? Acredita mesmo que alguém queira tanto assim a foto de um Mustang?

Laurel cogitou dar um tapinha na lateral da pasta preta e corrigi-la: aquilo era muito mais do que um punhado de imagens. Mas não era isso que Serena queria dizer.

— Não acho que ninguém vá me machucar — disse ela, com a voz neutra. — Não iria pedir a você pra guardar as fotos pra mim se achasse que alguém pode machucar você ou a sua tia. Mas, sim, eu acho possível que alguém esteja tentando roubar as fotos ou então recorrer a táticas jurídicas mais agressivas.

— Tais como?

— Não tenho certeza.

— Então eu estar com as fotos seria um segredo? Ninguém iria saber?

— Só nós duas.

Serena recostou-se no reservado e descansou as mãos no colo.

— Sabe, se eu não conhecesse você e não soubesse o que faz da vida, poderia pensar que você é uma daquelas pessoas que acabou de chegar da rua ou veio pra cá do hospital estadual.

— Olhe, eu sei que pareço meio irracional. Mas não estou. E, até eu descobrir por que o Bobbie Crocker mudou de nome e por que a irmã dele quer tanto essas fotos, preciso da sua ajuda. Pode ser?

— Claro que pode. Claro que eu vou ajudar. Mas, Laurel, isso tudo não está parecendo meio, não sei, meio mais do que irracional? Meio...

— Meio o quê?

Serena sorriu, encabulada.

— Só estou preocupada com você. Só isso.

— Por que acha que parece tão estranho e absurdo? Meu Deus, Serena, você já foi sem-teto. Achei que fosse entender melhor do que ninguém como a vida pode ficar estranha e absurda! — Tinha consciência de que sua voz soava defensiva e ríspida, e um tiquinho estridente.

— Eu só estava dizendo...

— Eu sei o que você estava dizendo. Você, o David, a minha chefe e a amiga que mora comigo, todo mundo está me tratando como se eu estivesse louca. Como se tudo isso fosse uma coisa que eu inventei! — Ela não havia planejado levantar a voz, mas o fizera, e podia ver que os outros clientes agora as estavam observando.

— Eu não disse que você inventou nada — murmurou Serena.

A garçonete estava tentando tranqüilizá-la, e isso só fez tornar a frustração de Laurel ainda mais pronunciada. Mas não queria causar problemas a Serena fazendo uma cena no restaurante onde ela trabalhava, então tentou minimizar seu desabafo.

— Eu não dormi bem na noite passada — disse, fazendo um esforço consciente para manter a voz simpática e reconhecer que, na visão de Serena (embora certamente não na sua), tivera uma reação exagerada.

— Entendi — disse Serena, e olhou para trás de Laurel, por cima do seu ombro. Laurel se virou também, e viu aparecer ao seu lado um homem baixinho e mais velho, com olhos azuis leitosos. Usava um suéter vermelho de gola em v, por cima de uma camisa pólo branca de gola antiquada, grande e pontuda. A gola parecia as asas de um aviãozinho de papel. Embora lhe restassem poucos cabelos na cabeça, tufos de pêlos brotavam de suas narinas e orelhas. Laurel sabia que já o vira antes em algum lugar, mas não teve certeza de onde. Quase no mesmo instante, ele pôs fim ao mistério.

— Então, eu vi você na igreja agorinha mesmo conversando com a minha amiga Jordie — disse ele. — Ela não é uma graça?

— Ela é uma graça, sim — disse Laurel, olhando rapidamente para Serena e em seguida começando a se levantar por educação.

— Não se levante. Não por causa de um velho lobo como eu. Essas aqui são do Reese ou do Bobbie? — perguntou, correndo a mão por cima da pasta preta como se estivesse segurando uma varinha de condão.

— Do Bobbie — respondeu ela. — Desculpe. Não me lembro do seu nome.

— Ora, quem deveria pedir desculpas sou eu. Meu nome é Shem. Apelido de Sherman. Shem Wolfe. Eu freqüento a igreja de onde você acabou de sair. É uma boa igreja. Eu antes gostava de um lugar mais perto de Burlington. Mas agora freqüento a congregacional de Bartlett. Não me importo com a distância. Como vocês se chamam?

As duas moças se apresentaram. Então, uma de cada vez, ele envolveu seus dedos e palmas com a própria mão estranhamente carnuda, cheia de manchas causadas pela idade.

— Então, me digam, como está passando o Bobbie? Por onde ele anda?

Laurel se perguntou se a notícia da morte de Bobbie seria um choque, porque era possível que aquele homem e Bobbie houvessem sido amigos. Mas Shem era velho, e Bobbie era ainda mais velho, então ela simplesmente tomou coragem e contou.

— Ele morreu. Mas morreu depressa, de infarto, então não sofreu. Estava morando em Burlington. Na verdade, a uns cinco ou seis quarteirões daqui.

O homem aquiesceu, absorvendo as informações.

— Ah, que pena. Sinto muito. Quando ele faleceu?

— Quinze dias atrás.

— Queria ter sabido. Entende? Teria ido ao funeral. Teve um funeral, não teve?

— Pequeno.

— Aposto que a Jordie também teria ido. Sinto muito mesmo. Mas eu sempre digo que é preciso ser amigo de um homem quando ele está vivo. Não depois que ele já morreu. — Ele fez um barulho de estalo, batendo com a língua na dentadura, e em seguida suspirou. — Eu bem que me juntaria a duas lindas moças... bom, eu pediria para me juntar a vocês, pois não iria ser tão presunçoso a ponto de imaginar que vocês fossem querer mais companhia... mas já estava de saída. Leciono jornalismo na universidade comunitária. Eu sei, eu sei, já sou velho demais. Deveria ter me aposentado. Mas eu escrevia para jornais quando era mais novo, e adoro uma boa história. Encontrar, contar uma história. Ensinar os outros a contar uma história. De toda forma, ainda tenho muito a fazer antes da aula de amanhã.

— E eu deveria ir ajudar a Beverly — disse Serena, levantando-se. — Uma família bem grande acabou de entrar no estacionamento. Volto daqui a uns minutinhos, tá, Laurel?

— Não estou espantando você, estou? — perguntou Shem.

— Não, de jeito nenhum. Eu já volto.

Shem curvou-se por cima da mesa para examinar a primeira fotografia da pasta, a do Mustang debaixo do pórtico dos Buchanan. Estudou a foto, em seguida expirou com grande ruído.

— Esse Bobbie certamente foi criado em meio ao luxo e à riqueza — disse.

Laurel ficou pasma. Será que aquele Shem Wolfe tinha mesmo acabado de insinuar que aquela era a casa onde Bobbie Crocker fora criado?

— O senhor sabe que esta era a casa dos pais do Bobbie? — perguntou-lhe ela, desejando conseguir conter o próprio entusiasmo e fazer a voz soar mais casual.

— Bom, era a casa da mãe dele. A velha casa dos Buchanan, certo? Mas o pai do Bobbie... quero dizer, o pai de verdade... morava do outro lado da enseada, em West Egg.

— Como disse?

— Ah, acho que estou inventando coisas, sabe? Inventando coisas que não existem. Mas talvez não. O Tom Buchanan criou o Bobbie durante algum tempo, e deu um teto a ele. O Bobbie morou com ele o quê, dezesseis, dezessete anos? Por aí. Mas a sua verdadeira lealdade, depois de ele descobrir tudo, sempre foi com seu pai verdadeiro. Ou, imagino, com o fantasma do pai verdadeiro. Porque é claro que eles nunca se conheceram. Mas o Bobbie me disse duas vezes... sério, duas vezes... que seu desejo sempre foi ter conhecido Jay Gatsby.

SHEM WOLFE ERA DE FATO um ótimo contador de histórias e, naquela tarde, contou a Laurel o que sabia sobre a juventude de Bobbie Crocker. Aparentemente, Reese sempre soubera quem era o pai daquele homem que ocasionalmente vivia como sem-teto e, no ano que passara morando com Reese em Vermont, Bobbie se sentira suficientemente à vontade com o amigo de Reese, Shem, para compartilhar também com ele a história de sua vida. Os três — dois ex-fotógrafos e um ex-repórter — estavam sempre trocando velhas lembranças.

— O Reese sempre dava um certo desconto para o Bobbie — disse Shem.

Depois de Serena ir embora, ele fora se sentar na frente de Laurel, decidindo que a preparação de sua aula poderia esperar mais meia hora.

— Ele era um homem atormentado, e imagino que tivesse sido um menino atormentado — contou-lhe Shem. — Algumas vezes, atormentado a ponto de ouvir vozes dentro da cabeça. E sempre um pouco desfocado, um pouco ansioso.

Shem ficara sabendo que Bobbie não tinha sido muito bom aluno, e que nunca chegara muito longe como atleta. Por causa disso, nunca tivera um relacionamento muito bom com Tom Buchanan, o homem que pensava ser seu pai. A família raramente se referia à imensa propriedade do outro lado da enseada, e ninguém sequer se atrevia a mencionar o acidente de carro. Vizinhos adultos e professores nunca conversavam sobre isso com Bobbie quando ele era criança.

Os outros meninos, porém, às vezes se vangloriavam dos boatos que haviam escutado, pelo simples motivo de que crianças podem ser cruéis. Em geral, as histórias beiravam o fantástico e tinham apenas uma tênue conexão com a demasiado prosaica realidade. Pelo menos um dos meninos da primeira série gostava de insistir que Bobbie tinha sangue de marciano correndo nas veias. Um menino da segunda série anunciou à turma que o homem que Bobbie ainda acreditava ser seu pai — Tom Buchanan, imaginem — fizera fortuna com uma série de bares clandestinos. Na terceira série, circulavam histórias a seu respeito dizendo que sua mãe tinha matado um homem — história que Bobbie depois perceberia conter pelo menos uma parcela de verdade, já que o seu próprio pai talvez não tivesse morrido caso sua mãe houvesse contado a Tom Buchanan quem estava de fato dirigindo naquela tarde trágica. E, embora houvesse sido um acidente, sua mãe de fato matara Myrtle Wilson.

Na quinta série, Bobbie se deu conta pela primeira vez de que havia sido concebido no verão de 1922: o verão do suposto caso de sua mãe com aquele criminoso já falecido que morava do outro lado da enseada. Conscientemente, atribuiu esse fato a uma coincidência, e, durante algum tempo, chegou a considerá-lo uma prova de que sua mãe não poderia, de forma alguma, ter estado envolvida com Jay Gatsby. Na época, imaginou, seus pais ainda se amavam.

Talvez não seja de espantar que tenha sido uma fotografia o estopim da derradeira briga com Tom que o faria sair de casa. Quando Bobbie tinha dezesseis anos, encontrou dentro de um dos velhos e surrados livros da mãe um retrato do tamanho de um cartão de visitas de um jovem soldado. Na época, o primeiro-tenente era um pouco mais jovem do que Bobbie, mas o adolescente não pôde deixar de notar uma semelhança notável entre si próprio e o oficial. Via-a no formato duro e solene do rosto do homem, nas maçãs do rosto altas, no maxilar bem-marcado, na inquietação e ambição visíveis nos olhos escuros do rapaz. No verso da fotografia havia um bilhete escrito em uma caligrafia que Bobbie não reconheceu:

Para minha menina de ouro
Com amor, Jay
Camp Taylor, 1917

Já fazia anos que Bobbie conhecia os boatos específicos envolvendo sua mãe e Jay Gatsby. Em algumas ocasiões, dera mais crédito àquelas alegações baratas que em outras. Mas ainda era demasiado jovem para aceitar com convicção a idéia de sua mãe poder ser tão enganadora e, ironicamente, de seu pai poder ser tão magnânimo — pelo menos em se tratando de criar o filho bastardo de Jay Gatsby. Simplesmente não conseguia acreditar por completo que aquelas histórias sensacionalistas pudessem ser verdadeiras, embora tenha sentido seu relacionamento com a mãe começar a mudar. Vira-se olhando para ela de forma diferente. Menos como a vítima de um casamento turbulento. Menos como a frívola beldade de Louisville, ainda alguns anos distante da verdadeira meia-idade. Menos como alguém inteiramente inocente. Mesmo assim, porém, continuara certo de que seu pai — ou, mais exatamente, o homem que o estava criando — era demasiado arrogante e cruel para criar o bebê do amante da mulher. Não era possível.

Mas aquele retrato que descobrira dentro do velho livro dava a entender que era possível, sim. Não, aquele retrato provava que sim. Ele era aspirante a fotógrafo e sabia que as fotografias não mentiam. Pelo menos naquela época não. E Tom Buchanan devia saber. Caso não tivesse certeza em 1923, àquela altura já tinha de ter percebido. A semelhança não deixava margem para dúvidas. Por que, então, aquele homem convencido e brutal o tolerava debaixo de seu teto, tão perto de seus preciosos pôneis de pólo e de seus dois mil metros quadrados de rosas? E a resposta, percebeu Bobbie, era clara. Por orgulho. Justamente por ser tão arrogante, Tom Buchanan jamais iria reconhecer para o mundo que sua mulher fora para a cama com Jay Gatby — e, conseqüentemente, o resto da história, incluindo a forma terrível como George e Myrtle Wilson haviam morrido, talvez fosse verdade também. Tom podia fazer alusões ao caso, podia permitir que a verdade escondida vislumbrasse um raio de sol com algum comentário cruel quando estavam brigando — comentários esparsos que Bobbie havia testemunhado ou entreouvido de repente faziam sentido —, mas jamais iria confirmar publicamente a história de que fora corneado pelo reles criminoso que vivia do outro lado da enseada.

Bobbie contou a Shem que, anos depois, gostaria de ter esperado a mãe voltar do jogo de cartas antes de exigir saber o que realmente havia acontecido em 1922. Na verdade, ele já sabia. Mas estava tomado por tamanha raiva adolescente que, ao ver Tom na cozinha — o mesmo cômodo em que aquele homem e sua mãe haviam se reconciliado poucas horas depois de Myrtle Wilson morrer na estrada, perto do aterro de cinzas —, explodiu. Ali estava o homem que, basicamente, havia mandado matar seu pai. Tentou dar um soco em Tom, que se defendeu bem e derrubou o garoto. Perguntou-lhe se ele queria se levantar do chão de ladrilhos e tentar outra vez. A irmã tentou acalmar os dois, mas seus esforços estavam fadados ao fracasso, pois Bobbie sabia a quem ela era leal. Entendia agora por que seu pai sempre a tratara de forma tão diferente dele. Além do mais, ela sempre havia tentado defender os pais, e o comportamento deles era indefensável. Tinha tão pouca vontade de se relacionar com ela quanto com Daisy e Tom.

— E depois que ele foi embora? — perguntou Laurel a Shem. — O que aconteceu?

— Aí a história fica mais incerta.

— Como assim?

— Algumas vezes, eu não conseguia distinguir entre as coisas que o Bobbie tinha realmente feito e as lembranças que ele estava inventando. Mas o Reese conhecia alguns detalhes, e juntando o que Bobbie tinha contado ao Reese anos antes com o que o Reese se lembrava da época em que trabalharam juntos na revista, dava para ter uma idéia.

— Que tipo de idéia?

Shem apoiou o rosto nas mãos, com a cabeça repleta dos fragmentos que Bobbie contava — alguns reais, outros inventados. Revelou a Laurel como Bobbie alegava ter viajado, mas as aventuras eram semelhantes às de seu pai sob tantos aspectos que Shem acreditava que pelo menos algumas delas fossem imaginárias. Era óbvio que Bobbie estava procurando a família de Jay. Insistia ter visitado cidades gélidas no alto das planícies do Minnesota à procura do avô e, depois de algum tempo, Saint Olaf, uma universidade luterana no sul do estado onde ouvira dizer que Jay havia passado duas semanas como aluno e zelador. Assim como fizera seu pai mais ou menos três décadas antes, Bobbie disse que havia trabalhado como catador de mariscos e pescador de salmão no Lago Superior. Encontrara os vestígios de Camp Taylor, evitando cuidadosamente os primos e avós que ainda moravam naquela região do Kentucky. (Disse que, anos depois, tinha voltado a Louisville para ver o que restava dos Fay, e ali participara e documentara uma passeata pela liberdade uma hora a leste de Frankfort.) Quando jovem, Bobbie havia chegado a pensar em adotar o nome do pai verdadeiro, mas desejava permanecer no anonimato quando fosse visitar os estados e as cidades que houvessem tido qualquer participação na história, por menor que fosse.

Quando os Estados Unidos entraram na Segunda Guerra Mundial, Bobbie se alistou. Afinal de contas, era isso que seu pai havia feito. Seu pai verdadeiro, o que fora capitão, combatera na Argonne, e depois se tornara comandante da artilharia de sua divisão. O homem que o havia criado, por sua vez, passara a maior parte do ano de 1917 jogando pólo e a maior parte de 1918 namorando Daisy.

Tudo isso passou pela cabeça de Bobbie quando ele se alistou para o exército. Sentia que não podia ser um Gatsby, por causa das idéias pré-concebidas que as pessoas tinham sobre seu pai, mas não queria mais ser um Buchanan. Não queria mais ser o filho de um aristocrata violento. Não queria mais ser Robert. A caminho do escritório de alistamento na rua principal de Fairmont, Minnesota, passou por uma venda que tinha na vitrine um cartaz de uma dona-de-casa fictícia chamada Betty Crocker, e decidiu, quase por brincadeira, adotar aquele nome. Por que não poderia ser Bobbie Brocker, em vez de Robert Buchanan? Seu próprio pai também não havia mudado de nome?

Além do mais, percebeu que, caso mudasse de nome, seria muito mais difícil para eles seguir seu rastro — embora Shem não soubesse dizer quem eram *eles* exatamente. Mas não foram apenas a esquizofrenia e a paranóia nascentes que o fizeram deixar de ser um Buchanan: foi também um desejo de se distanciar de todo aquele clã fútil, triste e moralmente corrupto.

Se o exército teve alguma dúvida em relação à saúde mental de um recruta cujo nome deve ter lhes lembrado a marca de um bolo de caixinha, não bastou para que o impedissem de nadar até Omaha

Beach em uma das primeiras levas de soldados após o desembarque propriamente dito. Bobbie passaria esse ano e o seguinte combatendo na França, Bélgica e Alemanha, e escaparia ileso da guerra não se sabe como. Pelo menos fisicamente ileso. Teve um caso com uma francesa que, sob muitos aspectos, carregava ainda mais cicatrizes do que ele próprio, visto o número de pessoas da sua família que havia morrido durante a primeira ofensiva alemã, em maio de 1940, e depois combatendo no Norte da África, em 1943. Perdera dois irmãos, um primo e o pai. Bobbie quis levá-la de volta consigo para os Estados Unidos, mas ela se recusou a abandonar a família — tanto os vivos quanto os mortos.

Ele então regressou sozinho aos Estados Unidos com sua unidade e, uma vez liberado do exército, foi trabalhar em uma loja de fotografia no sul de Manhattan. Vendia câmeras e filmes, e à noite tirava suas próprias fotos. Às vezes freqüentava boates, em grande parte por morar sozinho em um apartamento miserável no Brooklyn onde queria passar o mínimo de tempo possível. Não tinha muito dinheiro, mas gastava o que tinha para manter cadeira cativa em lugares como o Blue Light, o Art Barn e o Hatch. Bebia muito — o que só fazia intensificar seu isolamento e amplificar sua doença mental —, e descobriu que podia beber de graça caso fotografasse os artistas. Não tinha estúdio, então eram sempre fotos dos músicos e cantores no palco ou relaxando no camarim. Os artistas adoravam as fotografias, e (mais importante) seus empresários também, principalmente os instantâneos, e em 1953 Bobbie tirou sua primeira foto encomendada de Muddy Waters, um perfil do músico para a gravadora Chess Records, que mostrava o mestre com a cabeça e as tarraxas da guitarra *bottleneck* recostadas na ponta do nariz elegante e aquilino.

O trabalho de Bobbie acabou chamando a atenção dos editores das revistas *Backbeat* e *Life*, e em pouco tempo ele já havia travado amizade com um jovem editor de fotografia chamado Reese.

Desse ponto em diante, percebeu Laurel, ela praticamente podia contar a história sozinha. Não precisava da ajuda de Shem. Este só fizera confirmar suas suspeitas e os detalhes que ela já havia coletado: o equilíbrio mental de Bobbie nunca fora uma de suas virtudes cardinais, e sua instabilidade e esquizofrenia foram amplificadas pelo álcool. Ele foi ficando menos confiável. Ao longo da década seguinte, conseguiu cumprir alguns prazos, mas perdeu outros. Seu talento era enorme, e isso tornava ainda mais frustrante o fato de se trabalhar com ele. Nos anos 1960, houve períodos em que Bobbie na verdade desaparecia dos radares de forma tão completa e durante tanto tempo que Reese finalmente concluía que, dessa vez, Bobbie tinha morrido. Em geral, quando Bobbie reaparecia, Reese insistia para que ele encontrasse um lugar onde pudesse parar de beber de uma vez por todas. Shem supunha que Bobbie provavelmente fora hospitalizado durante alguns desses desaparecimentos. Em outros, provavelmente estava tentando localizar a família. Isso significava expedições a cidadezinhas perdidas no Meio Oeste e perto de Chicago, e conversas breves com filhos e filhas de pessoas que talvez (ou talvez não) houvessem encontrado os estranhos homens que seu pai conhecera, e que haviam passado, como fantasmas, pela vida de Jay Gatsby: Meyer Wolfsheim. Dan Cody. Um inquilino chamado Klipspringer.

De vez em quando, segundo Shem, Bobbie tinha namoradas. Quando sóbrio, o fotógrafo era excêntrico, talentoso e tinha uma aparência interessante — embora não fosse bonito no sentido tradicional da palavra, já que o alcoolismo deixara sua pele vermelha e a doença mental o levava a tomar cada vez menos cuidado com a higiene. Ainda assim, houve uma cantora de apoio que nunca conseguiu alcançar o sucesso, uma bailarina que nunca conseguiu alcançar o sucesso e uma secretária da revista *Life* que na verdade alcançaria o sucesso juntando-se a Helen Gurley Brown para ajudar a lançar a *Cosmopolitan*, e Reese sempre tinha esperança de que essa última seria a mulher que daria a Bobbie a estabilidade de que ele precisava para se assentar. Isso nunca aconteceu.

— E o filho dele? — perguntou Laurel. — Qual dessas mulheres era mãe do filho dele? O senhor sabe?

— Não sei. Não sei muita coisa. Sei que ela não foi um dos relacionamentos mais sérios que ele teve. Fazia alguma coisa no teatro, acho... mas não era atriz. Figurinista, talvez. Costureira. Morreu faz muito tempo.

— O senhor sabe alguma coisa sobre o garoto?

— O Bobbie não gostava de falar nele. Era um daqueles assuntos proibidos... e é claro que o Bobbie tinha muitos.

— Mas ele disse alguma coisa?

— O filho dele era sem-teto. Disso eu sei.

— Como o Bobbie?

— Pior. Usava drogas. Não trabalhava muito.

— Ele pode ter trabalhado em alguma feira?

— Tipo um circo?

— Tipo um festival regional. Itinerante.

— É possível.

— E acabou vindo parar em Vermont?

— É o que parece. Sete ou oito anos atrás. Mas, quando o Bobbie voltou, há dois anos, ele já devia ter ido embora há muito tempo. O Bobbie nunca comentou sobre visitar o filho.

— Teve dois homens que...

— Pode falar.

Ela sacudiu a cabeça; não conseguia. Estava surpresa pelo simples fato de ter começado a revelar o que havia lhe acontecido sete anos antes, e imaginou que só houvesse falado porque Shem era uma fonte de informações incrível e inesperada e porque seu rosto era gentil e não tinha nada de ameaçador. Até mesmo as profundas rugas em volta de sua boca tinham o formato das ranhuras de uma concha do mar. Mesmo assim, ela precisava saber se o filho de Bobbie era realmente um dos dois homens que a haviam atacado, e — caso fosse — qual deles.

— O senhor acha que o filho dele pode estar na cadeia? — perguntou. — A Jordie pensava que talvez ele fosse um criminoso.

— Se foi, não era nenhum ladrão de galinhas. Lembre que o Bobbie também passou muito tempo na rua. Não teria cortado relações com o filho por ele roubar um sanduíche ou ter tido algum problema de uso excessivo de drogas. Teria de ter sido alguma coisa bem pior.

— Estupro? Assassinato? — perguntou ela, depois de reunir coragem.

— Ah, sim.

— Estupro é mesmo uma possibilidade? Ou tentativa de estupro?

Ela sentiu que ele a estudava com atenção, com empatia, com o olhar preocupado de um avô.

— Acho que qualquer coisa é possível — disse ele depois de alguns instantes.

— O Reese sabia?

— Sobre o filho? Ou sobre a possibilidade de o menino ter se transformado em uma pessoa muito má?

— As duas coisas.

— Ele sabia que o Bobbie tinha um filho. Mas não sabia muito mais do que isso. Não esqueça, o Bobbie não era exatamente um pai exemplar. Tinha seus próprios demônios, sua própria doença mental. Disse a mim e ao Reese que a mãe do menino não o tinha deixado ver o menino quando ele era pequeno. Não queria que o Bobbie se relacionasse com o filho. Talvez isso o tenha deixado triste. Talvez ele tenha simplesmente achado que fosse mais uma das muitas conspirações à sua volta. Talvez entendesse que não podia ajudar o menino. Quem vai saber? O Reese provavelmente considerou sensata essa atitude da mãe. Ele conhecia as limitações do Bobbie.

— Mas gostava do Bobbie...

— Muito. Ah, muito mesmo. Anos atrás... antes de você nascer... o Reese deixou claro para o Bobbie que, se um dia ele precisasse de alguma coisa, não devia hesitar em pedir. Então um dia, décadas depois, o Bobbie pediu. Isso agora deve fazer pouco mais de dois anos — disse Shem, e sua voz foi ficando triste. Ele explicou que Bobbie tinha ido às Green Mountains atrás de Reese. Estava velho e sem alternativas. Mas não encontrou Reese imediatamente. Primeiro houve algum tipo de incidente em Burlington, e Bobbie foi levado para o Hospital Estadual de Vermont. Foi ali que pediu a um membro da equipe que cuidava dele para encontrar seu ex-editor; dois meses depois, foi liberado aos cuidados de Reese. A capacidade de concentração de Bobbie havia diminuído a ponto de ele mal conseguir assistir a um seriado de meia hora na TV, e Reese teve a impressão de que Bobbie já passara por muitos hospitais estaduais em Nova York, na Flórida e em Dakota do Norte. Mas ele já não bebia. E, com a medicação adequada, era o mesmo esquisitão bem-humorado, bem-intencionado e não totalmente apresentável de trinta e cinco, quarenta anos antes.

— O que você vai fazer com essas fotos? — perguntou Shem depois de terminar essa parte da história. Estava olhando fixamente para a foto de Julie Andrews como Guinevere, e parecia surpreso pela imagem, comovido até. — Eu assisti a esse espetáculo. Foi em

1960. No teatro Majestic. Eu era recém-casado. A Julie Andrews já conseguiu ser mais bonita que isso?

Laurel lhe garantiu que Julie Andrews nunca tinha sido tão bonita. E acrescentou que, ao contrário da maioria das moças da sua idade, conhecia a letra inteira de "The Simple Joys of Maidenhood". Então falou a Shem sobre os planos de sua chefe de organizar uma retrospectiva, sobre a idéia de dar a Bobbie Crocker a exposição que ele jamais tivera na vida.

— Ah, aposto que a irmã dele vai adorar isso — disse Shem, pontuando o comentário com uma risadinha cautelosa. — Ela ainda está viva? Ou também já faleceu?

— Ainda está viva. Mas diz às pessoas que o irmão morreu quando era adolescente... pelo menos foi isso que disse a mim. Chegou a me dizer para ir até Chicago ver onde ele estava enterrado. Você acha que ela sabe sobre o filho do Bobbie?

— Duvido — disse ele. — Ela não vai ficar contente com a sua mostra, sabe. O Bobbie me deu a impressão de que ela era muito fiel à mãe e ao pai. Muito leal. Não era simplesmente a filhinha do papai nem a queridinha da mamãe. Era fiel aos dois. O Bobbie e o Reese achavam graça na maneira como ela se esforçou tanto, durante tanto tempo da vida, para recuperar a reputação dos pais. Ela vai morrer dizendo para quem quiser escutar que todas aquelas histórias sobre sua mãe e Jay Gatsby eram um monte de mentiras... e todas impossíveis de provar.

Laurel entrelaçou os dedos em cima da mesa à sua frente e pensou no que acabara de ouvir.

— O que o senhor está sugerindo? Acha que esta pilha de papéis tem uma foto que, de alguma forma, vai provar que Jay Gatsby era pai do Bobbie?

— Talvez não nesta pilha aqui, mas em alguma outra, com certeza! Era isso que o nosso esquizofrênico paranóico estava fazendo, não entendeu? Pense nessas fotos como os post-its de um louco. Post-its em código. Aquelas fotos que o Bobbie estava sempre carregando? Eram como um mapa do tesouro.

— Ou uma autobiografia.

— Exatamente! Você se lembra daquele programa antigo, *This Is Your Life*, algo como "esta é a sua vida"? Provavelmente não deve se lembrar. Foi antes do seu tempo. Era um antigo programa de TV. Dos anos 1950. O apresentador era Ralph Edwards. Os convidados iam ao programa... Nat King Cole, talvez, ou então Gloria Swanson... e amigos e parentes apareciam um a um para fazer uma surpresa. Bom, o Bobbie estava meio que fazendo o *This Is Your Life* dele com as fotos. Estava fotografando o lado Gatsby. O Reese me disse que isso parecia uma obsessão para o Bobbie.

— O próprio Bobbie algum dia disse ao senhor por que estava fazendo isso?

— Não. Mas eu sei o seguinte: sabe aquele dia, em 1939, quando o Bobbie encontrou o retrato que o Jay tinha dado para a mãe dele? O tal onde Jay aparece vestido de soldado? O Bobbie levou. O Reese viu esse retrato há muitos, muitos anos, quando ele e o Bobbie ainda trabalhavam na *Life*. Disse que o Bobbie ainda era jovem o suficiente para se poder ver a semelhança. Era inacreditável. Depois disso, as fotos que o Bobbie tirou são como as pistas de uma caça ao tesouro. Pelo menos algumas delas são. Você sabe, talvez um dia encontre a casa. Aí talvez encontre a escrivaninha. Aí você abre a gaveta. E ali está ele: o retrato.

— Ali está o quê? O retrato de Jay em Camp Taylor?

Ele estendeu as mãos com as palmas para cima.

— Ah, não sei com certeza o que tem dentro da gaveta. Nem sei se existe uma gaveta. Ou uma escrivaninha. Ou uma caixa. Estava só usando isso como exemplo. Mas o Bobbie contou para o Reese, e o Reese me contou, que está tudo nas fotografias. Era por isso que ele ficava carregando as fotografias aonde quer que fosse, por pior que fosse a situação dele. Elas eram a prova de quem ele era, a prova de que o seu pai era aquele homem divertido sobre quem todos nós já ouvimos falar... melhor do que todo aquele maldito bando do outro lado da enseada.

— Tenho uns instantâneos que estavam com o Bobbie até o fim. Tem um dele com a irmã e um do Jay ao lado de um carro vistoso. Mas essa foto sobre a qual o senhor me falou... a do Jay de uniforme? Essa eu não tenho.

— Talvez o menino saiba onde está — disse Shem. — Ou talvez o menino saiba como encontrar a foto. Talvez seja esse o verdadeiro motivo que fez o Bobbie vir para cá sete anos atrás. Para plantar essa última pista.

Laurel sabia onde os dois homens estavam cumprindo pena. O mais violento dos dois, que havia assassinado a professora em Montana, estava na ala de segurança máxima do presídio estadual, sessenta e cinco quilômetros a noroeste dali, em Butte. O outro, que era réu primário, ainda estava em Vermont, na casa de detenção perto de Saint Albans. Não pensava que fosse voltar a ver nenhum dos dois depois de eles saírem escoltados do tribunal após a sentença, um para uma prisão em Vermont, o outro para um novo julgamento por assassinato em Montana.

— É possível que o filho dele tenha a foto, não é? — perguntou ela. — Ou algum outro tipo de prova?

— Claro. Mas como é que você sequer vai começar a procurar o garoto? Tudo que você sabe é que ele pode ter feito alguma coisa horrível. Não tem nem certeza se ele está preso em algum lugar.

Ah, tenho sim, pensou ela. *Só não sei se a prisão fica em Montana ou em Vermont.*

Paciente 29873

Mencionei o livro hoje de manhã. Esperava entusiasmo, mas, em vez disso, paciente demonstrou atitude defensiva e desprezo. Depois de algum tempo, acalmou-se. Quando pedi que me explicasse, disse que eu não sabia do que estava falando.

A esta altura, as vantagens de falar sobre o livro superam os riscos.

Das anotações de Kenneth Pierce,
psiquiatra responsável, Hospital Estadual de Vermont,
Waterbury, Vermont

Capítulo vinte e dois

WHIT ESTAVA EXAUSTO QUANDO JANTOU com sua tia e seu tio no sábado à noite, mas as fortes dores causadas pelo *paintball* só estavam a meio dia de distância. Na manhã de domingo, haviam chegado ao auge. Para falar a verdade, não era um tipo de dor lancinante, debilitante, de fazer ver estrelas com os olhos fechados. Mas seu dia jogando *paintball* o deixara mancando cautelosamente pelo apartamento. A parte inferior de suas costas não parava de latejar, ele quase não conseguia esticar as panturrilhas de tão doloridas e sentia que uma faca afiada estava se cravando na lateral de seu corpo sempre que tentava respirar fundo. Ficou pensando se teria quebrado uma costela. No entanto, a manhã estava linda, e ele tinha diante de si uma noite na biblioteca, então, por volta do meio-dia e meia, decidiu colocar sua bicicleta em cima de seu Subaru ligeiramente danificado (danificado porque sua mãe era uma motorista pouco cuidadosa, que não prestava atenção em meio-fios, parquímetros ou nas imensas colunas de cimento dos estacionamentos, e o carro fora seu antes de ela o passar para o filho) e ir até Underhill. Não conseguira ir lá no fim de semana anterior como esperava, então pensou que seria uma boa idéia fazer isso naquele dia. Imaginou que a parte mais difícil seria pôr e tirar a bicicleta do bagageiro do carro. Mas a estrutura era tão leve que supôs que até isso conseguiria agüentar.

Não ia a Underhill desde o início de agosto, talvez um mês depois de ter se mudado para aquela casa. Nesse dia, passara algum tempo no parque estadual e depois andara um pouco pelas trilhas na floresta em volta. Gostava de como os passeios ali eram repletos de longos trechos debaixo de um arco de árvores ligeiramente claustrofóbico, seguidas de vistas dignas de cartão-postal de Mount Mansfield e Camels Hump.

Tomando muito cuidado, vestiu o short de ciclismo por cima do hematoma preto e roxo maior do que uma laranja no quadril, depois prendeu a respiração e fechou os olhos enquanto vestia pela cabeça um suéter justo de mangas compridas. Em um reflexo, soltou um gemido alto. Perguntou-se por um instante se aquele passeio era mesmo uma boa idéia, mas não podia se imaginar passando um dia como aquele dentro de casa. Não a um mês ou dois de um tempo muito, muito frio.

Quando estava passando em frente à porta do apartamento de Laurel e Talia, parou. Ouviu música do lado de dentro e resolveu bater. Queria perguntar a Laurel sobre a véspera, saber por que ela não fora jogar *paintball* com eles. Talia veio atender e parecia que havia acabado de acordar. Imaginou que ela houvesse levado para passear o pônei que sua vizinha Gwen dizia ser um cachorro, e em seguida voltado para a cama por algumas horas, porque tinha os cabelos desgrenhados e usava uma calça de pijama cor-de-rosa e preta de bolinhas com o cordão tão frouxo que a deixava pendurada bem abaixo de sua cintura — tão lá embaixo que chegava a ser erótico, revelando o osso do quadril e o início da curva do monte de Vênus —, e uma camiseta de seda que não combinava com a parte de baixo e tampouco escondia a maior parte de seus seios. Whit, no entanto, sentiu-se mais culpado do que excitado porque, na comprida faixa de pele entre a parte de cima e a parte de baixo do pijama, viu uma fileira de marcas na barriga de Talia que parecia ter sido causada por uma metralhadora. Até mesmo seu umbigo parecia machucado.

— Ora — disse ela, com a voz pastosa, cansada e precisando desesperadamente de um gole d'água —, se não é o sargento York...

Ele fez um gesto em direção à sua barriga.

— Acho que sei quando foi que isso aconteceu. Tenho uma sensação ruim de que até sei quem foi que fez isso. Foi quando você pulou por cima daquele jipe enferrujado e não sabia que eu estava lá, não foi?

Ela olhou para baixo.

— Normalmente eu uso uma florzinha prateada no umbigo. Um amuleto celta. Fica pendurado. É uma graça. Se eu não tivesse me lembrado de tirar antes do jogo, você provavelmente o teria enterrado na minha barriga até o outro lado.

— Desculpe, desculpe mesmo. Acho que eu me descontrolei um pouco.

— Está falando sério? Você não pode estar falando sério. Eu me diverti ontem como não me divertia há muito tempo. Foi incrível. Você foi incrível. *Eu* fui incrível.

— Ouvindo você falar, parece até que a gente transou.

Ela sacudiu a cabeça.

— Ah, como eu disse para a Laurel, *paintball* é melhor do que sexo. Pelo menos do que a maioria das transas. Estou tão feliz por você ter ido. Sério, Whit, obrigada.

— Eu também me diverti. A Laurel está em casa?

— Não. Saiu hoje de manhã cedinho. Se você entrar, eu conto o pouco que sei.

Não lhe ocorrera a possibilidade de que apenas Talia fosse estar em casa, e ele percebeu que aquilo iria atrasá-lo consideravelmente. Mas queria mesmo saber o que havia acontecido com Laurel, e de repente agradou-lhe a idéia de dividir suas agruras com outra pessoa adulta que passara o dia anterior abusando impiedosamente do próprio corpo.

— Não é possível que você esteja com disposição pra andar de bicicleta — disse ela, gesticulando para ele entrar com um aceno irônico do braço, como quem exibe uma prateleira de troféus de programa de auditório. — Se estiver... então você é mesmo um super-homem. Eu mal consigo andar. Sério, entre.

O apartamento estava uma bagunça: havia jeans, camisetas, sutiãs e calcinhas tipo fio-dental (ou pelo menos calcinhas bem pequenininhas) embolados em cima do sofá e da mesa de centro, e o chão estava repleto de capas de CD, revistas de moda e livros, alguns dos quais tinham títulos como O *cristão supercontagioso* e *Salva-adolescentes*.

— Então, você acabou de acordar, imagino? — perguntou ele, indagando-se por um instante onde deveria se sentar. Não tinha certeza se deveria tirar as roupas e a *lingerie* de cima do sofá ou sentar em cima delas. No entanto, ela se adiantou rapidamente na frente dele, enrolou a roupa de baixo e o jeans em uma bola e os atirou pela porta do quarto de modo a dar lugar para ele se sentar.

— Acabei de acordar? Ficou maluco? Acabei de voltar da igreja! Estava indo deitar de novo, se quer mesmo saber a verdade. Mas não, eu agüento o tranco, sim, senhor, e vou à igreja todo domingo de manhã. Eu sou um modelo de garota... e sei que isso deixa muita gente horrorizada. Neste exato momento, é claro, eu talvez seja um modelo de garota que parece ter acabado de passar a noite em uma festa de arromba em alguma fraternidade. Mas ontem à noite eu estava na cama com a luz apagada antes das dez. E hoje de manhã estava fazendo faxina e arrumando a casa antes de ir à igreja. O cachorro da Gwen meio que devastou nosso apartamento ontem, e quando comecei a arrumar resolvi dar uma boa organizada. Limpei até minhas gavetas. Por isso o... o caos. Quer um café?

— Não, obrigado.

Ela concordou:

— Resposta certa. Isso significaria colocar uma roupa e ir até o Starbucks. — Ela desabou no sofá ao lado dele.

— Você encontrou a Laurel antes de ir dormir?

— Encontrei. E não foi legal.

— Como assim?

— A sua paixonite está perdendo a cabeça.

— A Laurel não é minha paixonite!

Ela abaixou o queixo e olhou para ele com a parte de cima dos olhos, ação que transmitiu no mesmo instante sua incredulidade.

— Você tem uma queda e tanto por aquela garota, e, devo acrescentar, uma queda com poucas chances de vir a se concretizar, já que ela parece ter um namorado mais velho.

— Como assim está perdendo a cabeça? — perguntou Whit, recolhendo do chão um dos livros sobre cristãos e adolescentes. — Você descobriu por que ela não foi jogar *paintball* com a gente?

— Descobri. Foram aquelas fotos. Aquelas que um velho cliente do BEDS deixou no Hotel Nova Inglaterra. Ela passou o dia inteiro de ontem... pelo menos a maior parte... dentro do laboratório. Você acredita? Está tão obcecada com aquelas fotografias velhas e malucas que esqueceu completamente que devia estar correndo pelo mato com o meu grupo de jovens. Comigo! Na verdade, ela tem me esquecido por completo ultimamente. Preciso confessar que eu não achava isso possível e estou bem chateada. Mas, mais do que isso, estou preocupada com ela.

Talia contou a Whit como, na véspera, Laurel havia pensando que seu apartamento fora assaltado, e falou sobre o temor da amiga de que alguém estivesse atrás das fotografias do velho sem-teto. Contou-lhe como Laurel a vinha evitando desde que voltara de Long Island, e como a vida de Laurel de repente parecia ter passado a girar em volta do trabalho daquele estranho homem falecido. Quando terminou, ela recostou a cabeça no encosto do sofá e fechou os olhos.

— Sério. Não sei o que pensar disso tudo, nem para quem deveria ligar. Para a chefe dela, talvez? Para o pastor da minha igreja? O que você faria? — falou ela, quase em súplica.

Ele pensou se ela por acaso estaria tendo uma reação exagerada.

— Isso não é só um novo hobby? Uma coisa com a qual ela está empolgada por ser novidade? É claro que eu não sei muita coisa sobre a vida dela, nem sei o que ela faz nas horas vagas. Ela é de Long Island, trabalha no Beds, namora um cara mais velho do jornal. Gosta de nadar de manhã. Antigamente andava de bicicleta. É mais ou menos isso. Mas não parece ter muita coisa acontecendo na vida dela, não é? Então, qual o problema de ela trabalhar nessas fotos? Parece que a única coisa de que as fotos estão afastando a Laurel é... bom, de você.

Torceu para esse último comentário ter soado como uma piada bem-humorada, mas, visto a velocidade com que a mão sonolenta de Talia lhe desferiu um tapa no peito — mais pareceu o movimento de uma mola —, não teve tanta certeza.

— Nem tudo diz respeito a mim — disse ela.

— Não?

— Não. Na verdade, tem muita coisa acontecendo na vida da Laurel... ou, pelo menos, na cabeça dela. Você não sabe pelo que aquela garota passou. Quase ninguém sabe.

O tom da voz dela estava estranhamente sugestivo, o que o levou a perguntar:

— Isso tem alguma coisa a ver com o fato de ela quase ter sido estuprada uma vez?

— Quase?

—É, eu acho. Outro dia, a Gwen me disse alguma coisa que deu a entender que a Laurel tinha quase sido estuprada. É só isso que eu sei. Não sei onde aconteceu nem quais foram as circunstâncias. Imaginei que não fosse da minha conta, e não quis ser enxerido.

Ela levantou a cabeça do sofá e virou-a na direção dele.

— Não foi quase.

— Ah, merda.

— E não foi só estupro. Eles...

— Eles?

— Eram dois. Você quer saber sobre a Laurel? Quer saber por que ela não anda mais de bicicleta e por que eu estou preocupada? Tá bom, capitão Lycra, vou dar a ficha da srta. Laurel Estabrook pra você — disse ela. Então, sem desviar os olhos dos de Whit, ela lhe contou exatamente o que havia acontecido com sua amiga em Underhill e por que ela estava preocupada agora.

Capítulo vinte e três

DEPOIS DE SHEM IR EMBORA, Laurel examinou as fotos uma última vez no restaurante, tentando juntá-las de forma linear. Não de forma cronológica. Isso ela já tinha feito. Dessa vez, tentou ver se, conforme Shem havia sugerido, conseguia formar um mapa do tesouro. Separou as celebridades — deixando de lado gente como Chuck Berry, Robert Frost e Julie Andrews — e em seguida fez duas pilhas, uma de lugares, outra de coisas, e anotou o que havia em cada uma delas em um bloco amarelo.

Lugares

Ponte do Brooklyn
Hotel Plaza
Washington Square
Estação de trem em West Egg
Paisagens de Manhattan
Prédio da Chrysler
Filarmônica de Nova York
Greenwich Village
Futebol de rua debaixo do cartaz da Hebrew National
Feira Mundial (inclusive a Unisfera)
Casas do tipo "brownstone" (no Brooklyn?)
Mustang em frente à propriedade Marshfield
Casa estilo Arts and Crafts no Meio Oeste (Wright?)
Clube de jazz desconhecido (uma série de fotos)
Central Park
Torres do World Trade Center
Wall Street
Main Street, West Egg
Centro empresarial Vale das Cinzas (não é o nome verdadeiro)

Plataforma de trem de East Egg
Litoral de East Egg
Litoral de West Egg
O antigo clube onde eu nadava (antiga casa de
Gatsby)
Cenas em estrada de terra em Underhill (duas de-
las com uma moça de bicicleta)
Igreja de Stowe
Cachoeira
Trilhas de esqui em Mount Mansfield (no verão)

Coisas

Secadores de cabelo
Carros (várias)
Cigarros (em cinzeiros, mesas, closes de bocas fu-
mando)
Mais carros (uma meia dúzia)
Máquinas de escrever IBM (três)
Mustang em frente à propriedade Marshfield
Ônibus na Fifth Avenue
Lâmpadas de lava
Miçangas e medalhões com o símbolo da paz
Caixa de jóias art déco
Macieira (algumas ampliações, uma delas com uma
pirâmide de maçãs ao lado)
Cão em frente a uma padaria

Havia determinadas imagens que Laurel imaginava não terem nenhum valor naquela busca: os cigarros, as lâmpadas de lava, os carros, os secadores de cabelo. Da mesma forma, sabia que outras fotografias tinham sido encomendadas, como a da Unisfera. As que mais a deixavam intrigada na verdade eram as fotos de Vermont e as suas próprias, feitas logo antes de a sua vida ser alterada para sempre: fotografias que Bobbie havia tirado naquele mesmo domingo em Underhill, talvez, ou em um dos domingos que haviam precedido aquele dia terrível. Seriam aquelas imagens relevantes para sua busca?

Seria ela própria uma pista no mapa do tesouro de Bobbie? Ou seria apenas uma estranha coincidência o seu caminho e o de Bobbie terem se cruzado anos antes de os dois se conhecerem formalmente, e terem se cruzado naquele mês específico — talvez naquela mesma tarde de domingo? Seriam as fotografias de uma ciclista em uma estrada de terra, ou de uma igreja em Stowe, partes do labirinto de imagens que ele estava construindo, ou seriam irrelevantes? Afinal de contas, não havia indicações nem de Gatsby nem de os Buchanan jamais terem posto os pés em Vermont.

E o que dizer daquela casa que Laurel supunha ficar em algum lugar do Meio Oeste? Seria em Chicago, de onde ela sabia que a família de Tom Buchanan era originária? Ou em Saint Paul, onde Howard Mason dissera que Bobbie talvez tivesse encontrado um avô? Até onde Laurel sabia, a casa de telhados suavemente inclinados e andares amplos e quadrados — o segundo andar mais à frente do que o primeiro, como os dentes de uma boca — poderia muito bem existir em East ou West Egg, Long Island. Ou talvez pertencesse a um daqueles primos de Louisville.

As fotografias que Laurel pensava terem mais potencial eram as que faziam alusão mais óbvia a uma época da vida de Bobbie. Com cuidado, riscou as imagens que estava certa de não constituírem pistas em relação ao seu parentesco e decidiu que o que restava era administrável. Factível. Podia ver os elementos de um mapa, exatamente como Shem havia sugerido. Simplesmente diria a Katherine que precisava de mais algum tempo de folga do trabalho — uma semana, talvez duas. À noite, ampliaria os últimos negativos, e talvez já no dia seguinte ou na terça pudesse começar a usar seus dias de férias e ir...

Bom, talvez precisasse começar pela prisão no norte de Vermont. E, caso aquele detento não fosse o filho de Bobbie, ir até a outra, em Montana. Porque, embora o projeto fosse factível, não iria ser fácil. Talvez houvesse ali o esboço de um mapa, mas ela não sabia dizer quais eram as pistas e quais eram apenas fotos aleatórias (ou, talvez, até mesmo pistas falsas) tiradas por um esquizofrênico que bebia demais. Havia lugares em East e West Egg: casas, plataformas de trem, trechos de praia bem-cuidada. Seu *country club* — a propriedade de Gatsby. Havia um centro empresarial construído no Vale das Cinzas.

Havia o Plaza, o hotel onde a mãe de Bobbie tivera de escolher entre o marido e o amante, e não conseguira. Havia uma caixa de jóias *art déco* com espelhos bisotados na tampa. Com certeza havia uma chance de a caixa ter contido o retrato de Jay no exército — e talvez alguma outra coisa. Uma carta. Um colar com um pingente. Um anel gravado. Mas como seria possível encontrar uma caixa em alguma daquelas estruturas? Suponhamos que encontrasse a casa estilo *arts and crafts*. E aí? Perguntaria ao dono se podia cavar um buraco no porão? Arrancaria as tábuas do piso do sótão? Da mesma forma, o que poderia fazer no seu antigo *country club*? Pedir para vasculhar a biblioteca — a mesma que outrora havia fascinado os convidados pelo simples fato de não conter nenhum livro de verdade?

Ainda assim, agora estava confiante de que ninguém poderia questionar o que sabia ser verdade: nem David, nem Katherine, nem Talia. Ninguém nunca mais duvidaria da sua sanidade.

QUANDO SERENA VOLTOU a se sentar com ela no reservado, Laurel empurrou a pasta na sua direção, lembrando-lhe para não dizer a ninguém que estava com ela. Assim que terminou de falar, porém, pôde ver, pela expressão no rosto de Serena, que poucos instantes atrás estava errada, totalmente errada: as pessoas continuariam duvidando dela. O que a outra mulher estava pensando era evidente, e Laurel sabia mais ou menos o que a amiga iria dizer antes de Serena sequer abrir a boca.

— Laurel, você sabe que não existe nada que eu não faria por você... e vou guardar isso aqui pra você. Vou, sim. Tudo bem. Mas sinceramente, garota, você acredita mesmo, por um segundo, que alguém vai tentar roubar essas fotos de você?

— Acredito. E não só isso. Eu tenho certeza.

— Mas...

— Você acha que eu estou maluca?

— Não, claro que não. Mas não sei, acho que você talvez esteja tendo uma reação exagerada.

Laurel repetiu a expressão. Era comprida. Um eufemismo para mau comportamento. Para comportamento inadequado.

— Bom. Então o que você faria? — indagou ela. — O que sugere que eu faça?

— Ah, Laurel, não fale nesse tom comigo. Eu só estou...

— Só está o quê? Preocupada?

— Não. Tá bom, sim. Preocupada. Estou preocupada.

— Então me diga. O que você faria?

— Bom, pra começo de conversa, eu não ficaria tão nervosa — disse Serena, mas, depois dessa introdução, Laurel na verdade não prestou mais tanta atenção no resto do seu discurso.

Serena era um amor de pessoa, e sua intenção era boa, mas Laurel sabia agora que não podia confiar nela. Sua amiga não percebia a importância das imagens que tinha consigo. Assim que Leckbruge ou algum de seus capangas aparecesse, Serena iria lhes entregar as fotos. A pasta inteira. É claro que seria um ato de ingenuidade de sua parte, não uma traição. Mas teria exatamente o mesmo efeito. As fotos — e todo o seu trabalho e o de Bobbie — estariam perdidas.

Então Laurel lhe agradeceu pelo seu tempo e pela conversa, e ao sair levou consigo a pasta de fotos. Foi educada. Tão educada que Serena a acompanhou até a porta da frente do restaurante e imaginou, quando se despediram, que Laurel fosse seguir seu conselho e relaxar.

ELA NÃO TERIA CONSEGUIDO DIZER o que era só pelo negativo. Pelo menos não com certeza. Só começou a ficar claro no contato.

Foi quando ampliou a foto pela primeira vez, no domingo à noite, mais uma ampliação em papel revestido com resina, que a imagem se tornou inconfundível sob a luz alaranjada do laboratório. Ficou estudando-a durante muito tempo na bandeja de produto químico, não hipnotizada, mas absorta. Incapaz de desviar os olhos.

Pensou em algo que Shem Wolfe tinha lhe dito a respeito de Bobbie naquela tarde, e sentiu o rosto corar:

Ele tinha seus próprios demônios.

Shem estava se referindo à doença mental de Bobbie, mas nesse momento Laurel pensou na palavra *demônio* — junto com as outras palavras que a haviam assombrado durante anos. Piranha. Rameira. Babaca. Vaca. Piranha fedida. Piranha vadia. Piranha morta. Nas águas calmas da bandeja do laboratório, ela viu a tatuagem. Ali estava a foto que Bobbie contara a Paco Hidalgo que havia tirado. O que ela supusera durante todos aqueles anos ser uma simples caveira humana — embora com dentes compridos — via agora que na verdade era uma tatuagem do demônio: parecida com uma caveira, sim, mas com orelhas. E respirando. Daí a fumaça.

E Bobbie Crocker havia conhecido aquele homem e tirado aquela foto: um demônio em meio à barba que crescia, com uma orelha pairando acima dele qual um planeta. Ou aquele era o filho de Bobbie, ou um amigo do filho de Bobbie.

Porque, aparentemente, até estupradores tinham amigos. Assassinos também.

Aquele era o demônio que havia assustado Bobbie Crocker: um dos mesmos homens que haviam tentado estuprá-la. E depois dado ré com uma van para tentar matá-la.

Sentia-se fraca ao terminar o trabalho no laboratório, mas, a menos que fosse até o centro de Burlington, os únicos lugares que estariam abertos no domingo àquela hora seriam as lanchonetes de *fast-food* e as lojas de rosquinhas da rua iluminada de neon logo ao leste do campus. Passava das onze da noite.

Ela não estivera em casa desde aquela manhã. Sequer lhe ocorrera passar no apartamento depois de deixar Serena, pois quisera ir direto para o laboratório.

Tomou o caminho da velha casa em estilo vitoriano e achou uma vaga que poderia ter usado bem na sua frente, mas — quase por reflexo — seguiu adiante. Havia reparado que as luzes estavam acesas tanto no seu apartamento quanto no de Whit, e era óbvio que seus colegas de casa estavam acordados. Isso era uma falta de sorte: não queria que Talia ou Whit a ouvissem chegar, porque não queria ter de falar com nenhum dos dois. Então, em vez disso, foi estacionar na outra ponta do quarteirão, perto da esquina. Seu plano era esperar uma hora ou duas até todos terem ido dormir. Então pegaria as chaves da portaria e de seu apartamento e as deixaria preparadas na mão muito antes de chegar aos degraus da frente. Também tiraria os tamancos e os seguraria nas mãos, de modo a não fazer nenhum barulho quando se aproximasse da porta ou andasse na ponta dos pés até o canto da casa que dividia com Talia.

E, só para garantir, disse a si mesma que tiraria a roupa e deitaria na cama no escuro. Sequer acenderia a luz da sala. E será que precisava mesmo comer um ou dois biscoitos? Provavelmente não.

No fim das contas, nada desse meticuloso planejamento faria diferença, pois ela adormeceu no banco da frente do carro. Acordou uma vez, pouco antes das três da manhã, com as costas e o pescoço latejando — seria essa a experiência de alguns de seus clientes, pensou, ou será que eles tinham pelo menos o bom-senso de rastejar até o banco de trás para dormir? —, e pensou em entrar. Acabara de ver, em sonho, uma floresta em Underhill ganhar vida com objetos voadores: pássaros, insetos, folhas rodopiantes. Os pássaros tinham a cabeça de pequenos demônios — crânios de demônio, na verdade, o mesmo demônio da tatuagem —, e ela era sua presa. Achava que estivesse tentando atravessar aquele tumulto com a bicicleta, embora não conseguisse se lembrar se havia um caminho por onde pudesse ter andado de bicicleta. Depois de algum tempo, achava, fora encoberta pelas criaturas voadoras. Estas haviam-na atacado em todos os lugares onde fora machucada pelo filho de Bobbie Crocker e seu comparsa sete anos antes e, quando ela acordou, estava toda dolorida do lado esquerdo do peito — e isso, concluiu, era uma dor-fantasma, porque como é que poderia sentir algum desconforto naquele lugar simplesmente pelo fato de ter passado a noite no carro?

Mesmo assim, não conseguiu se decidir a abrir a porta do carro e voltar para o seu apartamento. O sonho a deixara assustada quase a ponto de imobilizá-la, levando-a à beira da paralisia. E havia tantas coisas que ela queria fazer — *tantas coisas que precisava fazer* — que ela se sentia ansiosa demais para se mexer. Emily Young finalmente voltara do Caribe, e precisava encontrá-la, e depois precisava visitar a prisão em Saint Albans. E isso exigiria providências complexas com o superintendente da casa de detenção, o terapeuta do prisioneiro e o Departamento de Serviços para Vítimas de Crimes do estado. Porém, ao mesmo tempo, sentia-se cansada, mais cansada do que conseguia se lembrar de jamais ter estado na vida. De repente, para sua própria surpresa, seus olhos começaram a lacrimejar. Ela estava chorando. Ouviu pequenos soluços e um fraco assobio dentro da cabeça, que lembrou-lhe o som agudo dos pedais de sua bicicleta anos antes, e só parou de chorar depois de tornar a adormecer atrás do volante.

Quando abriu os olhos, o sol começava a nascer, e ela sentiu a barriga se contrair e roncar. Levou alguns instantes para se lembrar da última vez em que havia comido. Virou-se para ter certeza de que a pasta continuava no banco traseiro do carro, onde a havia deixado na noite anterior, depois de terminar de trabalhar no laboratório. Estava. Na calçada, escutou o arrastar próximo de pesadas botas de trabalho. Olhou para a esquerda e viu um homem passar a mais ou menos um metro do vidro, uma imensa forma barbada coberta por uma parca. Era um casaco mais pesado do que de fato era necessário naquela época do ano, a menos que fosse o seu único casaco. Ela percebeu que a calça do homem estava puída na barra e rasgada nos joelhos. Concluiu que o sujeito não era um sem-teto, não ainda, mas que algo nele — as roupas, a postura, o jeito de andar — a fazia temer que, caso não conseguisse ajuda, logo poderia ser.

Perguntou-se como seria quando realmente fosse ao norte visitar um de seus agressores. Pensou que seria capaz de encontrar forças para ao menos visitar Saint Albans, porque lá encontraria um prisioneiro que apenas — e, quando a palavra se formou em sua mente, ela se retraiu e sentiu outra dor aguda percorrer o peito — tentara estuprá-la. Era um homem horrível, mas pelo menos nunca havia assassinado ninguém. Mas e se o filho de Bobbie fosse o homem que abrira as veias daquela mulher lá no oeste usando um pedaço de arame farpado para amarrá-la a uma cerca, enquanto o sangue escorria de seus pulsos e encharcava a terra? Será que ela seria capaz de vê-lo novamente em carne e osso? De se sentar diante de uma mesa, de frente para ele? O que ela diria? Será que sequer valeria a longa viagem até Butte?

Então, enquanto começava a visualizar o confronto — sabia que o termo técnico para o que estava propondo era audiência de esclarecimento —, começou a duvidar da exatidão das próprias lembranças: o que realmente havia acontecido naquela estrada de terra em Underhill? Disse a si mesma para ir aos poucos — como já vinha fazendo havia uma semana. Prosseguir com rapidez, mas com cautela. E o seu passo seguinte naquele momento seria Emily Young. E depois o presidiário em Vermont. Só isso. Uma tatuagem de arame farpado ou uma tatuagem de demônio: será que fazia mesmo diferença? Com um pouco de sorte, de toda forma, ela nem sequer precisaria viajar até Montana.

Decidiu que, se tinha alguma chance de trocar de roupa antes do trabalho, era agora. Uma chuveirada estava fora de cogitação, porque isso com certeza iria acordar Talia. Café-da-manhã também. Teria de passar na padaria a caminho do BEDS. Mas poderia pelo menos passar um algodão embebido de loção Clinique no rosto e pentear os cabelos. A higiene rudimentar era uma das primeiras coisas que se perdia quando se morava na rua, e precisou lembrar a si mesma que — embora as pessoas à sua volta pensassem diferente — a paranóica delirante nesse caso não era ela.

Capítulo vinte e quatro

ENCONTROU EMILY YOUNG antes das oito da manhã de segunda-feira, enquanto a mulher que havia sido a responsável pelo caso de Bobbie Crocker começava a desmanchar a pilha de papéis que havia engolido uma parte considerável de sua mesa durante as férias. Laurel pensou que jamais a vira com uma aparência tão boa. Tão saudável. Emily já fora uma vigorosa praticante de *spinning*, esteira e musculação, mas um problema nas costas pusera um fim dramático à sua vida na academia. O resultado era uma mulher beirando os quarenta com um rosto redondo, jovial, e grandes olhos em cima de um corpo que, ao longo dos últimos cinco anos, havia se tornado um pouco flácido. O cruzeiro no Caribe, porém, fizera maravilhas. Emily parecia ter emagrecido, estava bronzeada e usava um alegre vestido estampado com flores azul-neon, um tipo de roupa raramente visto no BEDS.

— A maioria das pessoas no navio comia como se o mundo fosse acabar — disse ela a Laurel enquanto folheava uma pasta de papel pardo que continha a papelada de Bobbie Crocker. Por alguns instantes, Laurel temeu que aquela fosse a pasta que ela vira dias antes, e que não haveria ali nenhuma informação que já não tivesse visto, mas então viu papéis que não reconhecia. — Mas o meu comportamento mudou totalmente no primeiro dia. Fui fazer uma massagem. E o massagista era um argentino superbonito. Antes de perceber o que estava acontecendo, eu parei de comer... por ele! E ele me fazia massagem todas as tardes. Então as minhas férias foram assim. Eu vivia de frutas e legumes frescos, nadava e tomava sol, e um belo... não, ele era muito mais do que belo, ele era lindo... um lindo massagista cuidava das minhas costas e das minhas pernas duas horas por dia. Você pode imaginar o resto.

— Como está se sentindo agora que voltou à terra firme?
Emily deu de ombros.

— Preciso voltar para aquele navio. — Então disse: — Vamos ver: quando o nosso sr. Crocker estava no hospital, tomava risperidona. E Celexa. Parece que pensaram em dar também clozapina, mas decidiram que ele era velho demais. Provavelmente estavam preocupados com os efeitos colaterais: seria ruim para a contagem de glóbulos brancos dele.

Laurel assentiu. Sabia que o Celexa era um antidepressivo e que a risperidona era um antipsicótico.

— Está claro que o Bobbie foi parar no hospital pela primeira vez porque teve algum tipo de surto — prosseguiu Emily. — Deve ter feito alguma coisa que dava a entender que fosse perigoso para ele próprio ou para os outros.

— Você conhecia o Bobbie — disse Laurel, surpresa pelo tom defensivo e protetor da própria voz. — Eu conversei com vários amigos dele. Uma dessas pessoas disse que pode ter havido algum incidente em Burlington. Mas, fora isso, não ouvi nada que me fizesse pensar que ele fosse violento.

— Violento, não. Mas ele tinha delírios. Sem os remédios, tinha crises. Nós duas sabemos disso. Mas a minha sensação, no caso do Bobbie, é que era muito mais provável ele representar perigo para si próprio do que para alguém próximo. Graças a Deus, ele ficou sem-teto em agosto. Pode imaginar se ele tivesse tido que se virar na rua em dezembro ou janeiro? Um cara daquela idade? Teria morrido congelado. E nós duas sabemos que isso acontece. — Ela virou uma folha de papel, e então surpreendeu Laurel ao se inclinar para a frente e exclamar: — Ah! Ele foi preso por roubo de serviços. Um restaurante onde comeu... e não pagou. Nada demais. Estamos falando de quinze dólares e uns trocados. Mas também houve queixas contra ele por mendicância e invasão de propriedade. As invasões talvez tenham ficado complicadas: o Bobbie ficou bem agitado em uma loja de material fotográfico onde pensou que tivessem roubado umas fotos que ele não conseguia encontrar. Parece que ele e o dono da loja discutiram aos gritos. E, vamos ver, aqui tem outra reclamação. Dessa vez é de um mercado: ele estava na seção de hortifrúti, comendo, e não quis sair. Mas tudo isso é coisa boba. O importante era fazer uma avaliação psicológica dele.

— Mas ele nunca foi violento, certo? Tirando o fato de ter gritado com o dono da loja de material fotográfico?

— Não. E parece que o dono gritou de volta — disse Emily. — Mas então você conversou com o pessoal do Hotel Nova Inglaterra?

— Pete e os outros? Conversei. Mas também passei uma parte do dia de ontem em Bartlett. Lá conheci Jordie Baker. Encontrei uma professora e um pastor que conheciam o Bobbie. E aqui mesmo, em Burlington, conheci Shem Wolfe. E é claro que conversei com a Serena Sargent. Talvez você se lembre da Serena. Ela trouxe o Bobbie para cá. Cinco anos atrás, ela própria foi nossa cliente.

— Você fez um bom trabalho. Mesmo que eu não saiba quem são algumas dessas pessoas. Quem é Jordie? Quem é Shem?

Laurel lhe contou como a tia de Jordie havia conhecido a mãe de Bobbie, e como Shem fora amigo de Bobbie e de seu editor. Explicou como o demônio de Bobbie na verdade talvez tivesse sido uma tatuagem — embora não tenha revelado no pescoço de quem o demônio morava. Mesmo assim, teve a sensação de que Emily ficou impressionada com seu trabalho de detetive.

— Bom, então, o que você precisa que eu faça? — perguntou-lhe Emily depois de ela terminar. E quase abruptamente, acrescentou: — Nossa, e você acha que *eu* emagreci? Que diabo está acontecendo com você? Andou doente?

Laurel ficou espantada: pensou que estivesse com uma aparência razoável depois de pentear os cabelos e passar um pouco de batom.

— Não — respondeu apenas. — Só andei ocupada.

— Não se ofenda. A gente é amiga e eu estava só... estava só perguntando. Ontem à noite, no telefone, a Katherine me disse que você tinha se jogado de cabeça nas fotos do Bobbie, e...

— Você e a Katherine conversaram sobre mim?

— Ei, não foi desse jeito. Eu sabia que ela hoje iria tomar aquele café-da-manhã mensal com o comitê de desenvolvimento, portanto não estaria no escritório quando eu chegasse. Então liguei pra ela pra descobrir o que estava acontecendo por aqui. Achei que seria bom entender que tipo de caos iria estar me esperando na minha chegada triunfal. Só isso. Enfim, ela por acaso mencionou... e sério, foi só um comentário no meio de muitos outros assuntos... que você estava um pouco preocupada...

— Preocupada?

— O termo é meu, com certeza... não dela. Ela disse que você estava trabalhando com muito afinco nas fotos do Bobbie. Disse que estava tentando esclarecer alguns fatos sobre a vida dele.

Laurel pôde perceber que Katherine tinha dito mais coisas a Emily. Que tinha insinuado mais coisas. Katherine provavelmente dissera que sua jovem e frágil protegida estava obcecada — sim, *obcecada* — pelo velho fotógrafo e sua verdadeira identidade.

— Ah, não precisa se preocupar comigo — disse ela a Emily. — Eu estou bem.

— Tudo bem, então. Eu não quis ofender. Pode perguntar: o que você não sabe sobre o Bobbie Crocker que eu poderia contar? Tenho a sensação de que você sabe bem mais coisas sobre o excêntrico preferido do Hotel Nova Inglaterra do que eu, mas pode dizer.

— O que você sabe sobre o filho dele?

— Filho? Eu não sabia nem que ele tinha um filho!

— E sobre os pais?

— Quase nada — disse Emily.

— Quase nada? Ou nada?

— Nada.

— E a irmã?

— Ele nunca me disse nenhuma palavra sobre ela.

— Ele alguma vez falou alguma coisa sobre quando era criança?

— Tenho certeza de que disse. E tenho certeza de que eu não me lembro.

— Soube que você deu uma olhada nas fotos antes de entregar para a Katherine. Notou alguma coisa interessante?

— Nas que o Bobbie tirou? Dei uma olhada. Uma folheada. Achei bem boas. Mas, sinceramente, você sabe melhor do que eu. Eram boas?

— Eram. O Bobbie era talentoso.

— Então vai organizar uma mostra?

— Algum dia — respondeu Laurel. — Ele comentou sobre algum amigo? Algum parente distante? Alguma pessoa surpreendente na vida dele?

— Fora as pessoas nas fotos que ele tirou?

— Isso.

Emily se recostou na cadeira e uniu os dedos por cima da barriga. As flores por detrás de seus polegares.

— Bom, estou pensando. — Depois de vários instantes, falou: — Uma vez, quando estávamos lá embaixo juntos no abrigo diurno, só descansando por alguns minutos, um homem entrou. Àquela altura, o Bobbie já não precisava mais do abrigo diurno, já estava instalado no Nova Inglaterra. Mas você sabe que a gente se transformou rapidamente nos amigos de infância dele. Enfim, um cara entrou no abrigo diurno e, enquanto o Bobbie estava pegando o pão pra fazer um sanduíche de pasta de amendoim e geléia pra ele, acabamos sabendo que o cara tinha passado um tempo na prisão.

— Onde?

— Vermont.

— Em que prisão?

— Saint Albans, acho. Mas pode ter sido no condado de Chittenden.

— Quanto tempo fazia que ele tinha saído?

— Seis meses. Oito, talvez. Não queria fazer nada errado e ter que voltar. E o Bobbie perguntou a ele se ele conhecia alguém lá dentro. Na prisão.

— Como se chamava esse detento?

— Não me lembro. Mas isso não importa; não é a parte interessante. A parte interessante é a seguinte: qualquer que fosse o nome do tal sujeito, aquele novo cliente do abrigo o havia encontrado na prisão. Tinha verdadeiro desprezo por ele, porque esse outro detento tinha cometido um crime sexual. Mas também tinha medo dele. Muito medo. O Bobbie também tinha. Então perguntei ao Bobbie como ele tinha conhecido esse sujeito, o que ainda estava preso. Afinal de contas, o Bobbie nunca tinha sido preso, pelo menos não que eu soubesse. Então devia ter sido do lado de fora. Mas o Bobbie não quis me contar. Depois de se certificar de que o homem continuava atrás das grades, não quis mais saber nada sobre ele.

Laurel sabia o nome dos homens que haviam tentado estuprá-la. Como poderia esquecer? O fisiculturista de Montana era Russell Richard Hagen. O sem endereço fixo era Dan Corbett. Sem sobrenome do meio. Ele não suportava o nome Daniel.

— O nome do detento era Russell? — perguntou a Emily.

— Não.

— Richard?

— Não.

— Dan?

— Sabe que esse até me soa familiar? — disse Emily. — Por quê, o Bobbie algum dia falou com você sobre essa pessoa?

— Falou — mentiu Laurel. — É só uma daquelas tristes coincidências. Acho que esse tal de Dan tentou agredir o Bobbie uma vez. Na Church Street.

Não queria que a colega de trabalho soubesse que a sua busca a estava levando de volta à agressão em Underhill. Emily ficaria preocupada. Todos ficariam. Então Laurel lhe agradeceu, disse-lhe que sabia que ela teria que olhar um montão de papéis depois daquelas longas férias e voltou para a própria sala. Tinha um encontro marcado para conversar com um sujeito do grupo de ex-combatentes que trabalhava com veteranos sem-teto sobre novos serviços para estes últimos, e queria ter à mão uma lista de clientes que pudessem se beneficiar. Depois precisava escrever um recado para Katherine dizendo-lhe que — e essa mentira também lhe ocorreu sem esforço — sua mãe estava hospitalizada, e que ela precisava voltar para Long Island por alguns dias. Diria a Katherine que lhe telefonaria da estrada para contar os detalhes, e que a chefe não precisava se preocupar. Sua mãe iria ficar bem. E ela iria ficar bem.

E se Katherine tentasse falar com ela na casa da mãe? Só conseguiria falar com a secretária eletrônica, porque sua mãe naquele momento estava em uma escola de culinária em Siena. Estava literalmente do outro lado do mundo.

Mas Laurel queria que o recado estivesse na mesa de Katherine quando esta voltasse da reunião. Não queria ter de explicar pessoalmente sua súbita partida.

É CLARO QUE ELA NÃO IA para Long Island. Pelo menos não por enquanto. Primeiro, iria consultar o Departamento de Serviços para

Vítimas de Crimes em outra parte do estado, e em seguida se encontrar com o superintendente do presídio de Saint Albans. Iria marcar sua audiência de esclarecimento com o presidiário Dan Corbett. E queria encontrá-lo o quanto antes.

Saiu do BEDS pela porta dos fundos, em vez de usar a da frente. Seu encontro com o representante da Associação de Ex-Combatentes havia durado até as nove e meia e, quando ela finalmente conseguiu escrever um recado para Katherine que tivesse o tom certo — sem fazer a diretora entrar em pânico, mas sugerindo ter sido necessária uma certa urgência —, já eram quase dez horas. Katherine iria voltar a qualquer momento, e Laurel não queria esbarrar com ela no saguão nem na escada principal.

O sol agora estava alto no céu, ao contrário de quando ela saíra de casa horas antes. Tomara cuidado para sair antes de Talia acordar, e agora se sentia duplamente satisfeita por isso: seria mais fácil desaparecer. Mais fácil continuar paciente e concentrada, sem se deixar contaminar pelas dúvidas da amiga, enquanto se dedicava ao árduo trabalho que tinha pela frente. Diria a Talia — *escreveria* a Talia — exatamente o que havia escrito a Katherine. Assim como o faria a David. Estava em casa, em West Egg.

Que vergonha. Que vergonha, eles todos.

Duvidar dela. Duvidar de Bobbie.

Ela havia passado aquele tempo todo achando que Bobbie tinha medo da irmã, quando — na verdade — ele tinha medo do filho.

Capítulo vinte e cinco

PAMELA MARSHFIELD PASSOU a maior parte da manhã de segunda-feira no sofá da sala de estar, sentindo-se mais velha do que jamais havia se sentido na vida. A parte superior de suas costas doía, e ela não teria ficado surpresa caso seu médico lhe dissesse, em algum momento do inverno seguinte — sem dúvida depois de uma bateria quase assassina de exames modernos —, que era câncer. Estava se achando estranhamente ofegante. E sua bacia — trocada por uma prótese quinze anos atrás — latejava. Além disso, nada estava bom no café-da-manhã. A verdade era que nada tinha muito gosto.

Na sua frente, em uma das espreguiçadeiras de metal dourado compradas por sua mãe setenta e cinco anos antes — cujo revestimento cromado fora meticulosamente restaurado não uma, mas duas vezes desde então —, estava sentada Darling Fay, a filha mais velha de Reginald Fay, de Louisville. Reginald era seu primo, falecido havia tempos. Seu pai era o irmão mais velho de Daisy. Darling, assim como a maioria dos Buchanan e dos Fay, estava muito bem-conservada para uma mulher de sessenta e dois anos, em parte devido àqueles genes fabulosos, em parte porque nunca havia se casado nem tido filhos, e em parte porque, duas vezes por ano, pegava um avião até Manhattan para um cirurgião plástico lhe aplicar injeções de Restylane no rosto. Era por isso que estava em Nova York agora. Naquela manhã, estava fazendo o que Pamela entendia ser uma viagem onerosa e obrigatória até a ponta de Long Island para visitar a prima caquética do pai, mas, se Darling estava disposta a percorrer toda aquela distância, Pamela não iria impedi-la. As duas estavam bebericando um chá, embora apenas Darling estivesse saboreando a bebida.

— Muito me espanta que o seu advogado não tenha sugerido uma abordagem menos agressiva — disse Darling a Pamela, com um leve franzido no rosto. Usava uma saia florida com debrum colorido que Pamela imaginou ser da marca Kay Unger, e uma casaquinha, verdepistache, que (na opinião de Pamela) tinha um decote mais generoso do que seria adequado.

Durante alguns instantes, Pamela desejou não ter desabafado com Darling, não ter dito àquela jovem — bom, mais jovem que ela, em todo caso — que seu irmão morrera. Estava arrependida por ter lhe contado como o trabalho de Robert tinha reaparecido e por ter lhe revelado suas tentativas delirantes e maliciosas de expor os segredos da família. Não estava certa do motivo que a levara a contar, exceto, talvez, estar velha e cansada, e precisando ser reconfortada. Afoita por consolo. E, nesse caso, estava perdendo seu tempo. Não iria conseguir nenhuma compreensão de Darling. Aquela sua prima de segundo grau tinha nascido depois de Robert fugir de casa, e via-o apenas como uma perturbada sombra familiar.

— O que você consideraria uma abordagem menos agressiva? — perguntou-lhe Pamela por fim.

Darling pousou a xícara delicadamente sobre a mesa de centro entre as duas.

— O seu pai era capaz de se comportar de forma bem truculenta.

— Ah, eu sei.

— Mas ele também sabia exatamente quando abrir a carteira. Quando uma doação para a obra de caridade certa no momento certo podia fazer toda a diferença.

— Como depois do acidente.

— Justamente. — Ninguém entre os Fay e os Buchanan conhecia os detalhes, mas era notório que, em 1922, e novamente em 1925, Tom Buchanan fizera generosas doações filantrópicas para uma série de departamentos de polícia de Long Island, bem como sérias contribuições de campanha para promotores públicos das redondezas. Fora sua maneira de garantir que ninguém investigasse com atenção quem estava de fato ao volante quando Myrtle Wilson fora morta, nem investigasse seriamente as alegações surgidas três anos depois.

— Está insinuando que está na hora de eu abrir a minha bolsa? — perguntou Pamela.

— Eu não teria a presunção de dizer a você o que fazer. Você sabe disso. Estava apenas pensando em voz alta em por que o seu advogado não incentivou você a fazer uma doação para o grupinho de sem-teto dessa tal mulher? Cots, como macas, em inglês?

— Beds, camas, na verdade.

Darling deu um aceno com a mão, como se estivesse espantando uma mosca do rosto.

— Que seja! É só uma idéia. Imagino que é o que o seu pai teria feito.

— Por mais grosso que ele fosse.

— Sim. Por mais grosso que ele fosse.

— E você acha que esse grupo vai me devolver o trabalho do Robert se eu der um dinheiro a eles?

— Pode ser. A esta altura, o que mais você pode fazer? Quais são as suas outras alternativas? Você quer as fotografias de volta, não quer?

— Eu *preciso* das fotografias de volta. Não vou permitir que a exposição dessas fotos torne a demonizar a minha mãe. Toda história tem dois lados, e não vou deixar o Gatz ser endeusado, e a minha mãe, rebaixada. É simples assim.

— Então compre as fotos. Simplesmente abra a carteira e compre as fotos.

No início, a idéia lhe pareceu de mau gosto e um pouco patética. No entanto, supunha que Darling estivesse certa: ela não tinha escolha. Não iria viver para sempre. Até onde sabia, poderia estar morta antes de o dia terminar. E, caso quisesse eliminar de uma vez por todas o trabalho maligno e louco do irmão — já podia imaginar a fogueira cancerígena que mandaria acender em sua praia depois de conseguir todas as fotografias de volta —, teria de pagar a alguém. A realidade era que o seu dinheiro poderia ser útil para os sem-teto fedorentos que dormiam no abrigo. Eles precisavam do seu dinheiro. Já os advogados do escritório de T.J. Leckbruge não precisavam. Continuariam passando muito bem, obrigado, sem o seu dinheiro. Poderiam até perder os honorários que teriam ganhado caso conseguissem reaver as fotos do seu irmão, mas ela iria morrer em breve, e o escritório embolsaria um bom dinheiro quando tivesse de pagar o seu espólio.

Pamela deu um suspiro e sorriu para Darling. Decidiu que, assim que aquela mulher fosse embora, faria os telefonemas necessários. Instruiria seu advogado a fazer uma proposta adequada ao abrigo para sem-teto de Vermont. A oferecer, em suma, o que fosse necessário para que todos os instantâneos, negativos e ampliações lhe fossem restituídos.

Capítulo vinte e seis

A GARGANTA DE DAVID ficou um pouco seca quando ele leu o recado que Laurel havia lhe deixado na portaria do jornal.

Minha irmã ligou: mamãe foi hospitalizada ontem à noite. Teve que remover o apêndice, mas eles estão fazendo outros exames para saber se pode ter alguma outra coisa errada. Minha tia está com ela agora, mas senti que ela está um pouco preocupada, então fui passar alguns dias em Long Island para ficar com mamãe. Ligo hoje à noite.

Por favor, diga a Marissa que eu sinto muito por não poder tirar o retrato dela hoje à tarde. Mas ela é uma menina linda, que canta como um passarinho, e não é preciso nenhum talento feito o meu (modéstia à parte) para deixá-la linda. Ela é a melhor.

Ligo quando puder.

L.

Segurou o bilhete na mão e estudou as letras manuscritas. Laurel havia usado uma caneta azul porosa e escrito com sua linda letra miúda quase de caligrafia. Entendia que ela estivesse preocupada com a mãe, mas imaginou se ela não estaria exagerando. Se não estava acontecendo alguma outra coisa. Afinal de contas, ela havia deixado aquele recado para ele na recepção. Nem sequer perguntara às recepcionistas se ele estava em sua sala lá em cima.

Sabia que deveria ter ligado para ela no domingo. Para a casa dela. Para o celular. Katherine havia lhe revelado o suficiente sábado à noite no cinema para alguém que fosse mais atento — alguém mais *envolvido* — ficar alarmado o bastante a ponto de fazer alguma coisa.

Mas ele não tinha feito nada, então ligou para ela agora. Conforme esperava, não a encontrou no BEDS, então deixou um recado na caixa postal. Deixou um segundo recado na secretária eletrônica que ela e Talia dividiam em casa. E um terceiro no celular. Por fim, pôs o fone no gancho e sentou-se na beirada da mesa, pensando no que fazer. Pensando se, de fato, deveria fazer alguma coisa.

Sabia que Marissa iria ficar decepcionada. E alarmada. Era verdade que havia passado vinte minutos naquela manhã examinando as roupas que tinha no apartamento do pai, por causa da tão esperada sessão de fotos daquela tarde. Mas, depois da conversa que haviam tido na noite de sábado, a verdadeira questão que a deixaria preocupada seria o bem-estar de Laurel.

Além disso, havia Cindy. Ele planejara passar a manhã entrevistando executivos do hospital sobre os custos astronômicos do projeto de construção deles, mas teve de cancelar tudo depois de ela cair do balanço no parquinho da escola e tirar um bom naco de pele da canela e dos dois cotovelos. Sete pontos na perna e curativos nos braços. A menina havia ficado quase histérica com todo o sangue. Ele fora encontrar a filha e uma professora assistente no pronto-socorro (por ironia, no mesmo hospital onde deveria estar fazendo pesquisas para um editorial). Então levara Cindy para casa, acalmara-a e convencera sua irmã a vir correndo de Middlebury para ficar com a sobrinha de modo que ele pudesse voltar ao trabalho.

Mas retratos não-tirados e pontos poderiam acabar não significando nada em comparação com o grande problema: Laurel. E ele realmente não tinha certeza do que deveria fazer em relação a ela. Sabia que era um homem cuidadoso, racional. Esse era um de seus pontos fortes — e, ocasionalmente, uma de suas fraquezas.

Entendia que, fundamentalmente, não podia fazer nada. Afinal de contas, Laurel era adulta. Fora para casa cuidar da mãe. Além disso, era apenas uma retirada de apêndice — não uma cirurgia cardíaca. E ela não estaria sozinha: sua irmã, Carol, e a tia estavam por perto. Ela não precisava dele também. Ele também sempre fizera questão de não bancar a babá de Laurel — na verdade, de não bancar a babá de mulher nenhuma. Nem de namoradas, nem da esposa. De toda forma, não tinha tempo para ser babá de Laurel, mesmo que fosse esse tipo de homem. Tinha um emprego que lhe tomava muito tempo e duas filhas pequenas, e a última coisa que queria era dar corda a um relacionamento que lhe demandasse muita energia com *uma moça frágil* — e percebeu que havia usado esse termo no sábado à noite, conversando com Katherine.

Imaginou se não seria justamente por isso que não havia telefonado para Laurel no domingo. Porque isso significaria um envolvimento mais profundo, e ele não era apenas racional e cuidadoso: era reservado e distante e, desde o divórcio, nunca quisera nada que se parecesse com compromisso.

E ir ficar com Laurel à cabeceira da mãe doente certamente sugeria um compromisso sério. Poderia dar origem a uma obrigação mais profunda que ele não estava disposto a ter com nenhuma mulher naquele momento. Poderia significar casamento, e poderia significar outros filhos, e outros filhos ainda estavam inteiramente fora de cogitação. Pelo menos enquanto Cindy tinha seis anos, e Marissa, onze. Não iria fazer isso com elas. Já bastava o casamento de seus pais ter acabado, e elas agora precisarem de atenção especial porque a mãe estava prestes a se casar de novo.

Por outro lado, a própria fragilidade de Laurel sugeria que ele precisava se envolver. Conhecia a história dela melhor do que ninguém; tinha responsabilidade. Assim, pegou novamente o telefone e ligou para a igreja batista, onde foi rapidamente transferido para a pastora de jovens.

— Deixe-me adivinhar: você quer saber o que está acontecendo com a Laurel, não é? — perguntou Talia quase na mesma hora em que ele disse alô.

— Isso. Quero saber se a mãe dela está mesmo doente. Não dá para saber pelo bilhete.

Ele a ouviu dar um estalo no céu da boca com a língua.

— A mãe dela está doente? — perguntou Talia, por fim.

— Ela não contou pra você?

— Não.

— Ela deixou um bilhete pra mim aqui no jornal — disse ele, lendo-o em seguida para Talia.

— Isso não vem em boa hora — disse Talia. — Acho que a mãe dela estava indo passar este mês na Itália.

— Era o que eu pensava também.

— Será que tem um bilhete para mim no apartamento? — murmurou ela, com um misto de mágoa e preocupação na voz. — Sinceramente, eu não achei que a Laurel fosse capaz de ir a lugar nenhum estes dias a não ser àquele laboratório fedorento ou à sala dela no Beds.

— Você não sabia mesmo que ela ia viajar? Ela também não ligou pra você?

— Não. Mas... sem querer dar importância demais a esse fato... ela mal está falando comigo estes dias.

— Ela não me disse que vocês tinham brigado. Posso perguntar por quê?

— A gente não brigou. Não exatamente. Só discutiu um pouco no sábado à tarde, mas a essa altura ela já estava me evitando. Pelo menos foi o que me pareceu. Tinha combinado de ir jogar *paintball* com o meu grupo de jovens, sabe? Mas aí não apareceu.

— Ah...

— Ela foi para Long Island passar o aniversário e, quando voltou, parecia um fantasma. Entrava no apartamento no meio da noite para trocar de calcinha, mas só. Fora isso, nunca estava em casa. Praticamente ficou morando no laboratório. Deixei recados para ela, essas coisas, mas era como se estivesse escrevendo com tinta invisível.

Ele esfregou a nuca com a mão livre. Sentia uma dor de cabeça chegando, e pôs a mão dentro da gaveta da escrivaninha para pegar o frasco de mil comprimidos de ibuprofeno. Aquilo lembrou-lhe mais uma vez que, em matéria de idade, estava mais próximo da mãe de Laurel do que da própria namorada, e a realidade o fez sentir certa repulsa por si mesmo.

— Não acredito que ela esteja brava com você — murmurou, e em seguida engoliu dois comprimidos, sem água.

— Talvez sim, talvez não. De toda forma, alguma coisa está acontecendo e, se ela foi para casa, acho que a gente deveria estar preocupado.

— Eu estou.

— Você vai atrás dela?

— Acabei de deixar um recado no celular. Pensei em esperar que ela ligasse de volta antes de fazer qualquer coisa.

— Acha que eu deveria ir atrás dela?

— Talvez. Mas vamos esperar por enquanto.

— Só isso? — perguntou Talia.

— Você recomenda alguma outra coisa?

— Estou preocupada!

Ele fez uma pausa.

— Talia, você sabe quantos anos eu tenho a mais do que a Laurel? — indagou ele.

— Você está querendo dizer que é um tarado de meia-idade? Se for isso, por favor, esqueça. A Laurel precisa de você.

— Ela precisa de mais do que eu — disse ele, não exatamente levantando a voz, mas falando com um toque de seriedade no tom. — É esse o problema. Por que a gente só se vê umas duas vezes por semana? Porque, no momento, a minha prioridade são as minhas filhas, e eu não tenho mais tempo do que isso pra ela. Na outra noite, eu estava contando para a minha filha mais velha o que tinha acontecido com a Laurel...

— Está falando sério? Ela é uma criança!

— Só contei as linhas gerais. Mas mesmo isso, o simples fato de verbalizar uma pequena parte me fez perceber que eu represento as duas coisas de que a Laurel menos precisa na vida.

— Que coisas?

— Outro homem de meia-idade. E alguém que não se compromete totalmente com ela. Que não a ampara de verdade.

Talia ficou calada e ele sentiu uma onda de raiva crescendo dentro dela. Preparou-se para o ataque. No entanto, em vez de atacá-lo, ela disse apenas:

— Ligue pra mim, por favor, quando souber o que vai fazer. — Era óbvio que estava contendo a própria fúria.

— Ligo — disse ele. Quase desejava que ela houvesse explodido com ele. Sentia que merecia uma boa bronca.

Depois de desligar, pensou no comentário de Talia de que Laurel havia ficado obcecada pelas fotografias depois de voltar de Long

Island, e imaginou se acontecera alguma coisa que ela não havia lhe contado. Ou, talvez, se tudo aquilo teria algo a ver com Underhill; no final das contas, pensou, tudo tinha a ver com Underhill. Decidiu ligar para Katherine: ver o que mais poderia haver naquelas fotografias, e se Laurel tinha dito mais alguma coisa a ela.

Fazer isso não era muito. Mas era alguma coisa.

PODIAM DIZER O QUE quisessem sobre carinho, criação e pais que tratavam muito mal os filhos, acreditava Whit Nelson, mas a grande maioria dos farrapos humanos com os quais Laurel Estabrook trabalhava iria parar no BEDS de toda forma por causa da predisposição genética e das substâncias químicas. E ele não estava falando de abuso de substâncias, embora houvesse uma conexão evidente entre isso e doença mental. As duas coisas alimentam uma à outra. Ele estava falando de substâncias químicas no cérebro. Evidentemente, nem todos os sem-teto eram vítimas da natureza. Havia os ex-combatentes, por exemplo, quase todos os quais estavam muito bem até verem ou fazerem coisas — ou até alguém os mandar fazer coisas — que os faziam despencar pelo abismo. E havia aqueles em quem os vícios dos pais — álcool, cocaína, jogo, sexo — também haviam deixado cicatrizes.

Mas e quanto à maioria dos doentes mentais do abrigo? Whit havia chegado à conclusão de que o destino deles era tão inevitável quanto o de alguém que sofresse de paralisia cerebral. Seu futuro já estava enterrado bem lá no fundo das moléculas, nas reentrâncias dentro de suas cabeças, no instante em que nasciam. Seus demônios já estavam ali. Seus temores, sua paranóia ou sua ânsia sem limites por aditivos químicos. Sua incapacidade de trabalhar. O mundo precisava de lugares como o BEDS e de pessoas como Laurel, precisava desesperadamente. Mas muito do que eles faziam era paliativo, idealista.

E isso, pensou, ajudava a explicar a atração que sentia por Laurel.

Isso, é claro, e também sua vulnerabilidade. Sua história. Ela também era uma vítima.

Naquela segunda-feira de manhã, Talia foi para casa imediatamente depois de encerrar o telefonema com David, querendo ver que tipo de bilhete Laurel poderia ter lhe deixado. Um pouco ofegante por ter subido correndo o morro, contou a Whit o que David tinha lhe dito quando se esbarraram na escada.

— Você terminou de arrumar — disse Whit quando ela destrancou a porta da frente. As roupas haviam sumido da sala, os livros estavam arrumados em pilhas nas prateleiras e as revistas haviam sido dispostas na vertical em um revisteiro de latão ao lado do sofá.

— É, minhas gavetas estão uma lindeza — disse ela.

Encontraram o bilhete sem demora, sobre a mesinha de centro. Era breve, distante e vago — e com um tom um pouco defensivo. Laurel não dera mais informações a Talia do que a David. Imediatamente depois de ler, sem dizer a Whit para quem estava ligando, Talia pegou o telefone e discou. Ele esperou e observou, e viu-a sacudir a cabeça ao escutar uma secretária eletrônica. Em seguida, ela desligou.

— Pra quem você estava ligando? — perguntou ele.

— Para a casa da Laurel em Long Island. Caiu na secretária da mãe dela.

— Você achou que a Laurel pudesse já ter chegado?

— Não. Achei que ela pudesse estar mentindo sobre a mãe. Quase pensei que a mãe dela fosse atender.

— Mas não atendeu.

— Não.

— Então talvez ela esteja mesmo no hospital.

— Talvez — disse Talia, dirigindo-se em seguida para o quarto de Laurel. Whit foi atrás dela.

— O que você está procurando? — perguntou ele. — Alguma coisa específica?

— Na verdade, não.

Ele queria fazer alguma coisa, mas sentia que abrir as gavetas de Laurel seria uma invasão de privacidade. Então estava em pé como um inútil, na soleira da porta, com as mãos nos quadris, quando Talia acenou no ar com o dedo indicador e abriu o armário de Laurel.

Trouxe até o chão uma mala preta de rodinhas, do maior tamanho que as companhias aéreas permitiam na cabine.

— Que interessante: ela não levou a mala. Não está pretendendo passar muito tempo fora.

Ela então abriu a gaveta de baixo da penteadeira do quarto e começou a afastar os suéteres de Laurel. Pegou o talão de cheques da colega de quarto e verificou a última folha.

— Também não levou isto aqui — disse.

— Então a gente pode ter certeza de que ela foi mesmo viajar? — perguntou Whit.

— Não — respondeu Talia devagar, parecendo refletir sobre essa possibilidade. — Talvez não. — Então ficaram os dois ali, mais parecendo crianças sem saber o que fazer do que adultos, sem nenhuma certeza do que deveriam ou poderiam fazer em seguida.

A reunião de Katherine Maguire com o comitê de desenvolvimento do Beds fora demorada, difícil, e a deixara à beira do desespero. O número de pessoas — homens, mulheres, famílias — que recorria ao abrigo estava aumentando, ao mesmo tempo que o governo cortara seus programas de forma tão radical que eles iriam perder 145 mil dólares no ano seguinte. Era provável que perdessem também pelo menos 740 moradias subsidiadas, como resultado da política de sucateamento, por parte do governo, do programa de habitação e desenvolvimento urbano que as fornecia. E a previsão era que o custo do querosene para calefação no inverno seguinte iria disparar.

Ela se recostou na cadeira depois de desligar o telefone com a promotora pública do abrigo, e concluiu que provavelmente não iria gostar daquela mulher de Long Island caso um dia se encontrassem pessoalmente. Pamela Buchanan Marshfield certamente não era nenhum anjo da guarda caído do céu para ajudar o abrigo quando este mais precisava. Só estava fazendo aquela oferta agora porque suas tentativas de intimidar o grupo haviam fracassado. Mas sua noção de oportunidade? Era notável. Era como se ela soubesse de tudo. Katherine havia voltado do comitê de desenvolvimento imaginando onde iriam conseguir arrecadar dinheiro suficiente a curto prazo no setor privado para substituir os subsídios públicos que estavam perdendo. E então, do nada, surgira aquela oferta do advogado da mulher.

A advogada do BEDS, Chris Fricke, garantira a Katherine que o município iria vender a coleção de Crocker ao abrigo por um dólar, o que então lhes permitiria entregá-la à mulher de Long Island. Depois, é claro, de ela ter feito sua doação. Cem mil dólares.

Katherine sabia que, no início, Laurel ficaria furiosa. A jovem assistente social se sentiria traída em um nível pessoal, e diria que a organização estava fazendo exatamente o oposto do que um de seus clientes teria desejado. Mas Katherine achava que ela fosse acabar mudando de idéia. Afinal de contas, o próprio Bobbie nem sempre sabia o que queria. E precisava acreditar que Bobbie teria ficado feliz em ver o BEDS ganhar tanto dinheiro com seu trabaho. Ele teria adorado!

Além do mais, com certeza era melhor para Laurel afastá-la das fotografias. Mesmo que aquela rica viúva não houvesse oferecido uma doação ao abrigo, Katherine estava planejando insistir para Laurel lhe devolver o material e abandonar o projeto. Já tinha feito o bastante. Tinha feito *mais* do que bastante. Estava na hora de desistir.

É claro que Katherine não tinha certeza de como dizer isso a ela. Nem de como conseguir as fotos de volta. Fora enquanto falava ao telefone com Chris Fricke, ao mesmo tempo que folheava os papéis que haviam brotado em cima da sua mesa como cogumelos em um verão chuvoso, que havia encontrado o bilhete deixado por Laurel: aparentemente, a jovem assistente social fora para casa cuidar da mãe.

Pelo menos era isso que ela havia escrito.

PACIENTE 29873

Claramente vê muito mais nas fotos do que de fato há. Nos instantâneos também. Amanhã preciso examinar a coleção — todas as imagens — e explorar melhor esse caminho.

Paciente ainda passa de seis a sete horas por dia escrevendo nos tais cadernos.

Das anotações de Kenneth Pierce,
psiquiatra responsável, Hospital Estadual de Vermont,
Waterbury, Vermont

Capítulo vinte e sete

LAUREL SABIA QUE ESTAVAM procurando por ela. Sabia que estavam todos procurando por ela. Acabou tendo de desligar o celular quando não estava telefonando para o presídio ou para o departamento de Serviços para Vítimas de Crimes, porque o aparelho não parava de tocar. Depois de algum tempo, iriam parar de tentar e telefonariam para sua mãe. Isso estava claro. E tudo bem, porque sua mãe estava na Itália. Mas será que finalmente tentariam encontrar sua irmã? Talia com certeza poderia fazer isso. E, caso a amiga que morava com ela conseguisse falar com Carol, todos perceberiam que ela havia mentido, e ficariam convencidos, sem qualquer sombra de dúvida — inclusive sua família —, de que ela estava perdendo a razão. Mesmo sem ter a intenção de auxiliar Pamela Marshfield, iriam ajudar a velha megera. Iriam encontrá-la e confiscar as fotografias. As fotografias de Bobbie. As suas fotografias. Iriam entregá-las àquela mulher.

Portanto, ela percebia o quanto seu tempo era curto. Então fez o *check-in* em um hotel de beira de estrada em Burlington, onde tomou uma chuveirada e lavou a cabeça pela primeira vez em dias. Comprou uma blusa e uma calça novas. Passou perfume. Pôs óculos escuros para ninguém ver que ela havia chorado. De novo.

Então voltou para o carro e percorreu as diversas burocracias de Burlington e Waterbury para antecipar sua audiência com Dan Corbett. No início, tinham lhe dito que esta levaria dias para ser marcada — talvez até semanas —, mas ela insistiu, então deu sorte. Teve uma surpresa. Parecia que Corbett havia lhe escrito uma carta de desculpas. Havia iniciado o programa obrigatório de aconselhamento para agressores sexuais no ano anterior e, como parte das atividades do grupo de apoio, tivera de escrever uma carta para a pessoa que havia ferido expressando o seu remorso. Em geral, as vítimas nunca liam essas cartas, porque não queriam ter nenhuma relação com seus agressores. Mas ali estava Laurel, tão desesperada para vê-lo que estava disposta a ir pessoalmente à prisão. E a ler o que quer que ele houvesse escrito.

Por que não?, pensou. Já sabia melhor do que ninguém o que havia acontecido em Underhill. Talvez a carta dele fosse revelar alguma coisa sobre a sua infância. Se ele um dia tivera pai. Como fora parar naquela estrada de terra sete anos antes. Como Bobbie Crocker fora parar lá.

Quem sabe, disse ela ao terapeuta de Dan Corbett no telefone, sua disposição para receber a carta dele fosse ajudar o homem com a sua própria cura. Com a sua recuperação. Com o seu eventual retorno à sociedade.

É claro que ela não acreditava realmente nisso.

Além do mais, não queria que Dan Corbett voltasse à sociedade nunca mais: queria que ele ficasse exatamente onde estava.

Mas iria dizer o que fosse preciso para antecipar aquela audiência. Nada mais importava, agora que os ponteiros do relógio estavam andando ainda mais depressa e que havia mais pessoas ainda atrás dela.

NA SEGUNDA-FEIRA À TARDE, Whit escutou o burburinho de uma pequena multidão se reunindo no apartamento do outro lado do corredor. Faltavam poucos minutos para as três. Abriu a porta e deparou-se com Talia conversando com duas mulheres mais velhas do que eles no corredor.

— Oi, Whit — disse Talia com sarcasmo. — Quer me ajudar a dissuadir estas duas adoráveis senhoras de revirar o meu apartamento?

Uma das mulheres lançou a Whit um olhar penetrante como um dardo, e ele rapidamente estendeu-lhe a mão. Talia a apresentou como uma advogada da prefeitura chamada Chris. A segunda mulher, Katherine, era chefe de Laurel no abrigo. Talia disse que as duas esperavam que Laurel houvesse deixado as ampliações que fizera dos negativos de Bobbie Crocker no apartamento antes de viajar.

— Eu disse a elas — Talia estava dizendo — que não tem como as fotos estarem aqui. A gente vasculhou o apartamento inteiro há poucas horas. E, depois da pequena crise da Laurel no sábado, tenho certeza de que ela escondeu as fotos em algum lugar. Eu disse que a gente talvez encontre alguma roupa de baixo que vai deixar todo mundo um pouco encabulado. Mas não vamos encontrar as fotos.

— Talia, nós não queremos revirar o seu apartamento — disse Katherine. — Você sabe disso. Mas como é que você tem certeza de que as fotos não estão aqui? Eu vi essas fotos. Sei o que estamos procurando.

— Eu também. E me parece que a senhora está mais preocupada com essas fotos do que com a Laurel.

— Você sabe que isso não é verdade. É claro que eu estou preocupada com a Laurel. Todos nós estamos.

— Mas essas fotos agora valem um dinheirão para o BEDS. Não podemos deixar nada acontecer com elas. É por isso que estamos aqui. E se a Laurel... — disse a advogada, assentindo com veemência.

Aquilo foi demais para Whit.

— E se a Laurel o quê?

A mulher girou a cabeça e fez uma careta com os olhos arregalados, sobrancelhas arqueadas e uma expressão de nunca-se-sabe.

— As senhoras não entendem mesmo — disse ele. — A Laurel nunca faria nada com essas fotos. Neste momento, elas são a vida dela.

Katherine encostou os dedos de leve no cotovelo de Whit para acalmá-lo. Ele se conteve para não afastá-los.

— Eu amo a Laurel. Ela é como se fosse uma filha para mim. Algum dia, espero que gerencie o abrigo. Isso prova o quanto eu gosto dela, e quanto respeito e confiança tenho por ela. Mas ela agora está com problemas — disse ela. — Alguma coisa nessa viagem louca e inesperada para casa não está soando muito bem. Ao mesmo tempo, eu tenho uma mulher disposta a fazer uma doação imensa para o abrigo se eu entregar as fotos para ela; quase o suficiente para compensar o que vamos perder este ano em subsídios públicos. É um Band-Aid e tanto para os nossos problemas.

— A senhora está dizendo que tudo que precisa fazer é entregar o trabalho da vida inteira de uma pessoa — disse Talia, mordaz.

— Em primeiro lugar, não é o trabalho da vida dele. São algumas centenas de imagens, no máximo. O Bobbie provavelmente iria querer que nós as entregássemos, visto o dinheiro que nos ofereceram. Ele adorava o que o abrigo representava, e adorava o que fazíamos. Iria querer se certificar de que não teríamos problemas financeiros.

— E a Laurel? — perguntou Whit. — E o trabalho que ela já fez?

— As fotos não são dela. Ela não tem direito a elas. Além do mais... — disse Katherine, e nesse ponto fez uma longa pausa, como se estivesse tentando achar as palavras certas. — Além do mais, se eu soubesse que ela levaria tudo isso tão... tão a sério, nunca a teria deixado chegar perto dessas fotos.

— Mesmo assim, não acha que é uma confusão e tanto? Um precedente bem ruim? — continuou ele.

— O que eu acho é o seguinte: tenho uma amiga que está surtando por causa de umas fotos que provavelmente não deveriam estar com ela, e tenho uma benfeitora que quer muito essas fotos. Tanto que está disposta a desembolsar cem mil dólares. Desculpe, Whit. Desculpe, Talia. Mas a escolha é simples.

Talia deu de ombros e acenou para as duas mulheres entrarem no apartamento:

— Podem entrar — disse. — Mas não vão encontrar as fotos.

E estava certa.

Capítulo vinte e oito

LAUREL NUNCA HAVIA ESTADO na prisão. Nunca havia percorrido a estrada comprida de duas pistas, margeada dos dois lados apenas por terras agrícolas, que ia de Saint Albans até o presídio. Nunca havia reparado que os rolos do arame usado nas cercas têm navalhas no formato de bigornas — porque, evidentemente, nunca tinha visto o arame de perto. Viu que os prédios baixos feitos de blocos de concreto vazado se estendiam como as pontas de um asterisco. A quadra de basquete de asfalto tinha uma cerca de arame e um telhado também de arame. Ela viu os resquícios de dois grandes jardins do outro lado dos muros; um dos vegetais daquele verão, o outro de flores. A horta tinha pelo menos um hectare: somente as longas fileiras de suportes para tomates deviam ter o mesmo comprimento de uma carreta. A mulher que a acompanhava e dirigia o carro lhe disse, quando estavam estacionando, que os detentos cultivavam vegetais em quantidade suficiente ali para alimentar a prisão durante o verão e o outono. Admitiu para Laurel que, sinceramente, não sabia o que faziam com todas as flores. Ela trabalhava no Departamento de Serviços para Vítimas de Crimes, e estava com Laurel porque a assistente social do BEDS estava indo visitar seu próprio infrator.

Era esse o termo que aquela mulher chamada Margot Ann ficava repetindo. Infrator.

E ela não iria deixar Laurel entrar sozinha. Margot Ann era ainda mais alta do que Laurel, seus cabelos pretos estavam começando a ficar grisalhos, e ela os usava em um corte curto de menino. Originalmente vinha de Jackson, Mississippi: segundo ela, era esse o motivo para usar dois nomes próprios em vez de um. Conhecera o marido, nascido em Vermont, no exterior, quando ambos trabalhavam na Guarda Nacional. Ajudava a treinar o time de basquete feminino da escola de ensino médio de sua comunidade, embora seus próprios filhos fossem todos meninos e passassem a maior parte do inverno andando de *snowboard*. Durante o trajeto até Saint Albans, ela compartilhou com Laurel muitos fatos de sua vida. Laurel imaginou que fosse para fazê-la se sentir mais à vontade, mais relaxada. Tinham feito todo o trabalho preparatório na véspera. Teoricamente — e Margot Ann dizia que teorias pouco significavam em uma audiência de esclarecimento como aquela —, ela e Margot Ann iriam passar cerca de meia hora com Dan Corbett. Laurel lhe faria as perguntas que a interessavam sobre seu pai e seu avô, e ele leria para ela a carta que havia escrito. Mas não seria simples. Nem logística nem emocionalmente. Laurel tinha consciência disso. Agora, embalada pela conversa de Margot Ann, sentia-se estranhamenre aérea no banco do carona do Corolla, como se estivesse suspensa na bóia de isopor da piscina lá em West Egg, uma menininha com metade do corpo dentro d'água e a outra metade para fora.

Na entrada principal do presídio, ela e Margot Ann entregaram suas chaves, canetas e celulares. Deixaram também seus frascos de spray de pimenta. (Laurel viu que Margot Ann também carregava um na bolsa.) Foram recebidas pelo superintendente do presídio e por um funcionário que as acompanharia até o aposento onde seria realizada a pequena audiência, mas que na verdade não ficaria para assisti-la. O funcionário ficaria esperando logo do lado de fora da porta de vidro, mas somente quatro pessoas estariam presentes na audiência: Margot Ann, o terapeuta de Dan Corbett, a vítima e o... infrator.

Aí está a palavra de novo, pensou Laurel, enquanto examinava o detector de metais no saguão pequeno e pouco mobiliado. *Infrator*. Soava quase como um dos nomes que Corbett e Russell Richard Hagen haviam usado para xingá-la naquele dia, na estradinha de terra no meio da floresta.

Dentro da prisão, descobriu que as inúmeras portas de metal da instituição eram abertas e fechadas eletronicamente por um funcionário do presídio, que ficava armado dentro de uma cabine: estava cercado por paredes feitas de blocos de concreto vazado e vidro blindado, e podia ver as portas do presídio pelos monitores do circuito fechado de TV dentro de seu cubículo. Dali, apertava os botões que faziam deslizar as travas de metal de um lado para o outro, no presídio inteiro. Guardas avisavam-no pelo rádio qual porta queriam que fosse aberta: "Porta um." "Porta dois." "Porta três." "J" — ou seja, a porta da ala J, parte do presídio onde ficavam os agressores sexuais. Era para lá que estavam indo. Os agressores sexuais tinham sua própria ala na prisão porque os outros prisioneiros os detestavam. O funcionário que acompanhava Laurel e Margot Ann contou que, ainda na semana anterior, havia apartado uma briga entre dois detentos porque um deles acusara equivocadamente o outro de ser um agressor sexual.

Aparentemente, o terapeuta que ela estava prestes a encontrar havia passado boa parte do dia anterior preparando Dan Corbett para a visita de Laurel. Os direitos dele também precisavam ser levados em conta.

FORAM SE SENTAR EM UM CÔMODO quadrado, com paredes cor de laranja e uma única janela que dava para um pátio pequeno e escuro. Pregados nas paredes havia desenhos feitos pelos detentos — pipas, crianças, naves espaciais —, e Laurel pensou se fariam parte da terapia. Quatro cadeiras haviam sido dispostas em um círculo amplo, e ela foi instruída a se sentar naquela que ficava mais perto da porta. Dan Corbett ficaria sentado na sua frente, a pelo menos dois metros de distância. Seu terapeuta ficaria ao lado dele; Margot Ann ficaria ao lado de Laurel. Um funcionário do presídio os observaria através da porta de vidro.

Laurel trouxera consigo algumas fotografias selecionadas e, enquanto esperava o detento ser escoltado até lá, distraiu-se organizando e reorganizando as mais importantes no colo. Havia o velho instantâneo de Bobbie e Pamela. As fotos que Bobbie tirara anos mais tarde da casa em East Egg. Uma da propriedade de Gatsby. As duas dela própria na estrada de terra em Underhill.

Não estava segura da ordem em que iria mostrá-las. Talvez fosse depender se o detento fosse mesmo filho de Bobbie, ou então essa honra coubesse ao assassino condenado em Montana. Margot Ann não parava de lhe lembrar que Dan Corbett não constituiria nenhuma ameaça física para ela, mas que não ficaria surpresa caso ele ainda fosse uma víbora psicológica. Fazia agora um ano e meio que ele recebia acompanhamento psicológico, disse Margot Ann, mas soubera que ele ainda era do tipo capaz de se voltar contra ela em um segundo. E, embora pudessem impedi-lo de tocar nela, Corbett talvez dissesse coisas que fossem feri-la e magoá-la antes que conseguissem fazê-lo calar. Esperava que ele não fosse fazer isso: afinal de contas, havia escrito a tal carta expressando o próprio remorso. Mas Laurel jamais iria perder de vista o que ele havia feito sete anos antes.

— Tudo bem com você? — perguntou Margot Ann por fim.

— Aham — balbuciou Laurel.

— Ótimo. — Ela fitou por um instante as imagens no colo de Laurel. Em seguida, continuou a falar: — Então, você acha que o pai do Corbett pode ter tirado essas daí?

— Acho. Espero que sim.

— Por quê?

— Porque prefiro acreditar que o homem que tirou estas fotos seja parente do Corbett do que do Hagen.

— E porque você não quer ir até Butte, suponho.

— Por muitos motivos. Também.

— Mas iria mesmo assim?

— Acho que sim — respondeu Laurel.

— Esta é você? — perguntou Margot Ann. Acenou com o dedo para uma das fotos da moça de *mountain bike*.

— Sou — respondeu Laurel. Ainda estava surpresa por ter demorado tanto a admitir isso para si mesma. A admitir em voz alta. É claro que aquela moça era ela. Quem mais poderia ser?

A PRIMEIRA COISA EM QUE Laurel reparou quando Dan Corbett foi escoltado para dentro do aposento — e reparou no mesmo instante — foi a tatuagem. Ali estava ela: a caveira de demônio em seu pescoço. Os dentes compridos. Seus olhos desceram pelos braços do macacão azul-marinho que ele estava vestindo até seus pulsos, somente para ter certeza de que ali não havia também um arame farpado impresso em tinta roxa. Não havia. Isso lhe proporcionou algum alívio, mas ela sabia que precisava tomar cuidado: Dan Corbett havia tentado estuprá-la. E, embora pudesse não ter assassinado a tal mulher em Montana, mesmo assim alguma coisa nele havia deixado Bobbie Crocker apavorado.

Corbett tinha os olhos injetados e a pele tão pálida que era quase translúcida: Laurel conseguiu ver pequenas estradas formadas por veias nas bochechas e laterais do nariz. Ele parecia estar um pouco cozido. Mas também parecia mais engordurado do que ameaçador: com certeza tinha um aspecto menos intimidador do que mais de seis anos antes, no tribunal. Calculou que tivesse agora uns cinqüenta anos. Ainda usava o mesmo cavanhaque impecavelmente aparado, embora este houvesse ficado tão grisalho quanto os cabelos que caíam em cortinas oleosas por cima de suas orelhas. Ela se lembrou de algo que um de seus professores lhe dissera certa vez, durante a aula, na universidade: ao vivo, a maldade não é especialmente impressionante. Na maioria das vezes, é do mesmo tamanho que nós, e cabe nas molduras de nossos espelhos.

— Acho que vocês dois já se conhecem — disse o terapeuta de Corbett, um sujeito alto, magro, com uma argolinha de ouro na orelha, que não parecia ser muito mais velho do que Laurel. Usava uma camisa de jeans azul e uma gravata bem casual estampada com as fases da lua. Pelos telefonemas da véspera, Laurel sabia que ele se chamava Brian.

Os olhos de Corbett zuniram pelo aposento, abarcando Laurel e Margot Ann. Ele calçava uns tênis All Star pretos que guinchavam no piso de linóleo. Não estava acorrentado.

— Já — disse Laurel. — Oi.

— Oi. — Bastou essa única sílaba, e no mesmo instante ela escutou dentro da própria cabeça a piadinha grudenta, pegajosa, repulsiva da estrada de terra. Licor de xoxota. Os dois homens se sentaram, e Brian expôs as regras para aquela audiência de esclarecimento. Disse o que esperava que fossem conseguir. Alguma coisa naquela situação toda lembrou a Laurel um encontro entre dois advogados tentando chegar a um acordo de divórcio.

E então todos se viraram para ela, supondo que estivesse pronta para começar. Pega de surpresa, ela fez a primeira pergunta que lhe veio à cabeça:

— O senhor já trabalhou em algum parque de diversões itinerante?

Corbett deu um sorriso auto-depreciativo e baixou os olhos para o pedaço de papel amarelo pautado que tinha no colo. A carta, imaginou ela.

— Já. — Foi tudo o que disse.

— O que fazia lá?

— Operava os brinquedos — disse ele, dando de ombros.

— Quer dizer mais alguma coisa sobre isso, Dan? — perguntou o terapeuta. — Mais alguma coisa que gostaria de dizer para a srta. Estabrook?

— Era só um emprego — disse ele a Brian. — Me dava um dinheirinho.

— Diga para a srta. Estabrook.

Ele se virou para encará-la, do outro lado do grande círculo.

— Não era nada especial. Nada demais. Só trabalho.

— Obrigada — disse ela.

— De nada.

— E o seu pai? Como ele se chamava?

— Estou vendo que a senhorita está com as fotos dele.

— É... estou. — As palavras saíam devagar, entrecortadas. Sentiu um alívio imediato pelo fato de o filho de Bobbie ser aquele homem ali, e não Russell Richard Hagen. Também experimentou uma profunda e agradável onda de otimismo: nos instantes que viriam a seguir, naquela mesma sala, estava prestes a saber tudo de que precisava para convencer aqueles à sua volta que duvidavam de que ela estava certa, e eles, errados. De que sua mente estava normal.

Isso significava, é claro, que teria de informar a ele sobre a morte do pai, e não tinha certeza de como ele iria reagir.

— Na verdade, eu não conhecia o meu pai — continuou Corbett. — Ele apareceu três, talvez quatro vezes na minha vida. O nome dele era Bobbie.

— Tenho uma coisa pra contar ao senhor sobre ele.

— O quê?

— Ele faleceu. De infarto. Eu sinto muito, sr. Corbett.

— Foi por isso que a senhorita veio aqui? — perguntou ele. Não havia nenhum vestígio de tristeza em seu tom de voz.

— Em parte.

— Ele pode até ter sido meu pai, mas não era digno desse nome. No final das contas, eu já não tinha mais nenhum problema com ele. Mas ah, não, ele não era meu pai.

— Como ele encontrou o senhor em Vermont?

— A gente simplesmente se esbarrou em um abrigo de Boston. Ele me reconheceu. Eu disse que estava indo para Burlington. Por causa do parque, sabe? Eu ia encontrar o Russ Hagen, e disse isso a ele. O Russ também já tinha trabalhado em um parque de diversões. Mas aí ele arrumou um emprego de verdade naquela academia.

Durante a manhã inteira, Laurel vinha sendo engolfada por uma nuvem cada vez mais densa de apreensão; vinha sentindo os nervos vibrarem dentro do corpo. Agora, a simples menção do nome de Hagen — ali estava ele, lançado no aposento qual um trovão — a fez estremecer. Pequenos espasmos elétricos percorreram seu corpo feito as asas de um beija-flor. Ela sentiu a mão de Margot Ann no antebraço.

— Quer um pouco d'água, Laurel? — perguntou Margot Ann.

Ela fez que não com a cabeça e prosseguiu:

— Ele deu alguma coisa para o senhor quando veio pra cá? Uma foto? Uma caixa?

— O Bobbie? De jeito nenhum. O homem não tinha onde cair morto.

— Ele tinha as fotos.

— E nunca se separava delas.

— O senhor algum dia o assustou?

— O Bobbie? Quando eu estava drogado, provavelmente assustava todo mundo. — Parecia sentir orgulho disso, e Brian sussurrou alguma coisa para Corbett que Laurel não conseguiu escutar direito.

— É. Eu o assustei no dia em que a gente machucou você — acrescentou Corbett, depois de os dois se afastarem.

— Como?

— Eu estava fora de controle.

— Ele viu o que aconteceu?

— O que aconteceu? — repetiu Corbett, e novamente Brian olhou na direção do detento. Dessa vez, não precisou incentivá-lo verbalmente. — Acho que não. Ele escutou. A gente fez muito barulho. Mas não viu. Acho que ele chegou lá antes daqueles outros ciclistas. Os advogados — prosseguiu Corbett.

— Antes?

— É.

— Ele estava com vocês na van quando vocês foram para lá?

— Não, claro que não. Não esqueça que ele era um velho maluco! Ele...

— Ele era seu pai! — disparou Laurel para ele, e no mesmo instante o aposento silenciou. A mão de Margot Ann ainda estava em seu antebraço, afagando sua pele através da manga da camisa.

— Eu não sou obrigado a ficar aqui — disse Dan Corbett, sem se dirigir a ninguém em especial. — Não sou obrigado a ficar aqui.

— Não, não é — disse Brian. — Mas nós todos estamos contentes por você estar aqui. Acho que a srta. Estabrook ficou mais surpresa do que zangada. Não foi?

— É. Foi, sim.

O prisioneiro inflou as bochechas de ar como se fosse um esquilo, depois expirou ruidosamente. Como uma bola de encher que alguém desamarrou.

— Ele estava hospedado com a gente, sabia sobre aquela estrada. Gostava de tirar fotos lá. Mas não sabia que a senhorita ia estar lá naquele dia. Também não sabia que a gente ia estar lá, eu e o Hagen. Mas o Hagen sabia que a senhorita ia estar por lá. Sabia onde deixava o carro. Tinha seguido a senhorita umas duas vezes. Talvez três. Não sei. Enfim, o Bobbie simplesmente foi até lá a pé da casa do Hagen. Não era tão longe assim. Bom, talvez fosse, para um cara de setenta e poucos anos. Mas, na verdade, não. A gente nem sabia que ele tinha estado lá até pouco antes de a polícia aparecer no *trailer*. Aí ele foi embora logo antes de a polícia chegar.

— Você nunca disse isso à polícia.

— Ninguém nunca perguntou — disse ele, e pela primeira vez ela ouviu em sua voz um ronco sutil de maldade. — E eu não ia dar mais uma testemunha para eles. Não teria feito muito sentido. E nem o Hagen ia fazer isso.

Ela baixou os olhos para as fotografias à sua frente e ergueu para ele a ampliação em formato grande da propriedade dos Buchanan em East Egg.

— Reconhece esta casa? — perguntou.

— Não.

— Mas sabia que o seu pai tinha tirado esta foto, não sabia?

— Acho que sim. Mas, com o Bobbie, nunca tenho certeza de nada.

— O senhor conheceu o seu avô?

— Claro. Conheci meus dois avôs.

— Me fale sobre eles. Por favor — pediu ela, recostando-se na cadeira.

— O que a senhorita quer saber?

— Tudo de que o senhor conseguir se lembrar.

— Bom, deixe-me ver. O pai da minha mãe era músico de jazz. Tocava trompete. Morava no Bronx.

— E o pai do seu pai?

— Está falando do homem que me criou? Do cara com quem mamãe casou? Ou o pai do Bobbie?

— Do Bobbie.

— Imaginei.

— Por favor — disse Laurel.

— O pai do Bobbie morava em Long Island.

— Aham.

— Era condutor da Ferrovia de Long Island. Ele...

— Condutor?

— Condutor. Isso. De trem, sabe? A mãe dele era professora primária. C.A., primeira série. Alguma coisa assim. O Bobbie às vezes costumava tirar fotos das plataformas de trem de lá. De Long Island. Acho que era por causa do pai. E daquelas casas bonitas que tinha lá: tirava fotos delas também. A verdade é que eu via os pais do Bobbie bem mais do que os da minha mãe. E via todos eles mais do que os pais do homem com quem mamãe acabou se casando.

Laurel achava que talvez Corbett não fizesse idéia de quem fossem os pais de Bobbie. Da mesma forma, imaginara que ele talvez soubesse que sua avó era Daisy Fay Buchanan, e acreditasse, erroneamente, que seu avô era Tom. Mas jamais, nem por um segundo, havia cogitado a possibilidade de ele estar tão profundamente mal-informado — de que tivesse informações tão equivocadas.

— Condutor de trem? — indagou ela. — E professora primária? Por que você iria pensar uma coisa dessas?

— Porque era isso que eles eram, dona. Eu passei muito tempo com eles quando era menino. Durante algum tempo, minha mãe achou que fosse conseguir lidar com a loucura do Bobbie melhor do que os pais dele, principalmente depois de ela deixar que ele a emprenhasse de jeito...

— É da sua mãe que você está falando — disse Brian.

— A minha mãe não era diferente de...

— Cuidado com o que vai dizer — alertou Brian ao detento. — Lembre-se...

Corbett ergueu as duas mãos em um gesto de resignação.

— Tá bom. Chega — disse.

— A sua mãe ainda está viva? — perguntou Laurel.

— Não. Morreu faz tempo.

— O senhor tem algum irmão de sangue?

— Essa expressão parece uma doença — disse Corbett com um sorriso mau. — Irmãos de sangue. Irmãos de sangue. Deixe eu perguntar uma coisa: a senhorita tem algum irmão de sangue, srta. Estabrook?

Margot Ann virou-se para Laurel e encarou-a bem nos olhos.

— Quer ir embora? — perguntou.

— Não — respondeu. — Você tem algum irmão ou irmã? — perguntou Laurel para Corbett novamente em seguida.

— Não tenho.

— E o nome Buchanan? Soa familiar?

— Não.

— Daisy?

— Como a flor, margarida?

— Como o nome da sua avó.

— A minha avó não tinha nome de nenhuma flor. Uma se chamava Alice, e a outra, Cecilia. A mãe do Bobbie, a professora? O nome dela era Alice.

— Não — disse Laurel. — Era Daisy. Ela era casada com Tom Buchanan. Era deles a casa na foto que eu mostrei para o senhor. E, em 1922, no verão, ela teve um caso com um contrabandista de bebibas chamado Jay Gatsby. Esse Gatsby...

— Como no romance? — Esse último comentário foi de Brian. Laurel viu que todos na sala a estavam encarando.

—... era avô do Dan Corbett: pai do Bobbie Crocker. É isso que o Jay Gatsby era! — Será que ela havia levantado a voz? Torcia para não tê-lo feito. Mas o diálogo todo acontecera muito depressa, e ela estava despreparada para a inconformação e para a negação do detento. Para sua bizarra invenção. Condutor de trem? Professora primária? Só podia supor que ele houvesse inventado uma história assim para atormentá-la. Atormentá-la ainda mais.

Novamente a mesma voz. A voz dele. Uma lembrança: Licor de xoxota.

— Laurel? — Ela se virou. Era Margot Ann. Com exceção da voz da mulher, a sala estava silenciosa. O tambor que batia dentro de sua cabeça era o único outro barulho que ela escutava. — Laurel? — repetiu Margot Ann.

— Sim?

— Quer fazer um intervalo? O sr. Corbett não vai sair daqui. Mas nós podemos sair.

Ela ouviu alguém na sala fungar. Percebeu que era ela própria.

— Posso ouvir a carta mesmo assim? — indagou.

— Mesmo assim? É claro que pode — disse Margot Ann. — Se quiser.

Corbett desviou os olhos, fitando com intensidade o relógio na parede. Brian batia suavemente as pontas dos dedos umas nas outras, e então o detento olhou para seu terapeuta — um cão treinado, pensou Laurel — e em seguida para ela.

— É só ler em voz alta? — perguntou ele.

— Do mesmo jeito que fizemos no grupo. Do mesmo jeito que você fez comigo — disse Brian.

Então, dirigindo-se a Laurel, acrescentou:

— Ele está assumindo responsabilidade pelas próprias ações.

Laurel pensou que era como se ele estivesse se referindo a uma criança mal-comportada.

Margot Ann perguntou-lhe outra vez se ela queria mesmo ouvir aquilo, e ela se ouviu responder que sim. Queria. Ela... queria. Não achava que tivesse se repetido, mas tinha medo de talvez tê-lo feito.

E então, logo depois disso, Corbett começou a ler. Sua voz era ao mesmo tempo servil e condescendente. Ela concluiu que ele queria menosprezá-la, e ao mesmo tempo, de alguma forma, conquistar a aprovação do terapeuta. Sabia que era uma tarefa improvável, e deu-se conta de que, caso ele não conseguisse obter as duas coisas, optaria por fazê-la sofrer. Esse talvez fosse, para ele, o seu momento de excitação.

— "Cara srta. Estabrook" — começou Corbett, segurando o papel na frente do rosto com as duas mãos, como se fosse um livro de capa dura. — "Estou lhe escrevendo esta carta para dizer que sinto muito pelo que eu e Russ Hagen fizemos com a senhorita sete anos atrás. Eu estava drogado, mas isso não é desculpa. Saí de casa cedo, mas isso também não é desculpa. Nem é desculpa o tempo que passei sem ter onde morar. Eu assumo total responsabilidade pelo que fiz. E isso significa assumir total responsabilidade por ter machucado a senhorita. São palavras difíceis de escrever para mim, porque são palavras muito más. Atentado violento ao pudor. Estupro. Mutilação. Mas dizem que a verdade liberta, e não vou medir as palavras. Então, mesmo que eu não me lembre de tudo, o que eu me lembro já é suficiente. E sei o que foi revelado pela investigação. É tudo verdade, eu sei. Isso significa que, em primeiro lugar, eu sinto muito pela forma como quebramos a sua clavícula, os seus dedos e o seu pé. E sinto muito por ter segurado a senhorita enquanto Russ a estuprava naqueles dois lugares. Sinto muito por tê-la estuprado nesses lugares, também. E sinto muito por termos forçado a senhorita a praticar sexo oral conosco. E, acima de tudo, eu sinto muito por ter segurado os seus braços enquanto Russ Hagen cortava a senhorita com tanta violência. Não acho que ele realmente quisesse cortar fora o seu coração, e na época não acreditava nisso de verdade. Mas sei que eu estava com medo de que fosse conseguir nos identificar, então imagino que uma parte de mim estivesse torcendo para Russ matar mesmo a senhorita quando ele cortou fora o seu seio. E, quando fomos embora, a senhorita estava sangrando tanto, em tantos lugares, que pensei que talvez fosse realmente morrer ali no mato. Mas fiquei satisfeito na época, e estou satisfeito agora, por aqueles homens de bicicleta a terem encontrado e pelo fato de a senhorita estar viva. Sinto muito pelo seu seio e pelas outras cicatrizes. Gostaria de poder compensar a senhorita. Gostaria de poder voltar no tempo e não ter feito essas coisas horríveis com a senhorita. Mas não posso. Então tudo que posso fazer, srta. Estabrook, é dizer que eu sinto muito. Sinceramente, Dan Corbett. P.S.: nunca mais vou fazer esse tipo de coisa com outra pessoa. Juro." — Quando terminou, ele olhou para Brian. — Entrego isto aqui para ela?

— Fique aí sentado. Nós entregamos para ela — disse o terapeuta.

Ao seu lado, Margot Ann tinha os olhos fechados. Laurel percebeu que estava se esforçando para não chorar. Brian estava olhando para o chão. Ela sentiu novamente o pulsar do coração dentro da cabeça, e sentiu que estava suando. Sentia-se estranha, inexplicavelmente nua. E perguntou-se por que haviam permitido a um detento inventar tantas coisas no que deveria ter sido uma carta de esclarecimento.

Paciente 29873

... paciente me mostrou um exemplar de O grande Gatsby, *edição de bolso, com a capa azul-escura e a moça dos anos 1920 com ninfas nos olhos, mas mesmo assim continuou a negar que se tratasse de uma obra de ficção. Referia-se ao texto como um livro de memórias, uma história real. Teve pouca reação quando lhe mostrei a página de créditos com o nome do autor, data de publicação, declaração de que se tratava de uma obra de ficção etc.*

O problema de diagnóstico já foi mencionado antes. Com relação aos fatores de estresse que precederam este surto (qualquer que seja a sua natureza), existem na coleção fotografias de uma moça de bicicleta em uma estrada de terra que parecem ter sido tiradas perto do local onde, sete anos atrás, ocorreram o estupro e a mutilação. É impossível determinar atualmente se estas teriam provocado os delírios por terem sido encontradas misturadas a imagens do clube de natação da infância, ou seja, por sugerirem à paciente uma conexão biográfica, ou até mesmo cármica...

Das anotações de Kenneth Pierce,
psiquiatra responsável, Hospital Estadual de Vermont,
Waterbury, Vermont

Capítulo vinte e nove

PAMELA NUNCA HAVIA CONTADO a ninguém o que vira, nem mesmo a seu confidente e advogado T.J. Leckbruge. Isso se devia em parte ao fato de ela às vezes se perguntar se tinha mesmo visto alguma coisa. Talvez fosse uma lembrança que, na verdade, ela houvesse inventado. No entanto, era vívida, nítida, totalmente cinematográfica em sua mente.

Uma tarde tórrida de verão. James Gatz estava na casa de seus pais, e sua babá, uma moça irlandesa de cabelos vermelhos como a cor de um lápis de cera, ia levá-la para passear na beira da enseada para poder mergulhar as pernocas rechonchudas da menina na água. Tom Buchanan tinha ido passar o dia em algum lugar. Gatz usava um terno de um branco tão ofuscante quanto o vestidinho de Pamela, e estava sentado em uma cadeira na frente de sua mãe, de pernas cruzadas. Daisy Buchanan estava recostada languidamente no sofá, como se fosse uma modelo prestes a ser retratada. Ambos tomavam bebidas em copos altos que descansavam sobre a mesa de centro, mas o gelo já tinha derretido há muito tempo, e a condensação escorria pelas laterais e empoçava sobre os descansos de copo. Daisy parecia especialmente exausta, e seu corpo dava a impressão de derreter sobre as almofadas do sofá.

A babá havia entrado n'água com Pamela, segurando seus dedos enquanto levantava e mergulhava a menina na espuma, submergindo-a até a cintura, depois até os ombros. O dia estava tão quente que até mesmo a enseada fizera Pamela pensar em uma banheira morna, e nem ela nem a babá tinham ficado especialmente refrescadas com o mergulho. Além do mais, haviam se esquecido de trazer seu barquinho inflável ou a foca de brinquedo, porque o plano nunca tinha sido um mergulho completo — uma verdadeira nadada —, então Pamela tinha se cansado depressa.

Felizmente, a babá levara consigo um pedaço de pão dormido, e pôs-se a partir pedacinhos para Pamela dar às gaivotas que tinham visto de dentro da casa. Talvez houvesse uma dúzia de aves, talvez mais. Estas aterrissavam entre os pés da menina e, no início, Pamela ficara com medo, mas, depois de entender que tudo que elas queriam era o pão, divertiu-se a valer, e sentiu-se como uma artista de circo com um bando de animais treinados à sua volta.

E então, depressa demais, o pão terminou, e ela se tornou novamente consciente do calor opressivo da tarde. Calcularia mais tarde que o pão mal havia durado cinco minutos quando voltaram para a casa.

Entraram pela sala de estar, um dos muitos cômodos com vista para a baía, passando pelas portas altas envidraçadas que estavam entreabertas. As duas ainda sentiam tanto calor e estavam tão cansadas — talvez estivessem ainda mais desconfortáveis do que ao sair de casa, porque a subida do declive até a casa fora toda feita debaixo do sol — que não se falavam desde que haviam saído da água, e atravessaram a varanda quase em silêncio.

Na sala, Pamela percebeu no mesmo instante que Gatz não estava mais na cadeira. Ele também estava no sofá. E estava curvado por cima de sua mãe, erguendo o rosto junto do dela como se estivessem... trocando segredos. Era essa a proximidade entre o seu rosto e o de Daisy. De repente, sua mãe sobressaltou e endireitou o corpo, de modo a ficar sentada ao lado de Gatz, em vez de deitada debaixo dele, com as alças finíssimas do vestido de crepe abaixadas junto aos cotovelos em vez de bem ajeitadas sobre os ombros. Parecia mais corada do que antes de elas saírem, enquanto tentava encabuladamente ajeitar as alças do vestido ao mesmo tempo que — e essa parte levou Pamela a pensar se estaria embelezando os detalhes muito mais tarde em sua imaginação — cobria os seios nus com os antebraços e tentava se recompor.

Algumas vezes, a imagem era difusa, como se não passasse de um sonho que Pamela houvesse inventado na adolescência; outras vezes, no entanto, surgia com tamanha clareza em sua mente quanto se estivesse acontecendo naquele mesmo instante. Depois de algum tempo, ela começaria a se lembrar (ou talvez imaginar) que tinha de fato visto a mão de James Gatz emergir de baixo do vestido da mãe. Na universidade, ao relembrar essa tarde, chegaria até a conjecturar que seu meio-irmão fora concebido naquele mesmo dia. Era possível. Ela foi levada imediatamente para tirar seu cochilo no andar de cima. Seu pai só voltou para casa depois do jantar.

E a babá? Pouco, muito pouco depois disso, ela foi substituída. Isso, Pamela sabia, não era um detalhe sujeito às fragilidades e extravagâncias da memória. Aquela babá havia desaparecido de sua vida por completo.

MARISSA TENTAVA FAZER o dever de casa no quarto, mas Cindy estava assistindo à televisão na sala com a tia, e o apartamento de seu pai não era tão grande assim. Era o terceiro dia que a tia passava com as duas, e já havia ficado muito claro para Marissa que a mulher passara tempo demais freqüentando shows de rock quando era jovem, porque sua audição parecia ainda pior do que a de seu avô. Quase como se fosse um balé, sua irmã — ainda dolorida por causa da queda do balanço — descia do sofá para abaixar o volume do filme a que estavam assistindo, e então sua tia se levantava para ir buscar algo na cozinha e tornava a aumentá-lo, deixando o som da TV suficientemente alto para abafar o barulho do motor de um jato.

Além do mais, Marissa ainda estava desapontada por Laurel não tê-la fotografado na segunda-feira e preocupada, com medo de alguma coisa estranha estar acontecendo entre seu pai e a namorada. Não tinha certeza do que era, mas havia algo mais do que o fato de seu pai estar achando estranha a forma como Laurel fora para casa em Long Island, onde ela morava. Marissa sentia que havia mais naquela história do que ele estava deixando transparecer, e tudo apontava para o que quer que ele e aquela mulher chamada Katherine estivessem conversando a respeito no sábado à noite. Achava muito possível que seu pai estivesse a ponto de terminar o namoro com Laurel. Não considerava isso justo, mas, quando ele fora buscá-la na escola no outro dia, parecera mais zangado do que preocupado. Era como se não acreditasse que a mãe de Laurel estivesse de fato doente. Como se pensasse que ela fosse uma moça maluca e não a quisesse mais perto das filhas.

Bom, Marissa até poderia entender isso, caso Laurel fosse realmente louca. Faria sentido. Mas Laurel não era louca. Simplesmente havia passado por muitas coisas. Infelizmente, ninguém, nem mesmo seu pai, parecia entender isso.

MARGOT ANN HAVIA PERGUNTADO a Laurel se ela se sentia disposta a voltar ao trabalho depois da exaustiva provação da audiência de esclarecimento. Estavam em pé no estacionamento, do lado de fora do presídio, com a cerca de arame em espiral erguendo-se bem acima dos ombros de Margot Ann.

— Não — respondera Laurel. — Acho que eu vou para casa.

— Tirar o resto do dia para descansar... concordo.

Laurel deu um sorriso sem brilho, esperando transmitir cansaço emocional. Mas a verdade era que não estava exausta. Sentia-se confusa — mas também revigorada. Não gostava de ludibriar Margot Ann, mas também não achava que tivesse outra escolha. Seu plano era fazer Margot Ann deixá-la no estacionamento de Burlington onde haviam se encontrado naquela manhã, mas, depois disso, certamente não iria pegar o carro e voltar para o seu apartamento na parte íngreme da cidade. Nesse caso, voltar para casa significava voltar para West Egg. Se Bobbie não dera ao filho a pista seguinte, ela iria seguir um palpite que vinha ficando mais forte desde que ela e Shem Wolfe haviam se despedido no restaurante de Serena, no domingo: talvez ela própria fosse o elo com o último indício. A prova cabal. Talvez não fosse nenhuma coincidência terem deixado as fotografias de Bobbie sob sua responsabilidade depois da morte dele. Ele próprio não a havia fotografado naquele dia em Underhill, sete anos antes? Katherine não lhe pedira para pesquisar as imagens que ele deixara?

E, se ela fosse um elo importante para Bobbie Crocker, então isso certamente se devia ao fato de ele saber que ela havia passado suas tardes de verão quando menina perambulando pela sombra das árvores atrás da casa de Jay Gatsby. Da casa de seu pai. Nadando não exatamente na piscina de Gatsby, mas na outra que tinha sido escavada no mesmo chão onde antes ficava a de Gatsby.

Talvez Bobbie a houvesse escolhido porque percebia que só ela seria capaz de entender ao mesmo tempo sua vida e sua obra.

Conseqüentemente, iria voltar mais uma vez à casa dele.

Porque, se ela fosse Bobbie Crocker e quisesse deixar para trás a prova de quem era seu verdadeiro pai, era lá que a deixaria. No lugar onde Gatsby havia morado e, sim, no lugar onde havia morrido.

PASSOU A NOITE EM SUA CASA em West Egg. Escutou os recados que Talia, Katherine e David haviam deixado na secretária eletrônica de sua mãe. Estavam verificando se o que ela tinha dito era verdade. Verificando se eram verdadeiros os recados que havia deixado para eles.

Mas dormiu pouco nessa noite, porque no caminho de casa dera uma passada no *country club* de West Egg, chegando lá logo depois de o salão de jantar ser fechado. Ali, estudou as fotografias nas paredes, incluindo as antigas, em preto-e-branco, dos pequenos circos que Gatsby chamava de festas. Enquanto os ajudantes de garçom tiravam as últimas mesas, e os funcionários da cozinha inadvertidamente batiam as pesadas panelas contra as laterais das pias — com o vapor da água quente emergindo feito uma bruma por baixo das portas de vaivém —, ela passeou pelo salão e pelos corredores que o ligavam à entrada principal e à biblioteca. Estudou com cuidado as imagens da piscina original, tentando imaginar exatamente onde Gatsby estava ao levar o tiro e qual a posição daquela piscina menor em relação à outra, olímpica, que existia agora no mesmo lugar. Percebeu que não havia macieiras nas fotos antigas, e lembrou-se da história que havia escutado quando menina: um doador misterioso dera as macieiras de presente ao clube. E depois as árvores haviam aparecido nas fotografias de Bobbie — incluindo a de uma macieira com um montinho de maçãs ao lado.

Era isso, percebeu ela, com uma emoção tão próxima da exaltação quanto era capaz de experimentar no seu atual estado de espírito: era essa a marca. O símbolo. O totem.

Quando caiu na cama, já era meia-noite, e seus planos para a manhã seguinte se agitavam dentro de sua cabeça como o burburinho de um teatro segundos antes de a cortina finalmente se erguer. Havia estudado a fotografia da árvore com a pirâmide de frutas caídas e sabia exatamente onde sua busca iria terminar.

Acordou muito antes de o sol nascer, foi até a garagem buscar a pá comprida que seu pai costumava usar para fazer trabalhos na casa, assim como a pequena pá de jardim de sua mãe, e voltou ao *country club*. Estacionou na vaga mais próxima da torre de pedra normanda. Por um instante, permaneceu sentada no carro, porque havia recomeçado a chorar, e não sabia se era por estar mais exausta do que podia descrever por ninguém acreditar nela, ou se estava soluçando por causa de um sem-teto que havia aprendido ainda menino o quão insensíveis e cruéis os adultos podem ser. Como eram dados ao delírio. Distorção. Desdém.

Escutou o canto dos pássaros e tentou se recompor. Viu o céu clarear ao leste, e a textura das pedras na estrutura da sede do clube ir ficando mais nítida. Pouco antes das seis, desceu do Honda e começou a caminhar na direção das macieiras, recostando a pá na árvore junto à qual pretendia cavar. Todas as árvores estavam agora muito mais grossas e altas, com os galhos cheios e compridos. Pelo menos uma delas, talvez duas, haviam sido abatidas desde que Bobbie as fotografara. Mas não era difícil ver onde havia sido montada a pequena pirâmide de maçãs, e por que Bobbie construíra o montinho naquele lugar. Aquela árvore estava no meio de um pequeno grupo de três, plantadas junto à extremidade norte de onde ficava a piscina original. Aquela piscina mais nova, que tinha facilmente três vezes o tamanho da de Gatsby, fora construída no mesmo lugar da primeira, mas ocupava um espaço consideravelmente maior. A piscina de Gatsby ficava mais ou menos no que agora era a parte de mergulho, com quatro metros de profundidade, e aquela árvore era o mais perto que Bobbie conseguia chegar do lugar onde seu pai havia morrido.

O sol ainda não havia surgido quando ela enfiou a pá maior no chão pela primeira vez, mas a sensação era mais de dia do que de aurora e, depois de passar tanto tempo sentada dentro do carro, ela sentiu-se aliviada por se levantar e segurar a pá com as mãos, apoiar o pé na parte superior — sentindo o frio do cabo de madeira nos dedos e a extremidade da lâmina afiada no arco do pé — e pressioná-lo na direção da terra. Cortando a grama e as raízes. Para dentro da terra barrenta. Foi juntando os pedaços de grama em uma pilha à sua direita e jogando a terra por cima. De vez em quando, caía de joelhos e vasculhava o buraco com os braços: queria ter certeza de que não estava deixando passar nada pequeno, mas importante. Talvez um medalhão. Um relógio de pulso com um monograma impresso. Mas estava segura de que, fazendo isso, estava apenas sendo meticulosa. Bobbie não havia lhe dado nenhum motivo para acreditar que estivesse procurando alguma jóia específica.

Já estava cavando havia quase meia hora, e acabara de começar a ficar preocupada pensando que, a qualquer momento, um jogador de golfe solitário que houvesse reservado o campo para de manhã bem cedo talvez fosse passar por ali, ou um dos funcionários da manutenção fosse chegar para tirar as folhas secas da piscina e verificar o nível de cloro da água, quando a pá bateu em algo sólido — mas não tão sólido quanto uma pedra. Talvez até tenha havido um leve eco. O buraco agora estava fundo o suficiente para, de modo a alcançar lá embaixo, ela precisar se deitar junto à borda e se debruçar com metade do corpo lá dentro, e mesmo assim teve de esticar os dedos e as mãos. Retirou a terra que cercava o objeto e usou as unhas para remover o resto de sujeita que o cobria: pôde sentir uma das bordas retas, depois outra. Estendeu a mão para pegar a pá de jardim, e delicadamente, mas com alguma ansiedade, foi liberando as laterais. Por fim, sentiu um fecho. Uma dobradiça. E então, usando as duas mãos, conseguiu retirar da terra a caixa de jóias de madeira, aquela com a tampa coberta de espelhos bisotados.

Não entendia quase nada de madeira, mas, quando tirou a sujeira, pensou que aquilo fosse cerejeira. Seus pais — agora sua mãe — dormiam em uma cama cuja cabeceira era de cerejeira, e tinha a mesma cor daquela caixa de jóias. Com cuidado, usou a unha do polegar para abrir o fecho, com o coração aos pulos, sem ligar para o suor que transformava em lama a poeira que lhe cobria as bochechas e a testa. A caixa estava emperrada por causa da terra e da ferrugem, mas ela finalmente conseguiu abri-la e erguer a tampa.

Por um instante, ficou decepcionada. Esperava encontrar a fotografia com os dizeres atrás, aquela que Jay dera a Daisy em Louisville, quando os dois eram jovens, apaixonados, e suas vidas ainda não haviam começado a fugir do controle. Mas a foto não estava ali. Em vez disso, encontrou um envelope — outrora bege, agora marrom. Quando o virou, viu a palavra *Daisy* escrita em uma caligrafia masculina na frente e, ao levantar a aba, percebeu a letra *G* gravada no verso. Dentro do envelope havia uma fotografia de Gatsby e Daisy tirada naquele verão de 1922. Estavam sentados lado a lado nos degraus de pedra que conduziam de sua casa à piscina, talvez a meros trinta metros do lugar exato onde ela agora estava ajoelhada. Daisy usava um vestido preto em estilo império, sem mangas, e um colar de pérolas com várias voltas. Seus brincos eram margaridas. Gatsby usava um smoking com a gravata-borboleta ligeiramente torta. Daisy e ele estavam de braços dados, e a cabeça dela estava inclinada na direção dele, mas sem chegar a tocar seu ombro. Na foto, pareciam levemente afogueados, como se houvessem acabado de dançar. Estavam sorrindo. Não, concluiu Laurel, estavam mais do que sorrindo. Estavam radiantes. Era noite, mas seus sorrisos por si sós poderiam ter iluminado todo o ambiente.

Dobrada atrás da foto havia uma carta, escrita com a mesma caligrafia que endereçava o envelope.

Minha querida Daisy,

Posso apenas imaginar o que você está sentindo, mas você tem que entender que a morte dela não foi culpa sua. Ela correu para a frente do carro! Ninguém teria conseguido parar a tempo. Ninguém.

Lembre-se: se alguém um dia perguntar, você precisa dizer que era eu quem estava dirigindo. Eu posso cuidar de mim. E posso cuidar de nós dois. Essa terrível chateação irá passar, e nós vamos ficar bem. Vamos ficar juntos.

Fiquei olhando para a sua casa ontem à noite, e esperando. Esperei a noite inteira. Fiquei acordado imaginando nosso futuro juntos. Um futuro em que você não será maltratada, em que não precisará se perguntar por onde o seu marido andou. Sabe, nós não precisamos ficar aqui. Se quiser, podemos ir morar em Louisville. Ou em Boston. Ou em Paris. Ou em Londres. Para mim, não faz diferença. Contanto que estejamos juntos, podemos ser felizes em qualquer lugar.

Você não consegue ver isso? Eu consigo. Consigo ver nós todos: você, eu, Pammy e um filho. Sim, um irmãozinho para a sua linda menina. E vamos batizá-lo de Robert, em homenagem ao seu pai. Essa será a nossa família. Um menino, uma menina e a mãe mais amorosa e adorada do mundo. Assim seremos nós. Eu serei o marido que você merece e o pai que nossos filhos merecem.

Foi justamente isso que vi ontem à noite, de sentinela em frente à sua casa.

Nós vamos ficar bem, você sabe. Vamos, sim.

Vou passar o dia inteiro em casa hoje. É só me avisar quando devo ir buscá-la.

Com amor,
Jay

Sabia que devia tornar a tapar o buraco, mas estava com calor, e cansada, e ficou tonta ao se levantar. Além disso, eram quase sete e meia da manhã: havia meia hora que vinha escutando, de longe, o barulho de ferro e madeira batendo nas bolas de golfe junto ao primeiro buraco, e pelo menos cinco ou seis carros haviam chegado ao estacionamento desde que começara a cavar. Assim, com a caixa contendo o pequeno envelope debaixo de um dos braços e as duas pás, a pequena e a grande, debaixo do outro, começou a caminhar de volta até o carro, com seu banco do carona coalhado de miolos de maçã e latas vazias de Red Bull.

Com a antiga casa de Gatsby e seus outrora extensos gramados, agora um prado antisséptico feito de trilhas de relva baixa e buracos de golfe, desaparecendo aos poucos no espelho retrovisor do Honda, Laurel recomeçou sua viagem de volta para Vermont. Mais sete horas no carro. Margeou o canal de Long Island durante algum tempo, de onde os últimos vestígios de bruma azulada haviam se dissipado, antes de adentrar as longas extensões de plástico descartável e neon que ligavam West Egg à auto-estrada. Então chegou à via em si, passando pelos centros empresariais sem ambição construídos sobre o aterro de cinzas e pelos resquícios de uma feira mundial. Passando pela Unisfera e pelos restos mortais dos pavilhões outrora imponentes: o detrito visível das aspirações não-realizadas daquela era. Ela não via todos os dias os excluídos e as vítimas ejetados pelos movimentos incessantes daquele globo? Seus olhos eram fendas diminutas, sua cabeça estava pesada de tantas visões e sonhos. Para se manter acordada, ela pensava na vingança que iria obter quando revelasse o que havia descoberto — vingança de Bobbie também, não apenas sua —, mas havia também a sensação nascente de que o seu passado fazia parte do seu futuro. Sempre. Para o bem ou para o mal, era um fato do qual ela não podia escapar.

Chegou ao seu apartamento no meio da tarde e, ao passar cambaleando pela porta da frente, carregando a caixa de cerejeira e a pasta com as fotografias de Bobbie, achou por um instante que estivesse tendo uma alucinação.

Ali, na sua frente, estava um pequeno grupo formado por algumas das pessoas mais importantes da sua vida. Sentadas no sofá estavam a amiga com quem dividia o apartamento, a fitá-la com um ar de desespero inerte, e sua mãe — aparentemente convocada de volta da Itália —, agora vestida com um suéter preto justo, em vez de uma camiseta preta justa. E na cadeira junto ao computador estava Whit, com um ar estranhamente assombrado e pálido. Viu Katherine na cadeira perto da varanda, com um celular grudado à orelha. Não viu David, e por um instante imaginou onde ele estaria, mas o instante foi breve, porque sua atenção foi atraída por outro homem — que não era David — andando de um lado para o outro, da sala para a cozinha e vice-versa. No início, teve dificuldade para identificá-lo. Conhecia-o de algum lugar — pelo menos achava que conhecesse.

Então, subitamente, entendeu. Não o reconhecera imediatamente, apesar das muitas horas que haviam passado juntos desde que ela quase fora morta em uma estrada de terra de Vermont, porque sempre o via no contexto do consultório onde geralmente se encontravam.

Era seu psiquiatra. Dr. Pierce.

PACIENTE 29873

Avaliação: distúrbio bipolar do tipo 1, surto atual eufórico, severo, com aspectos psicóticos; transtorno de estresse pós-traumático.

Essa afirmação merece alguns comentários. A apresentação pouco usual foi discutida com o dr. R. Essa discussão é analisada aqui.

O transtorno de estresse pós-traumático parece bastante claro, apesar dos sintomas psicóticos, devido a um trauma severo, perturbação intensa ao ver as fotos da bicicleta e sintomas de embotamento, ou seja, evitar o local da agressão em Underhill, ter falhas de memória e uma sensação de alucinação. Esse diagnóstico é importante em termos de comprometimento funcional e prognóstico, independentemente do que esteja acontecendo em paralelo.

A parte da psicose é mais complexa. Não há desorganização de linguagem/ comportamento, apesar do jogo de palavras da paciente. Sintomas relacionados ao humor, incluindo atual estado de irritação moderada, perda de sono anterior à internação e uma rara atividade persistente — a saber, sumir sem avisar parentes e amigos, viagens e buscas frenéticas anteriores à internação, atual atividade de escrita — parecem mais compatíveis com um transtorno bipolar do tipo 1, o que certamente poderia estar associado a psicoses. (Em todo caso, o valproato parece baixar o nível de atividade para um estado bastante moderado.) A prin-

cipal dificuldade é que é incomum os delírios persistirem quando os sintomas de humor são mais ou menos resolvidos.

Um dos exemplos fornecidos pelo manual de diagnósticos para psicoses não-específicas é a "persistência de delírios não-bizarros, com períodos de surtos concomitantes a mudanças de humor presentes durante uma parte considerável do distúrbio alucinatório", o que se encaixa no quadro atual. Como o surto eufórico é isolado — e não se trata de "períodos", no plural —, faz sentido, por ora, insistir em um diagnóstico relacionado ao humor.

A construção dos delírios é intrigante. A paciente escreveu um livro inteiro narrando os acontecimentos das semanas de setembro em questão, relato que considera uma história verídica, mas que inclui personagens completamente inventados por ela, ou derivados de um romance de oitenta anos atrás: Pamela Buchanan; T.J. Leckbruge (anagrama do nome de um oftalmologista em um outdoor que aparece no livro); Shem Wolfe — aparentemente Meyer Woflsheim. E também Jay Gatsby.

A paciente também inventou ou reescreveu diálogos com a tia, a mãe e uma vizinha de Long Island.

E, talvez para justificar o distanciamento do namorado, parece ter inventado duas garotinhas e as transformado em filhas deste último. Insiste que essas duas crianças fictícias são o motivo pelo qual seu namorado aparentemente terminou com ela. (Estou explorando até que ponto as meninas foram inspiradas nas suas próprias lembranças infantis e no seu relacionamento com a irmã mais velha.)

Com relação aos delírios: notar como são restritos. Embora ainda persistam, apesar de os sintomas relacionados ao humor terem praticamente desaparecido, *não parecem ir muito além da história relacionada a Gatsby. Relacionam-se ao sem-teto de quem a paciente cuidou, que, é claro, já faleceu. Porém, do ponto de vista da paciente, o caso não está concluído, porque o sem-teto era de fato pai de um de seus agressores. Conseqüentemente, ainda não vou suspender a risperidona antipsicótica.*

Estou acrescentando à lista de visitantes seu colega de casa, Whit Nelson. Assim como a amiga Talia, ele parece exercer um efeito moderador sobre o comportamento da paciente — e obviamente tem carinho por ela.

O que é realmente pouco usual é a capacidade da paciente para nutrir crenças falsas, ao mesmo tempo que mantém notável empatia para com os personagens de suas "memórias" que não as compartilham — sem nunca deixar de se isolar das dolorosas lembranças da verdadeira brutalidade da agressão que sofreu. As observações de sua personagem, já no final do relato escrito por ela própria, sugerem uma compreensão nascente da violência do ataque. No entanto, no presente momento, ela continua a insistir que, anos atrás, escapou com uma clavícula e um dedo quebrados. Alega não ter nenhum registro consciente de ter sido mutilada e deixada para morrer no meio do mato...

Das anotações de Kenneth Pierce,
psiquiatra responsável, Hospital Estadual de Vermont,
Waterbury, Vermont

Auto-retrato: Bob "Soupy" Campbell

Agradecimentos

Gostaria de agradecer a Rita Markley, diretora executiva do Comitê de Abrigo Temporário de Burlington, Vermont, tanto por ter compartilhado comigo as imagens deste livro quanto por ter me convidado para fazer parte de sua vida e visitar o abrigo que ela administra.

Além disso, não poderia ter escrito este romance sem a sabedoria, orientação e incansável paciência de dois leitores iniciais: Johanna Boyce, psicoterapeuta com mestrado em serviço social; e o dr. Richard Munson, psiquiatra do Hospital Estadual de Vermont em Waterbury, Vermont.

Por terem respondido às minhas perguntas específicas sobre doença mental, sem-teto e legislação, sou grato também às seguintes pessoas: Sally Ballin, Milia Bell, Tim Coleman e Lucia Volino, do Comitê de Abrigo Temporário de Burlington; Shawn Thompson-Snow, do Centro Howard de Serviços Humanos do condado de Chittenden, Vermont; Brian M. Bilodeau, Susan K. Blair, Thomas McMorrow Martion e Kory Stone, do Presídio Estadual do Noroeste em Swanton, Vermont; Doug Wilson, psicoterapeuta do Programa de Tratamento para Agressores Sexuais do Presídio Estadual do Noroeste; Rebecca Holt, do jornal *Burlington Free Press*; Jill Kirsch Jemison; dr. Michael Kiernan; Stephen Kiernan; Steve Bennett; aos advogados Albert Cicchetti, William Drislane, Joe McNeil e Tom Wells; e, por fim, ao Tribunal de Família e Sucessões do condado de Chittenden, Vermont.

Como sempre, devo muito à minha agente literária, Jane Gelfman; a meus editores na Random House — Shaye Areheart, Marty Asher e Jennifer Jackson; e a minha mulher, Victoria Blewer, leitora maravilhosa que consegue equilibrar sinceridade e gentileza.

Agradeço a todos vocês.

Por fim, gostaria de registrar meu apreço em relação a três livros. Dois deles são relatos de não-ficção sobre doença mental, que proporcionaram informações e inspiração: *Angelhead: My Brother's Descent Into Madness* (Mente de anjo: A decadência do meu irmão rumo à loucura), de Greg Bottom, e *The Outsider: A Journey into My Father's Struggle with Madness* (O forasteiro: Viagem ao combate de meu pai contra a loucura).

O terceiro, claro, é *O grande Gatsby*, de F. Scott Fitzgerald. São inúmeros os motivos que me levaram a ler e reler esse romance — assim como milhões de outros leitores ao longo de quatro gerações. Inúmeros motivos que me fizeram, como romancista, venerá-lo. Há a intensidade do grande sonho de Gatsby, a prosa luminosa de Fitzgerald e a profunda compreensão do caráter norte-americano por parte do autor. Há também aquele final de terrível beleza.

No que diz respeito à redação de *O laço duplo*, porém, houve algo mais. Poucos romances tiveram tanta influência intelectual em nossa cultura literária quanto *O grande Gatsby*, e menos romances ainda foram lidos por tanta gente. Em segundo lugar, *O grande Gatsby* é, em parte, um livro sobre pessoas cujas vidas foram arruinadas, sobre suas mentiras e distorções: as mentiras que vivemos conscientemente, e aquelas que nos convencemos não passarem de embelezamentos de uma realidade básica. Essa talvez seja também uma das principais questões enfrentadas pelos personagens de *O laço duplo*, e talvez seja o motivo que leve *O grande Gatsby* a ter uma influência tão única e tão forte sobre a fictícia Laurel Estabrook.

Por esse motivo, desejo expressar aqui minha admiração por *O grande Gatsby*, assim como minha gratidão pelo fato de esse livro fazer parte do cânone literário.

Nota da edição original: O autor doou parte de seus direitos autorais ao Comitê de Abrigo Temporário de Burlington.